KEITH ABLOW

Psychopath

Buch

Mindestens vierzehn Menschen hat der «Highway Killer« bereits auf dem Gewissen, und noch immer tappt das FBI im Dunkeln. Der Mörder hinterlässt keine Spuren, zwischen seinen Opfern scheint keine Verbindung zu bestehen, und über sein Motiv können die Ermittler nur rätseln. Sie wenden sich schließlich an Frank Clevenger, einen Psychiater, der bereits in der Vergangenheit mit der Polizei zusammengearbeitet hat und durch seinen jüngsten Ermittlungserfolg zum Medienhelden aufgestiegen ist. Er soll herausfinden, was den Killer zu seinen Taten treibt und wer sich hinter dem Phantom verbergen könnte. Frank ahnt nicht, dass der Gesuchte selbst ein brillanter Psychoanalytiker ist. So lässt er sich auf ein Spiel ein, das in die dunkelsten Abgründe der menschlichen Seele führt – während das Morden weitergeht …

Autor

Wie sein Serienheld Frank Clevenger ist auch Keith Ablow ein Psychiater, der für die Gerichtsmedizin arbeitet und bereits als Gutachter in zahlreichen Prozessen ausgesagt hat. Nach »Infam«, »Psychopath« und »Ausgelöscht« ist der vierte Roman mit Frank Clevenger im Goldmann Taschenbuch bereits in Vorbereitung.

Von Keith Ablow bereits erschienen:

Infam. Roman (45475)
Ausgelöscht. Roman (45956)

Keith Ablow

Psychopath

Roman

Aus dem Amerikanischen
von Ute Thiemann

GOLDMANN

Die Originalausgabe erschien 2003
unter dem Titel „Psychopath“
bei St. Martin’s Press, New York.

Umwelthinweis:
Alle bedruckten Materialien dieses Taschenbuches
sind chlorfrei und umweltschonend.

Einmalige Sonderausgabe September 2005

Umschlaggestaltung: Design Team München
Umschlagfoto: Photonica/JenFong
Druck: GGP Media GmbH, Pößneck
Made in Germany · Titelnummer: 46130

ISBN 3-442-46130-8
www.goldmann-verlag.de

Für J. Christopher Burch,
dessen Kreativität mir eine Inspiration
und dessen Freundschaft mir teuer ist.

TEIL EINS

1

23. Januar 2004
Route 90 East, 37 Meilen außerhalb von Rome, New York

Mahlers *Zehnte Symphonie* drang aus der Stereoanlage des BMW X5, doch selbst die friedvolle Musik konnte Jonah nicht beruhigen. Seine Haut glühte heiß vor Zorn. Seine Handflächen am Lenkrad brannten. Sein Herz hämmerte, presste mit jedem Schlag mehr und mehr Blut in seinen Körper, jagte es durch die Halsschlagader und ließ seinen Schädel pochen, irgendwo innerhalb der Schläfenlappen seines Gehirns. Zuletzt war seine Atemfrequenz auf achtzehn Züge pro Minute gestiegen. Er konnte fühlen, wie die Schwindel erregende Gier nach Sauerstoff ihn tief in sich selbst hineinzog.

Sein Drang zu töten fing immer auf diese Weise an, und er glaubte jedes Mal, ihn zügeln zu können, ihn auf einem langen Highway in die Knie zwingen zu können, ganz so, wie sein Großvater auf der Ranch in der Prärie von Arizona, wo Jonah seine Teenagerjahre verbracht hatte, ungebändigte Fohlen zugeritten hatte. Seine Psychopathologie war so gerissen, dass sie ihn überlistete und ihn denken ließ, er sei mächtiger, als er es tatsächlich war, und das Gute in ihm könne das Böse überwältigen. Er glaubte das selbst jetzt noch, da siebzehn Leichen entlang des Highways hinter ihm verstreut lagen.

»Fahr immer weiter«, knurrte er mit zusammengebissenen Zähnen.

Seine Sicht verschwamm, teils vom steigenden Blutdruck,

teils vom Hyperventilieren, teils von dem Milligramm Haldol, das er eine Stunde zuvor geschluckt hatte. Manchmal schläferte das Antipsychotikum die Bestie ein. Manchmal nicht.

Er spähte angestrengt hinaus in die Nacht und sah in der Ferne den roten Schimmer von Rücklichtern. Er gab Vollgas, begierig darauf, die Distanz zwischen sich und diesem Reisegefährten zu verringern, so als ob die Schwungkraft des anderen – eines normalen, anständigen Mannes – ihn durch die Dunkelheit lotsen könne.

Er schaute auf die orangefarbenen Neonziffern der Uhr am Armaturenbrett, sah, dass es drei Uhr zwei in der Früh war, und erinnerte sich an eine Zeile von Fitzgerald:

In der wahren, dunklen Nacht der Seele
ist es immer drei Uhr morgens.

Die Zeile stammte aus einer Kurzgeschichte namens »Der Knacks«, ein Titel, der bestens zu dem passte, was mit ihm geschah – seine psychologischen Schutzwälle waren angeknackst, feine Risse taten sich auf, verbreiterten sich zu größeren Klüften, die dann zusammenwuchsen und zu einem gähnenden schwarzen Loch wurden, das ihn verschluckte und als Ungeheuer wieder gebar.

Jonah hatte alles gelesen, was F. Scott Fitzgerald geschrieben hatte, weil die Worte wunderschön waren und die Orte wunderschön waren und die Leute wunderschön waren trotz ihrer Fehler. Und er sah sich selbst gern genauso, wollte glauben, dass er die fehlerhafte Schöpfung eines unfehlbaren Gottes war, dass er es wert war, erlöst zu werden.

Mit seinen neununddreißig Jahren war er körperlich makellos. Sein Gesicht verriet sowohl Vertrauenswürdigkeit als auch Selbstvertrauen – hohe Wangenknochen, eine ausgeprägte Stirn, ein markantes Kinn mit einem kleinen Grübchen. Seine Augen waren klar und blassblau und passten perfekt zu seinem gewellten, silbergrauen Haar, das knapp bis zu seinen Schultern reichte und dekorativ zerzaust war. Er war knapp über eins achtzig groß und von kräftiger Statur, mit langen, muskulösen Armen und einem breiten Oberkörper, der sich elegant zu einer schmalen Taille verjüngte. Er besaß die steinharten Schenkel und Waden eines Bergsteigers.

Doch von all seinen Attributen bemerkten Frauen immer zuerst seine Hände. Die Haut spannte sich sonnengebräunt und weich über die Sehnen, die sich in einem perfekten Fächer von seinen Fingerknöcheln zu seinen Handgelenken zogen. Die Adern waren gerade sichtbar genug, um von körperlicher Kraft zu zeugen, ohne so sichtbar zu sein, dass sich destruktive Züge dahinter erahnen ließen. Seine Finger waren lang und anmutig und endeten in gepflegten, zartrosa Nägeln, die er jeden Morgen auf Hochglanz polierte. Pianistenhände, nannten sie einige Frauen. Chirurgenhände, hatten andere spontan gesagt.

»Du hast die Hände eines Engels«, hatte sich eine seiner Geliebten begeistert und seinen Finger in den Mund genommen.

Die Hände eines Engels. Jonah betrachtete sie, während sie das Lenkrad so fest umklammerten, dass die Knöchel weiß vortraten. Er war inzwischen bis auf fünfzig Meter an das Auto vor ihm heran, doch er spürte, dass er in seinem Wettrennen gegen das Böse an Boden verlor. Seine Oberlippe hatte angefangen zu zucken. Sein Nacken und seine Schultern waren schweißnass.

Er riss die Augen weit auf und beschwor im Geiste das Gesicht seines letzten Opfers in den abschließenden Momenten seines jungen Lebens herauf und hoffte, das Bild würde ihn ernüchtern, so wie die Erinnerung an Übelkeit und Erbrechen einen Alkoholiker zu ernüchtern und Abscheu für die Flasche zu wecken vermag, die so verführerisch mit ihrem Versprechen auf Erleichterung und Erlösung lockt.

Es war fast zwei Monate her, doch Jonah konnte noch immer sehen, wie Scott Carmadys Kinnlade herunterklappte und ein Ausdruck absoluter Ungläubigkeit in seine Augen trat. Denn wie sollte ein müder Reisender, der mit seinem Chevy am Straßenrand dieses verlassenen Highways in Kentucky liegen geblieben war und sich unverhoffter Hilfe erfreuen konnte, den unbeschreiblichen Schmerz seiner durchschnittenen Kehle fassen oder das warme Blut, das sein Hemd durchtränkte? Wie kann er die Tatsache begreifen, dass sein Leben, mit all dem Schwung der Hoffnungen und Träume eines Menschen in seinen Zwanzigern, urplötzlich zum Stillstand gebracht wurde? Wie kann er die Tatsache ergründen, dass der gut gekleidete Mann, der ihm die tödliche Wunde zugefügt hat, derselbe Mann ist, der sich nicht nur die Zeit genommen hat, ihm Starthilfe zu geben, sondern auch fünfzehn Minuten gewartet hat, um sicherzugehen, dass die Batterie nicht abermals schlappmachen würde?

Und was für Minuten das gewesen waren! Carmady hatte Dinge preisgegeben, die er niemandem sonst je erzählt hatte – die Hilflosigkeit, die er gegenüber seinem sadistischen Boss empfand, den Zorn, der in ihm brodelte, weil er noch immer an seiner untreuen Frau hing. Während er sein Herz ausschüttete, fühlte er sich besser, als er das seit sehr, sehr langer Zeit getan hatte. Er fühlte sich erleichtert, so als wäre eine Last von ihm genommen.

Jonah erinnerte sich daran, wie sich die Ungläubigkeit in den Augen des sterbenden Mannes in eine flehentliche Bitte verwandelt hatte. Es war keine flehentliche Bitte um die Antwort auf irgendein erhabenes, existenzielles *Warum.* Keine klischeehafte Schlussszene eines Films. Nein. Es war schlicht die flehentliche Bitte um Hilfe. Als Carmady nach Jonah griff, wollte er ihn nicht angreifen oder sich verteidigen, er wollte sich nur an ihm festhalten.

Jonah war nicht vor seinem Opfer zurückgewichen, sondern näher herangetreten. Er umarmte ihn. Und während Carmady sein Leben aushauchte, fühlte Jonah den Zorn in sich verrauchen und einem erhabenen Frieden Platz machen, einem Gefühl des Einsseins mit sich selbst und dem Universum. Und er flüsterte seine eigene flehentliche Bitte in das Ohr des Mannes: »Bitte vergib mir.«

Tränen sprangen in Jonahs Augen. Die Straße schlängelte sich vor ihm durch die Nacht. Wenn Carmady doch nur willens gewesen wäre, mehr zu offenbaren, die letzten Schichten seiner emotionalen Schutzwälle abzutragen und Jonah die Gründe zu enthüllen, *warum* er sich von seinem Boss und seiner Frau zum Opfer machen ließ, welches Trauma ihn so schwach gemacht hatte, dann wäre er vielleicht noch am Leben. Doch Carmady hatte sich geweigert, über seine Kindheit zu sprechen, hatte sich steif und fest geweigert, wie ein Mann, der eine Speisekammer voller Fleisch für sich behält – es Jonah vorenthielt, der verhungerte.

Verhungerte wie jetzt.

Jonahs Strategie ging nach hinten los. Er hatte tatsächlich geglaubt, die Erinnerungen an sein letztes Opfer würden das Ungeheuer in ihm im Zaum halten, doch das Gegenteil war der Fall. Das Ungeheuer hatte ihn überlistet. Die Erinnerung an den inneren Frieden, den er empfunden hatte, als er den Tod in seinen Armen und die Lebensgeschichte eines anderen Mannes in seinem Herzen trug, weckte in ihm den Hunger nach diesem Frieden, ließ ihn mit jeder Zelle seines glühenden Gehirns danach gieren.

Im Vorbeifahren sah er das Hinweisschild auf einen Rastplatz eine halbe Meile entfernt. Er setzte sich auf und sagte sich, dass er dort anhalten, noch ein oder zwei Milligramm Haldol schlucken und Zuflucht im Schlaf suchen könne. Wie ein Vampir jagte er fast ausschließlich bei Nacht; es waren nur noch drei Stunden bis zum Morgengrauen.

Er schwenkte von der Route 90 auf den Rastplatz. Dort stand bereits ein anderes Auto – ein älterer metallic-blauer Saab mit eingeschalteter Innenbeleuchtung. Jonah parkte drei Stellplätze weiter. Warum nicht zehn?, wütete er im Stillen. Warum die Bestie in Versuchung führen? Er umklammerte das Lenkrad noch fester, bis seine Fingernägel sich in seine Handballen gruben und fast die Haut aufrissen. Das Fieber ließ kalte Schauder über seinen Nacken und seine Kopfhaut laufen. Die Rippen pressten sich schmerzhaft gegen seine aufgeblähte Lunge.

Halb widerwillig wandte er seinen Kopf und sah eine Frau auf dem Fahrersitz des Saab eine große Straßenkarte studieren, die sie über dem Lenkrad ausgebreitet hatte. Sie musste so um die fünfundvierzig sein. Im Profil verfehlte ihr Gesicht nur knapp das klassische Schönheitsideal – ihre Nase war ein bisschen zu groß, ihr Kinn ein bisschen zu fliehend. Krähenfüße verrieten, dass sie zu viel grübelte. Ihr braunes Haar war kurz geschnitten und sorgsam zurechtgekämmt. Sie trug eine schwarze Lederjacke. Auf dem Armaturenbrett vor ihr lag ein Handy.

Jonah musste sie nur ansehen, und schon war er hungrig. Ausgehungert. Hier, keine zehn Meter entfernt, war eine lebende, atmende Frau mit einer einzigartigen Vergangenheit und Zukunft. Kein anderer Mensch hatte exakt die gleichen Erfahrungen gemacht oder exakt die gleichen Gedanken gedacht. Unsichtbare Bande verknüpften sie mit ihren Eltern und Großeltern, vielleicht Geschwistern, vielleicht einem Ehemann oder Liebhabern oder beidem. Vielleicht Kindern. Freunden. Ihr Gehirn enthielt die Daten, die sich angesammelt hatten, indem sie mal hier, mal dort etwas ausgewählt hatte, was sie lesen und ansehen und anhören wollte, geleitet von Interessen und Fähigkeiten, die mystische und unergründliche Teile von ihr waren. Von *ihr*, einem unvergleichlichen menschlichen Wesen. Sie hegte Vorlieben und Abneigungen, Ängste und Träume und (mehr als alles andere) Traumata, die ihr allein eigen waren – es sei denn, sie würde sie aus sich herauslocken lassen.

Stechender Schmerz explodierte in Jonahs Augen. Er wandte den Blick ab, starrte fast eine Minute lang auf den Highway in der Hoffnung, ein weiteres Auto würde abbremsen und auf den Rastplatz abbiegen. Keines kam.

Warum schien es immer so leicht? Beinahe arrangiert. Sogar vorherbestimmt. Er suchte nie nach seinen Opfern; er fand sie. Richtete das Universum es so ein, um ihn mit der Lebenskraft anderer zu speisen? Suchten die Leute, die seinen Weg kreuzten, nach ihm? Hatten sie unbewusst einen ebenso unausweichlichen Drang zu sterben, wie er den Drang hatte zu töten? Wollte Gott sie im Himmel haben? War er eine Art Engel? Ein Todesengel? Der Speichel in seinem Mund wurde zähflüssig. Das Pochen in seinem Kopf stellte jetzt jedes Kopfweh, jede Migräne in den Schatten. Es fühlte sich an, als würden ein Dutzend Schlagbohrer sich einen Weg aus seinem Schädel herausbohren, durch seine Stirn, seine Schläfen, seine Ohren, nach unten durch seine Gaumenplatte, seine Lippen.

Er überlegte, sich selbst zu töten, ein Impuls, den er vor jedem Mord verspürte. Das Rasiermesser in seiner Tasche würde seinem Elend ein für alle Mal ein Ende setzen. Doch er hatte nur halbherzig versucht, sich das Leben zu nehmen. Flache Ritzer an seinen Handgelenken. Fünf oder zehn Pillen statt fünfzig oder einhundert. Ein betrunkener Sprung aus einem Fenster im ersten Stock, bei dem er sich das rechte Wadenbein gebrochen hatte. Es waren Selbstmord*gesten*, nichts weiter.

Tief in seinem Herzen wollte Jonah leben. Er glaubte noch immer, er könne in diesem Leben Buße tun. Unter all seinem Selbsthass, tief im Kern seines Wesens, liebte er sich noch immer so bedingungslos, wie er betete, dass Gott es tat.

Er schaltete die Innenbeleuchtung des BMW ein und drückte einmal kurz auf die Hupe, spann angewidert den ersten klebrigen Faden seines todbringenden Netzes. Die Frau fuhr erschreckt zusammen, dann sah sie zu ihm herüber. Er beugte sich vor und hielt beinahe schüchtern einen Finger hoch, dann ließ er sein Seitenfenster nicht ganz bis auf halbe Höhe herunter, so als sei *er* nicht sicher, ob er *ihr* trauen könne.

Die Frau zögerte, dann öffnete sie ihrerseits das Seitenfenster.

»Entschuldigen Sie bitte«, sagte Jonah. Seine Stimme war samten und tief, und er wusste, dass sie eine beinahe hypnotische Wirkung hatte. Die Leute schienen es nie müde zu werden, seiner Stimme zu lauschen. Sie unterbrachen ihn nur selten.

Die Frau lächelte, doch es war ein angespanntes Lächeln, und sie sagte nichts.

»Ich weiß, ähm ... es ist viel verlangt ... aber, ähm ...« Er stotterte absichtlich, um unsicher zu klingen. »Mein, ähm ... mein Telefon ...«, sagte er mit einem Achzelzucken und einem Lächeln, »ist tot.« Er hielt sein Handy hoch. Es war silbern und sah teuer aus. Er streckte seinen Arm aus und drehte sein Handgelenk, um auf seine Uhr zu schauen, einen glänzenden Cartier-Chronographen mit einem Cabochonsaphir im Zifferblatt. Die meisten Menschen trauten seiner Erfahrung nach Leuten mit Geld, entweder weil sie glaubten, dass die Reichen es nicht nötig hätten, sie zu bestehlen, oder weil sie annahmen, die Reichen schätzten die Regeln der Gesellschaft zu sehr, um sie zu brechen. »Ich bin Arzt«, fuhr Jonah fort. Er schüttelte den Kopf. »Ich bin noch keine fünf Minuten vom Krankenhaus weg, und schon piepen sie mich an. Könnte ich mir wohl, ähm … ich meine, würden Sie mir Ihr Telefon leihen?«

»Meine Batterie ist schon ziemlich …«, setzte die Frau an, und ihr Tonfall zeugte von Unbehagen.

»Ich bezahle auch gern dafür«, sagte Jonah. Das Angebot war seine Methode, das bessere Wissen der Frau in einem Rösselsprung auszuschalten, indem er seine Bitte ums Handy in die Frage verwandelte, ob sie ihn für die Benutzung bezahlen lassen sollte oder nicht. Ein großzügiger Mensch würde es umsonst anbieten – was natürlich voraussetzte, dass man es überhaupt erst einmal anbot.

»Nicht nötig«, wehrte sie ab. »Abends und am Wochenende sind Gespräche zum Nulltarif.«

»Danke.« Er stieg aus seinem Wagen aus und ging zur Fahrertür der Frau hinüber, wo er in respektvollem Abstand stehen blieb. Teils, um ihren Bemutterungsinstinkt zu wecken, teils, um die elektrische Energie zu entladen, die durch seinen Körper strömte, trat er von einem Fuß auf den anderen und schüttelte sich, als würde er frösteln.

Sie streckte die Hand aus und reichte ihm das Handy.

Er stellte sich so hin, dass sie einen Blick auf seinen schokoladenbraunen, gesteppten Wildledermantel, seinen himmelblauen Rollkragenpullover und seine Bundfaltenhose aus grauem Flanell werfen konnte. Nichts Schwarzes. Alles weich und warm. Er wählte willkürlich sieben Ziffern und hob das Handy an sein Ohr.

»Sie können in Ihrem Wagen telefonieren, wenn Sie möchten«, sagte sie.

Jonah wusste, dass die Einladung der Frau, ihr Telefon mit in seinen Wagen zu nehmen, ihren unterbewussten Wunsch widerspiegelte, er möge *sie* mit in seinen Wagen nehmen. Er wusste auch, je unaufdringlicher er sich verhielt, desto ungehemmter würde sie ihren Fantasien über ihn freien Lauf lassen und desto leichter würden ihre persönlichen Grenzen zu überschreiten sein. »Sie haben mir schon einen großen Gefallen getan«, sagte er. »Es dauert wirklich nur einen Moment.«

Sie nickte, wandte sich wieder der Straßenkarte zu und schloss ihr Fenster.

Er sprach laut, um sicherzustellen, dass sie alles mithören konnte. Die Worte hallten in seinen Ohren wider. »Dr. Wrens«, sagte er, dann machte er eine Pause. »Fieber? Wie hoch?« Wieder eine Pause. »Legen Sie einen Ampicillin-Tropf, und dann sehen wir mal, wie sie sich macht.« Er nickte. »Selbstverständlich. Sagen Sie ihrem Mann, dass ich gleich morgen früh nach ihr sehen werde.« Er tat so, als würde er das Gespräch beenden, und klopfte leise an das Seitenfenster des Saab.

Die Frau ließ das Fenster herunter. »Alles erledigt?«

Er hatte ganz offensichtlich sein Gespräch beendet. Ihre Frage bedeutete, dass sie etwas anderes von ihm wollte, obgleich er bezweifelte, dass sie in Worte fassen könnte, was dieses Etwas war. Er fühlte, wie er steif wurde. »Alles erledigt«, sagte er. »Vielen Dank noch mal.« Er hielt ihr das Handy hin und wartete mit dem Sprechen, bis sie das andere Ende ergriffen hatte, bis sie auf diese Weise miteinander verbunden waren. »Vielleicht kann ich den Gefallen erwidern«, sagte er. Er wartete einen weiteren Moment, bis er das Handy losließ. »Sie scheinen nicht sicher zu sein, wo Sie hinwollen.«

Sie lachte. »Ich scheine mich verfahren zu haben«, sagte sie.

Er lachte mit ihr – ein knabenhaftes, ansteckendes Lachen, das ein für alle Mal das Eis brach. Die Bestie hatte jetzt die Oberhand. Die Schmerzen in Jonahs Kopf strahlten in seine Zähne und in seinen Kiefer aus. »Wohin wollen Sie denn, wenn ich das fragen darf?« Er rieb seine Hände und stieß eine frostige Atemwolke aus.

»Eagle Bay«, sagte sie.

Eagle Bay war eine Kleinstadt an der Strecke der Adirondack-Eisenbahn, nicht weit vom Erholungsgebiet Moose River. Jonah war schon einmal am nahe gelegenen Panther Mountain zum Wandern gewesen. »Kein Problem«, sagte er. »Ich male Ihnen schnell eine Wegbeschreibung auf.« Er hatte das Wort *malen* gewählt, um das Bild von Unschuld heraufzubeschwören, vom harmlosen Kind im Manne, das kaum schreiben konnte, von planen und lügen ganz zu schweigen.

»Das wäre wirklich nett«, bedankte sie sich.

Jonah schätzte, dass er ihre Verteidigungsmechanismen hinlänglich lahm gelegt hatte, um zum Angriff übergehen zu können. Der Durchschnittsfrau mangelte es an innerer Entschlossenheit, ihre Grenzen zu verteidigen, außer im Angesicht offensichtlicher Gefahr. Und diese Frau konnte sich nicht vorstellen, dass von ihm Gefahr drohte. Er sah gut aus und war höflich. Er wirkte wohlhabend. Er war Arzt. Er war von einem örtlichen Krankenhaus angerufen worden, um jemandem in Not zu helfen. Einer *Frau* in Not. Jetzt wollte er ihr helfen.

Er ging vorn um den Saab herum und schlang dabei die Arme um sich. Hinter dem Auto herumzugehen, das Sichtfeld der Frau zu verlassen, könnte sie argwöhnisch machen. Er wartete neben der Beifahrertür, bewegte sich nicht darauf zu. Je weniger offensichtlich seine Forderung, eingelassen zu werden, desto besser standen seine Chancen.

Sie schien abermals zu zögern, und auf ihrem Gesicht spiegelte sich deutlich der klassische Kampf zwischen dem Selbsterhaltungstrieb und dem Verlangen nach Selbstständigkeit. Die Selbstständigkeit trug den Sieg davon. Die Frau langte über den Beifahrersitz hinweg und öffnete die Tür.

Jonah stieg ein. Er streckte ihr seine Hand hin. Die Hand zitterte. »Jonah Wrens«, sagte er. »Es müssen da draußen minus zehn Grad sein, zumindest fühlt es sich mit dem eisigen Wind so an.«

»Anna«, sagte sie und schüttelte seine Hand. »Anna Beckwith.« Sie schien verwirrt, als sie Jonahs Hand losließ, vermutlich, weil sie warm und klamm gewesen war, nicht kalt.

»Haben Sie Papier und einen Stift, Anna Beckwith?«, fragte Jonah. Ihren Namen auszusprechen bestärkte den Eindruck, dass sie einander nicht fremd waren.

Beckwith langte hinter Jonahs Sitz und wühlte in ihrer Handtasche, bis sie einen Kugelschreiber und ein ledernes Adressbuch fand. Sie schlug eine leere Seite auf und reichte ihm das aufgeklappte Buch und den Stift.

Jonah bemerkte, dass Beckwith weder Verlobungs- noch Ehering trug. Sie roch nicht nach Parfüm. Er begann, willkürliche Wegbeschreibungen zu notieren, nach Nirgendwo. *Bleiben Sie auf der 90 East bis Ausfahrt 54, dort wechseln Sie auf die Route 9 West …* »Gehe ich recht in der Annahme, dass Sie nicht aus dieser Gegend sind?«, erkundigte er sich.

Sie schüttelte den Kopf. »Washington, D. C.«

»Sind Sie zum Skilaufen hier?«, fragte er, ohne mit dem Schreiben innezuhalten.

»Nein«, sagte sie.

»Zum Wandern?«

»Ich besuche nur jemanden.«

»Wie schön.« Er warf ihr einen Blick zu. »Ihren Freund?«, fragte er in beiläufigem Tonfall und schrieb weiter.

»Meine Zimmergenossin vom College.«

Kein Freund, dachte Jonah bei sich. Kein Ehering. Kein Parfüm. Kein Lippenstift. Und nicht die geringste Andeutung von Homosexualität in ihrem Gebaren oder Tonfall. »Lassen Sie mich raten …«, sagte er. »Mount Holyoke.«

»Wie kommen Sie darauf, dass ich auf ein Frauencollege gegangen bin?«, fragte Beckwith.

Jonah sah sie an. »Ich habe den Mount-Holyoke-Aufkleber an Ihrem Rückfenster gesehen, als ich auf den Rastplatz gefahren bin.«

Wieder lachte sie – ein ungezwungenes Lachen, das zeigte, dass sich auch ihre letzten Befürchtungen verflüchtigt hatten. »Jahrgang '78.«

Jonah überschlug es im Stillen. Beckwith war fünfundvierzig oder sechsundvierzig. Er hätte sie fragen können, was sie in Holyoke studiert hatte oder ob das College in der Nähe ihres Heimatorts war oder weit davon entfernt. Doch die Antworten auf diese Fragen würden ihm keinen Zugriff auf ihre Seele erlauben. »Warum ein Frauencollege?«, fragte er stattdessen.

»Keine Ahnung«, antwortete sie.

»Sie haben es sich ausgesucht«, ließ er nicht locker und lächelte sie freundlich an, um seinen Worten die Schärfe zu nehmen.

»Ich habe mich dort einfach wohler gefühlt.«

Ich habe mich dort einfach wohler gefühlt. Jonah stand an der Schwelle zu Beckwiths innerster emotionaler Welt. Er musste Zeit gewinnen, um sie zu überschreiten. »Kennen Sie die Route 28?«, fragte er.

»Nein«, sagte Beckwith.

»Kein Problem«, versicherte Jonah. »Ich, ähm, male alles genau auf ... für Sie.« Willkürlich zog er eine Linie auf der Seite, dann eine weitere, kürzere Linie, die sich praktisch im rechten Winkel mit der ersten überschnitt. Er sah das Kreuz auf dem Papier und nahm es als Zeichen dafür, dass Gott noch immer bei ihm war. Hatte Jesus schließlich nicht den Schmerz anderer auf sich genommen? Und war das nicht auch Jonahs Ziel? War es nicht das, wonach er dürstete? Sein Kreuz zu tragen? »Weshalb hätten Sie sich auf einem gemischten College unwohl gefühlt?«, fragte er Beckwith.

Sie antwortete nicht.

Er musterte sie, sah das Zögern in ihrem Gesicht. »Tut mir Leid, wenn ich Ihnen zu nahe getreten bin. Es ist nur so, dass meine Tochter überlegt, nach Holyoke zu gehen«, log er.

»Sie haben eine Tochter?«

»Sie klingen überrascht.«

»Sie tragen keinen Ehering.«

Sie hatte ihn in Augenschein genommen. Sie näherte sich an. Jonah fühlte, wie sich sein Puls und seine Atemfrequenz verlangsamten. »Ihre Mutter und ich haben uns scheiden lassen, als sie fünf war«, sagte er. Dann gab er Beckwith diesen Talisman, den er aus Scott Carmadys Seele geholt hatte und der jetzt Teil seiner eigenen war: »Meine Frau war mir untreu. Ich bin länger mit ihr zusammengeblieben, als ich es hätte tun sollen.«

Mehr als jene ausgedachte Enthüllung brauchte Anna Beckwith nicht, um ihr wahres Ich zu öffnen. »Ich war immer schüchtern, was Jungs anging«, gestand sie. »Ich bin sicher, das ist auch der Grund, weshalb ich nach Holyoke gegangen bin.«

»Sie waren nie verheiratet«, sagte Jonah.

»Sie klingen da so sicher«, erwiderte Beckwith kokett.

Jonah malte weiter an seiner willkürlichen Wegzeichnung, um den Fluss der Emotionen zwischen ihnen nicht zu unterbrechen. »Ich habe nur geraten«, sagte er.

»Sie haben richtig geraten.«

»Ich selbst war auch nicht gerade für die Ehe geschaffen«, offenbarte er.

»Ich hatte zwei Brüder«, sagte sie. »Beide älter. Vielleicht hat das … ich weiß auch nicht.«

Jonah hörte eine ganze Welt aus der Art heraus, wie Beckwith das Wort *älter* betont hatte. Es klangen Wut und Machtlosigkeit durch – und noch etwas anderes. Scham. »Sie haben sich über Sie lustig gemacht«, sagte er. Er konnte nicht widerstehen, sie abermals anzusehen. Er beobachtete, wie die Maske der Reife von ihrem Gesicht glitt und es offen und unschuldig und wunderschön werden ließ. Das Gesicht eines kleinen Mädchens. Er dachte bei sich, dass er niemals ein Kind töten könnte. Und bei diesem Gedanken verebbte der Schmerz in seinem Kopf zu einem dumpfen Gefühl.

»Sie haben mich immerzu aufgezogen«, bestätigte sie.

»Wie alt waren Sie?«

»Als es richtig schlimm war?« Sie zuckte mit den Achseln. »Zehn? Elf?«

»Und wie alt waren die beiden?«

»Vierzehn und sechzehn.«

Beckwith schaute plötzlich verstört drein, ganz so, wie es auch Jonahs andere Opfer getan hatten – als könne sie nicht verstehen, warum sie einem Fremden solch intime Dinge erzählte. Doch Jonah musste mehr hören. Also stocherte er weiter. »Mit welchen Schimpfnamen haben sie Sie gehänselt?« Er schloss seine Augen und wartete darauf, dass aus ihrer emotionalen Wunde das süße Gegengift für seine Gewalttätigkeit quellen würde.

»Sie haben mich …« Sie brach ab. »Ich will das nicht alles wieder wachrufen.« Sie atmete tief aus. »Wenn Sie mir jetzt die Wegbeschreibung geben könnten, wäre das wirklich sehr nett.«

Jonah sah sie an. »Die Kinder in der Schule haben mich ›Schwuli‹ geschimpft und ›Weichei‹ und solche Sachen.« Noch eine Lüge.

Sie schüttelte den Kopf. »So wie es aussieht, haben Sie's denen mächtig gezeigt«, bemerkte sie. »Jetzt würde Sie wohl kaum noch jemand ein Weichei nennen.«

»Nett von Ihnen, das zu sagen.« Er schaute aus dem Seitenfenster, als würde ihn die Erinnerung an seine Kindheitstraumata schmerzen.

»Sie haben mich ... ›Pipisuse‹ genannt«, sagte Beckwith.

Jonah wandte sich wieder zu ihr um. Sie wurde rot.

»Ich weiß, das klingt nicht gerade wie das Ende der Welt oder so«, fuhr sie fort, »aber sie haben einfach nicht damit aufgehört. Sie haben mich einfach nicht in Ruhe gelassen.«

Jonah saß jetzt neben der elfjährigen Beckwith, sah sie in einem marineblauen Faltenrock, einer sittsamen weißen Bluse, weißen Söckchen, Collegeschuhen. Es war kein Zufall, dass ihre Brüder sie am gnadenlosesten geneckt hatten, als sie an der Schwelle zur Frau stand, als die beiden, bewusst oder unbewusst, auf ihre Unterhöschen und die weichen Hautlappen darunter fixiert waren. Und er ahnte, dass noch grausamere Dinge vorgegangen waren – nach der Art zu schließen, wie Beckwith gesagt hatte, man habe sie *einfach nicht in Ruhe gelassen*. Das klang wie ein Kode für sexuellen Missbrauch. Er starrte sie an, hoffte, dass sie ihre Psyche entblößen und mit ihm in den warmen See ihres Leidens eintauchen würde. »Und außer den Hänseleien?«, hakte er nach.

Beckwith starrte ihn an, und alle Farbe wich aus ihren Wangen.

»Auf welche Weise waren Ihre Brüder noch gemein zu Ihnen, Anna?«

Sie schüttelte ihren Kopf.

»Haben sie versucht, Ihnen unter den Rock zu gucken?«

»Ich muss jetzt wirklich weiter«, sagte sie.

»Sie haben Sie angefasst«, sagte er.

Plötzlich verschwand das kleine Mädchen Beckwith, und die fünfundvierzigjährige Beckwith saß stocksteif an ihrer Stelle. »Ganz ehrlich, das geht Sie wirklich nichts ...«

Jonah wollte das kleine Mädchen. Er brauchte das kleine

Mädchen. »Sie können es mir erzählen«, versicherte er ihr. »Sie können mir alles erzählen.«

»Nein«, sagte sie.

Jonah konnte förmlich hören, wie der Riegel vorgeschoben wurde und ihn ausschloss.

»Gehen Sie jetzt bitte«, sagte Beckwith.

»Mir gegenüber muss Ihnen nichts peinlich sein«, sagte Jonah. Er rang nach Atem. »Ich habe schon alles gehört, was es zu hören gibt.« Er versuchte, sich ein Lächeln abzuringen, doch er wusste, dass sein Gesichtsausdruck eher wölfisch denn beruhigend wirkte.

Beckwith starrte ihn an, dann schluckte sie schwer, als sie endlich die Gegenwart von Wahnsinn erkannte.

Das Pochen in Jonahs Schädel hatte wieder angefangen. »Wo war Ihr Vater?«, fragte er und hörte, wie sich der verräterische Zorn in seine Stimme stahl. »Wo war Ihre Mutter?«

»Bitte«, sagte Beckwith. »Lassen Sie mich gehen.« Doch sie versuchte nicht zu fliehen.

»Warum haben sie Ihnen nicht geholfen?«, wollte Jonah wissen. Er spürte, wie Speichel aus seinem Mundwinkel tropfte, und sah an Beckwiths Gesichtsausdruck, dass sie es bemerkt hatte.

»Wenn Sie mich gehen lassen, werde ich …«, begann sie zu betteln.

Die Schlagbohrer in Jonahs Schädel setzten sich wieder in Gang. »Was haben dir diese kleinen Dreckskerle angetan?«, brüllte Jonah.

»Sie …« Sie fing an zu weinen.

Jonah beugte sich zu ihr, bis sein Mund ganz nah an ihrem Ohr war. »Was haben sie getan?«, donnerte er. »Du musst dich nicht schämen. Es war nicht deine Schuld.«

Beckwiths Gesicht verzerrte sich zu dem gleichen panischen, verwirrten Ausdruck, der Scott Carmady ergriffen hatte – entsetzte Ungläubigkeit darüber, was ihm geschah. »Bitte«, hauchte sie. »Bitte, Gott …«

Ihr Betteln marterte und erregte Jonah, ein schreckliches und unwiderstehliches Fenster auf das Böse in ihm. Er schmiegte seine Wange an die ihre. »Erzähl's mir«, flüsterte er ihr ins Ohr. Er fühlte ihre Tränen über sein Gesicht laufen. Und er begann ebenfalls zu weinen. Weil er erkannte, dass es nur einen Weg gab, Eintritt in ihre Seele zu finden.

Er steckte seine Hand in seine Hosentasche und holte das Rasiermesser heraus. Er klappte es gnädig außerhalb ihres Blickfelds auf. Dann legte er seinen Daumen unter ihr Kinn und drückte sanft ihren Kopf in den Nacken. Sie leistete keinen Widerstand. Er zog die Klinge mit einer flinken Bewegung über ihre Halsschlagadern und durchtrennte sie mit einem sauberen Schnitt. Beckwith welkte vor seinen Augen wie eine drei Tage alte Blume.

Blut lief über seine Wange, vermischte sich mit seinen Tränen. Er vermochte nicht mehr zu sagen, ob es sein Blut war oder das von Beckwith, seine Tränen oder ihre. In diesem reinen letzten Moment lösten sich alle Grenzen zwischen ihm und seinem Opfer auf. Er war von den Fesseln seiner eigenen Identität befreit.

Er schlang seine Arme um Beckwith, drückte sie fest an sich und stöhnte auf, während sich sein Samen zwischen ihre Schenkel ergoss und so einen ewigen Bund zwischen ihnen schuf. Er hielt sie weiter in seinen Armen, während sich ihre Panik in Erschöpfung verlor, bis er spürte, wie sich seine Muskeln entspannten, sich sein Herzschlag gleichzeitig mit dem ihren verlangsamte, sich sein Verstand gleichzeitig mit dem ihren klärte – bis er vollkommenen Frieden empfand und eins war mit sich und dem Universum.

2

Vormittag, 30. Januar 2004
Canaan, Vermont

Dr. Craig Ellison setzte sich in den Ledersessel hinter seinem Mahagonischreibtisch. Er sah freundlich aus, war knapp über sechzig, mit einem Kranz aus weißem Haar und Altersflecken auf seiner Kopfhaut. Er trug eine Halbbrille, einen schlichten, grauen Anzug, ein blassgelbes Hemd und eine blau gestreifte Krawatte. Sein Büro war mit dem üblichen Zierrat seiner Zunft ausgestattet – ein edler Orientteppich, gerahmte Diplome von der University of Pennsylvania und der Rochester Medical School, eine Analytikercouch, Dutzende winziger primitiver Figuren, die an Freuds Sammlung erinnerten. Er sah hoch. »Hatten Sie eine angenehme Fahrt?«

»So angenehm, wie man es sich nur wünschen kann«, sagte Jonah.

»Ausgezeichnet.« Ellison spähte über den Rand seiner Brille hinweg. »In Ihrem Lebenslauf steht, Sie seien in Miami zu Hause. Sind Sie von dort gekommen?«

»Ich habe den letzten Monat über im Bundesstaat New York gearbeitet. In der Nähe des Erie-Kanals. Im St. Augustine's Medical Center.«

Ellison lächelte. »Ich finde es erstaunlich, dass Sie den Strand gegen die Berge eintauschen.«

»Ich wandere gern«, sagte Jonah.

»Das erklärt es natürlich. Ich habe ein halbes Dutzend Personalvermittlungen abgeklappert, dass sie mir eine Vertretung für die Kinderpsychiatrie schicken – seit unser Dr. Wyatt in den Ruhestand gegangen ist.«

»Es gibt nicht mehr viele, die als reine Vertretungsärzte arbeiten«, sagte Jonah.

»Wieso das?«, fragte Ellison.

»Immer weniger Medizinstudenten machen die Fachausbildung zum Psychiater. Die Gehälter fürs Krankenhauspersonal steigen. Man kann inzwischen auf einer festen Stelle genauso viel Geld verdienen wie als Vertretung.«

Ellison schmunzelte sarkastisch. »Zwanzigtausend pro Monat?«

»Sechzehn, siebzehn, zusätzliche Leistungen eingeschlossen«, sagte Jonah. »Innerhalb der letzten zwei Jahre haben zwei Drittel der Psychiater bei Medflex feste Anstellungen in einem der Krankenhäuser, in denen sie eingesetzt waren, angenommen.«

Ellison zwinkerte. »Darüber lässt sich reden. Ich habe mir Ihre Empfehlungsschreiben angesehen. So etwas ist mir noch nie untergekommen. Dr. Blake nennt Sie den ›besten Psychiater, mit dem ich je zusammengearbeitet habe‹. Wie es sich trifft, war ich Assistenzarzt unter Dan Blake, als er noch in Harvard gelehrt hat. Er ist kein Mann, der unverdientes Lob austeilt.«

»Danke«, sagte Jonah. »Aber ich würde unruhig werden, wenn ich nicht in Bewegung bliebe.«

»Vielleicht könnten wir Sie überreden, länger als sechs Wochen zu bleiben.«

»Das tue ich nie«, erklärte Jonah. Das war seine eiserne Regel. Sechs Wochen Maximum, dann zog er weiter. Länger als sechs Wochen, und die Leute wollten dich näher kennen lernen. Sie fingen an, sich zu nah heranzupirschen.

»Wie ich Ihren Unterlagen entnehme, haben Sie keine Familie«, sagte Ellison.

»Nein.« Jonah ließ das Wort im Raum stehen, genoss den scharfen Klang und war froh, so nachdrücklich antworten zu können. Denn er hatte nicht nur seine Frau und seine Kinder verlassen. Er hatte sich völlig von seiner Familie losgesagt, hatte alle Verbindungen zu Verwandten und Kindheitsfreunden gekappt, hatte sich entwurzelt, war mutterseelenallein auf diesem Planeten. Er deutete mit einem Nicken auf ein Schwarzweißfoto im Silberrahmen auf Ellisons Schreibtisch. Zwei Kinder lachten auf einer Schaukel, während eine attraktive Frau mit windzerzausten Haaren ihnen Schwung gab. »Ihre?«, fragte er.

Ellison sah auf das Foto. »Ja«, sagte er, und sein Tonfall verriet eine Mischung aus Stolz und Melancholie. »Sie sind inzwischen erwachsen. Conrad schließt gerade seine chirurgische Assistenz an der UCLA ab. Jessica arbeitet hier in der Stadt als Anwältin für Immobilienrecht. Es sind gute Kinder. Ich kann mich glücklich schätzen.«

Ellison hatte die Frau auf dem Foto nicht erwähnt. Jonah vermutete in ihr die Quelle für die Traurigkeit in seiner Stimme, eine Traurigkeit, von der Jonah unwiderstehlich angezogen wurde. »Ist das Ihre Frau?«, fragte er.

Ellison sah von dem Bild hoch. »Elisabeth. Ja.« Eine Pause. »Sie ist verschieden.«

»Das tut mir Leid«, sagte Jonah. Er ahnte, dass Ellisons emotionale Wunde noch immer blutete. »Erst kürzlich?«

»Vor nicht ganz einem Jahr.« Er kniff seine Lippen zusammen. »Mir kommt es wie gestern vor.«

»Ich verstehe das«, sagte Jonah.

»Die Leute behaupten das«, sagte Ellison, »aber die Frau, die man liebt, zu überleben ... das ist etwas, das man wohl selbst durchmachen muss, um es zu verstehen. Ich würde das nicht meinem schlimmsten Feind wünschen.«

Jonah schwieg.

»Wir waren siebenunddreißig Jahre verheiratet«, sagte Ellison. »Ein Paar waren wir einundvierzig Jahre. Ich kann mich nicht beklagen.«

Jonah nickte, doch er wusste, dass die bloße Äußerung einer solchen Leugnung bedeutete, dass er viel beklagte, allem voran die Sterblichkeit selbst, jene entsetzliche Tatsache, dass unser Leben und das der Menschen, die wir lieben, nicht ewig währt und erschreckend zerbrechlich ist, dass jeder von uns ohne Vorwarnung sein Leben aushauchen kann, dass wir, wenn wir jemanden lieben, in jedem einzelnen Moment unendlich verletzlich sind.

Der Gedanke entführte Jonah aus Ellisons Büro direkt zu Anna Beckwiths Mutter, wie sie ans Telefon ging und der State Trooper am anderen Ende der Leitung ansetzte, ihr schlechte Nachrichten zu überbringen. Unvorstellbare Nachrichten. Eine Tochter, die ermordet neben ihrem Auto in einem Wald am Highway gefunden worden war. Jonah stellte sich vor, er würde Mrs. Beckwith im Arm halten, während sie schluchzte. Er streichelte ihr Haar. Er flüsterte ihr ins Ohr: *»Anna ist nicht wirklich tot. Ein Teil von ihr lebt weiter. In mir.«*

»Dr. Wrens?«, fragte Ellison und beugte sich leicht in seinem Schreibtischsessel vor.

»Ja«, sagte Jonah.

Ellison spähte wieder über den Rand seiner Halbbrille. »Waren Sie für einen Moment ganz woanders?«

»Ich habe mir nur vorgestellt, wie es sein muss, einundvierzig Jahre lang mit derselben Frau zusammen zu sein. Sie müssen sie sehr geliebt haben.«

Ellison räusperte sich und lehnte sich wieder in seinem Sessel zurück. »Sie waren nie verheiratet?«

Jonah hatte Anna Beckwith genau die gleiche Frage gestellt. *Sie waren nie verheiratet?* Er musterte Ellison argwöhnisch und fragte sich, ob der freundliche Doktor ihm vielleicht zu verstehen geben wollte, dass er über das Blutbad, das Jonah angerichtet hatte, Bescheid wusste. Aber das war unmöglich, und Jonah tat seine Befürchtung als das mentale Echo eines schuldbewussten Gewissens ab. Denn er fühlte sich schuldig – mehr und mehr mit jedem Leben, das er nahm. »Ich war für kurze Zeit verheiratet«, sagte er. »Ich war jung.«

»Waren wir das nicht alle«, erwiderte Ellison. »Sie waren noch nicht bereit, eine solche Bindung einzugehen?«

Jonah schüttelte den Kopf. »Ich war bereit.«

»Aber sie war es nicht«, sagte Ellison.

Jonah senkte seinen Blick und zupfte nervös an seinem rechten Hosenbein, dann sah er wieder zu Ellison. »Sie ist gestorben«, sagte er und wählte absichtlich härtere Worte als Ellisons »Sie ist verschieden«.

Ellisons Miene erstarrte.

»Wo wir schon davon sprechen«, sagte Jonah, »und ich vertraue darauf, dass es unter uns bleibt – ich kann nachempfinden, was Sie durchgemacht haben. Ich habe das Gleiche durchgemacht.«

»Es tut mir wirklich Leid«, sagte Ellison und runzelte die Augenbrauen. »Was ich gesagt habe, muss geklungen haben …«

»Wie die Wahrheit«, fiel ihm Jonah ins Wort. »Nur jemand, der durchgemacht hat, was wir durchgemacht haben, kann es je verstehen.«

Ellison nickte.

»Ihr Name war Anna«, sagte Jonah, und sein Blick wanderte gedankenverloren zu einer Ecke von Ellisons Schreibtisch. »Wir haben uns bei einem Tanzfest auf dem Mount Holyoke College in Massachusetts kennen gelernt.« Er schloss einen Moment lang seine Augen, dann schlug er sie wieder auf und lächelte, als würde ihm eine glückliche Erinnerung Trost spenden. »Sie hatte sich für ein Frauencollege entschieden, weil sie schüchtern war – praktisch schon krankhaft schüchtern. Sie hatte zwei ältere Brüder, die sie immerzu geneckt haben. Richtig schlimm geworden ist es, als sie so um die elf war, genau zum richtigen Zeitpunkt, um den größtmöglichen psychosexuellen Schaden anzurichten. Aber sie hat sich sehr herausgemacht, nachdem wir uns verlobt hatten. Ist in jeder Hinsicht aufgeblüht. Sie schien diese Art von Sicherheit zu brauchen.« Er sah abermals Ellison an. »Sicherheit«, wiederholte er kopfschüttelnd. »Sie war dreiundzwanzig, als sie starb.«

»Mein Gott«, sagte Ellison. Er schwieg einen Moment lang. »Darf ich fragen, woran sie gestorben ist?«

Jonah wusste, dass eine Frau, die im Alter von Ellisons Ehefrau Elisabeth starb, höchstwahrscheinlich Krebs zum Opfer gefallen war. Eine Herzerkrankung kam ebenfalls in Frage. Ein Autounfall war natürlich immer eine Möglichkeit. »Anna ist an Krebs gestorben«, traf er seine Wahl. Er war in der Stimmung, die Grenzen seiner Intuition auszutesten. »Die Eierstöcke«, sagte er.

»Brustkrebs«, sagte Ellison über seinen eigenen Verlust.

Nah genug dran, dachte Jonah bei sich. Eierstockkrebs. Brustkrebs. In beiden Fällen war das Ende weder kurz noch schmerzlos. Ellison hatte die Hölle durchlebt, und jetzt glaubte er, Jonah habe die gleiche Erfahrung gemacht. »Die Leute sagen einem, dass man schon darüber hinwegkommt«, sagte Jonah, »sobald genügend Zeit verstrichen ist, sobald man eine neue Beziehung findet, sobald man an genügend Sonntagvormittagen genügend Gebete gesprochen hat, aber ich glaube nicht, dass ich je darüber hinwegkommen werde.«

Ellison musterte ihn wie einen Blutsbruder. »Ich auch nicht«, pflichtete er bei.

Jonah schluckte schwer und sagte lange nichts, um dem emotionalen Kitt zwischen ihnen Zeit zu lassen, sich zu verfestigen. Als er schließlich sprach, tat er dies mit dem Tonfall eines Mannes, der bewusst die Erinnerung an eine große Tragödie verdrängt. »Nun, also ... okay«, sagte er. »Kommen wir zu angenehmeren Dingen ...«

»Nur zu gern«, bestätigte Ellison.

»Erzählen Sie mir mehr über die Abteilung«, sagte Jonah. »Wie kann ich helfen?«

»Sie haben bereits geholfen.« Ellison lächelte Jonah an. »Danke.«

Jonah nickte ernst.

»Aber was die Abteilung angeht ...«, lenkte Ellison seine Gedanken zurück auf das ursprüngliche Gleis. »Wie Sie wissen, haben wir zwanzig Betten. Gemeinhin sind wir ausgelastet, und es gibt eine Warteliste. Wir sind die einzige geschlossene Psychiatrie im Umkreis von zweihundertfünfzig Meilen. Die Einwohnerschaft von Canaan und den umliegenden Städten ist strikt Arbeiterschicht, hauptsächlich Holzwirtschaft. Die Eltern haben gewöhnlich nur eine einfache Schulbildung, wenn überhaupt. Viel Alkoholismus, wie man in einer solchen Gegend erwarten kann. Dazu kommt ein nicht unbeachtlicher illegaler Drogenkonsum. Kokain. Heroin. Alles zusammen der ideale Nährboden für Misshandlung und Vernachlässigung. Und ich würde sagen, dass wir einen mehr als durchschnittlichen Anteil an Depressionen haben.«

»Harte Winter«, bemerkte Jonah.

»Vielleicht. Es könnte auch einfach nur eine Bevölkerung von unterdurchschnittlichem sozioökonomischem Status widerspiegeln.« Ellison machte eine kurze Pause. »Ich kann Ihnen sagen, dass die Kinder, die hierher kommen, wie wohl auch in den anderen psychiatrischen Abteilungen, in denen Sie gearbeitet haben, schwer geisteskrank sind. Endogene Depression, Schizophrenie, Drogenabhängigkeit. Die Krankenversicherungen würden sonst einer Einweisung überhaupt nicht zustimmen. Und in dieser Gegend gibt es nicht eine Familie, die die Rechnung für eine stationäre Behandlung aus eigener Tasche bezahlen könnte.«

»Ich arbeite gern mit schwer kranken Patienten«, erklärte Jonah.

»Dann werden Sie sich hier wohl fühlen«, sagte Ellison.

»Jede dritte Nacht Bereitschaft?«

»Stimmt. Sie arbeiten mit Michelle Jenkins und Paul Plotnik zusammen. Ich verspreche Ihnen, die sind sehr froh, Sie zu sehen. Sie teilen Dr. Murphys Patienten zwischen sich auf, und das sind nicht wenige. Er war sehr beliebt.«

»Ich hoffe, ich werde seinem Vorbild gerecht.«

»Da bin ich sicher«, sagte Ellison. Er schaute auf einen Terminkalender, der aufgeschlagen auf seinem Schreibtisch lag. »Sie fangen also am Dritten des Monats an, wie geplant?«

»Ich kann heute anfangen«, erklärte Jonah eilig, begierig darauf, nicht nur für seine Zerstörungswut Buße zu tun, sondern sich an den verschlungenen Lebensgeschichten zu nähren, die er so dringend brauchte.

»Wie wär's mit gestern?«, feixte Ellison. Er stand auf. »Ich zeige Ihnen kurz, wo alles ist.« Er machte eine Pause. »Da fällt mir gerade ein, dass wir um zwölf eine Fallbesprechung haben. Gewöhnlich stellen Dr. Jenkins oder Dr. Plotnik mir einen Fall vor. Ich befrage den betreffenden Patienten in Anwesenheit unseres Pflegepersonals und sehe, ob ich ihm etwas entlocken kann, was sie noch nicht herausgefunden haben, zaubere gewissermaßen das sprichwörtliche Kaninchen aus dem Hut.« Er zwinkerte. »Heute ist Plotnik dran. Warum übernehmen Sie nicht an meiner Stelle? Auf die Weise kann unser Stab gleich Ihren Arbeitsstil kennen lernen.«

»Es wäre mir eine Ehre«, sagte Jonah. »Danke.«

»Danken Sie mir, nachdem die Schwestern und Sozialarbeiter Sie mit Fragen durchlöchert haben«, erwiderte Ellison. »Sie lieben es, meine klinischen Beurteilungen zu zerpflücken. Ich bezweifle, dass Sie sich bei Ihnen mehr zurückhalten werden.«

»Nur immer zu«, sagte Jonah. »Ich betrachte es als Initiationsritual.«

Der zu den Seiten hin ansteigende Hörsaal des kleinen Canaan Memorial Hospital war augenscheinlich jüngst renoviert worden, mit neuem, dunkelgrauem Teppichboden, rund zweihundert bequem gepolsterten, perlgrauen Klappsitzen und einer Phalanx von Wandleuchten, die ein sanftes Licht auf die zartrosa Wände warfen, an denen hier und dort Drucke von friedlichen Landschaftsszenen hingen. Verschneite Kiefern. Schäfchenwolken. Ein vereistes Bächlein.

Während Jonah mit Craig Ellison eintrat, schlenderten aus allen Richtungen Männer und Frauen herbei. Ein Rednerpult und ein heller Eichentisch befanden sich vorne im Saal. Hinter dem Tisch standen zwei Polstersessel mit hohen Lehnen einander gegenüber.

Jonah war schon in Dutzenden von Hörsälen wie diesem gewesen, und alles an ihnen zielte ebenso wie Jonah mit seiner Kleidung, seinem Verhalten, seiner Wortwahl darauf ab, Leute anzusprechen und zu beruhigen, damit sie im Gefühl größtmöglicher Sicherheit ihre dunkelsten Gedanken verrieten. Die Dämonen, die im Inneren von Leuten lauerten – jene grotesk entstellten Kloakenbewohner des Verstandes, die von dem unaussprechlichen emotionalen Inferno dessen, was wir Alltagsleben nennen, in den Untergrund getrieben werden –, waren ihrerseits leicht zu verschrecken, flüchteten sich blitzschnell in das Labyrinth des Unterbewusstseins, wo sie dann orientierungslos und mutterseelenallein und in verzweifelter Sehnsucht nach einer Berührung umherirrten, doch in ihrer Isolation wenigstens sicher waren vor der Art von Tiefschlägen, ob physisch oder emotional, real oder eingebildet, die sie bei helllichtem Tage hatten einstecken müssen. Manipulierende Mütter, gewalttätige Väter, lüsterne Erzieher, falsche Freunde, lieblose Ehen, tote Großeltern, tote Eltern, tote Geschwister, tote Kinder, Tod, der geduldig wartete – auf sie. Sie brauchten den stillen Trost von Pastelltönen und indirekter

Beleuchtung, von endlosen Panoramen und blauem Himmel, einer samtenen Stimme wie der von Jonah, den mitfühlenden Blick blauer Augen wie der seinen.

Doch all diese Dinge reichten nur ellbogentief in das Unterbewusstsein und ließen die komplexesten Pathologien unberührt. Jonahs Zugriff reichte weit tiefer hinab, in die entferntesten Winkel der dunkelsten Gedanken. Und die geheime Zutat, die mehr als alles andere die Wunder erklärte, die er bei seinen Patienten vollbrachte, war schlicht diese: die fühlbare Gegenwart seiner eigenen Dämonen. Jene, die undenkbare Gedanken hegten, spürten tief in ihrem Herzen, dass sie eine verwandte Seele gefunden hatten, jemanden, der die unbeschreibliche Qual des Lebens verstand, wenn man in Scherben gegangen war, einige davon so scharfkantig, dass nach bloßer Berührung die Blutung nie wieder zu stillen sein würde.

»Da ist einer Ihrer Leidensgenossen«, bemerkte Ellison zu Jonah und deutete mit einem Nicken auf eine Frau von erotischem Äußeren, Mitte bis Ende dreißig, mit langen, glatten, schwarzen Haaren, die in einer kleinen Gruppe auf der anderen Seite des Saals stand. »Dr. Jenkins. Kommen Sie, ich stelle Sie einander vor.«

Jonah folgte Ellison zu der Frau hinüber.

»Entschuldigen Sie bitte«, sagte Ellison und fasste sie von hinten am Arm.

Jenkins drehte sich um. Sie trug einen schlichten, doch elegant geschnittenen Hosenanzug mit einem limonengrünen T-Shirt darunter. »Wie geht's, Craig?«, sagte sie. Sie nickte Jonah zu, dann sah sie wieder Ellison an.

»Wie immer bestens«, sagte Ellison.

»Paul hat heute eine wirklich harte Nuss für Sie«, sagte sie. »Ein neunjähriger Junge. Praktisch stumm. Der Kleine hat kaum zehn Worte gesprochen, seit er eingewiesen wurde.« Sie zwinkerte Jonah zu. »Wollen wir mal sehen, was der Boss bei ihm erreichen kann.«

Jonah schaute in Jenkins' bernsteinfarbene Augen, deren Weiß aus dem Rahmen ihrer glänzenden Haare hervorblitzte. Die Mandelform ihrer Augen und ihre leichte Schrägstellung gegenüber den Wangenknochen deuteten eine zum Teil asiatische Abstammung an, die auch ihre bräunliche Haut und ihren langen, anmutigen Hals erklären würde. Wenn sie lächelte, tauchten Grübchen in ihren Wangen auf und verrieten sie als zugängliche, nicht unberührbare Schönheit. »Welche waren es?«, fragte Jonah.

»Wie bitte?«, sagte Jenkins.

»Die Worte«, sagte Jonah. »Welche zehn Worte hat der Junge gesprochen?«

Jenkins schmunzelte. »Ich habe nicht daran gedacht, nachzufragen. Ich hätte es tun sollen.«

Ellison kicherte. »Michelle Jenkins, das hier ist Jonah Wrens, der Arzt von Medflex, von dem ich Ihnen erzählt habe.«

»Dachte ich es mir doch«, sagte Jenkins und reichte ihm ihre Hand. »Mein Retter.«

Jonah schüttelte ihre Hand. Sie war weich und zartgliedrig, mit langen, anmutigen Fingern – eine Hand, die seiner eigenen an Attraktivität in nichts nachstand. Er bemerkte, dass Jenkins am Mittelfinger einen Verlobungsring mit einem Brillanten von wohl vier oder fünf Karat trug. Sie hatte vermutlich seit der Verlobung noch keine Zeit gehabt, den Ring kleiner machen zu lassen. Oder vielleicht war sie auch gar nicht verlobt, und der Ring war ein Erbstück, das ihr eine liebende Großmutter hinterlassen hatte. »Retter mag ein bisschen übertrieben sein«, sagte Jonah.

»Sie sind auch nicht derjenige, der seit sieben Monaten jede zweite Nacht Bereitschaft hatte«, sagte sie und neigte ihren

Kopf auf eine wundervoll feminine Art. »Jede dritte Nacht wird mir wie das Paradies vorkommen.« Sie sah Ellison an. »Sie sind schuld, dass ich völlig erledigt bin.«

»Ansehen tut man es Ihnen aber nicht«, sagte Ellison mit einer angedeuteten Verbeugung.

»Es wird Zeit, dass Sie sich eine neue Brille verschreiben lassen«, gab Jenkins zurück. Sie schaute über Ellisons Schulter. »Da kommt Paul.«

Jonah drehte sich um und sah einen Mann in einem dunkelblauen Blazer und einer zerknitterten Twillhose auf sie zukommen.

»Paul Plotnik«, sagte Ellison. »Der dritte Musketier.«

Plotnik, ein drahtiger Mann um die fünfundfünfzig mit spärlichem, widerspenstigem Haar und schmalen, hängenden Schultern, gesellte sich zu ihnen. Seine Hose hatte über dem linken Knie Flecke. »Ich hab heute eine harte Nuss für Sie«, verkündete er Ellison mit einem leichten Lispeln. Sein Blick huschte zu Jonah, dann zu Jenkins, dann wieder zu Ellison. »Neun Jahre alt, praktisch stumm. Er bewegt sich kaum. Hört Stimmen, vermute ich. Leidet möglicherweise auch an Halluzinationen.«

»Erzählen Sie das alles Dr. Jonah Wrens von Medflex«, sagte Ellison und deutete mit einem Nicken zu Jonah. »Ich habe ihn gebeten, heute für mich zu übernehmen.«

»Wunderbar.« Plotnik schüttelte Jonahs Hand – zu fest. »Ich habe viel von Ihnen gehört. Wann sind Sie angekommen?«

»Erst heute«, sagte Jonah. »Das nenn ich einen Handschlag.« Er bemerkte, dass die linke Seite von Plotniks Gesicht etwas hing. Er hatte einen leichten Schlaganfall gehabt. Das erklärte auch sein Lispeln.

»Das hör ich nicht zum ersten Mal«, erwiderte Plotnik und gab endlich Jonahs Hand frei.

»Dr. Ellison lässt Sie also gleich hart arbeiten«, bemerkte Jenkins zu Jonah. »Eine richtiggehende Feuerprobe.«

»Mir macht das nichts aus«, versicherte Jonah. Er sah ihr in die Augen. Oder sah sie ihm in die Augen? »Sie können ja meine Retterin sein und mich wieder aufrichten, wenn ich abstürze.« Er lauschte seinen eigenen Worten, während er sie aussprach, hörte, wie sie Fürsorge, sexuelle Leidenschaft und Gefahr verbanden. *Meine Retterin. Wieder aufrichten. Abstürzen.* Es war nicht seine Absicht gewesen, eine solch deutliche Botschaft zu übermitteln.

»Werd ich tun«, versprach Jenkins mit einem Hauch von Verführung in ihrer Stimme.

Ellison zog eine Augenbraue hoch.

»Nun dann, wollen wir anfangen?«, sagte Plotnik und lächelte nervös. »Damit wir sehen, was man heutzutage für zwanzig Riesen pro Monat kriegt.«

Jonah lachte.

»Paul, das ist wirklich unangebracht«, rügte Ellison.

»Das war ein Scherz«, sagte Plotnik und hielt beschwichtigend seine Hände hoch. »Ein Scherz. Nichts weiter.«

»Habe ich auch so verstanden«, versicherte Jonah.

»Dr. Ellison hat nichts verraten«, sagte Plotnik zu Jonah. »Er ist verschwiegen wie kein Zweiter. Ich hab selbst einmal überlegt, für Medflex zu arbeiten. Deshalb weiß ich ziemlich gut, was die zahlen.«

»Aber im Endeffekt sind Sie dann doch lieber hier geblieben?«, fragte Jonah.

»Craig hat mir zweiundzwanzigtausend pro Monat angeboten«, erwiderte Plotnik und brach in schallendes Gelächter aus.

»Das träumst du auch nur«, feixte Jenkins.

»Lassen Sie uns anfangen«, sagte Ellison.

»Aber mal ganz im Ernst«, wandte sich Plotnik an Jonah.

»Keiner erwartet, dass Sie ein Wunder vollbringen. Er ist schon drei Wochen auf der Station. Bringen Sie ihn nur dazu, zwei Worte sinnvoll aneinander zu hängen, und Sie sind ein Held.« Er machte auf dem Absatz kehrt und marschierte auf das Rednerpult vorn im Saal zu.

3

Der Hörsaal war fast bis auf den letzten Platz gefüllt. Ellison erklärte Jonah, dass das Canaan Memorial eine der wenigen medizinischen Einrichtungen in Vermont war, wo Mitarbeiter aus dem Gesundheitswesen die Fortbildungsbescheinigungen erwerben konnten, die sie brauchten, um ihre Zulassung zu behalten. Sozialarbeiter, Psychologen und Psychiater aus dem ganzen Bundesstaat kamen zu diesen wöchentlichen Fallbesprechungen.

Jonah hörte von einem Platz in der ersten Reihe aus zu, während Paul Plotnik begann, die psychiatrische Krankengeschichte des neunjährigen Benjamin Herlihey vorzustellen. Nach der Falldarstellung würde man Herlihey hereinbringen, damit er befragt werden konnte.

»Benjamin Herlihey ist ein neunjähriger Weißer, der am dritten Januar dieses Jahres in die geschlossene Psychiatrie eingewiesen wurde«, las Plotnik von seinem Manuskript ab. »Er ist Einzelkind. Sein Vater arbeitet auf einem der örtlichen Holzplätze, und seine Mutter arbeitet von zu Hause aus als Tagesmutter. Nach Aussage seiner Eltern zeigte Benjamin über fast drei Monate vor seiner Einweisung zunehmend Symptome einer schweren Depression, einschließlich eines Appetitmangels, der zu einem Gewichtsverlust von rund acht Kilo führte, unzureichendem Schlaf, aus dem er zumeist in den frühen Morgenstunden erwacht, Verlust des Interesses an allen Aktivitäten, die ihm zuvor Vergnügen bereitet hatten, Energieverlust und periodisch auftretender Weinerlichkeit.« Plotnik machte eine Pause, starrte aber weiter auf seine Notizen. Er steckte sich seinen Zeigefinger ins Ohr und bohrte, als wolle er Ohrenschmalz entfernen.

Ellison beugte sich zu Jonah. »Eine nervöse Angewohnheit«, flüsterte er.

Sehr nervös, dachte Jonah bei sich.

»Benjamin wurde ambulant von einem Psychiater behandelt, der ihm Zoloft in einer Dosierung von fünfzig Milligramm verschrieb, ohne dass eine Besserung der Symptome eintrat«, fuhr Plotnik fort. »Die Dosis wurde langsam auf einhundert Milligramm erhöht, dann auf zweihundert. Es konnte keine lindernde Wirkung festgestellt werden. Die Symptome des Patienten verschlimmerten sich weiter. Desipramin in einer Dosierung von fünfzig Milligramm jeden Morgen wurde hinzugegeben. Doch trotz dieser Medikamentenkombination verlor der Patient kontinuierlich an Energie, und sein Gewicht fiel ebenfalls weiter. Er ging nicht mehr zur Schule und wurde zu Hause immer verschlossener. Um Mitte Dezember herum war Benjamin praktisch stumm, beantwortete Fragen mit Ja und Nein, ließ sich aber nicht weiter aus. Er begann, Augenkontakt zu vermeiden. Sein Psychiater kam, meiner Meinung nach zu Recht, zu dem Schluss, dass Benjamin nicht unter endogener Depression litt, sondern unter einem ersten psychotischen Schub, der den frühen – kindheitlichen – Ausbruch von paranoider Schizophrenie ankündigt.«

Geflüster im Publikum über die schlechte Prognose bei extrem früh ausbrechender Schizophrenie. Endogene Depression war auch nicht auf die leichte Schulter zu nehmen, reagierte aber bei weitem besser auf Behandlung.

Plotnik bohrte abermals mit dem Zeigefinger im Ohr, dann

blätterte er mit demselben Finger auf die nächste Seite seiner Falldarstellung um. »Seit seiner Einweisung am dritten Januar hat der Patient fast völliges Schweigen gewahrt. Er scheint gelegentlich geistesabwesend, vermutlich aufgrund von Halluzinationen. Er blickt an die Decke, als würde er Stimmen hören oder eine Vision haben.

Benjamin hat seit Beginn seiner Erkrankung keine normale Nahrung mehr zu sich genommen, sein anorexisches Verhalten hat sich auf der Station nur verschlimmert und stellt inzwischen eine ernstliche Gefahr für seinen Stoffwechsel dar. Wir verabreichen ihm mittels Tropf die nötigen Nährstoffe, doch wir werden binnen der nächsten Tage einen Nahrungsschlauch einführen müssen, um sein Überleben zu sichern. Seine Eltern haben dem Eingriff bereits zugestimmt. Direkt anschließend werden wir mit der Elektrokonvulsionstherapie beginnen in der Hoffnung, positiv auf Benjamins Psychose einwirken zu können.

Psychodynamisch scheint relevant, dass Benjamins Vater die Familie vor drei Jahren ohne Vorwarnung verlassen hat, beinahe auf den Tag genau an dem Datum, an dem die Symptome seines Sohns erstmals auftraten. Mr. Herlihey blieb vier Monate lang fort, verweigerte jeglichen Kontakt mit seiner Familie, dann kam er ebenso unvorhergesehen zurück. Einen Grund für sein plötzliches Fortgehen oder seine unvermittelte Rückkehr hat er nie offenbart.

Man fragt sich, ob Benjamin das Schweigen seines Vaters imitiert, ob er sich zu Tode hungert, um seinem ungestillten emotionalen Hunger Ausdruck zu verleihen.« Plotnik sah zum ersten Mal von seinem Manuskript auf. »Wie zu befürchten war, hat Benjamins Vater diese Theorie strikt verworfen. Er ist weiterhin nicht bereit, das Geheimnis zu lüften, was er in seiner Abwesenheit getan hat und was ihn zu seinem Verhalten bewogen haben könnte.«

Plotnik nickte Jonah zu. »Unser fachärztlicher Berater wird heute der jüngste Personalzugang der psychiatrischen Abteilung des Canaan Memorial sein, Dr. Jonah Wrens.« Sein Blick wanderte zu dem jungen Mann, der neben der Tür des Hörsaals stand, und er sagte: »Bringen Sie bitte Benjamin herein.«

Plotnik stieg vom Podium und ging zu dem Platz neben Jonah. Jonah stand auf. Er wollte zu den Sesseln hinter dem Eichentisch gehen, doch er blieb stehen, als sich die Hörsaaltür öffnete und Benjamin Herlihey in einem Rollstuhl und mit einem mobilen Tropf an jedem Arm hereingeschoben wurde.

Selbst eingehüllt in eine weiße Krankenhausdecke ähnelte Benjamin Herlihey den Gestalten in einem Konzentrationslager des Zweiten Weltkriegs. Seine eingesunkenen Augen hatten bläuliche Ringe. Das rote Haar war fein und dünnte aus, sodass an einigen Stellen bereits seine Kopfhaut durchschimmerte. Die Knochen seiner Beine und Arme zeichneten sich kaum ab unter dem weißen Webstoff, der sie zudeckte. Sein Körper war schlaff und saß zusammengesackt in der linken Ecke des Rollstuhls. Er mutete Jonah alterslos an, neun oder neunzig, der Geburt ebenso nah wie dem Tod.

Jonah begab sich ans vordere Ende des Saals. Er zog einen der Sessel vom Tisch weg, um Platz für Benjamins Rollstuhl zu schaffen. Dann saßen sich die beiden – Arzt und Patient – schweigend gegenüber. Benjamins Kopf hing kraftlos zur Seite, während er Jonah mit leerem Blick anschaute.

»Ich bin Dr. Wrens. Jonah Wrens.«

Benjamin sagte nichts und zeigte auch keine andere Reaktion.

»Dr. Plotnik hat mich gebeten, mit dir zu sprechen, um zu sehen, ob ich dir helfen kann.«

Benjamins Augen verdrehten sich erst nach oben, dann

nach links und starrten einen Moment lang an die Decke, bevor sie langsam wieder zur Mitte zurückkehrten.

Jonah betrachtete die Stelle, zu der Benjamins Blick anscheinend gewandert war. Dort war nichts. Er sah wieder den Jungen an. »Dr. Plotnik hat mir von deinen Schwierigkeiten erzählt. Ich möchte sie besser verstehen lernen.«

Benjamin reagierte nicht.

Jonah wollte gerade eine weitere Frage stellen, den Jungen anstacheln, ein oder zwei Worte zu stammeln. Doch er überlegte es sich, lehnte sich im Sessel zurück und saß einfach nur mit ihm da. Eine Minute verstrich. Dann zwei. Gelegentlich verdrehten sich Benjamins Augen zur Decke, und wenn sie das taten, verdrehte Jonah seine Augen in exakt der gleichen Weise.

Zwei Minuten Schweigen sind mehr, als die meisten Menschen ertragen können. Die Leute im Saal rutschten nervös auf ihren Sitzen herum. Jonah sah aus dem Augenwinkel, wie sich einige zur Seite beugten, um mit ihren Kollegen zu flüstern. Er konnte sich nur zu gut vorstellen, was sie sagten. *Wer ist denn dieser Kerl bloß? Tut er jetzt mal irgendwas? Warum sagt er denn nichts, Himmelherrgott noch mal?*

Jonah verbannte das alles aus seinem Kopf. Ohne den Augenkontakt mit Benjamin zu brechen, begann er, ganz langsam seinen eigenen Kopf, seinen Hals, seine Brust, seine Arme, Hüften, Schenkel, Knie und Füße so zu bewegen, dass sie genau die gleiche Position wie die des Jungen annahmen; er verwandelte sich in das Spiegelbild des Jungen, suchte die genaue Entsprechung zum Schwerpunkt von Benjamins Gleichgewicht durch den Druck, den er an manchen Stellen auf seiner Haut fühlte, an anderen dagegen nicht, durch die Anspannung, die er in einigen seiner Muskeln spürte, und den Mangel an Spannung in anderen.

Weitere zwei Minuten verstrichen in diesem Zustand völliger Bewegungslosigkeit, während das Publikum immer unruhiger wurde und Jonah immer tiefer in seinem Sessel zusammensackte und zunehmend wie der Klon des kranken Jungen ihm gegenüber aussah.

Dann richtete sich Jonah plötzlich in seinem Sessel auf. Er erhob sich. Er trat zu Benjamin, ging vor ihm in die Hocke und sah ihm in die Augen. »Ich werde dich jetzt anfassen«, sagte er mit kaum hörbarer Stimme. »Hab keine Angst.« Er streckte seine Hände aus, sodass Benjamin sie sehen konnte.

Im Saal wurde es schlagartig mucksmäuschenstill. Psychiater fassen nicht an. Sie wahren strikte Grenzen. Sie heilen von der anderen Seite des Zimmers aus.

»Was zum Henker wird denn das?«, hörte Jonah Plotnik murmeln.

Jonah schaute zu Craig Ellison und sah den zweifelnden Ausdruck auf seinem Gesicht. Doch er sah auch, dass sich Michelle Jenkins wie gebannt in ihrem Sitz vorbeugte.

Er konzentrierte sich wieder auf Benjamin. »Hab keine Angst«, sagte er. Er schaute dem Jungen eindringlich in die Augen, dann wandte er seine Aufmerksamkeit dem linken Arm des Knaben zu, der reglos auf seinem Schenkel ruhte. Er hob ihn gute zwanzig Zentimeter hoch, dann ließ er ihn los und schaute zu, wie er totem Ballast gleich herunterfiel. Dann hob er den rechten Arm hoch und ließ ihn fallen. Der Arm senkte sich langsam wieder hinab.

Wie ein Mann, der die Glieder einer lebensgroßen Animationsfigur bewegt, zog und schob Jonah Benjamins Arme und Beine hierhin und dorthin. Er fuhr mit seiner Daumenspitze über die Sohlen von Benjamins Füßen und beobachtete, wie sich die Zehen in Reaktion auf den spezifischen Druck krümmten. Er beugte sich ganz dicht heran, sodass sein Gesicht nur wenige Zentimeter von Benjamins Gesicht entfernt war. Er sah nach links und nach rechts, nach oben und nach unten und beobachtete, wann Benjamins Augen der Bewegung folgten, wie es die Augenreflexe diktierten, und wann sie es nicht taten.

Er lehnte sich wieder etwas zurück. »Danke«, sagte er zu Benjamin. »Ich glaube, ich verstehe das Problem jetzt.« Er stand auf und gab dem Mann, der Benjamin in den Saal geschoben hatte, ein Zeichen. »Fertig«, verkündete er.

Er trat an das Rednerpult und wartete, bis Benjamin das Auditorium verlassen hatte. Dann ließ er seinen Blick über das Publikum schweifen und atmete tief durch. »Das ist ein ungewöhnlicher Fall«, sagte er.

»Es ist auch eine ungewöhnliche Fallbesprechung«, bemerkte Paul Plotnik in einem Bühnenflüstern.

Nervöses Gelächter verbreitete sich im Saal.

Jonah sah Plotnik an, der ein breites Grinsen zur Schau trug. »Glioblastom-Gehirntumore sind in dieser Altersgruppe extrem selten«, sagte er. »In diesem Fall«, fuhr er fort und wandte sich nun an das gesamte Publikum, »ahmt der Tumor aufgrund seiner Position im Gehirn perfekt eine Geisteskrankheit nach. Sein Ausgangspunkt liegt direkt neben dem limbischen System, in der rechten Hirnhälfte, sodass die bösartigen Zellen zuerst in den Mandelkernkomplex eingedrungen sind und dadurch Stimmungsschwankungen und Veränderungen in den Muskelfunktionen hervorgerufen haben. Dann haben sie sich über die Basalganglien langsam weiter nach innen ausgebreitet in die Querfurche der Großhirnrinde, wo bekanntermaßen das primäre Sprachzentrum angesiedelt ist.« Er machte eine kurze Pause und sah abermals Paul Plotnik an. »Dr. Plotnik«, sagte er. »Haben Sie eine Computertomographie veranlasst?«

»Selbstverständlich«, erklärte Plotnik entrüstet.

»Ich habe schon aus Ihrer gründlichen Falldarstellung geschlossen, dass Sie das getan haben würden«, lenkte Jonah ein.

Er wollte Plotnik davor bewahren, als Dummkopf dazustehen, und sich davor bewahren, sich einen Feind zu machen. Er sah wieder zum Publikum. »Das Problem ist, dass acht Prozent aller Glioblastom-Läsionen nur bei einer Magnetresonanztomographie erkennbar sind. Und gemeinhin veranlassen wir keine Magnetresonanztomographien für Patienten, deren Symptome sich augenscheinlich durch Depression erklären lassen – oder durch Schizophrenie.« Er machte abermals eine Pause. »Benjamin braucht keine Elektrokonvulsionstherapie. Er braucht eine Operation – und zwar umgehend. Glioblastome sind aggressiv, doch behandelbar, wenn sie früh genug entdeckt werden.«

»Aber was ist mit der Psychose?«, fragte Michelle Jenkins. »Wie erklären wir die?«

»Ich glaube nicht, dass Benjamin Visionen hat«, sagte Jonah. »Seine Augen wandern nach oben links, weil die Nerven der Augenmuskeln, die das Auge zentrieren, geschwächt sind. Der Tumor zerstört sie.«

Eine junge Frau in einer der hintersten Sitzreihen meldete sich.

Jonah nickte ihr zu.

»Wie sind Sie darauf gekommen?«, wollte sie wissen.

»Indem ich Benjamin zugehört habe«, antwortete Jonah.

»Aber er hat kein Wort gesagt«, entgegnete die junge Frau.

»Genau«, sagte Jonah.

»Genau was?«, fragte ein anderer Mann in der Mitte des Saals.

»Benjamins völliges Schweigen war für mich der erste Hinweis darauf, was ihm fehlte«, erklärte Jonah. »Wenn er ein einziges Wort von sich gegeben hätte, wäre ich versucht gewesen, es psychologisch zu analysieren. Wenn er geweint hätte, hätte ich mir vermutlich die Zeit genommen, ihn dazu zu bringen, mir von seiner Traurigkeit zu erzählen oder von den anderen

Symptomen der Depression, unter denen er möglicherweise leidet.« Er machte eine kurze Pause. »Benjamin hat mir geholfen, klar zu sehen. Der Schlüssel war, schweigend mit ihm zusammenzusitzen und genau zu beobachten, ohne sich von Worten oder Emotionen ablenken zu lassen.«

Paul Plotnik räusperte sich und hob seine Hand.

Jonah nickte ihm zu.

»Bevor wir einen Neurochirurgen rufen, sollten wir da nicht erst ein Magnetresonanztomogramm machen lassen?«, fragte er. »Können Sie absolut sicher sein, dass es nicht normal ausfallen wird?«

»Ich kann nicht absolut sicher sein«, antwortete Jonah, »aber es würde mich stark wundern, wenn es normal wäre.«

Plotnik wandte den Blick ab. Seine Schultern sackten noch mehr herunter.

Jonah wollte ihn rehabilitieren. »Dr. Plotniks psychologische Theorie erscheint mir übrigens plausibel«, erklärte er dem Publikum. »Benjamins Erkrankung könnte durchaus von dem unvorhergesehenen Weggang des Vaters von der Familie ausgelöst worden sein.«

Plotnik sah ihn an. »Sagten Sie nicht gerade, er habe einen Gehirntumor?«

»Glioblastome ruhen bis zu sechs Jahre, bevor sie sich ausbreiten«, erklärte Jonah ihm. »Das bringt uns wieder zu der Zeit, als Mr. Herlihey seine Familie verlassen hat. Lassen Sie uns eins nicht vergessen: Das limbische System ist das emotionale Kontrollzentrum des Gehirns. Niemand kann mit Gewissheit sagen, ob der Verlust des Vaters nicht eine bösartige Geschwulst in diesem Bereich hervorrufen kann. Warum sollte das unwahrscheinlicher sein als die Tatsache, dass Stress das Herz schädigt?«

Plotnik starrte Jonah an.

»Und wer vermag zu sagen«, fuhr Jonah fort und richtete

seinen Blick wieder auf das gesamte Publikum, »ob es nicht, wenn Mr. Herlihey die volle Wahrheit über jene Monate seiner Abwesenheit erzählt hätte, irgendwie Benjamins Immunsystem hätte stärken können, die Zahl seiner Antikörper hätte erhöhen können, vielleicht sogar dazu hätte führen können, dass sich der Tumor zurückbildet? Die Wahrheit hat die Kraft zu heilen.«

Jonah bemerkte, dass Craig Ellison ihn fast ehrfürchtig anschaute. Er entschied, nicht auf halbem Wege anzuhalten und die volle Wahrheit darüber ans Licht zu bringen, weshalb Paul Plotnik mit seiner Diagnose über Benjamin so danebengelegen hatte. Er sah wieder zu ihm. »Ebenso interessant ist die Tatsache, Paul, dass Sie aus eigener Erfahrung etwas von dem nachempfinden können, was Benjamin in neurologischer Hinsicht durchlitten hat.«

Plotnik sah Jonah fragend an. »Reden Sie von meinem Schlaganfall?«

»Ja«, sagte Jonah. »Würde es Ihnen etwas ausmachen, wenn ich Ihre Erfahrung benutzen würde, um eine Lehre für uns alle daraus zu ziehen?«

»Nicht im Geringsten«, erwiderte Plotnik, und all seine Verärgerung war verpufft.

»Sie hatten nur einen leichten Schlaganfall«, sagte Jonah. »Aber nach den speziellen Gesichtsmuskeln zu urteilen, die betroffen sind, und der Überkompensation der Muskeln Ihrer rechten Körperhälfte – Ihr kräftiger Handschlag –, ist das Gehirn wahrscheinlich in einem Bereich des Motorkortex geschädigt, der an jenen grenzt, in dem Stimmungen und Sprachvermögen gesteuert werden.«

»Stimmt genau«, bestätigte Plotnik ungläubig.

»Sodass Sie sich nach Ihrem Schlaganfall nicht nur körperlich geschwächt fühlten, sondern auch Probleme bei der Wortfindung hatten – und Probleme mit Depressionen.«

»Ein bisschen.«

»Und beides hat sich weitestgehend gegeben, als das betroffene Hirngewebe abgeheilt ist.«

»Es hat sich völlig gegeben«, versicherte Plotnik.

Jonah sah keinen Sinn darin, Plotnik darauf hinzuweisen, dass sein Sprachverhalten und sein Auftreten keineswegs gänzlich zum Normalzustand zurückgekehrt waren – und dies niemals tun würden. Doch Plotniks Weigerung, die fortgesetzten Auswirkungen des Schlaganfalls zu akzeptieren, bestärkte Jonahs Verdacht. »Möglicherweise hat die Tatsache, dass Sie nicht an Ihre eigene Hirnverletzung denken wollen, es Ihnen bedeutend schwerer gemacht hat, Benjamins Problem zu erkennen. Ihr erster Impuls könnte sein, *nicht* an so etwas zu denken.«

Plotnik sah Jonah durchdringend an.

»Ich denke, das geht jetzt ein wenig weit«, mischte sich Craig Ellison ein. »Wie Sie schon sagten, keiner von uns hätte eine Magnetresonanztomographie veranlasst bei einem Fall wie …«

»Nein, Craig«, fiel ihm Plotnik ins Wort. »Ich denke, er hat Recht.« Er wandte sich an Jonah. »Benjamins Erkrankung zu diagnostizieren hätte mich gezwungen, meine eigene Erkrankung zu konfrontieren – wieder an meinen Schlaganfall zu denken. Das war etwas, wozu ich nicht bereit war.«

»Also haben Sie den Fall hier vorgestellt«, sagte Jonah. »Sie wussten, dass da etwas mit Benjamin war, das Sie möglicherweise übersahen.«

Plotnik nickte. »Ein klinischer blinder Fleck.«

»Und Sie haben ihn überwunden, indem Sie Benjamin anderen Augen vorgestellt haben. Unseren. Sie haben dafür gesorgt, dass er die Hilfe bekommt, die er braucht.«

»Wenn ich das getan habe«, erwiderte Plotnik, »dann nur dank Ihnen.«

Jonah zwinkerte ihm zu. »Immer vorausgesetzt, das Magnetresonanztomogramm erweist sich nicht als völlig normal«, sagte er.

Jonah hatte vor, den Rest des Tages und des Abends in der geschlossenen Abteilung zuzubringen und die Krankenblätter der sechs Patienten durchzugehen, die von Dr. Jenkins und Dr. Plotnik in seine Obhut übergeben worden waren. Craig Ellison hatte Jonah angeboten, es langsam angehen zu lassen und erst einmal nur ein paar Patienten zu übernehmen, doch Jonah hatte die Gelegenheit beim Schopf gepackt, sich in einem halben Dutzend junger Leben zu versenken.

Er saß in seinem provisorischen Büro auf Station Seven West und brütete über Krankenblättern, die man nur als Chroniken des Seelenmords bezeichnen konnte. Naomi McMorris, sechs Jahre alt, im Alter von drei vergewaltigt vom Lebensgefährten ihrer Mutter; Tommy Magellan, elf Jahre alt, bereits kokainsüchtig geboren und jetzt abhängig von Kokain und Heroin; Mike Pansky, fünfzehn Jahre alt, hörte Stimmen, die ihm befahlen, sich umzubringen, volle zehn Jahre, nachdem seine psychotische Mutter versucht hatte, ihn zu töten.

Jonah fühlte, wie mit jeder Seite, die er las, die Distanz zwischen ihm und der Route 90 East und der gefrorenen Leiche von Anna Beckwith wuchs. Er hatte eine weitere Chance, Buße zu tun, eine weitere Chance, ein Heiler zu sein, und er war so trunken von dem Strom der Psychopathologie vor seinen Augen, dass er überzeugt war, er könne dieses Versprechen geben – und halten. Er würde keine Untat mehr begehen. Wie ein Süchtiger mit der Nadel im Arm konnte er nicht über seinen Rausch hinaussehen. Er konnte nicht sehen, dass seine eigenen Dämonen niemals ausgetrieben würden, solange er sich mit den Dämonen anderer Leute betäubte.

Er lehnte sich zurück, schloss die Augen und stellte sich

vor, Teile eines Tages oder einer Nacht als Naomi McMorris oder Tommy Magellan oder Mike Pansky zu durchleben. Er fühlte das unaufhörliche Tauziehen zwischen den Instinkten, zu lieben und zu hassen, zu vertrauen und zu fürchten, zu hoffen und zu verzweifeln, das sie Stunde um Stunde austrugen. Er begriff – nicht nur verstandesmäßig, sondern mit seinem Herzen –, warum ein Ego, das sich beständig strecken musste, um solche Extreme zu überbrücken, zwangsläufig zusammenbrechen würde und einen Jungen wie Mike im freien Fall aus der Realität abstürzen ließ, während seine innersten Überzeugungen von seiner eigenen Wertlosigkeit wie ein Bumerang an ihn zurückschnellten, als körperlose Stimmen, die verlangten, dass er sich umbrachte. Jonah stellte sich vor, so wie Naomi vielleicht aus tiefem Schlaf zu erwachen, nicht nur verlegen darüber, dass sie ins Bett genässt hatte, sondern völlig zerstört davon, kreischend, untröstlich in ihrer Scham und in ihrem Entsetzen, die Kontrolle über ihre Blase verloren zu haben, Folge einer Vergewaltigung, die sie jeglicher Kontrolle beraubt hatte. Er erschauerte in der unauslöschlichen Verzweiflung, die Tommy als Neugeborener empfunden haben musste, nachdem man ihn nicht nur aus dem Frieden des Mutterleibs herausgezerrt, sondern auch der ununterbrochenen Kokaininfusion beraubt hatte, denn jede Zelle seines Körpers verzehrte sich bereits nach einer Droge, die er auf immer und ewig unterbewusst mit Geborgenheit und Schutz gleichsetzen würde.

Während Jonah diese Kinder in sich aufnahm, fühlte er, wie der tobende Sturm in seiner eigenen Seele abflaute, wie sich seine Skelettmuskeln entspannten, seine Augen tränten, spürte die vertraute Versteifung in seinem Schoß. Er fühlte sich, als könne er seine eigene Haut abstreifen und in ein anderes Leben schlüpfen. Er fühlte sich frei.

Er schlug seine Augen auf und wollte nach dem vierten

Krankenblatt greifen, doch ein Klopfen an der Tür ließ ihn innehalten. Er seufzte tief und sehnsüchtig, stand auf, ging zur Tür und öffnete sie.

Michelle Jenkins stand lächelnd vor ihm. »Haben Sie sich schon heimisch gemacht?«, fragte sie.

Jonah drehte sich um und ließ seinen Blick über das Büro schweifen. Es war ein kahler Raum mit einem Schreibtisch aus billiger Spanplatte, einem schwarzen, ledernen Schreibtischsessel, einem einzelnen Sessel für Patienten, einem leeren Bücherregal und einem beige lackierten, metallenen Aktenschrank. Die Wände waren eierschalenfarben, frisch gestrichen und mit zwei gerahmten Gebirgslandschaften, ähnlich denen im Hörsaal, geschmückt. »Es fehlt noch das gewisse Etwas«, sagte er.

»Jim Wyatt hatte jeden Zentimeter dieses Büros mit Büchern und Zeitschriften voll gestopft. Die Wände waren mit selbst aufgenommenen Fotos und selbst gemalten Landschaftsbildern behängt. Er war fast zwanzig Jahre hier.«

»Ich glaube nicht, dass ich dem Zimmer in sechs Wochen meinen eigenen Stempel aufdrücken kann«, erwiderte Jonah. Er ging zum Schreibtisch und setzte sich auf die Kante.

Jenkins trat in das Büro. Sie deutete mit einem Nicken auf Jonahs Aktentasche, die neben dem Schreibtisch stand – ein großer, abgewetzter brauner Lederranzen mit einem altmodischen Schloss. »Unterschätzen Sie sich nicht«, bemerkte sie. »Da ist ja schon ein Hauch von Persönlichkeit.«

»Die habe ich seit meiner Assistenzzeit«, erklärte Jonah.

»Wo haben Sie Ihre Ausbildung gemacht?«, fragte sie.

»New York«, antwortete er.

»Lassen Sie sich doch nicht jedes Wort aus der Nase ziehen. In welchem Krankenhaus?«

»Columbia Presbyterian.«

»Ich bin beeindruckt.«

»Und Sie?«

»Mass General, in Boston.«

»Ich bin sehr beeindruckt«, sagte Jonah.

»Halb so wild«, erwiderte Jenkins. »Mit mir konnten sie einfach ihre gesamte Minderheitenförderung in einer Person abhaken. Ich bin sicher, ich war die einzige Frau halb asiatischer, halb lateinamerikanischer Abstammung, die sich für eine Assistenz dort beworben hat. Dass ich aus Colorado komme, hat wahrscheinlich auch nicht geschadet.«

»Sie sind weit weg von zu Hause«, bemerkte Jonah.

»Ich bin einem Skilehrer gefolgt«, sagte Jenkins. »Er ist mein Ehemann geworden. Von da an ging's bergab.«

Jonah lachte. »Sind Sie noch zusammen?«

»Geschieden«, sagte sie. »Vor elf Monaten.«

»Darf ich fragen, wie lange Sie verheiratet waren?«

»Sie dürfen mich alles fragen«, sagte Jenkins. Sie sah Jonah mit ihren bernsteinfarbenen Augen an, während sie sich in den Sessel vor seinem Schreibtisch setzte. »Fünf Jahre. Irgendwo zwischen fünfundzwanzig und dreißig Affären. Ich hab das Zählen aufgegeben. Es rufen immer noch Frauen für ihn an.«

»Verstehe«, sagte Jonah. Jenkins war eine verschmähte Frau. Er betrachtete den Brillanten an ihrem Mittelfinger. Nichts, was sie gesagt hatte, erklärte ihn.

»Nicht von ihm«, sagte Jenkins und ließ ihn noch immer nicht aus den Augen, während sie mit ihrem Daumen über den Stein rieb. »Er gehörte meiner Mutter. Sie ist gestorben, als ich noch Teenager war.«

Tod. Wieder einmal. Die große Konstante. Ein Trauermarsch, der im Hintergrund jeder unbekümmerten Begleitmusik des Lebens mitschwang. »Das tut mir Leid«, sagte Jonah.

Jenkins zuckte mit den Achseln. »Wir haben uns nicht verstanden«, erklärte sie. »Ich habe mich mit dem Erwachsenwerden wirklich schwer getan, dachte, die ganze Welt sei gegen mich. Wir haben uns ständig in den Haaren gelegen. Wie es sich ergab, hatten wir keine Gelegenheit, uns auszusöhnen.«

Jonah neigte seinen Kopf und musterte Jenkins. Selbst für eine Psychiaterin wirkte sie ausgesprochen offen, bereit, eine Menge über sich preiszugeben.

»Also, was sollte das mit der Anmache vorhin vor meinem Boss?«, fragte sie. »›Sie können ja meine Retterin sein und mich wieder aufrichten, wenn ich abstürze.‹ Nicht gerade subtil.«

»Es war nicht als Anmache gemeint«, versicherte Jonah ihr.

»Dann müssen Sie mich *wirklich* abschleppen wollen«, erwiderte Jenkins, »wenn die Botschaft geradewegs aus Ihrem Unterbewusstsein gekommen ist.«

Sie *war* geradewegs aus Jonahs Unterbewusstsein gekommen. Er empfand etwas für Jenkins. »Sie sind eine gute Psychiaterin«, sagte er.

»Manchmal glaube ich das selbst«, erwiderte sie. »Und dann sehe ich jemanden etwas tun wie das, was Sie heute bei der Fallbesprechung mit Benjamin getan haben. Und dann wird mir klar, wie viel ich noch zu lernen habe.«

»Das war Anfängerglück«, wiegelte Jonah ab.

»Klar doch.« Jenkins stand auf und nagte kurz an ihrer Unterlippe. »Also, zur Sache. Wenn Sie für das Wochenende noch nichts vorhaben, könnte ich mit Ihnen die große Stadtführung durch Canaan machen.«

Jonah schwieg.

»Wir brauchen nicht länger als einen Abend«, sagte Jenkins. »Es gibt in dieser Stadt genau ein anständiges Restaurant und ein Billigkino.«

Jonah spürte einen Stich des Bedauerns. Jenkins war schön und freundlich und einfühlsam, und vielleicht hätte er ihr gerne länger zugehört, hätte sie vielleicht sogar berühren mögen. Sie hatte die geschmeidige Tänzerinnenstatur, die er bei Frauen mochte. Kleine Brüste, schlanke Taille, schmale Hüften, lange Beine. Doch seit er zum ersten Mal getötet hatte, war er entschlossen, Abstand zu anderen Menschen zu wahren, bis er sich unter Kontrolle haben würde. Er konnte es sich nicht leisten, dass ihm jemand nah genug kam, um die Dunkelheit in seinem Innern zu sehen. In eine Frau einzudringen bedeutete, diese Frau in einen selbst eindringen zu lassen. »Ein andermal«, sagte er. »Ich erkunde neue Umgebungen gern selbst – zumindest bis ich mir einen ersten Eindruck verschafft habe. Das gehört zu den Dingen, die mir an der Arbeit als Vertretungsarzt gefallen.«

»Allein zu sein«, bemerkte Jenkins gutmütig.

»Vielleicht«, sagte Jonah.

Sie zuckte mit den Achseln und machte zwei Schritte auf die Tür zu. »Sie sind ein interessanter Fall«, sagte sie. Sie wollte hinausgehen, doch dann drehte sie sich noch einmal zu Jonah um. »Es interessiert Sie vielleicht zu hören, dass Paul eine Magnetresonanztomographie für Benjamin veranlasst hat.«

»Oh?«, sagte Jonah.

»Glioblastome, genau wie Sie gesagt haben – und genau dort, wo Sie gesagt haben.«

»Früh genug entdeckt?«, wollte er wissen.

»Vielleicht«, sagte Jenkins. »Paul hat einen Neurochirurgen und einen Onkologen hinzugezogen.«

»Ein Neuroradiologe wäre am besten«, sagte Jonah. »Gamma-Knife-Radiochirurgie ist die beste Methode bei einem Glioblastom an der betreffenden Stelle. Dieser Bereich des Gehirns ist sehr reich an Blutgefäßen. Sie müssen Benjamin schnellstens in ein Universitätskrankenhaus verlegen. Johns Hopkins wäre ideal. Das Baylor in Houston wäre meine zweite Wahl.«

Jenkins nickte. »Ich werde es Paul sagen.« Sie hielt kurz

inne. »Was bei der Fallbesprechung passiert ist, war kein Anfängerglück, Jonah. Sie haben eine außergewöhnliche Gabe. Sie sind ein wahrer Heiler.« Sie drehte sich um und ging hinaus.

Jonah blieb schweigend sitzen, während sich die Tür hinter Jenkins schloss. Dann stand er auf, trat an die Seite seines Schreibtischs und griff nach seiner Aktentasche. Er trug sie in den kleinen Garderobenschrank im Büro und stellte sie vorsichtig hinter seinen Mantel.

4

Nachmittag, 20. Februar 2004
Chelsea, Massachusetts

Frank Clevenger hatte die Füße auf seinen Schreibtisch gelegt und beobachtete aus dem Fenster seines Büros am Hafenrand von Chelsea, wie drei Küstenwachboote eine Flottille von Schleppern umkreisten, die mal ziehend, mal schiebend einen Öltanker zu seiner Anlegestelle am Mystic River bugsierten. Chelsea war ein Gemälde in Öl und Schmutz, eine winzige, grimme Hafenstadt im Schatten der Tobin Bridge, deren Stahlskelett sich in einem weiten Bogen nach Boston spannte, während ihre riesigen Betonfüße tief im Gewirr der Mietskasernen, Imbissbuden, Glücksspielstuben und Schlachthäuser von Chelsea verankert waren. Öl trieb auf dem Fluss und sickerte in den Boden. Man konnte es in der Luft riechen. Die Straßen waren wortwörtlich leicht entflammbar, und zweimal, 1908 und 1973, waren Dutzende von Häuserblocks niedergebrannt.

Clevenger liebte diesen Ort. Es war eine Stadt ohne Heuchelei, zwei kunterbunt voll gebaute Hügel, die in ein chaotisches Tal übergingen, wo die Menschen schlicht ums Überleben kämpften und nicht blind versessen dem guten Leben hinterherliefen.

Früher kamen die Tanker herein, dann wurde ihnen ihr schwarzes Blut abgezapft, und sie trieben kleinlaut wieder davon, ohne mehr Aufmerksamkeit zu erregen als die Schornsteine, die stumm ihren Ruß auf Chelseas Wohnviertel spien, oder die dünnsohligen Turnschuhe der Drogenhändler, die den Broadway entlangschlenderten. Doch das war, bevor sich die Welt am elften September verändert hatte. Jetzt wirkte alles, was in die Luft gesprengt werden konnte, als würde es jeden Moment in die Luft gesprengt werden. Die ganze Nation litt unter einem schweren Anfall posttraumatischer Belastungsstörung. Schlecht für die Menschen. Gut für Eli Lilly und Pfizer und Merck. Am Ende würden sie einfach Prozac und Zoloft und Paxil ins Trinkwasser geben, um zu sehen, ob es die Angstzustände in Schach hielt. Denn niemand wollte mehr wirklich etwas ergründen, nicht wenn die Verschlingungen in der Psyche der Welt sich so fest zusammengezogen hatten, dass man, um sie zu lösen, das eine oder andere Vorurteil aufgeben müsste. Da war es schon besser, für einen steten Strom an Serotonin zu sorgen und unsere Gehirne in den friedvollen Wassern der Leugnung zu baden.

Das waren die Gedanken, die Clevenger durch den Kopf gingen, als sein Telefon zu klingeln begann. Es klingelte fünfmal, bevor er danach griff. »Frank Clevenger«, sagte er, als wolle er sich selbst vergewissern.

»Dr. Clevenger, hier spricht Agent Kane Warner«, verkündete eine gereizte Stimme aus der Leitung. Der Mann sagte es so, als sei es eine Frage, mit erhobener Stimme am Ende des Satzes … *Hier spricht Agent Kane Warner?*

Die Leute in LA redeten so, fast als wollten sie sich nie auf etwas festlegen. Clevenger warf einen Blick auf die Rufnummernanzeige. 703. Die Vorwahl von Virginia. Das FBI hatte seine Zentrale in Quantico. »Was kann ich für Sie tun?«, fragte er.

»Ich bin der Direktor der Abteilung für Verhaltensforschung des Bureau. FBI. Ich würde mich gern mit Ihnen darüber unterhalten, ob Sie uns bei einer Ermittlung helfen könnten.« Warner endete abermals mit jener ihm eigenen, fragenden Hebung: ... *helfen könnten?*

»Was für eine Ermittlung?«, wollte Clevenger wissen.

»Ich würde es vorziehen, wenn wir von Angesicht zu Angesicht darüber sprächen?«

»Ich bin morgen den größten Teil des Tages in meinem Büro«, sagte Clevenger.

»Um ehrlich zu sein«, erwiderte Warner, »ich wollte eigentlich mein Büro vorschlagen.«

»Flugangst?«, feixte Clevenger.

Warner lachte nicht.

»Das war ein Scherz«, sagte Clevenger.

»In Ordnung«, erwiderte Warner steif.

»Bevor ich mich mit Ihnen treffe, müsste ich wissen ...«, setzte Clevenger an.

»Ich würde damit wirklich lieber warten, bis wir einander gegenüberstehen«, fiel ihm Warner ins Wort.

Warner klang nicht freundlich – besonders für jemanden, der um Hilfe bat. »Ich würde lieber nicht warten«, entgegnete Clevenger.

Eine Pause. »Der Highwaykiller.«

Clevenger nahm seine Füße vom Schreibtisch und riss seinen Blick vom Hafen los. Er hatte die Berichte und Artikel über den Highwaykiller seit Jahren verfolgt. »Zwölf Leichen, zwölf Bundesstaaten«, sagte er.

»Dreizehn Leichen«, berichtigte Warner.

»Seit wann?«

»Heute Morgen.«

»Wo?«

»Ein junges Pärchen, das auf der Route 90 East in New York zu ihrer Skihütte unterwegs war, hat an einem Rastplatz angehalten. Ihr Hund ist ihnen abgehauen. Sie sind ihm in den Wald nachgelaufen, und das Mädel ist über etwas gestolpert und hat sich den Knöchel verknackst. Wie sich herausstellte, war es ein gefrorener Arm.«

»Mann oder Frau?«

»Frau«, sagte Warner. »Anna Beckwith. Vierundvierzig. Allein stehend. Aus Pennsylvania.« Er verstummte.

»Das macht also acht Männer und fünf Frauen«, überschlug Clevenger eilig.

»Dreizehn Opfer. Dreizehn Bundesstaaten.«

»Soweit Sie wissen«, entgegnete Clevenger. Er langte nach der Packung Marlboros auf seinem Schreibtisch, zündete sich eine an und atmete den Rauch tief ein.

Es herrschte ein unbehagliches Schweigen. »Soweit wir wissen«, gestand Warner zu.

»Warum ich?«, fragte Clevenger, und seine Worte schwebten auf Rauchwölkchen aus seinem Mund. »Sie haben die Experten im Haus.«

»Es scheint allgemeine Übereinkunft zu herrschen, dass wir einen forensischen Psychiater mit unbefangener Perspektive brauchen könnten. Jemanden von außerhalb des FBI.«

Es *scheint* allgemeine Übereinkunft zu herrschen. Clevenger schmunzelte verkniffen. Wie viele Leichen mehr würde es für eine *eindeutige* Übereinkunft brauchen? »Sie könnten jemanden von außerhalb des FBI brauchen – oder jemanden, der ein bisschen aus der Art geschlagen ist.«

»Sie haben den Ruf, dass Sie sich mit Haut und Haar in eine Ermittlung stürzen«, sagte Warner. »Ihre Methoden sind … unorthodox. Das wissen wir. Vielleicht ist es an der Zeit, dass wir aufhören, in Schablonen zu denken.«

Vielleicht ist es an der Zeit. Clevenger wandte sich um und schaute aus seinem Fenster, als ein roter Porsche Carrera auf dem Kai hielt. North Anderson, ein hartgesottener, schwarzer, dreiundvierzigjähriger Excop, stieg aus. »Ich habe einen Partner«, erklärte Clevenger.

»Mit wem Sie zusammenarbeiten, ist Ihre Sache«, erwiderte Warner. »Doch bei unserem ersten Treffen möchten wir unter vier Augen mit Ihnen sprechen – bis wir wissen, ob Sie zum Team gehören. Wir gehen bei diesem Fall auf Nummer Sicher. Ich bin überzeugt, dass Sie das verstehen.«

»Wann wollen Sie sich morgen treffen?«

»Besteht die Chance, dass wir uns noch heute sehen?«

»Voll ausgebucht. Elternabend.«

»Wie macht Billy sich denn so?«, erkundigte sich Warner.

»Gut«, log Clevenger verblüfft. Er vergaß gelegentlich, dass sein Adoptivsohn ebenso bekannt war wie er selbst.

»Freut mich«, sagte Warner. »Es muss hart gewesen sein, wieder auf die Füße zu kommen, nachdem man ihm so übel mitgespielt hat.«

»Ja, das war es«, pflichtete Clevenger bei. *Ist es immer noch.*

»Ich überlasse es Ihnen. Wann immer Sie morgen Zeit haben«, sagte Warner.

»Ich werde den US-Air-Pendlerflug um sechs Uhr früh zum National nehmen«, sagte Clevenger.

»Ich werde Sie von einem Wagen abholen lassen«, versprach Warner. »Ich freue mich auf unser Treffen.«

»Ich auch.«

Warner legte auf.

»Setzt du dich ab?«, feixte North Anderson von der Bürotür aus.

Clevenger schaltete das Telefon ab und musterte Anderson. Sie waren ungefähr im selben Alter, sie hatten beide ihren Schädel fast kahl geschoren, sie waren beide knapp eins achtzig groß, und sie hatten beide ihren muskulösen Körper gestählt. Ihr Blick war eindringlich, und beide waren sie auf eine Weise aufrichtig, die Schwindlern Bekenntnisse und Frauen romantische Zugeständnisse entlocken konnte. Wäre Anderson nicht schwarz gewesen, hätte man sie leicht für Brüder halten können. So waren sie nur Brüder im Geiste. »Der Highwaykiller«, sagte Clevenger.

»Das FBI?«, fragte Anderson.

Clevenger nickte. »Sie haben heute Morgen ein weiteres Opfer gefunden. Eine Frau, im Bundesstaat New York. Nur flüchtig verscharrt, wie die anderen.«

»Wir haben im Moment genug am Hals, wenn du mich fragst«, erklärte Anderson.

»Ich glaube nicht, dass sie auch nur eine einzige Spur haben«, sagte Clevenger. Er ließ seine Zigarette in einen Kaffeebecher fallen und lauschte auf das Zischen.

»Klingt nicht gerade wie ein Team, bei dem wir unbedingt mitspielen müssen«, bemerkte Anderson.

»Er hat wenigstens dreizehn Menschen umgebracht«, gab Clevenger zu bedenken.

»Vielleicht bringt die Dreizehn ihm Pech.«

»Das FBI würde sich nicht melden, wenn sie nicht in einer Sackgasse stecken würden«, sagte Clevenger. »Ich möchte wetten, sie haben nichts in der Hand. Keine einzige Spur.« Er klopfte eine weitere Marlboro aus der Packung.

Anderson schüttelte seinen Kopf. »Hör zu«, sagte er. »Das FBI mag sich ja einreden, dass sie bereit sind, jemanden wie dich dazuzuholen, weil sie verzweifelt sind, aber sie werden nicht die Kontrolle aus den Händen geben. Sie werden dich nie machen lassen, was du für nötig hältst.«

Clevenger schmunzelte, während er sich die Zigarette anzündete. »Und es hat noch nie jemand versucht, uns an der kurzen Leine zu halten?«

»Das hier ist was anderes«, beharrte Anderson. »Das hier ist das FBI. Die sind Experten darin.«

»Es kostet ja nichts, mit ihnen zu reden.«

»Vielleicht nicht«, sagte Anderson. »Es sei denn, sie wollen nur reden.«

»Soll heißen?«, wollte Clevenger wissen.

»Mit dir zu reden ist nicht zwangsläufig mehr so schlicht und harmlos, wie es das mal war, Frank«, sagte Anderson. »Nicht seit Nantucket.«

Nantucket bezog sich auf den Mord in der Bishop-Familie, ein Kindsmord in der Villa des milliardenschweren Unternehmers Darwin Bishop im Jahr 2002. Als der Fall schließlich abgeschlossen war, saßen Darwin Bishop und sein Sohn Garret im Gefängnis, Bishops Frau Julia war das Sorgerecht für ihre Kinder entzogen worden, und Frank Clevenger prangte auf der Titelseite von *Newsweek* unter der Schlagzeile: FORENSISCHER PSYCHIATER FRANK CLEVENGER LÖST DEN MORDFALL DES JAHRZEHNTS. Er hatte außerdem Bishops anderen Sohn adoptiert, einen emotional gestörten Jungen namens Billy, der in dem Mordfall der Hauptverdächtige gewesen war – bis Clevenger seine Unschuld bewiesen hatte. Billys Foto, das neben dem von Clevenger auf der Titelseite der *Newsweek* abgedruckt war, trug die Unterschrift: »... und ermöglicht dem jungen Billy Bishop einen Neuanfang.«

Billy war zum Zeitpunkt des Mordes erst sechzehn und hätte vor den Medien beschützt werden müssen. Doch die Öffentlichkeit konnte vom Fall Bishop gar nicht genug bekommen, und der Bezirksstaatsanwalt hatte nur zu gern jeden Brocken an Information über Billy an sie verfüttert – solange es Billys Schuld zu untermauern schien. Als er schließlich von jeglichem Verdacht freigesprochen war, hatten sich die Medien nur umso gieriger auf ihn gestürzt. Billy war jung, hartgesotten und sah gut aus. Seine gewalttätige Vergangenheit ließ die unterschwelligen Fantasien aller jungen Mädchen blühen. Jay Leno wollte ihn in seiner Show haben. Couric besuchte Billy kurz vor seiner Freilassung aus dem Gefängnis. Die Produzenten von *Inselduell* boten ihm zweihunderttausend dafür, einer ihrer Kandidaten zu werden. Zum Glück war Clevenger zu dem Zeitpunkt bereits sein legaler Vormund und lehnte ab.

»Denkst du wirklich, das FBI braucht die Publicity?«, fragte Clevenger.

»Irgendetwas brauchen sie jedenfalls, so viel ist sicher«, erwiderte Anderson. »Sie stehen mächtig unter Beschuss, weil dieser Kerl noch immer frei herumläuft. Wenn sie der Presse was über ein Treffen mit dir zustecken, dann sind sie augenblicklich in den Schlagzeilen. Es sieht dann so aus, als würden sie wirklich nichts unversucht lassen. Und damit besänftigen sie die Öffentlichkeit – zumindest für eine Weile. Solange du offiziell an dem Fall arbeitest, werden alle Augen auf dich gerichtet sein. Und du bist derjenige, der unter Beschuss gerät, wenn die nächste Leiche auftaucht.«

»Okay, vielleicht muss ich am Ende eine Schlappe einstecken«, hielt Clevenger dagegen. »Seit wann machen wir uns Sorgen um mein Image? Du bist mein Partner. Willst du jetzt auch noch mein Agent werden?«

»Tu, was du willst«, sagte Anderson. »Aber denk immer dran, ich hab dich gewarnt.«

»Ich hatte nicht vor, die Sache allein zu machen.«

Anderson fuhr mit einem Finger über die wulstige rosa Narbe über seinem rechten Auge, etwas, das er immer tat, wenn er Probleme auf sich zukommen sah. »Wie ich schon sagte, wir haben 'ne Menge am Hals. Der Fall Conway. Bramble. Vega. Sie mögen ja nicht landesweit Schlagzeilen machen, aber sie waren zuerst da. Ich halte hier die Stellung.«

»*So* überarbeitet sind wir nun auch nicht«, entgegnete Clevenger. »Hast du wirklich ein so schlechtes Gefühl bei dieser Sache?«

»Ich brauche das einfach nicht«, sagte Anderson und starrte ihn an. »Das ist alles.«

»Ah.« Clevenger lehnte sich in seinem Schreibtischsessel zurück. »Jetzt begreife ich. Du denkst, dass ich es brauche. Du denkst, ich bin scharf auf die Publicity. Ich *brauche* sie.«

Anderson hielt abwiegelnd seine Hände hoch. »Vergiss, dass ich was gesagt habe.«

»Nein. Bitte. Sag mir, was du denkst.«

Anderson schüttelte den Kopf. »Du willst es nicht hören.«

»Solange du dir wirklich nur Sorgen darüber machst, ich könnte mein Ego überfüttern – oder deins könnte ein wenig angeschlagen enden.«

»Was soll das denn heißen?«, wollte Anderson wissen.

»Vielleicht gefällt es mir tatsächlich, wenn ich in den Schlagzeilen bin«, sagte Clevenger achselzuckend. »Und tief in deinem Herzen gefällt dir genau das vielleicht nicht.«

»Ich soll eifersüchtig sein?«, fragte Anderson schmunzelnd. »Du denkst, dass es darum geht?« Er verschränkte seine muskulösen Arme. »Okay. Dann sag ich dir mal, was ich wirklich denke, tief in meinem Herzen: Ich denke, du hast den Schnaps aufgegeben, und du hast das Koks aufgegeben und du hast aufgehört, deine Zukunft auf der Rennbahn zu verwetten, und es ist wirklich toll, dass du Billy aufziehst, und du solltest damit zufrieden sein. Denn tief drinnen bist du noch immer ein Spieler, Frank. Du liebst den Nervenkitzel immer noch mehr, als gut für dich ist. Tief drinnen willst du noch immer alles aufs Spiel setzen. Aber jetzt ist der Einsatz höher als nur deine eigene Zukunft. Da ist auch Billys Zukunft. Und meine. Weil wir Partner sind. Also, warum gehst du es nicht etwas ruhiger an? Ich sag ja nicht, dass es für immer sein muss. Nur für den Moment.«

»Mir geht es gut«, sagte Clevenger. »Ich bin nicht derselbe Mensch, der ich damals war.«

»Ganz genau. Darauf will ich ja hinaus. Ich erinnere mich noch zu gut, wie du warst, als du von Nantucket zurückgekommen bist.«

»Denkst du wirklich, ich könnte das vergessen?«

»Vielleicht. Vielleicht könntest du«, sagte Anderson. »Denn wenn du diesen Fall übernimmst, dann halst du dir eine Menge Ärger auf. Wir wollen gar nicht davon reden, dass du kreuz und quer im Land herumreisen musst. Wir wollen gar nicht davon reden, dass dir die Presse beständig im Nacken sitzen wird, deine Wohnung belagert, dir vor der Reinigung auflauert, wenn du deine verdammte Wäsche abgibst. Ich kenne dich. Wenn noch eine Leiche auftaucht, und noch eine, dann braucht gar keiner daherzukommen und dir die Schuld zuzuschieben. Du schlägst dich selbst ans Kreuz. Weil du tief drinnen überzeugt bist, dass du diesen Fall lösen kannst.«

»Rede ich hier mit demselben Mann, der mich überhaupt erst überredet hat, den Fall auf Nantucket zu übernehmen?«, hielt Clevenger dagegen.

»Mit demselben Mann«, sagte Anderson. »Ich habe damals nicht an dir gezweifelt, und ich zweifle jetzt nicht an dir. Ich würde jede Wette eingehen, dass du diesen Fall knacken kannst. Aber es geht hier um einen Kerl, der im Lauf von drei Jahren über die ganzen Vereinigten Staaten verstreut dreizehn Menschen umgebracht hat, während das FBI ihn gejagt hat, als sei er Bin Laden. Und ihn kümmert das noch nicht einmal genug, dass er sich die Mühe machen würde, die Leichen anständig verschwinden zu lassen. Er lässt sie einfach mit ihren Führerscheinen zusammen liegen, nur für den Fall, dass irgendjemand sich vielleicht fragt, zu wem die verwesenden Überreste gehören. Bei diesem Fall ist es schon ein großer Durchbruch, wenn du die Laufzeit dieses Irren von zehn auf fünf Jahre verkürzt, Frank. Aber damit gehst du immer noch für die nächsten zwei Jahre durch die Hölle. Von Billy ganz zu schweigen. Und dabei ist das Leben jetzt schon nicht gerade ein Zuckerschlecken für ihn.«

»Ich habe ja nicht gesagt, dass ich den Fall übernehmen werde«, protestierte Clevenger. »Ich gehe zu einem Treffen. Dann komme ich zurück, und wir sprechen die Sache durch.«

Anderson sah auf den Boden, atmete tief durch und schaute dann wieder Clevenger an. »Wie ich schon sagte, tu, was du nicht lassen kannst.« Er drehte sich um und ging weg.

Auden Prep in Lynnfield, Massachusetts, lag sieben Meilen nördlich von Chelsea, doch es war eine andere Welt. Die achtzig Hektar des Schulgeländes hatten mehr Rasen, als man auf den ganzen zwei Quadratmeilen von Chelsea finden konnte. Wenn man die Zinsen aus Treuhandvermögen und die übertriebenen Gebühren für Sommerkurse mitrechnete, kamen auch pro Kopf der eintausendfünfhundert männlichen Schüler bedeutend höhere Summen zusammen. Lynnfield war vom Festland umschlossen und flach. Es gab keinen Ruß und keinen Schmutz.

Clevenger mochte die Schule nicht, besonders nicht heute, während er auf weitere schlechte Nachrichten über Billy wartete. Er saß im Vorzimmer des Büros von Stouffer Walsh, Audens Schuldekan, und ließ seinen Blick über all das geschnitzte Mahagoni, die Deckenleisten, die schimmernden Wandleisten schweifen, atmete die muffige Luft und wünschte, er hätte nie zugestimmt, Billy auf diese Schule gehen zu lassen. Der Junge wäre auf der Chelsea High vermutlich besser aufgehoben gewesen, wo lebenserfahrene Lehrer seine Lebenserfahrungen wahrscheinlich genug zu schätzen gewusst hätten, um sie in etwas anderes umzuformen – den

Mut innerer Überzeugungen oder Standhaftigkeit angesichts von Widerständen zum Beispiel. Doch in dem »Aktionsplan«, den das Jugendamt von Massachusetts für Billy erstellt hatte, war Auden Prep aufgeführt, also hatte Clevenger ihn hier eingeschrieben.

Billys Noten waren von Anfang an mäßig gewesen, doch das war nicht anders zu erwarten. Billy hatte gerade erst seine kleine Schwester durch Mord und seinen Vater und seinen Bruder durch Gefängnisstrafen verloren. Er selbst war nur knapp einer schuldlosen Verurteilung und lebenslänglichem Gefängnis entgangen. Also war eine Drei minus in Französisch und selbst eine Vier plus in Geometrie nicht das Ende der Welt. Auch seine erste Prügelei war von den Dekanen wie ein unbedeutender Ausrutscher behandelt worden. Niemand war ernstlich verletzt worden, nichts weiter als eine blutige Nase für den anderen Jungen und eine geschwollene Lippe für Billy. Es sah wirklich nach einer schlichten Kinderei aus. Und der andere Junge trug die größere Schuld. Darüber hinaus war Footballsaison. Billy konnte so ziemlich jeden davon abhalten, einen Fuß über die Scrimmagelinie zu setzen. Er war bereits fast eins achtzig groß, brachte achtzig Kilo auf die Waage – alles Muskeln – und besaß die Reflexe eines Panters. Also war die Schule nachsichtig mit ihm. Ein Monat unter Verwarnung, zwei Abende die Woche Freiwilligendienst in einem örtlichen Obdachlosenasyl. Dann war der Monat auch schon vorbei, und alles war vergeben und vergessen.

Doch sechs Wochen später steckte Billy wieder in Schwierigkeiten. Er war erneut in eine Prügelei verwickelt, diesmal mit zwei Freunden des ersten Jungen, mit dem er sich angelegt hatte. Billy servierte beide ab. Einer ging mit einem angebrochenen Kiefer nach Hause. Der andere musste sich eine Platzwunde in der Kopfhaut mit sechs Stichen nähen lassen. Nichtsdestotrotz waren es zwei gegen einen gewesen, und es war noch immer Footballsaison, also hatte Dekan Walsh die Sache nicht allzu schwer genommen. Ein weiterer Monat unter Verwarnung. Ein weiterer Monat Gemeindedienst.

Clevenger hatte sich bedeutend mehr Sorgen gemacht. Denn er kannte Billys Vergangenheit besser als Dekan Walsh. Er wusste, wenn Billy sich damit begnügt hatte, jemandem eine blutige Nase oder einen gebrochenen Kiefer zu verpassen, dann hatte das mehr mit Glück denn mit Selbstkontrolle zu tun. Vielleicht hatten seine Gegner hinreichend schnell und lautstark kapituliert. Vielleicht waren sie schlau genug gewesen wegzulaufen. Oder vielleicht mochte Billy die drei irgendwie, ungeachtet der Tatsache, dass sie ihm auf die Nerven gingen. Denn es hatte andere Zeiten in Billys jungem Leben gegeben – die Jahre, da er zwischen einem Penthouse in Manhattan und einem Anwesen am Ozean von Nantucket gependelt war –, in denen er sich nicht hatte beherrschen können, nicht bis nicht der eine oder andere Rabauke reglos am Boden lag, mit eingeschlagenem Schädel und glasigem Blick.

Clevenger wusste, dass Billys Gewalttätigkeit, zusammen mit seinen wiederholten Jugendstrafen für Einbruch und Vandalismus, ihn einst wie einen typischen Soziopathen hatte aussehen lassen.

Doch das Verhängnisvollste von allem war, wie Clevenger wusste, dass Billy in seiner Kindheit das Opfer schwerer und langjähriger Misshandlung gewesen war – brutale Schläge von der Hand seines milliardenschweren Adoptivvaters, Schläge, die tiefe Narben auf seinem Rücken und noch tiefere in seiner Psyche hinterlassen hatten. Diese Art von Misshandlung konnte die Fähigkeit eines Menschen, das Leid anderer zu begreifen, lahm legen. Manchmal für immer.

Clevenger und Billy lebten seit knapp über einem Jahr zusammen in einem Hundertfünfundsiebzig-Quadratmeter-Loft in einer umgebauten Fabrik in Chelsea. Und so hart sich die Umgewöhnung für Billy auch gestaltet hatte, für Clevenger war sie härter gewesen.

Wenigstens wurde Billy nicht mehr geschlagen, wurde nicht mehr gnadenlos von einem Milliardär angetrieben, der es darauf abgesehen hatte, ihn nach seinem eigenen perversen Abbild zu formen. Mit siebzehn Jahren konnte er endlich anfangen, er selbst zu sein, Schritt für Schritt.

Clevenger hingegen musste sich beständig zügeln – zumindest jene Teile von ihm, die nicht zum Vater eines Jugendlichen passen wollten. Das bedeutete, dass er nüchtern bleiben musste, dass er sich von der Rennbahn fern halten musste, dass es mit dem ständigen Kommen und Gehen von Frauen, die sich in seinem Loft die Klinke in die Hand gegeben hatten, so lange Clevenger sich erinnerte, ein Ende haben musste. Es bedeutete, sich von all den tröstlichen Süchten loszusagen, die seinen emotionalen Schmerz im Zaum gehalten hatten. Das war nicht leicht gewesen. Und es war noch immer nicht leicht. In der Hinsicht hatte North Anderson durchaus Recht.

Natürlich hatte niemand behauptet, dass es leicht werden würde. Das Jugendamt hatte anfänglich Clevengers Antrag, Billy zu adoptieren, mit Skepsis betrachtet, und ihre Bedenken beschränkten sich nicht nur auf die Tatsache, dass Clevenger allein erziehender Vater wäre und seinem Beruf besondere Gefahren innewohnten, sondern sie richteten sich vor allem gegen seine Beweggründe für die Adoption. Clevenger hatte mehrere Jahre zuvor einen jugendlichen Patienten namens Billy Fisk durch Selbstmord verloren, und seine Kontaktpersonen beim Jugendamt befürchteten, er könne vielleicht versuchen, die Toten auferstehen zu lassen und sich Buße aufzuerlegen, statt einfach nur ein gutes Werk zu tun.

Was das Jugendamt nicht verstand, was der Schuldekan nicht verstand, war, dass Clevenger tatsächlich eine Wiederauferstehung im Sinn hatte – nicht die des Jungen, der Selbstmord begangen hatte, sondern der Teile von ihm und von Billy Bishop, die beinahe von ihren brutalen Vätern ausgelöscht worden waren. Das war die Herkulesarbeit, die er sich aufgebürdet hatte: den Jungen zu heilen und gleichzeitig den Jungen in sich selbst zu heilen. Er musste gesund werden – und zwar schnell –, um Billy gesund zu machen.

Eine von Dekan Walshs Sekretärinnen, eine Frau mittleren Alters im marineblauen Kostüm mit Perlenkette, trat im Vorzimmer zu Clevenger. »Der Dekan hat jetzt Zeit für Sie«, sagte sie mit einem Lächeln, das nicht wirklich ein Lächeln war, sondern eher eine freundliche Grimasse.

Clevenger folgte ihr an zwei anderen Sekretärinnen vorbei zu der offenen Tür zum Büro des Dekans.

Walsh schaute von den Papieren hoch, die er gerade unterschrieb, unterzeichnete noch ein paar weitere Seiten, dann stand er hinter seinem Schreibtisch auf und streckte Clevenger seine Hand entgegen. Er war ein nervöser Mann von fast sechzig, in einem blauweißen Nadelstreifenhemd mit hohen Manschetten. Sein Haar wirkte derart unnatürlich schwarz für sein Alter, dass Clevenger sich fragte, ob er es möglicherweise einer dieser ultramodernen Methoden der Haarverdichtung verdankte. »Freut mich, dass Sie so kurzfristig kommen konnten«, sagte er, während er Clevengers Hand schüttelte. »Zumal ich mich nicht groß in Einzelheiten ergangen habe. Bitte, nehmen Sie Platz.«

Clevenger setzte sich auf den Holzstuhl, auf den Walsh gezeigt hatte, und lehnte seinen Rücken gegen das Goldblatt-Emblem von Auden Prep – Atlas, der einen Füllfederhalter stemmt.

»Wie ich bereits angedeutet habe«, begann Walsh und setzte sich wieder, »ich fürchte, Billy steckt wieder einmal in Schwierigkeiten.«

»Was für Schwierigkeiten?«, wollte Clevenger wissen.

»Drogen«, erklärte Walsh und faltete seine Hände auf dem Schreibtisch.

»Drogen?« Seit er auf der Arbeit Walshs Anruf erhalten hatte, hatte Clevenger überlegt, was Billy angestellt haben könnte. Eine weitere Prügelei höchstwahrscheinlich. Mogeln bei der Geometriearbeit, die Billy an jenem Tag geschrieben hatte, wäre ebenfalls eine Möglichkeit gewesen, ebenso ein unerfreulicher, törichter Streich, den er einem Lehrer oder einem Klassenkameraden gespielt hatte. Aber Drogen waren Clevenger nicht in den Sinn gekommen, vielleicht weil er immer all seine Willenskraft aufbrachte, nicht an sie zu denken. Selbst nüchtern zu bleiben war noch immer eine Schlacht, die er jeden einzelnen Tag von neuem kämpfen musste.

»Marihuana«, sagte Dekan Walsh.

»Billy hat Gras geraucht?«

»Ich wünschte, es wäre so einfach.« Walsh zog die rechte Schublade seines Schreibtischs auf und holte einen Gefrierbeutel mit genügend Marihuana für gut fünfzig Joints hervor. Er hielt den Beutel zwischen Daumen und Zeigefinger hoch, als sei es ein verwester Vogel. Dann ließ er ihn wieder in seine Schublade fallen. »Das wurde in seinem Spind gefunden.«

»Und wie kommt es, dass Sie es dort gefunden haben?«, wollte Clevenger wissen.

»Ein anderer Schüler hat sich an uns gewandt«, sagte Walsh und faltete seine Hände wie zum Gebet. »Wir haben hier in Auden einen Kodex.«

»Ein anderer Schüler hat sich an Sie gewandt und hat gesagt …«

»Und hat gesagt: ›Billy Bishop verkauft Gras. Er versteckt es in seinem Spind.‹«

Clevenger atmete tief aus. Andere Kinder konnten es sich vielleicht erlauben, mit Drogen zu experimentieren, und würden es heil und unbeschadet überstehen, doch Billy war bereits psychologisch angeschlagen. Drogen konnten sich als eine ernste Gefahr für ihn entpuppen, ein unerwarteter Schauspieler auf der Bühne seiner Existenz, der imstande war, ihm die Show zu stehlen und sie in eine Tragödie zu verwandeln. »Wo ist Billy?«, fragte Clevenger.

»Er räumt seinen Spind aus«, antwortete Walsh. »Er ist der Schule verwiesen worden.«

»Verstehe«, sagte Clevenger. »Hatte er eine Menge Geld bei sich oder irgendwas in der Richtung? Ich meine, wie haben Sie die Anschuldigung des anderen Schülers nachgewiesen?«

»Der Beutel war in seinem Spind. Sie denken doch nicht, dass er vorhatte, all das Marihuana selbst zu rauchen, oder?«, erwiderte Walsh. Er machte eine Kunstpause, um seiner rhetorischen Frage mehr Wirkung zu verleihen. »Ihr Sohn ist außerordentlich intelligent«, fuhr er fort. »Hoch begabt, intellektuell. Niemand bestreitet das. Sein Charakter ist allerdings eine andere Sache.«

»Wie hat Billy die Sache erklärt?«, wollte Clevenger wissen.

»Er hat alles abgestritten«, sagte Walsh. »Er hat behauptet, jemand anders habe die Drogen in seinen Spind gelegt.«

»Ist das möglich?«, fragte Clevenger.

Walsh lächelte. »Es ist kein Fall, der Ihren fachmännischen Einsatz verlangt, Doktor. Es müssen hier keine forensischen Untersuchungen angestellt werden. Was passiert ist, ist passiert.« Er schüttelte den Kopf. »Wir hatten große Hoffnungen, was Billy angeht. Nicht nur ich. Auch die anderen Lehrer. Aber ich glaube, wir haben uns sehr fair gezeigt.«

»Und die Footballsaison ist vorbei«, bemerkte Clevenger.

»Wie bitte?«

»Sie haben sich besonders während der Footballsaison fair gezeigt«, sprach Clevenger es deutlicher aus.

Walsh machte ein entrüstetes Gesicht. »Wenn Sie auf Billys

Rauferei im Herbst anspielen«, sagte er, »jener Zwischenfall stand beileibe nicht auf der gleichen Stufe wie dieses Vergehen. Dieser Zwischenfall ist eine Straftat. Diesmal gibt es keinen anderen Jungen, der die Mitschuld trägt. *Das hier* ist eine gänzlich andere Liga.« Er machte abermals eine Pause und sah selbst etwas schockiert aus, dass er ein so abgedroschenes Klischee benutzt hatte. »Zu Billys Glück haben wir hier in Auden den Grundsatz, dass der Besitz einer illegalen Droge nicht einen Anruf bei der Polizei nach sich zieht. Beim Verkauf einer illegalen Droge ist das anders. Aber kein Angehöriger des Lehrpersonals ist mit eigenen Augen Zeuge eines Handels gewesen. Ansonsten würden Sie Billy nicht hier abholen, sondern vor Gericht eine Kaution stellen.«

Clevenger nickte. Es hatte keinen Sinn, den Überbringer der Botschaft zu erschießen, selbst wenn der Überbringer ein so aufgeblasener Popanz wie Stouffer Walsh war. »Danke«, sagte Clevenger. »Und nur damit Sie es wissen, ich bin niemandem außer Billy böse. Wenn ich einen anderen Eindruck vermittelt habe, dann möchte ich mich dafür entschuldigen.« Er stand auf.

Walsh blieb sitzen. »Was das Einspruchsverfahren angeht …«

»Mir war nicht bewusst, dass es ein Einspruchsverfahren gibt«, sagte Clevenger.

»Sie können natürlich Einspruch erheben«, erklärte Walsh, »aber ich würde davon abraten. Angesichts der unbestreitbaren Fakten in diesem Fall könnte es als, nun … uneinsichtig betrachtet werden. Außerdem würde eine Abschrift des Verfahrens Teil von Billys Schulakte werden. Sie wäre für andere Schulen einsehbar, einschließlich des öffentlichen Schulsystems. Ich halte es für besser, den Verstoß für sich selbst sprechen zu lassen und sich mögliche weitere negative Beurteilungen über Billy zu ersparen. Und ich bin sicher, es gäbe sie.«

»So wie die Dinge liegen, denke ich nicht, dass wir Einspruch einlegen werden«, sagte Clevenger. »Nochmals danke.« Er wandte sich zum Gehen.

»Es gäbe da noch eine letzte, etwas peinliche Angelegenheit«, sagte Walsh und stand endlich auf. Er stützte seine flachen Handteller auf den Schreibtisch.

Konnte noch etwas schief gegangen sein? »Und was wäre das?«, fragte Clevenger.

»Die Frage von Billys Schulgeld.«

»Ich bin überzeugt, das ist voll bezahlt. Gibt es irgendeine Art Ausschlussgebühr?«

»Nein, nein, nein. Nichts dergleichen«, wehrte Walsh ab. »Sie haben voll bezahlt. Ich muss Sie nur daran erinnern, dass bei einem disziplinarischen Verweis keine Teilrückerstattung des Schuldgelds möglich ist. Ich weiß, es ist unangenehm, in einem Moment wie diesem überhaupt davon zu sprechen, aber das Bestreben, bei Abgängen alle potenziellen finanziellen Fragen zu klären, ist nun einmal Teil unserer Grundsätze.«

»Betrachten Sie sie als geklärt«, sagte Clevenger.

»Bestens. Billy sollte inzwischen im Vorzimmer auf Sie warten. Ich wünsche Ihnen beiden alles Gute, Doktor.«

»Nun ja. Nochmals vielen Dank.«

Billy saß im Vorzimmer und hatte seinen Kopf in den Händen vergraben, sodass seine schmutzig blonden Haare in langen Dreadlocks vor seinen Augen herabbaumelten. Als Clevenger näher kam, konnte er sehen, wie sich Billys Kiefer rhythmisch anspannte. »Können wir gehen?«, fragte Clevenger und musste sich alle Mühe geben, seine Stimme ruhig zu halten. Es kam keine Antwort. Er legte seine Hand auf Billys breite Schulter. Er konnte die Anspannung in den Muskeln fühlen. »Was hältst du davon, wenn wir im Auto über alles reden?«

Billy sah hoch. Zorn loderte in seinen eisblauen Augen, und seine Oberlippe zitterte. Selbst bei allerbester Laune besaß sein Gesicht, obwohl eines Filmstars würdig, noch immer etwas Einschüchterndes, etwas Grimmiges und Finsteres im Zusammenspiel der vollen Lippen, der hohen Stirn und der tief liegenden Augen. Der dünne Goldring, den er im linken Nasenflügel trug, half auch nicht. Wenn Billy wütend war, selbst nur ein bisschen wütend, sah er gefährlich aus. Wie jetzt.

»Das ist doch nicht dein Ernst«, sagte Clevenger. »*Du* bist sauer? Auf dich selbst, hoffe ich.«

»Ich scheiß auf diesen Laden«, sagte Billy. Er stand auf und stürmte aus dem Vorzimmer.

Eine Hälfte von Clevenger wäre ihm am liebsten hinterhergelaufen und hätte ihn in den Arm genommen, die andere Hälfte wäre ihm lieber hinterhergelaufen und hätte ihn zu Boden geworfen. Also hielt er sich zurück und ging ruhig und gelassen aus dem Vorzimmer und den Korridor hinunter auf den Ausgang zu. Er schien unablässig nach dem richtigen Rezept für den Umgang mit Billy zu suchen – wie viele Teile Trost auf wie viele Teile Disziplin. Schwer zu sagen, ob die zerbrochenen Teile seiner Persönlichkeit besser heilten, wenn sie strikt geschient oder wenn sie sanft in warmem Wasser gebadet wurden. Clevenger wollte das Richtige tun, wollte ihm ein guter Vater sein, doch es war hart, besonders weil er selbst nie einen guten Vater gehabt hatte.

Selbst Billys Aussehen warf die Frage auf, wie streng man mit ihm sein sollte. Seine Dreadlocks zum Beispiel. In Auden Prep hatte sich Billy damit eindeutig an der äußersten Grenze des erlaubten Geschmacks bewegt. Doch Clevenger wusste, dass Billys Entwicklung jahrelang verkümmert war. Also hatte er, als Billy vor zwei Monaten mit seiner neuen Frisur heimgekommen war, darin ein positives, wenn auch unvermitteltes Zeichen von Billys wachsendem Selbstbewusstsein gesehen. Und hatte einfach nur gelächelt und ihm die Wahrheit gesagt: »Ich finde, es sieht cool aus.«

Was den Nasenring anging, war Clevenger ebenso ehrlich gewesen. »Ich steh einfach nicht auf so etwas«, hatte er gesagt. »Aber andererseits muss ich das Ding ja nicht tragen.«

Darum ging es, oder nicht? Billy suchte nach einer Identität. Seiner Identität. Niemandes sonst.

Die Tätowierung auf Billys Rücken war da schon ein wenig besorgniserregender. Die Tinte überdeckte die willkürlichen Narben, die der Riemen seines Vaters hinterlassen hatte. Ein blauschwarzer, zehn Zentimeter großer Schädel mit gekreuzten Knochen prangte zwischen seinen Schulterblättern. Darunter stand in Schnörkelschrift der Titel seines Lieblingslieds von den Rolling Stones: »Let It Bleed«.

Billy hatte erklärt, dass die Tätowierung sein Weg sei, sich die Narben zu Eigen zu machen, sie in die Mahnung zu verwandeln, seine wahren Emotionen nicht zu unterdrücken – sich seinem Schmerz zu stellen, statt ihn zu verdrängen.

Wie konnte man dagegen etwas einwenden?

Doch vielleicht hätte er etwas dagegen einwenden sollen, dachte Clevenger. Vielleicht hätte er gelegentlich etwas strenger sein sollen, selbst wenn er das eine oder andere Mal überreagiert hätte. Denn die Entscheidungen, die Billy für sich traf, wurden immer finsterer.

Als er hinaus auf den Parkplatz von Auden Prep trat, lehnte Billy am vorderen Kotflügel seines schwarzen Pick-ups, eines Ford F 150. Clevenger ging an ihm vorbei zur Fahrertür.

»Ich hab das nicht gemacht, was Walsh behauptet«, erklärte Billy.

Clevenger hielt inne, die Hand am Türgriff. Er schüttelte den Kopf.

»Ich hab's nicht getan«, sagte Billy nachdrücklicher.

Clevenger drehte sich um und sah, dass Billy ihn über die Motorhaube hinweg anstarrte. Sein Gesichtsausdruck hatte von Zorn zu Entrüstung gewechselt. Er schien zutiefst beleidigt über die Anschuldigungen, die gegen ihn vorgebracht worden waren. Aber das war Teil des Problems mit Billy. Bei einem Vater aufzuwachsen, der ein Geständnis vorzugsweise mit Prügeln belohnte, hatte Billy zu einem guten Lügner gemacht. »Steig ein«, befahl Clevenger. Er öffnete die Fahrertür und setzte sich in den Wagen.

Billys Kiefer mahlten wieder. Er strich aufgebracht sein Haar zur Seite und ging zur Beifahrertür. Er stieg ein, dann saß er stumm da und starrte stur geradeaus.

»Sie haben einen Beutel mit Marihuana in deinem Spind gefunden«, sagte Clevenger. »Sind wir uns wenigstens so weit einig?«

»Ja«, antwortete Billy, den Blick noch immer starr geradeaus gerichtet.

»Aber der Beutel hat nicht dir gehört«, kam Clevenger Billys Protest zuvor. »Du hast ihn nur für jemanden aufbewahrt.«

Billy drehte sich zu Clevenger um. »Ich habe ihn auch nicht für jemanden aufbewahrt.«

»Was war es dann?«

»Hat Walsh zufällig …?«

»*Dekan* Walsh«, sagte Clevenger.

Billy verdrehte die Augen. »Hat *Dekan* Walsh zufällig erwähnt, wer ihm den Tipp gegeben hat, überhaupt in meinem Spind nachzuschauen?«

»Nein. Hat er nicht. Aber es spielt auch …«

»Du hast ihm nicht gerade viele Fragen gestellt«, fiel ihm Billy ins Wort. »Du hast einfach hingenommen, dass sie mich auf frischer Tat erwischt hätten. Basta. Schuldig im Sinne der Anklage.«

Clevenger gefiel nicht, dass Billy versuchte, den Spieß umzudrehen und ihn in den Zeugenstand zu manövrieren. Und ihm gefiel schon gar nicht, dass er beschuldigt wurde, ihn im Stich gelassen zu haben, nicht nachdem er alles aufs Spiel gesetzt hatte, um ihn davor zu bewahren, im Gefängnis alt zu werden. »Wenn du auf irgendwas Bestimmtes hinauswillst«, sagte Clevenger, »dann spuck's aus. Ansonsten spar dir bitte diesen selbstgerechten Mist, damit wir uns überlegen können, wo wir Hilfe für dein Drogenproblem bekommen – so du welche nimmst – und wo du die Schule beenden sollst, so du das vorhast.«

»Scott Dillard«, sagte Billy selbstgefällig.

»Scott Dillard«, wiederholte Clevenger. Dillard war der Anführer des Trios, das Billy das Leben schwer gemacht hatte. »Scott Dillard hat dich verpfiffen.«

Billy nickte.

»Wie das? Hat er die Kombination für das Spindschloss, oder was? Denkst du, er hat die Drogen dort versteckt? Das kaufe ich dir nicht ab.«

»Die Kombinationen bleiben Jahr für Jahr gleich«, sagte Billy. »Er muss sie sich von jemandem besorgt haben, der den Spind vor mir hatte.«

Diese ganze Unterhaltung war typisch Billy Bishop, dachte Clevenger bei sich. Er bot eine plausible, wenn auch unwahrscheinliche Erklärung für die Klemme an, in der er steckte. Solch eine Verteidigung mochte im Gerichtssaal funktionieren, wo die Pointe mit den wieder verwendeten Spindkombinationen im besten Perry-Mason-Stil aufgetischt werden konnte, und das war es wohl, was Clevenger so daran störte. Billy schien immer auf den sprichwörtlichen Schatten eines Zweifels zu bauen. »Ich schätze, ich werde nie mit Gewissheit erfahren, was passiert ist«, sagte er, »aber …«

»Ich hab dir gerade erzählt, was passiert ist«, protestierte Billy.

»Was ich mit Gewissheit weiß, ist, dass Auden Prep dich nicht mehr haben will.«

»Sie suspendieren mich?«, fragte Billy. »Für wie lange?«

Clevenger sah ihn an. Hatte Dekan Walsh es ihm tatsächlich nicht gesagt? Oder war Billy nicht bereit gewesen zu hören, was Walsh zu sagen hatte? »Sie suspendieren dich nicht, Billy. Du bist der Schule verwiesen worden.« Die Worte schienen keinen Eindruck zu machen. »Rausgeworfen. Für immer«, setzte er nach.

»Rausgeworfen«, wiederholte Billy.

Clevenger sah, wie Billy Tränen kamen. Und jener Teil von ihm, der Billy in den Arm nehmen wollte, statt ihn zur Rechenschaft zu ziehen, wurde stärker. Nichtsdestotrotz musste er sich fragen, ob Billys Tränen echt oder berechnend waren. Bei diesem Jungen wusste man das nie. Er sah nicht nur aus wie ein Filmstar. Er war ein sehr guter Schauspieler.

»Warum fragst du Dekan Walsh nicht wenigstens, ob sie die Spindkombinationen jedes Jahr ändern?«, fragte Billy.

»Das würde für ihn nichts an der Sache ändern«, erwiderte Clevenger. »Vielleicht, wenn da nicht die Prügeleien gewesen wären, aber … er hat sich entschieden.«

»Dann scheiß drauf. Ich hab genug von diesem Laden. Ist mir sowieso egal, was Walsh denkt. Mich kümmert, was du denkst. Niemand sonst.«

Das klang wie blanke Schmeichelei. »Klar«, sagte Clevenger. »Ich kann sehen, wie du dich immer ins Zeug legst, um mich stolz zu machen.« Er schüttelte seinen Kopf, ließ den Motor an und setzte aus der Parklücke zurück. Als er wieder zu Billy sah, starrte dieser nach vorne, während ihm Tränen über das Gesicht liefen.

Clevenger stellte die Schaltung abermals auf »P«. »He«, sagte er.

Billy sah ihn nicht an.

»Hör mir jetzt mal gut zu«, lenkte Clevenger ein. Er wartete, bis Billy sich zu ihm umdrehte. »Ich gehe mit dir durch dick und dünn. Verstanden? Nichts, was du tust, wird mich je dazu bringen, dich im Stich zu lassen. Absolut nichts. Nicht, dass sie dich aus Auden Prep rauswerfen, nicht, dass du Gras verkauft hast. Also besteht der einzige Unterschied dazwischen, mir die Wahrheit zu sagen oder mich anzulügen, darin, dass ich dir keine Hilfe besorgen kann, wenn ich nicht alle Fakten kenne. Ich kann dir kein guter Vater sein, wenn ich nicht alle Fakten kenne.«

Billy nickte.

»Ich werde dich jetzt noch einmal fragen«, sagte Clevenger, »weil es wichtig ist, dass wir beide genau wissen, wo wir bei dieser Sache stehen … hast du Drogen verkauft oder nicht?«

»Nein«, antwortete Billy.

»Nimmst du Drogen?«, fragte Clevenger.

»Du kannst hier auf der Stelle einen Drogentest machen, wenn du willst«, versicherte Billy. »Und sooft dir danach ist.«

Clevenger sah Billy in die Augen, suchte nach Anzeichen von Falschheit, doch Billys Blick war so undurchdringlich wie seine Position in der Auden-Prep-Verteidigungslinie. »Okay«, sagte Clevenger. »Ich werd morgen Vormittag ein paar Anrufe machen, und dann sehen wir, ob Chelsea High School eine Alternative ist. Das heißt, natürlich nur, wenn du willst.«

»Tu ich«, versicherte Billy. »Ich will weiter zur Schule gehen.«

»Gut. Und ich nehme dein Angebot mit dem Drogentest an. Einmal pro Woche.«

»Geht klar«, sagte Billy.

Clevenger legte einen Gang ein und fuhr langsam vom Parkplatz.

»Ich weiß, dass du nicht auf mich stolz bist«, sagte Billy.

Diese Worte gingen wie ein Messer durch die letzten Schichten von Clevengers harter Schale und legten den weichen Kern darunter bloß. Er streckte die Hand aus und legte sie in Billys Nacken. »Es stimmt nicht, dass ich nicht ...«

»Aber irgendwann wirst du es sein«, sagte Billy. »Du wirst schon sehen. Auch wenn die Dinge im Moment ziemlich mies aussehen. Du wirst stolz auf mich sein.«

5

Früher Morgen, 22. Februar 2004
Auf der Fahrt nach Quantico, Virginia

Clevenger hatte sein Treffen mit dem FBI einen Tag verschoben, um sich um Billy zu kümmern und seinem Freund Brian Coughlin, dem Schulinspektor von Chelsea, einen Besuch abzustatten. Jetzt, da er in der Crown-Victoria-Limousine, mit der Agent Kane Warner ihn vom National Airport hatte abholen lassen, auf dem Weg nach Quantico war, ging ihm durch den Kopf, dass er die ganze Sache abblasen und einfach zu Hause hätte bleiben sollen. Denn plötzlich schien es riskant, Billy allein in Chelsea zurückzulassen. Und mit dem FBI zusammenzuarbeiten würde bedeuten, ihn wesentlich öfter und länger allein zu lassen.

Zumindest hatte Coughlin etwas für sie erreichen können. Clevenger hatte sich am Abend zuvor mit ihm im Floramo's getroffen, einem Steakrestaurant nahe der Chelsea High, und sie hatten zusammen einen Plan ausgearbeitet, wie Billy seine Schulausbildung mit Beginn des vierten Quartals im April fortsetzen konnte. Um ihn bis dahin von Dummheiten abzuhalten, hatte er ihm einen Job bei Peter Fitzgerald, einer Werft um die Ecke vom Loft, besorgt. Und um ihn von Drogen abzuhalten, hatte er bei der Außenklinik des Massachusetts General Hospital in Chelsea Termine für zwei Drogentests pro Woche gemacht.

Er schaute auf die Uhr am Armaturenbrett des Crown Victoria: acht Uhr sechsundzwanzig. Nur noch ein paar Meilen bis Quantico. Er fragte sich, ob Billy sich schon aus dem Bett geschleift hatte, fragte sich, wie die Chancen standen, dass er tatsächlich um neun Uhr zum ersten jener Drogentests erschien, wie er es Clevenger versprochen hatte.

Er überlegte anzurufen, um sicherzustellen, dass Billy auf dem Weg war. Doch er befürchtete, ihn auf diese Weise an die Hand zu nehmen würde seine Willenskraft eher schwächen.

Die Limousine bremste ab, als sie durch das Tor der FBI-Akademie fuhr, die sich ein weitläufiges Gelände mit dem United States Marine Corps und der Drogenfahndungsbehörde DEA teilte.

Das Nervenzentrum der Akademie war ein Netzwerk untereinander verbundener, unscheinbarer Gebäude, die wie ein wild wuchernder Firmenkomplex anmuteten. Rekruten in dunkelblauen Trainingsanzügen mit dem FBI-Emblem in Gold auf der Brust joggten an der Straße zu dem Komplex entlang. Marines mit Hightechgewehren standen an jeder Kreuzung. Rotorblätter quirlten die Luft. Die Atmosphäre von Einsatzbereitschaft, Größe und Geheimhaltung war förmlich greifbar.

Clevenger hatte zwei widersprüchliche Empfindungen. Die erste war Argwohn. Er misstraute Institutionen, selbst Vollstreckungsbehörden wie der Polizei und dem FBI, da ihre schiere Größe und Struktur ersticken konnten, was ihm auf der Welt am teuersten war: Mut, Kreativität und Mitgefühl. Diese drei Eigenschaften musste ein Mensch in sich aufspüren, auch wenn er manchmal jahrzehntelang seine Seele durchforsten musste, um fündig zu werden – wenn überhaupt. Teil einer Organisation zu sein machte die Suche schwerer, nicht leichter. Ein Mangel an Mut oder Kreativität oder Mitgefühl konnte die gesamte Gruppe betreffen und dem einzelnen Mitglied erlauben, sich der Verantwortung für feiges oder grausames Verhalten zu entziehen.

Doch das zweite Gefühl, das Quantico in Clevenger wachrief, war eine Art widerstrebender Stolz. Der Bishop-Fall hatte ihn zu einer Berühmtheit gemacht, aber er hatte ihm keine Anerkennung von Seiten der offiziellen Gesetzeshüter eingebracht. Im Gegenteil: Er war durch die Tatsache, dass er die Polizei von Nantucket und die State Police von Massachusetts vorgeführt hatte, indem er Billys Unschuld bewiesen hatte, noch stärker in die Rolle des Außenseiters gedrängt worden. Jetzt bat das FBI um seine Hilfe. Der Staatsapparat kam zu Frank Clevenger, der einen Hälfte eines Zwei-Mann-Unternehmens aus dem ölgetränkten Chelsea.

Clevenger wurde durch zwei Sicherheitstüren und einen langen Korridor geführt, dann durch eine dritte Sicherheitstür und in einen Aufzug, der sechs Stockwerke zur Abteilung für Verhaltensforschung hinabfuhr. Die Aufzugtür öffnete sich auf einen Korridor mit blank gebohnerten Holzdielen, der von Messinghängelampen beleuchtet und an den Wänden mit goldgerahmten Porträts ehemaliger FBI-Honoratioren voll gehängt war.

Ein hoch gewachsener Mann mit einem dichten Schopf welliger, brauner Haare und strahlend weißen Zähnen trat vor die offene Aufzugtür. »Dr. Clevenger«, sagte er mit gereizter Stimme, die leibhaftig sogar noch unfreundlicher klang als am Telefon, »ich bin Kane Warner. Willkommen in der Akademie.«

Clevenger trat heraus und schüttelte Warners Hand.

»Hatten Sie eine angenehme Fahrt?«, erkundigte sich Warner und versuchte, sich nicht anmerken zu lassen, wie bestürzt er war, weil Clevenger trug, was er immer trug – Jeans und einen schwarzen Rollkragenpullover.

»Bestens«, sagte Clevenger.

Warner bleckte seine strahlend weißen Zähne zu einem Lächeln. Er sah gut aus, Ende dreißig, hohe Wangenknochen, unverwechselbar gesunde Gesichtsfarbe und leuchtend grüne Augen – eine Ken-Puppe in dunkelgrauem Nadelstreifenanzug und roter Seidenkrawatte. Sein Hemd war so weiß wie seine Zähne und frisch gebügelt und gestärkt. »Alle anderen warten bereits im Konferenzzimmer«, erklärte er.

Clevenger folgte Warner den Flur entlang. »Eine beeindruckende Anlage«, bemerkte er.

»Einhundertfünfzig Hektar?«, sagte Warner und verwandelte seine Feststellung in eine Frage, ganz wie er es am Telefon getan hatte. »Völlig selbstständig. Eine regelrechte Großstadt. Klassenräume? Wohnheime? Esssäle? Bibliothek? Ein Hörsaal mit eintausend Plätzen? Eins Komma eins Meilen Rennstrecke für das Training von Flucht- und Verfolgungsfahrten? Hogans Gasse? Es ist alles hier.«

»Erzählen Sie mir mehr über Hogans Gasse«, forderte Clevenger ihn auf.

»Eine nachgebildete Stadt«, sagte Warner. »Für Geiselbefreiungstraining und so weiter.«

»Praktisch«, bemerkte Clevenger.

»Sehr.« Warner blieb vor einer zweiflügeligen Tür stehen. »Ich hoffe, Sie entscheiden sich, in dieser Sache mit uns zusammenzuarbeiten«, sagte er.

Clevenger schenkte Warner das Spiegelbild seines eigenen breiten Lächelns und beließ es dabei.

Im Konferenzzimmer saßen zwei Frauen und drei Männer um einen langen Mahagonitisch herum. An der Wand hing eine von hinten beleuchtete computerisierte Landkarte der Vereinigten Staaten, und dreizehn rote Lämpchen entlang der

Highways zeigten an, wo die Opfer des Highwaykillers gefunden worden waren. Warner setzte sich ans Kopfende des Tisches und forderte Clevenger mit einem Nicken auf, neben ihm Platz zu nehmen. »Dann wollen wir uns erst mal einander vorstellen. Ich denke, jeder ist mit Dr. Clevengers Referenzen vertraut«, sagte er zur Gruppe gewandt. Er sah zu Clevenger, dann deutete er nacheinander mit einem Nicken auf jeden Einzelnen am Tisch. »Dorothy Campbell, die mit unserem PROFILER-Computersystem arbeitet; Greg Martino, er arbeitet als Analytiker für VICAP, das Violent Crime Apprehension Program, das die landesweite Suche nach vergleichbaren Tötungsdelikten ermöglicht; Bob White und John Silverstein von unserem Criminal Investigative Analysis Program, kurz CIAP, eine Datenbank für Fallanalysen; Dr. Whitney McCormick, unsere leitende forensische Psychiaterin; und Ken Hiramatsu, unser leitender Pathologe.«

Clevengers Blick blieb an Whitney McCormick hängen, während Hiramatsu vorgestellt wurde. Sie war nicht älter als fünfunddreißig, schlank und sehr hübsch, mit langem, glattem blondem Haar und tiefbraunen Augen. Sie wirkte völlig gelassen, ungeheuer selbstbewusst, doch die Art, wie sie ihren Kopf hielt, und die Art, wie sie Clevenger ansah, ja selbst ihr zartrosa Lippenstift ließen erahnen, dass sie ihre Weiblichkeit nicht aufgegeben hatte, dass die angeborenen Sensibilitäten und Intuitionen ihres Geschlechts die medizinische und die FBI-Ausbildung und all die Schrecken, die Teil ihrer Arbeit waren, überlebt hatten. Das war eine beachtliche Leistung. Selbst als er sich zwang, den Blick zu Hiramatsu weiterwandern zu lassen, blieb McCormicks Gesicht in seinen Gedanken haften. So empfänglich war er für weibliche Schönheit. Beinahe hilflos. Seine Verpflichtung, Billy ein Vater zu sein, hatte das letzte Jahr über weitestgehend dafür gesorgt, Frauen aus seinem Schlafzimmer zu verbannen, doch sie hatte die

Frauen nicht aus seinen Gedanken verbannen können. »Nett, Sie alle kennen zu lernen«, sagte Clevenger und sah jeden Einzelnen am Tisch an, bevor er seinen Blick für einen Moment zu McCormick zurückkehren ließ.

»Warum fangen wir nicht mit einem Überblick an, Bob?«, schlug Kane Warner vor.

Bob White, ein ernster, fast düsterer Mann um die vierzig, sah zu der beleuchteten Landkarte an der Wand. »Zuerst die Fakten, von denen ich annehme, dass Sie sie bereits kennen, Dr. Clevenger: dreizehn Leichen. Acht Männer. Fünf Frauen. Jede in einem Umkreis von zehn Metern neben einem Highway gefunden, in einem flachen Grab verscharrt oder einfach auf dem Boden abgelegt. Es wurde kein Versuch gemacht, die Identität zu verbergen.« Er stand auf, öffnete einen Aktenordner und zog einen Stapel Fotos heraus. Er breitete sie auf dem Konferenztisch aus und begann, die Städte aufzulisten, wo die Opfer gefunden worden waren. »Calhoun, Alabama; Patterson, Idaho; Bellevue, Iowa; Brownsville, Kentucky; Northfield, Maine ...«

Clevenger betrachtete die Bilder der Gräueltaten. Dreizehn Leichen, Gliedmaßen, die aus der Erde ragten, aus Laub, aus Schnee, während andere Körper einfach ausgestreckt auf dem Boden lagen. Dreizehn Opfer. Er fühlte ihr grenzenloses Entsetzen, die grausame Erkenntnis, dass sie ihres Lebens beraubt wurden, dass sie starben, ohne sich von den Menschen, die sie liebten, verabschieden zu können, ein Bedauern oder ein letztes Dankeschön aussprechen zu können.

»Alle waren vollständig bekleidet, einige lagen auf dem Rücken, andere auf dem Bauch«, fuhr White fort. »Kein erkennbares Muster in Bezug auf Alter, Rasse oder Geschlecht. Keine Übereinstimmungen in Bezug darauf, wo sie herkamen oder wohin sie unterwegs waren. In allen Fällen war die Kehle durchschnitten, doch mit verschiedenen Tatwerkzeugen.

Einige Wunden sind mit einer kurzen Klinge zugefügt worden, wie von einem Teppichmesser, andere stammen von einer langen Klinge, wie von einem Taschenmesser oder einem Steakmesser.« Er hielt kurz inne. »Der Täter scheint nicht methodisch vorzugehen. Augenscheinlich gibt es keine große Planung. Er tötet spontan. Es spielt keine Rolle, wer die Opfer sind. Und er reist nicht quer durchs Land von Küste zu Küste, denn die Chronologie der Morde verortet ihn im Norden, im Süden, im Westen, im Osten, ohne jegliches erkennbare Schema.« Er deutete mit einem Nicken auf das Foto, das am weitesten entfernt zu Clevengers Rechten lag. »Es kann ein alter Mann sein.« Er deutete mit einem Nicken auf das Foto, das am weitesten entfernt zu Clevengers Linker lag. »Oder ein sechzehnjähriger Junge. Es kann jeden treffen, schwarz oder weiß, jung oder …«

Clevenger sah von dem Mann zu dem Jungen, und sein Blick blieb an der Leiche des Sechzehnjährigen hängen, der ausgestreckt auf blutigem Schnee lag, in einer dicken Daunenjacke, Jeans und grünen Wildleder-Basketballstiefeln von Nike. So kann es enden, ging es Clevenger durch den Sinn. Selbst für jemandes geliebten sechzehnjährigen Sohn. Selbst für jemanden wie Billy oder für jedes andere Kind, das hilfsbereit genug war, einem Fremden dabei zu helfen, eine Einkaufstasche zu seinem Transporter zu tragen, oder freundlich genug, einem Auto, das mitten in der Nacht liegen geblieben war, Starthilfe zu geben, oder dumm genug, in einen dunklen Park zu gehen, um ein paar Joints oder ein Tütchen Heroin oder ein paar Raubkopien von CDs zu kaufen. Dann kriegst du eines Tages einen Anruf von einem Cop. Sehr ernster Tonfall. Vielleicht denkst du, dein Sohn oder deine Tochter seien wegen überhöhter Geschwindigkeit oder – schlimmer noch – wegen Trunkenheit am Steuer festgenommen worden. Also wappnest du dich für schlechte Nachrichten. Du denkst vielleicht sogar an einen Anwalt, den du kennst, oder an die Gardinenpredigt, die du ihnen halten wirst. Dann beginnt der Cop mit der Beschreibung, versucht, dich sanft vorzubereiten, sein Tonfall freundlich, nicht barsch, was dir aus irgendeinem Grund den Mut nimmt. Hat Ihr Sohn oder Ihre Tochter, als sie das Haus verlassen haben, diese Jacke oder jene Hose getragen? Und vielleicht hast du trotz allem noch Hoffnung, wenn er diese Jacke erwähnt – die blaue Daunenjacke mit der Kapuze –, und selbst noch, wenn er jene Jeans mit den ausgefransten Kanten beschreibt. Die könnten schließlich jedem gehören. Also könnte es ein Irrtum sein. Ich meine, es müssen jeden Tag eine Million Teenager in Amerika die gleichen Klamotten tragen, um ihrer Individualität Ausdruck zu verleihen. Aber da ist die unbestreitbare Tatsache, dass das Telefon in *deiner* Hand ist, dass *du* diesen Anruf erhalten hast, und nicht die Eltern eines dieser Millionen anderer Teenager. Also muss da noch mehr kommen, eine weitere Tatsache, die auf dich zusaust wie ein Komet, um deine Welt zu zerstören. Und dann erwähnt der Cop die grünen Basketballstiefel. Die *grünen* Basketballstiefel von Nike. Und plötzlich kriegst du keine Luft mehr, und du vergräbst den Kopf in den Händen, und du hörst, wie das Telefon polternd auf dem Boden aufschlägt. Und aus irgendeinem Grund schaust du auf die Uhr, vielleicht weil du dich überzeugen musst, dass sich der Minutenzeiger bewegt, um zu glauben, dass dies alles wirklich geschieht. Und dann weißt du, dass es das tut. Und du weißt, dass du niemals sechzehn Uhr vierundzwanzig am Nachmittag vergessen wirst, dass du dich für den Rest deiner Tage vor jener Schwelle zwischen Nachmittag und Abend fürchten wirst und dass nichts, nichts je wieder wie früher sein wird. Denn der Tod – der Teufel persönlich, die Geißel des Universums – ist an deine Tür gekommen.

»Völlig wahllos«, endete White.

»Verstehe«, sagte Clevenger.

»Ein übereinstimmendes Element ist das Fehlen größerer Anzeichen für einen Kampf«, sagte Ken Hiramatsu, ein Asiate um die Anfang dreißig. »Relativ wenige Prellungen. Kaum zerrissene Kleidung. Keine Stricke. Kein Klebeband. Diese Leute haben dem Mann vertraut, der sie umgebracht hat. Sie haben ihn sehr nah an sich herangelassen.«

»Hat er sie betäubt?«, fragte Clevenger.

»Die toxikologische Untersuchung hat nichts zutage gefördert«, antwortete Hiramatsu.

»Scheint eher, als habe er sie verführt«, bemerkte Whitney McCormick und sah Clevenger an. Ihre Stimme war selbst ziemlich verführerisch, dieser sanfte, mädchenhafte Tonfall, der zusammen mit ihrer Selbstsicherheit entwaffnend war. »Ich meine das nicht notwendigerweise in einem romantischen Sinn. Obgleich ich wetten möchte, dass er gut aussieht. Ansprechend jedenfalls. Ein nettes Gesicht. Eine angenehme Stimme. Gepflegtes Äußeres. Vielleicht sogar obsessiv gepflegt. Er kleidet sich gut. Aber das Wichtigste ist seine sanfte Art. Ein Charmeur. Irgendwie gewinnt er das Vertrauen seiner Opfer auf eine Weise, die es ihnen fast unmöglich macht zu glauben, dass er sie umbringt. Sie sind so schockiert darüber, was passiert, dass sie sich kaum wehren.«

»Und er hat keinen Sex mit ihnen«, bemerkte Clevenger.

»Nein«, bestätigte White. Er sah zu Hiramatsu.

»Es wurde kein Sperma gefunden«, erklärte Hiramatsu. »Er lässt keine Körperflüssigkeiten in seinen Opfern zurück, er nimmt welche von ihnen mit.«

»Soll heißen?«, fragte Clevenger.

»Bei jeder Leiche fanden wir Hinweise auf eine Blutentnahme«, sagte Hiramatsu. »Ein kleiner blauer Fleck und ein Einstich in der Ellbogengrube, übereinstimmend mit der Nadel einer Spritze.«

Bob White legte drei weitere Fotos auf den Tisch. Jedes eine Großaufnahme von der Armbeuge eines Opfers.

»Er nimmt eine Blutprobe?«, fragte Clevenger.

»Scheint so«, sagte Hiramatsu. »Es sei denn, er injiziert ihnen etwas, das wir nicht finden können.«

»Und der Einstich ist professionell?«, wollte Clevenger wissen.

»Er schafft es in den meisten Fällen im ersten Anlauf«, sagte Hiramatsu.

»Uns ist der gleiche Gedanke gekommen wie Ihnen«, sagte White zu Clevenger. »Es könnte ein Krankenhausangestellter sein. Ein Pfleger. Ein MTA. Sogar ein Arzt.«

»Er nimmt sonst nichts mit, soweit wir das sagen können«, erklärte Greg Martino, der VICAP-Analytiker. »Nur das Blut. Er stiehlt keine Handtaschen oder Brieftaschen. Es gibt keine Hinweise, dass er es auf Haarlocken oder Schmuckstücke abgesehen hätte.«

»Durch das Blut bleibt er ihnen nah«, sagte Clevenger.

»Er kommt ihnen nah, und er bleibt ihnen nah«, pflichtete McCormick bei. »Da denkt man zwangsläufig, dass er irgendwann mal von irgendjemandem verlassen wurde. Ist dieser Mann eine Waise? Ist sein Vater oder seine Mutter oder ein Kindheitsfreund unerwartet gestorben?«

Wieder musste Clevenger an Billy denken. Er hatte erst seine leiblichen Eltern und dann seine kleine Schwester durch Mord verloren und schließlich seinen Adoptivvater durch eine Gefängnisstrafe. Wie würden sich diese Verluste letztendlich auf sein Leben auswirken? Er schüttelte den Kopf und vertrieb die Frage aus seinen Gedanken. »Oder ist *er* es?«, bemerkte Clevenger.

»Ist er was?«, fragte McCormick.

»Gestorben«, antwortete Clevenger und sah sie an. »Hat etwas in ihm das Gefühl erzeugt, tot zu sein? Vielleicht ist es das, was er sich anschaut – der Grund, weshalb er seinen Opfern überhaupt so nah kommen muss. Vielleicht betrachtet er in ihnen stellvertretend die toten Teile seiner selbst.«

»Sexueller Missbrauch?«, warf Kane Warner ein.

»Möglich«, stimmte Clevenger zu. »Aber die Tatsache, dass er sich nicht sexuell an seinen Opfern vergeht, spricht dagegen.«

»Das Eindringen der Spritze könnte eine sexuelle Ersatzhandlung sein«, schlug McCormick vor.

Das war eine erstklassige psychologische Folgerung, und sie sagte Clevenger, dass McCormick ernst genommen werden musste. »Könnte sein«, gestand Clevenger zu. »Keine Frage. Aber eines ist für mich eindeutig, dass er nämlich Trost sucht, nicht den Nervenkitzel. Intimität, nicht Erregung. Das hier ist kein Machterlebnis für ihn. Es ist etwas, zu dem er getrieben wird. Er ist nicht wütend. Er hat es nicht darauf abgesehen, zu verstümmeln oder zu entstellen. Er tötet mit einem Minimum an Gewalt. Ein einzelner Schnitt. Wenn er kann, nimmt er sich die Zeit, seine Opfer zu begraben, nicht, um Spuren zu verwischen, sondern weil sie ihm Leid tun und ihm wahrscheinlich auch Leid tut, was er getan hat. Aber er geht kein Risiko ein, nur um nett zu sein. Er geht kühl und überlegt vor, selbst nach dem Töten. Wenn es zu riskant ist, sich die Zeit zu nehmen, eine Leiche zu vergraben, lässt er sie offen liegen. Er will nicht gefasst werden.«

»Alle wollen gefasst werden«, wandte Kane Warner ein. »Tief in ihrem Herzen.«

Clevenger sah das anders, sagte aber nichts. Viele Mörder würden liebend gern ewig weitermorden. Sie wollten nicht gefasst werden. Aber sie wollten bekannt werden. Und das brach ihnen am Ende immer das Genick. Das gute alte Ego. Ein Mörder, der sich damit begnügte, für immer anonym zu bleiben, konnte das möglicherweise tatsächlich schaffen.

Warner deutete mit einem Nicken zu Dorothy Campbell, einer äußerlich streng sachlichen Frau in den Fünfzigern, die für das PROFILER-System zuständig war, eine Datenbank mit Millionen von Fakten über Serienmörder, einschließlich der Verhaltensmuster und Tatorte von aktenkundigen Gewaltverbrechern. »Der statistischen Wahrscheinlichkeit nach haben wir es natürlich mit einem männlichen Täter zu tun«, sagte sie. »Überdurchschnittliche Intelligenz. Wahrscheinlich Collegeausbildung. Vielleicht sogar höherer Bildungsgrad. Er ist geübt im Umgang mit Menschen – einnehmend –, doch im Herzen ein Einzelgänger. Er ist eher ein Reisender denn ein Streuner, jemand, der unbedingt in Bewegung bleiben will, nimmt man die Tatsache, dass der Highway sein Jagdrevier ist. Und er tötet nicht in den Randgebieten von Manhattan oder L.A. Er mag Großstädte nicht. Er kann dort nicht anonym genug bleiben. Es zieht ihn in die Berge von Vermont oder in die Nähe eines Nationalparks im ländlichen Kentucky oder in die Prärie von Iowa. Er braucht Freiraum. Es könnte ein Naturliebhaber sein – ein Jäger oder Wanderer oder Camper.« Sie sah auf die beleuchtete Landkarte, dann wieder zu Clevenger. »Die Sache, die keinen Sinn ergibt, ist, dass er die Grenzen zwischen einem planenden Täter und einem nicht planenden Täter verwischt.«

»›Verwischt‹ ist gut«, bemerkte Bob White. »Er *reißt sie nieder.*«

Clevenger kannte die Unterscheidung, auf die sich Campbell und White bezogen. Ein »planender« Serienmörder plante seine Verbrechen zumeist im Voraus, machte Jagd auf Fremde, verlangte Unterwerfung von seinen Opfern, fesselte sie, bevor er sie tötete, und tötete sie auf grausamste Weise. Ein »nicht planender« Mörder hingegen schlug bedeutend spontaner zu, fiel explosionsartig über Menschen her, die er kannte, sprach nur wenig mit ihnen, benutzte keine Fesseln, hatte oftmals Sex mit den Leichen seiner Opfer und ließ gemeinhin an jedem Tatort eine Waffe zurück.

»Das hier ist jemand, der seine Morde nicht zu planen scheint«, sagte Campbell, »doch irgendwie lernt er seine Opfer kennen – oder verhält sich ihnen gegenüber so, als bestehe eine gewisse Intimität zwischen ihnen.«

»Er ist zerstört worden«, sagte Clevenger. »Er weiß, was sie durchmachen. Er fühlt ihren Schmerz.« Dieser Satz ließ Clevenger an Jesus Christus denken. »Er hält sich vermutlich für fromm oder glaubt, eine direkte Verbindung zu Gott zu haben, weit mehr als zum Teufel. Er denkt, dass er Gottes Werk vollbringt.«

McCormick nickte.

»Er lässt die Leichen mehr oder weniger achtlos liegen, so als sei er entsetzt darüber, was er getan hat«, sagte Campbell. »Andererseits will er ein Andenken an sie haben. Ein weiterer Widerspruch.«

»Kristallklar scheint nur zu sein, dass die Paradigmen, die wir in unserer Abteilung entwickelt haben, kein deutliches Bild von diesem Burschen abwerfen«, sagte Kane Warner zu Clevenger. »Ich schlage daher vor, dass Whitney Ihnen in den nächsten ein, zwei Tagen alles Wissenswerte über den Fall erzählt und Sie sich dann der Ermittlung anschließen, wobei Sie direkt mir unterstellt wären. Es ist wahrscheinlich das Beste, wenn Sie vorerst hier vor Ort bleiben?«

So viel zum Thema freie Entscheidung. Und Warners Tonfall erinnerte Clevenger noch an etwas anderes, vor dem North Anderson ihn gewarnt hatte. Das FBI würde ihm niemals freie Hand bei den Ermittlungen geben. Warner wollte Clevenger an der kurzen Leine halten. Das war es, was das ganze *Sie sind direkt mir unterstellt*-Geschwafel im Klartext bedeutete, von der Idee, dass er hier in einem der Wohnheime schlafen sollte, einmal ganz zu schweigen. Es schien Clevenger der passende Moment zu demonstrieren, dass er nicht gern Befehlen gehorchte. »Das Angebot haben Sie mir bereits vor zwei Tagen am Telefon gemacht«, sagte er. »Von Unterkunft und Verpflegung mal abgesehen. Aber ich bin noch immer nicht überzeugt, dass Sie nah daran sind, diesen Kerl zu schnappen.«

»Wie bitte?«, sagte Warner, ohne dass sein Politikerlächeln erlosch.

»Ich meine, Sie haben diese blinkende Landkarte und das alles, und diese Leute hier haben beeindruckende Arbeit am Computer und im Labor geleistet. Whitney liegt wahrscheinlich genau richtig, was einige der psychologischen Merkmale des Mörders angeht. Aber Sie studieren ihn aus der Distanz. Und dabei ist das ein Mann, den Sie vielleicht erreichen können – wenn Sie den Mut dazu haben.«

»Könnten Sie das etwas genauer erklären, Doktor?«, fragte Warner.

»Der Mörder kommt seinen Opfern nah, bevor er sie umbringt«, sagte Clevenger und sah die am Tisch versammelten Leute an. »Er vermittelt ihnen das Gefühl, es würde ihm etwas an ihnen liegen. Und das tut es auch, oder zumindest denkt er das. Für ihn besteht das Problem darin, dass er Intimität nur in kleinen Dosen zulassen kann. Deshalb bleibt er in Bewegung. Keine langfristigen Beziehungen. Was ihm großen Schmerz bereitet, wie es das bei jedem tun würde.«

»Wir wollen immer das, was wir nicht haben können«, bemerkte McCormick.

Clevenger sah sie an. »Immer«, bestätigte er. Langsam wandte er seinen Blick wieder Kane Warner zu. »Der Schlüssel, um diesem Burschen die Tour zu vermasseln, die Methode, ihn psychologisch stolpern zu lassen, besteht darin, ihm seine Opfer beständig unter die Nase zu reiben. Lassen Sie die Angehörigen aufmarschieren. Zeigen Sie in den Fernsehnachrichten Kinderbilder von den Opfern. Trommeln Sie die Hinterbliebenen jeden Monat zu einem Treffen irgendwo zusammen. Berichten Sie der Öffentlichkeit von jedem dieser Zusammenkünfte. Unser Mann ist jetzt ausgeschlossen. Er ist ein Außenseiter, und das tut weh. Er mag ja dreizehn Blutproben haben, aber diese Leute im Fernsehen haben weit mehr. Fotos, Erinnerungen, echte Tränen der Trauer. Und sie haben einander. Sein Bedürfnis nach Nähe – *seiner* Vorstellung von Nähe, wie immer die auch aussieht – wird wachsen. Er wird gieriger werden, und er wird anfangen, Fehler zu machen. Vielleicht überkommt ihn der Drang, an einen der Tatorte zurückzukehren. Vielleicht ruft er eine trauernde Mutter oder einen trauernden Bruder an. Vielleicht lässt er sich sogar von uns fassen, und wenn auch nur, um sich seine selbst geschaffene Großfamilie anzuschauen, um im selben Gerichtssaal zu sitzen wie die Familien seiner Opfer.«

»Interessant«, erwiderte Warner unbeeindruckt.

»Ich denke, Dr. Clevenger hat Recht«, sagte McCormick zu Warner. »Es ist beinahe so, als sei dieser Bursche so gut darin, Leute auf Abstand zu halten, dass er sogar uns auf Abstand hält. Wir müssen versuchen, ihn anzusprechen.«

Dorothy Campbell nickte.

»Ich behaupte schon seit Monaten, dass wir dieser Bestie den Kampf ansagen sollen«, mischte sich John Silverstein vom Criminal Investigative Analysis Program mit ein. Es war das erste Mal während der gesamten Besprechung, dass er das Wort ergriff. »Es gibt hier keine traditionellen Muster, um auszuklügeln, wo er herkommt oder wer er ist oder wo er vielleicht das nächste Mal zuschlagen wird. Wir müssen ihn aus der Reserve locken.«

»Aber das könnte gefährlich sein«, wandte Bob White ein. »Was, wenn wir seinen Drang zum Töten verstärken und er *nicht* unachtsam wird? Ich meine, dieser Kerl scheint sich beherrschen zu können zwischen den Morden. Dreizehn Leichen in drei Jahren. Selbst wenn er sein Tempo um hundert Prozent erhöht, kann er sich immer noch in aller Ruhe aussuchen, wo er zuschlägt.«

Warner nickte zustimmend.

»Das ist gut möglich«, pflichtete Clevenger White bei. »Und dann erhöhen Sie den psychologischen Druck eben noch mehr. Sie müssen bereit sein, seine Gewalttätigkeit zu beschleunigen, bis er gegen eine Wand kracht. Es wird keine Spazierfahrt werden. Aber das ist der Preis, den Sie zahlen müssen, um ihn aufzuhalten.«

Es klopfte, und die Tür ging auf. Eine junge Frau Anfang zwanzig stand in der Tür. Sie sah zu Kane Warner herüber.

Warner stand auf und ging zu ihr hin. Die Frau flüsterte ihm etwas zu. Warner atmete tief durch und schüttelte seinen Kopf. Dann drehte er sich um und schloss die Tür. »Nummer vierzehn«, sagte er. »In einem Teich zwanzig Meter neben der Route 7, in Utah. Ein behinderter Mann – in seinem Rollstuhl.«

Bedrücktes Schweigen erfüllte den Raum.

Clevenger sah Whitney McCormick an, und den Blick, den sie mit ihm wechselte, kannte er vom Medizinstudium, wenn er mit einer Krankenschwester am Bett eines todgeweihten Patienten gestanden hatte und durch die Nähe zum Ende eines Lebens unvermittelt alle üblichen Grenzen zwischen ihnen aufgelöst worden waren. Und jener Blick von McCormick verleitete ihn fast, sich auf der Stelle dem Ermittlungsteam anzuschließen. Es lag die Einladung darin, sein persönliches und sein berufliches Leben eins werden zu lassen. Es lag die Einladung darin, sein Bedürfnis aus vollen Zügen zu leben und aus vollen Zügen zu lieben und bedingungslos geliebt zu werden, in der einzigen Arena zu erfüllen, die er je für sich hatte finden können – der Jagd nach einem Mörder.

»Nach Angaben des örtlichen Pathologen ist die Leiche wenigstens drei Monate alt«, fuhr Warner fort. »Die sterblichen Überreste sind auf dem Weg hierher.« Er sah zu Clevenger und setzte unvermittelt seine Politikermaske ab. »Nur damit Sie es wissen«, sagte er, diesmal ohne jeden fragenden Klang in der Stimme, »ich schlafe und ich esse diesen Fall. Ich will diesen Kerl brennender schnappen, als Sie es sich vorstellen können.« Er setzte seine Maske ebenso unvermittelt wieder auf. »Nutzen wir die Zeit, die uns heute noch bleibt, um Ihnen alle Informationen zu geben, die Sie für Ihre Entscheidung, ob Sie sich uns anschließen, brauchen.«

Als Kane Warner Clevenger schließlich zum Eingang der Akademie brachte und in eine weitere schwarze Limousine setzte, hatte Clevenger die Ansätze zu einem Täterprofil vom Highwaykiller im Kopf. Er war über zwei Stunden im Konferenzzimmer geblieben, hatte weitere Einzelheiten über jeden der Tatorte gesammelt und jeder der am Tisch versammelten Personen ihre intuitive Reaktion zu diesem Fall entlockt.

Er ging davon aus, dass der Täter tatsächlich ein Mann war, nicht nur, weil die Statistiken es so wollten, sondern wegen der Kraft, mit der die Klinge die Halsschlagadern und Luftröhren der Opfer durchtrennt hatte. Er war vermutlich mindestens vierzig, denn es war schwer, sich vorzustellen, dass ein jüngerer Mensch die Umgangsformen und das Auftreten besaß, um auf Anhieb das Vertrauen seiner Opfer zu gewinnen. Er war gut aussehend, aber nicht sonderlich sexy, sodass Frauen in ihm keine Bedrohung sahen. Seine Geschicktheit im Umgang mit Spritzen deutete darauf hin, dass er in einem Krankenhaus oder in der Ersten Hilfe oder in einer Blutbank gearbeitet hatte. Und er war wahrscheinlich ein Einzelkind, denn sein Bedürfnis nach Nähe – nach »Blutsverwandten« – war so extrem, dass es schwer vorstellbar war, dass es sich in der Gegenwart von Geschwistern entwickelt hatte. Whitney McCormicks Theorie, dass er verwaist war oder verlassen wurde, kam der Wahrheit vermutlich ziemlich nah.

Kein Teil des Täterprofils war unangreifbar, und es bot vorläufig kaum Anhaltspunkte, aber einer Sache war sich Clevenger sicher: Es würde weitere Leichen zu obduzieren und weitere Tatorte zu untersuchen geben. Der Mörder stand unter dem Zwang weiterzumorden. Er war süchtig danach.

Während die Limousine zurück zum National Airport fuhr, dachte Clevenger abermals an die dreizehn Fotos, die Bob White auf dem Konferenztisch in der Abteilung für Verhaltensforschung ausgebreitet hatte. Dreizehn Leben. Und jetzt war die Zahl der Opfer auf vierzehn gestiegen, und niemand konnte sagen, wie viele Leichen noch darauf warteten, gefunden zu werden.

Clevenger vermutete, dass der Mörder vielleicht ebenfalls an seine Opfer dachte. Just in diesem Moment konnte er den Highway entlangfahren, begierig darauf, dass die Sonne unterging, dürstend danach, ein weiteres Leben auszulöschen und seine Familie, seine Blutsverwandtschaft zu vergrößern.

Er fühlte, wie ein vertrauter Hass in ihm hochbrodelte. Eine tiefe Abscheu. Denn für Clevenger war das Ende des Lebens der Feind. Er verachtete den Tod, egal, welche Gestalt die Bestie annahm – Krebs, Alter oder Mord. Er hatte sich schlicht die Todesart ausgesucht, die er mit dem, was er gelernt hatte, und mit seiner Art zu denken ausschalten konnte. Und wenn die Leute gelegentlich sagten, dass er bei seiner Arbeit über das Ziel hinausschoss, dann begriffen sie einfach nicht, was sie für ihn bedeutete. Jede Ermittlung war ein Krieg. Man lieferte sich ein Duell mit dem Tod, versuchte, ihn in die Knie zu zwingen, und man musste bereit sein, alles zu setzen, wenn der Tod den Einsatz erhöhte – sogar sich selbst zu opfern, wenn es nötig war, um das Blutbad zu beenden.

Die Limousine setzte ihn vor dem US-Air-Terminal ab. Die ersten beiden Pendlerflüge von Washington nach Boston waren wegen Nebel über dem Logan Airport gestrichen, und als Clevenger schließlich auf heimatlichem Boden landete, war es siebzehn Uhr fünfzehn. Er holte seinen Pick-up aus dem Parkhaus und rief über sein Handy das Labor des Mass General an. »Dr. Frank Clevenger hier«, sagte er zu der Frau, die sich meldete. »Ich wollte mich nach den Ergebnissen der toxikologischen Untersuchung von Billy Bishop erkundigen.«

»Geburtsdatum?«, fragte sie.

»11. Dezember 1987.«

»Bleiben Sie dran, Doktor.«

»Bitte, lass das Ergebnis negativ sein«, flüsterte Clevenger. Nicht dass er fand, Marihuana sei das Ende der Welt. Nicht dass die meisten Sechzehnjährigen nicht hin und wieder einen Joint rauchten. Aber wenn das Zeug in Billys Blut war, dann hatte Billy ihn rundheraus angelogen – darüber, dass er Drogen nahm, und wahrscheinlich auch darüber, dass er damit handelte. Und das würde bedeuten, dass seine Persönlichkeit entschieden nicht auf dem Weg der Heilung war.

Eine Minute verstrich. Clevenger kam es wie zehn vor. »Hallo?«, drängte er.

»Nur einen Moment«, sagte die Frau. »Mein Computer ... Okay ... Nein. Wir haben nichts im System.«

»Er ist nicht da gewesen?«, fragte Clevenger.

»Anscheinend nicht«, antwortete sie.

»Könnte das Ergebnis irgendwo anders festgehalten sein?«

»Wenn er eine toxikologische Untersuchung hätte machen lassen, dann wäre es im Computer vermerkt, selbst wenn das Ergebnis noch ausstehen würde.«

»Nun, danke fürs Nachschauen«, sagte Clevenger und

wurde von jener seltsamen Mischung aus Zorn und Frustration und Traurigkeit übermannt, die nur Billy Bishop in ihm wachrufen konnte.

»Gern geschehen.« Sie legte auf.

Clevenger wählte die Nummer seines Loft, doch es meldete sich niemand. Er rief auf Billys Handy an, bekam aber nur die schroffe Botschaft seiner Mailbox zu hören: »Ihr wisst ja, was ihr tun müsst«, und dann den Piepton. Er legte auf, wählte abermals die Nummer vom Handy, hörte abermals die Botschaft. »Verflucht noch mal«, sagte er laut und unterbrach die Verbindung. Er warf das Telefon auf den Beifahrersitz und fuhr nach Hause.

6

Billy Bishop saß auf der Hantelbank, die er in seinem Zimmer in Clevengers Loft aufgestellt hatte, ließ sich von den Doors beschallen und starrte aus imposanten Bogenfenstern auf die Skyline von Boston, die jenseits der Fitzgerald-Werft flirrte.

Das Zimmer war leer, abgesehen von der Hantelbank, einer schlichten Kommode, seinem Bett und den Teilen einer Stereoanlage, die er entlang einer Wand aufgestapelt und mit einem Gewirr von Kabeln angeschlossen hatte. Poster von den Rockgruppen Puddle of Mud, Pearl Jam und den Grateful Dead hingen an den Wänden.

Er hatte gerade sechs Wiederholungen mit neunzig Kilo geschafft. Sein Körper war aufgeputscht, und die Gedanken rasten durch seinen Kopf.

Er war äußerst zufrieden mit sich. Er war zu der Werft gegangen, hatte mit Peter Fitzgerald gesprochen und einen Job ergattert, den er bereits am nächsten Tag beginnen konnte.

Klar, die ganze Sache war ein Gefallen für Clevenger, aber er hatte es wenigstens nicht vermasselt. Er hatte den Deal bekräftigt. War doch auch was wert, oder? Und es war sogar eine ziemlich coole Sache. Er würde lernen, wie man Schleppermotoren repariert. Er würde mit den Typen abhängen, die auf den Dingern fuhren. Und er würde anfangs zehn Dollar bar auf die Kralle kriegen, was ein Taschengeld war, aber tausendmal besser als Gemeindedienst gratis. Dekan Walsh und seine hochnäsige Sekretärin und Scott Dillard und der Rest von Auden Prep konnten zur Hölle fahren, dieser Haufen von beschissenen Heuchlern.

Dillard und seine großspurigen Freunde mochten es einfach nicht, wenn ihnen jemand die Scheiße aus dem Leib prügelte. Viel mehr war an der Sache nicht dran, was ziemlich komisch war, bedachte man, dass sie beide Schlägereien vom Zaun gebrochen hatten – Dillard, indem er allen möglichen Mist über Billys Frisur und seinen Nasenring geschwafelt hatte, und dann seine Kumpel, die sich für die Prügel rächen wollten, die er hatte einstecken müssen.

Nach Billys Ansicht fing man besser nichts an, wenn man es nicht auch zu Ende bringen konnte. Und wenn doch, dann biss man die Zähne zusammen und steckte ein, was ausgeteilt wurde.

Aber nicht Dillard und seine kleinen Freunde. Die hatten ihn verpfiffen.

Billy stand auf und stellte sich vor den Spiegel über seiner Kommode. Sein Rumpf sah aus wie der Panzer eines Gladiators – makellos modellierte Brustmuskeln, ein Waschbrettbauch, kein Gramm Fett irgendwo. Er beugte seine Arme und bewunderte, wie sich der Bizeps steinhart anspannte.

Genau das waren sie alle: Heuchler. Man musste sich nur mal vorstellen, dass Dillard ihn verpfiffen hatte, weil er Marihuana in seinem Spind hatte, wo Dillard einer seiner besten

Kunden gewesen war. Der Drecksack hatte eine Unze pro Monat verkifft, bis er beschlossen hatte, Billy wegen seiner Dreadlocks das Leben schwer zu machen – zuerst waren es nur Frotzeleien, doch dann hatte er angefangen, Billy richtiggehend zu schikanieren. *Biste Rastaman? Du von Jamaika, Rastaman?* Also hatte Billy ihn vom Nachschub abgeschnitten. Von einem Tag auf den anderen. Nicht ein einziger Joint. Beiß nicht die Hand, die dich füttert.

Das war der wahre Grund, weshalb Dillard ihn herausgefordert hatte: Er gierte nach seinem Spliff und kriegte es nicht.

Billy beugte sich dichter an den Spiegel und inspizierte seinen Nasenring, vergewisserte sich, dass das Piercing auch gut verheilte. Dann trat er zurück und setzte sich wieder auf das Ende der Hantelbank. Er verschränkte seine Finger hinter seinem Kopf, ließ seine Schultern erst links, dann rechts kreisen, streckte seine Muskeln vor dem nächsten Durchgang.

Dass Walsh ihn wegen einer Tüte Gras rausgeworfen hatte, war überhaupt der größte Witz. Glaubte denn wirklich jemand, dass sich der Dekan nicht jeden Abend, wenn er zu seiner Einmeterfünfzigfrau mit den dicken Beinen und dem grellroten Lippenstift heimkehrte, ein paar Martinis genehmigte? Was war daran anders, als einen Joint zu rauchen? Oder eine Nase Koks zu schnupfen? Einmal abgesehen davon, dass die Regierung beim Schnaps einen Anteil vom Profit absahnte? Darüber hinaus konnte Schnaps einem die Leber zerfressen, oder man fuhr jemanden auf der Straße platt, wohingegen Gras und die gelegentliche Nase Koks nicht schadeten.

Er legte sich auf die Hantelbank und packte die Hantelstange über sich. Er hatte auf jeder Seite eine weitere Fünf-Kilo-Scheibe aufgelegt, sodass das Gesamtgewicht jetzt hundert Kilo betrug. Er holte tief Luft und drückte die Hantelstange aus ihren Halterungen. Er senkte sie auf seine Brust hinab. Dann stieß er alle Luft aus seiner Lunge und stemmte die

Stange hoch. Arme durchgedrückt und sauber gehalten. Er wiederholte die Übung noch einmal, doch beim dritten Mal hatte er zu kämpfen. Bei der vierten Wiederholung zitterten seine Brustmuskeln von der Anstrengung, die er der Stange entgegensetzen musste, damit sie nicht fiel. Seine Arme drohten, jeden Moment nachzugeben. Doch er nahm in Gedanken alle Kraft zusammen und stellte sich vor, dass die Hantel nach oben *wollte*, dass die Schwerkraft umgekehrt wirkte, dass er nichts weiter tun müsste, als sie zu nutzen. Er schloss die Augen, reckte seinen Hals und stemmte mit aller Kraft, drückte seine Arme durch, hielt das Gewicht für den Bruchteil einer Sekunde still, bevor er es zurück auf seine Halterungen krachen ließ.

»Klasse«, brüllte Clevenger über den Krach der Musik hinweg und baute sich in der Tür zu Billys Zimmer auf.

Billy setzte sich keuchend und schweißtriefend auf.

Clevenger deutete mit einem Nicken auf die Stereoanlage. »Macht es dir was aus, das leiser zu stellen?«

Billy ging hinüber und drehte die Lautstärke herunter. »Du hättest mich fast überrascht«, sagte er und drehte sich wieder zu Clevenger um. »Ich hätte das Ding beinahe fallen gelassen.«

»Nein, hättest du nicht«, widersprach Clevenger. »Das wäre nie passiert.«

»Einhundert Kilo«, verkündete Billy. »Vier Wiederholungen.«

»Ein neuer Rekord«, sagte Clevenger. »Ich gratuliere.« Er deutete mit einem Nicken auf Billys Handy, das neben der Hantelbank auf dem Boden lag. »Ich hab versucht, dich auf der Heimfahrt vom Flughafen anzurufen.«

»Ich hab's nicht gehört«, log Billy.

Clevenger nickte.

»Ich hab heute mit Peter Fitzgerald gesprochen«, verkündete Billy. »Ich fang morgen mit der Arbeit an.«

»Gut«, sagte Clevenger, doch sein Tonfall war reserviert.

»Zehn Mäuse die Stunde«, plapperte Billy weiter und zwang mehr Enthusiasmus in seine Stimme, als er empfand, in der Hoffnung, dass er die Unterhaltung vielleicht am Thema des Drogentests vorbeisteuern würde. »Und diese Typen, die auf den Schleppern arbeiten, sind echt …«

»Erzähl mir von dem Drogentest«, sagte Clevenger.

»Ich hab's nicht geschafft hinzugehen«, erwiderte Billy mechanisch. Er griff nach seinem T-Shirt. »Ich geh morgen hin«, versprach er, während er es überstreifte. »Gleich morgen früh.«

»Was soll das heißen, du hast es ›nicht geschafft, hinzugehen‹?«

»Als ich auf der Werft fertig war, war es schon halb fünf, und ich hab Casey, diesem neuen Mädchen, das ich kennen gelernt habe, versprochen, dass ich sie anrufe, und das hat bis gut Viertel nach fünf, halb sechs gedauert, und dann war es dunkel, also hab ich mir gedacht, ich kann ebenso gut warten.«

»Warum hast du den Test nicht machen lassen, bevor du zur Werft gegangen bist, wie wir es abgesprochen hatten?«, wollte Clevenger wissen.

»Oh, tausend Sachen sind dazwischengekommen«, sagte Billy.

»Tausend Sachen …«

»Ehrlich. Ich hab bis mittags geschlafen, dann bin ich laufen gegangen, um mir das Hirn durchwehen zu lassen, dann hab ich mir Mittagessen reingeschoben und noch alles Mögliche. Dann hab ich mir Sorgen gemacht, wie voll es in der Klinik sein würde und dass ich es vielleicht nicht mehr zu Peter schaffen würde. Verstehst du? Aber ich krieg's definitiv morgen früh auf die Reihe.«

Clevenger kannte Drogensüchtige – sich selbst eingeschlossen – gut genug, um zu wissen, dass sie es immer hinauszögerten, Proben ihrer Körperflüssigkeiten abzugeben, dass sie immer versuchten, Zeit zu gewinnen, damit sich ihr Körper erst einmal entgiften konnte, damit ihre Nieren und ihre Leber die Wahrheit auslöschen konnten. »Was ist mit jetzt gleich?«, fragte er. »Wir können im Labor von meinem Kumpel Brian Strasnick in Lynn vorbeifahren. Willow Street Medical Center. Er ist die halbe Nacht da.«

»Ich hab Casey versprochen, dass ich mich mit ihr treffe«, wandte Billy ein.

»Triff dich hinterher mit ihr«, sagte Clevenger und versuchte mühsam, sich zu beherrschen.

Billy lächelte und schüttelte den Kopf. »Das wird ihr nicht ge…«

»Es ist mir scheißegal, ob es ihr gefällt oder nicht«, platzte Clevenger heraus. »Wir haben abgemacht, dass du im Mass General einen Drogentest machen lässt und dann zu deinem Vorstellungsgespräch auf der Werft gehst. Und du hast mich enttäuscht. Also fährst du jetzt mit mir nach Lynn.«

»Weil du mir nicht traust«, sagte Billy und versuchte, verletzt zu klingen.

»Weil du deinen Teil der Abmachung nicht gehalten hast«, gab Clevenger zurück.

Billy schüttelte den Kopf. *Scheiß drauf*, dachte er. Vielleicht war das Gerät von diesem Strasnick ja kaputt. Vielleicht würde er Gelegenheit haben, seinen Urin mit Wasser zu mischen und die Drogenmetabolite bis unter ihre messbaren Konzentrationen zu verdünnen. Wenn nichts davon klappte, hatte er wenigstens noch einen Abend mit Casey, bevor Clevenger ihn zur Schnecke machen würde. »Gut«, sagte er. »Dann mal los.«

»Wie war's in Quantico?«, fragte Billy, sobald sie in Clevengers Pick-up eingestiegen waren.

»Ich denke, es ist ziemlich gut gelaufen«, sagte Clevenger.

Er hoffte, dass Billy es damit gut sein lassen würde – aus zwei Gründen. Erstens war er zu wütend für eine nette kleine Plauderei. Zweitens und hauptsächlich wollte er Billy von seiner forensischen Arbeit fern halten, um ihm die tägliche Dosis an Dunkelheit zu ersparen.

»Bei welchem Fall sollst du ihnen helfen?«

»Bei einem Mordfall.«

»Der Highwaykiller?«, fragte Billy aufgeregt. »Wär das nicht total cool, an dem Fall zu arbeiten?«

»Sie haben mich gebeten, nicht über das Treffen zu sprechen«, erwiderte Clevenger verkniffen. Er warf einen Blick auf Billy und sah seine Enttäuschung. »Mit niemandem.«

»Klar«, sagte Billy.

»So wollen sie es nun mal.«

»Aber du hast ihnen gesagt, dass du vor North keine Geheimnisse hast.«

Clevenger erkannte, dass Billy um seine Position kämpfte. Ein Teil von Billy wollte nichts mit Clevenger zu tun haben, doch ein anderer wollte ihm so nah kommen, wie er nur konnte. Näher als sonst jemand. Und wenn Billy den Drogentest gemacht hätte, dann hätte Clevenger ihm vielleicht auch ein wenig mehr über das Treffen erzählt. Nichts Grausiges. Nichts wirklich Geheimes. Nur eine Kleinigkeit, um ihn wissen zu lassen, Clevenger zog ihn ins Vertrauen. Aber das würde jetzt die falsche Botschaft aussenden. Billy hatte zu lernen, dass man sich Vertrauen verdienen musste. »North hat mich schon lange nicht mehr enttäuscht.«

Billy wandte sich ab und starrte aus dem Beifahrerfenster.

Sie fuhren die nächsten paar Minuten schweigend die Route 16 East entlang durch Revere. Clevenger fragte sich, was Billy jetzt wohl durch den Kopf ging, und kam zu dem Schluss, dass er sich wahrscheinlich weniger um den Drogentest sorgte als darum, ob er ihn rechtzeitig hinter sich bringen konnte, um in Lynn den Zug zu erwischen, der ihn zehn Meilen weiter nach Peabody bringen würde, wo er sich mit seiner Freundin im North Shore Shopping Center treffen wollte. Das hatte er noch schnell mit ihr verabredet, bevor Clevenger und er den Loft verlassen hatten. Vielleicht fragte er sich, ob es bei Tower Records wohl die CD gab, die er unbedingt haben wollte, oder ob er genug Geld für ein Zimmer im Motel 6 an der Straße zum Einkaufszentrum hatte.

Doch Billy dachte nichts dergleichen. In diesen zwei Minuten des Schweigens, während er aus dem Fenster starrte, überlegte er, wie es wäre, wenn er einfach die Beifahrertür öffnen und aus dem Pick-up springen würde. Eine überwältigende Mischung aus Panik und Vergnügen, just in dem Moment, bevor er auf der Straße aufschlug, schwebte ihm vor, und ein Großteil des Vergnügens bestünde darin zu sehen, wie entsetzt Clevenger sein würde. Er hörte das Kreischen der Bremsen, als Clevenger schlitternd am Straßenrand zum Stehen kam, das Geräusch der Schritte, als er zu der Stelle lief, wo Billy bäuchlings und blutend auf dem Asphalt lag. Und obgleich Billy das Gefühl der Befriedigung, die er empfinden würde, wenn er sich umdrehen und die Trauer und die Panik in Clevengers Gesicht sehen würde, nicht gänzlich erklären konnte, war ihm doch ein Zusammenhang mit der Tatsache bewusst, dass Clevenger nicht bereit war, ihm auch nur annähernd so wehzutun, wie er sich selbst wehzutun bereit war. Das war sein letzter Trumpf, sein Ass im Ärmel, selbst wenn er nicht zu sagen vermochte, was für ein Spiel er und Clevenger spielten, selbst wenn ihm gänzlich die Tatsache entging, dass Clevengers Zurückhaltung etwas war, das man Liebe nannte, und dass seine eigene Unfähigkeit dazu etwas war, das man Selbsthass nannte.

Billy Bishop mochte seinen Körper anbeten und sein Haar und den kleinen Goldring in seiner Nase und die blaugrünen

Buchstaben und den tätowierten Piratenschädel auf seinem Rücken. Er mochte damit protzen, dass er ein unschlagbarer Kämpfer war, ein großartiger Footballspieler und ein Magnet für hübsche Mädchen. Doch seine Eitelkeit war nur ein Schutzmechanismus dagegen, wie er sich in seinem Innern fühlte – hässlich, verdorben bis ins Mark, als jemand, der alle Prügel verdiente, die er jemals bezogen hatte und je beziehen würde. Wie fast jedes misshandelte Kind glaubte er im tiefsten Winkel seiner Seele, dass sein Peiniger, der Mann mit dem Riemen, recht gehandelt hatte.

Doch Billy endete nicht auf dem Straßenasphalt. Als die zwei Minuten Schweigen zu Ende waren, machte er einen Satz in die andere Richtung. Er drehte sich zu Clevenger um. »Wir müssen diesen Drogentest nicht machen«, sagte er.

»Wir machen ihn«, beharrte Clevenger.

»Ich kann dir sagen, was das Ergebnis sein wird.«

Clevenger schaute zu Billy und sah, dass es ihm ernst war. Er zog auf den Parkplatz eines Dunkin' Donuts und hielt an. »Okay. Was wird es sein?«

»Marihuana«, sagte Billy und widerstand der Versuchung zu grinsen. »Ich hab ein paar Joints geraucht, die ich an der Schule nicht verscherbeln konnte.«

Clevenger sank der Mut. Einen Moment lang fühlte er sich vollkommen machtlos, töricht, auch nur zu versuchen, einem Jungen ein Vater zu sein, wo er doch selbst keinen Vater gehabt hatte. Wen wollte er überhaupt retten? Billy? Sich selbst? Warum gab er nicht endlich zu, dass sie beide zusammen hoffnungslos waren, ein Blinder, der einen Blinden führte? »Wie viel von dem Zeug hast du …«

»Das ist nicht alles, was der Test nachweisen würde«, sagte Billy.

Clevenger atmete tief durch und fragte sich, was noch kommen würde.

»Marihuana …«, fuhr Billy fort und beobachtete genüsslich, wie jenes Wort Clevenger abermals zu verletzen schien. »Und Kokain … und Steroide.«

Clevenger erkannte an Billys Tonfall, dass er ihn verletzen wollte, dass er versuchte, ihn auf die einzige Weise auf sich aufmerksam zu machen, die er kannte – negativ, durch Konfrontation. Und das erinnerte ihn daran, dass er von Anfang an gewusst hatte, was für ein langer und harter Prozess es werden würde, Billy zu retten. Der Widerstand des Jugendamts gegen die Adoption hatte ihm zumindest geholfen, das zu erkennen. Über die Hälfte der Kinder, die in Billys Alter und mit einer Vorgeschichte wie der seinen adoptiert wurden, waren obdachlos, im Gefängnis oder tot, bevor sie zwanzig waren. Den Kampf um seine Seele zu gewinnen bedeutete, seine Hand zu halten, während man quälend langsam seine Dämonen entwurzelte. Es bedeutete einen jahrelangen Kampf und viele verlorene Schlachten. »Und was meinst du, was wir jetzt tun sollen?«, fragte er.

Billy zuckte mit den Achseln, doch er musterte weiterhin Clevengers Gesicht.

»Du denkst, das sei meine Aufgabe«, sagte Clevenger, mehr zu sich selbst als zu Billy.

Billy wandte sich ab und starrte durch die Windschutzscheibe.

Clevenger folgte seinem Beispiel. »Da ist die Standardreaktion: ›Du hast Stubenarrest‹«, sagte er. »Was hier nicht funktionieren würde, wenn du mich fragst. Ich denke, es würde dir gefallen, einen Monat lang mit deinen Gewichten und deiner Stereoanlage im Loft zu hocken und gelegentlich ein Mädchen einzuschmuggeln.« Er machte eine Pause. »Dann gibt es die andere Reaktion, die ungefähr lautet: ›Ich schmeiß dich raus, und du sitzt ganz auf dich allein gestellt auf der Straße, wenn du nicht umgehend eins von diesen Dreißig-Tage-Entzugsprogrammen mitmachst.‹ Und die Überlegung dahinter ist gar nicht mal falsch. Der Ansatz, dass man in der Liebe manchmal grausam sein muss, kann funktionieren. Aber bei jemandem wie dir ist er nicht ungefährlich. Du bist so unglücklich über dich selbst und mit dir selbst, du würdest dich vielleicht auf der Straße ganz zu Hause fühlen. Du würdest vielleicht denken, dass es genau das ist, was du verdienst. Und das will ich nicht für dich. Die Wahrheit ist, ich könnte es nicht ertragen.« Er schaute zu Billy, um zu sehen, ob er auf dieses Friedensangebot reagierte. Tat er nicht. »Andere Eltern würden einfach die Cops rufen«, fuhr er fort. »Sie lassen ihr Kind vom Staatsanwalt wegen Drogenbesitz anklagen und hoffen auf einen Deal, in dem der Richter die Anonymen Drogenabhängigen und Drogentests zu einem Teil der Bewährungsauflagen macht.« Er zuckte mit den Achseln. »Das ist nicht immer eine schlechte Idee. Wenn die Gefängnisstrafe wie ein Damoklesschwert über dir hängt, kann es dir den Spaß verleiden, high zu sein.«

»Oder den Spaß erhöhen«, bemerkte Billy und starrte weiter stur durch die Windschutzscheibe.

Clevenger wandte sich zu Billy um und sah den selbstgefälligen Ausdruck auf seinem Gesicht. Und in dem Moment hätte es sich richtig gut angefühlt, ihn im Nacken zu packen und seinen Kopf gegen die Windschutzscheibe zu knallen, ihm das Grinsen mit Gewalt aus seinem Gesicht zu vertreiben und ihn zu lehren, dass er sich für einen harten Burschen halten mochte, doch manche Leute um etliches härter waren als er. Vielleicht war das eine Lektion, die Billy dringend lernen musste, die Lektion, die ihm niemand auf dem Schulhof von Auden Prep hatte erteilen können.

Doch noch während Clevenger fühlte, wie sich der Zorn in ihm zusammenbraute, wie sein Herz zu rasen begann, wie er seine Zähne zusammenbiss, erkannte er, dass Schläge genau das waren, worauf Billy es abgesehen hatte. Er versuchte unbewusst, seine Beziehung zu Darwin Bishop wieder auferstehen zu lassen, wobei er diesmal Clevenger die Rolle des Peinigers zuschob. Clevenger schüttelte den Kopf und dachte bei sich, wie schwer die Vergangenheit doch starb. Er war nur einen Fehler – eine Ohrfeige, einen Fausthieb – davon entfernt, wie sein eigener Vater zu werden und die pathologische Reise vom Opfer zum Täter zu vollenden. Eine verführerische Sache, dieser Wiederholungszwang. Der einzige Ausweg war, die Gedanken auszusprechen, anstatt sie in die Tat umzusetzen. »Natürlich gibt es Eltern, mit denen es durchgeht«, sagte er, »die ihren Kindern die Seele aus dem Leib prügeln.«

Billy sah ihn an. »Ist mir scheißegal. Tu's doch, wenn du willst.«

»*Du* bist es, der das will.«

Billy verdrehte die Augen.

»Ich hab früher in dem gleichen Gleis festgesessen wie du«, sagte Clevenger.

»Und welches Gleis soll das sein?«, fragte Billy.

Clevenger wandte seinen Blick wieder zur Windschutzscheibe. »Ich hab versucht zu beweisen, wie stark ich bin, indem ich Prügel um Prügel weggesteckt habe. Zuerst von meinem Vater. Dann, als er nicht mehr da war, hab ich selbst die Rolle übernommen. Ich hab mich fast mit Kokain und Schnaps umgebracht.«

»Du?«, sagte Billy. »Kokain?«

Clevenger spähte in die Nacht. »Es hat den Schmerz betäubt. Das ist der offensichtliche Reiz. Aber es hat noch etwas anderes getan. Es hat den Traum von meinem Vater für mich lebendig erhalten. Den Traum, dass ich einen Vater hätte, dem etwas an mir lag.«

»Ich versteh nicht«, sagte Billy.

»Solange ich mich selbst misshandelt habe«, sagte Clevenger und sah ihn an, »solange ich nichts Besseres verdiente, konnte ich mich glauben machen, dass er mich liebte. Mich, den Versager. Mich, den Süchtigen. Den Lügner. Was machte es schon, dass der Mann ein hoffnungsloser Säufer war? Was machte es schon, dass er zum Gürtel griff, wenn er sauer auf mich war? Schließlich verdiente ich es. Ich musste nur in den Spiegel schauen, um zu sehen, dass ich es verdiente.«

Billy hörte jetzt genauer hin.

»Es wartet eine Menge Schmerz und Leid auf dich, wenn du erkennst, dass du ein wertvoller Mensch bist, Billy«, fuhr Clevenger fort. »Ich meine, *wirklich* wertvoll – deines Herzens wegen, nicht deiner Haare oder deines Aussehens oder deines Körpers wegen. Denn dann fängst du an zu fühlen, wie weh es getan hat, als dir diese Überzeugung aus dem Leib geprügelt wurde, wie sehr du gelitten hast, bevor du sie endlich aufgegeben hast. Du fängst an, eine Rechnung aufzustellen, wie viel es dich gekostet hat, einen Vater zu haben, der dich *nicht* geliebt hat. Und dann fängst du wirklich an zu bluten.«

»Oder zu verbluten«, sagte Billy.

Diese Bemerkung überraschte Clevenger.

»Alle sagen immer, dass man sich den Dingen stellen muss«, sagte Billy. »Als würde einen das glücklich machen. Aber wer kann schon sagen, ob es die Dinge nicht schlimmer machen würde, ob es nicht am Ende sogar dazu führen könnte, dass man völlig durchdreht?«

Clevenger nickte. Billy hatte Recht. Wenn man seine Schutzwälle abbaute und seine Dämonen konfrontierte, bestand immer die Chance, dass sie den Kampf gewannen. »Ich werde dich nicht anlügen«, sagte er. »Manchen Leuten passiert das. Manchmal ist der Schmerz zu groß, um ihn zu ertragen. Aber Leuten, die sich zusammentun, passiert das viel seltener – so wie du und ich uns zusammentun könnten. Sag mir, wenn dir danach ist, Drogen zu nehmen, statt welche zu nehmen, unterhalte dich mit mir, wenn du an einem Tiefpunkt bist, statt wenn du high bist, dann können wir diese Schlacht gewinnen.«

»Aber du bist nicht mein Seelenklempner«, sagte Billy.

Clevenger fragte sich kurz, ob Billy endlich darum bat, zu einem Therapeuten zu gehen, etwas, womit Clevenger ihm schon so lange in den Ohren lag. Doch dann erkannte er, dass Billy um mehr als das bat. »Nein«, sagte er, »ich bin nicht dein Therapeut. Ich versuche, dein Vater zu sein.« Er sah, wie Billy schwer schluckte – was entweder bedeutete, dass ihn Clevengers Worte berührt hatten oder dass er die Rührung vorspielte. »Also sag mir, wo ich dich hinfahren soll, Kumpel. Es ist deine Entscheidung. Ich kann dich am Einkaufszentrum absetzen, dich zurück zum Loft mitnehmen oder rüber zu Strasnicks Labor fahren. Wofür du dich auch immer entscheidest, ich stehe weiterhin einhundertzehnprozentig hinter dir.«

»Wofür brauchen wir das Labor noch?«, fragte Billy. »Ich hab dir bereits gesagt, was der Test zeigen wird.«

»Es ist noch zu früh dafür, dass ich mich allein auf dein Wort verlassen kann. Es gibt jede Menge andere Drogen, die du nehmen könntest. Ohne den Test muss ich mir weiterhin Sorgen machen, ob ich wirklich weiß, wogegen wir anzutreten haben. Und darauf kann ich gern verzichten.«

Billy schaute aus dem Beifahrerfenster. Er dachte, dass er Clevenger wirklich viel schuldig war. Er dachte, dass Clevengers Worte einen Sinn ergaben – die Teile, die er verstanden hatte, jedenfalls. Aber hauptsächlich dachte er, dass er sowieso schon alles zugegeben hatte, was er nahm, abgesehen von Ecstasy hin und wieder. Und das hatte er seit rund einer Woche nicht mehr eingeworfen. Also würde es sich eindeutig nicht bei dem Drogentest nachweisen lassen. Und er hatte Casey bereits gesagt, dass er erst später an jenem Abend zum Einkaufszentrum kommen könnte. Also hatte er im Grunde nicht viel zu verlieren, wenn er sich ein bisschen Blut und Urin abzapfen ließ. Er drehte sich zu Clevenger um. »Lass uns zum Labor fahren«, sagte er.

7

Nach Mitternacht, 23. Februar 2004
Canaan, Vermont

Es war fast ein Uhr früh, doch Jonah verspürte kein Bedürfnis zu schlafen. Er lag ausgestreckt auf dem Bett, nur mit seiner Jeans bekleidet, und schaute lächelnd an die Decke. Die makellos modellierten Muskeln seines Brustkorbs, seiner Schultern, seiner Arme und seiner Beine zuckten vor Erregung. Die Wohnung war noch immer fremd für ihn, noch immer befreiend für ihn. Die Anonymität der Räume – die kahlen Wände, die neuen weißen Bettbezüge und Handtücher, der frisch gereinigte beigefarbene Teppichboden, die Plastikteller und die Plastikbestecke, die Vinylcouch und der furnierte Esstisch – gab ihm das Gefühl, neu geboren zu sein. Niemand in dem Apartmenthaus kannte ihn. Niemand entlang der drei Meilen langen Strecke zum Krankenhaus kannte ihn. Während der Wochen, seit er nach Canaan gekommen war, hatte er kein Telefon oder Kabelfernsehen anschließen lassen und keine Zeitungen abonniert. Er aß entweder in der Krankenhauskantine oder holte sich was von dem chinesischen Restaurant zwei Blocks von seiner Wohnung entfernt oder vom Canaan House of Pizza um die Ecke.

Michelle Jenkins hatte noch zwei weitere Male versucht, sich mit ihm zu verabreden, doch er hatte beide Male höflich abgelehnt. Er brauchte keine Frau. Er betreute inzwischen acht Patienten, die ihn nicht nur mit ihrem eigenen Schmerz durchdrangen, sondern auch mit dem Schmerz ihrer problembeladenen Väter und Mütter und Geschwister, die zu Familientreffen in die geschlossene Abteilung kamen. Aus acht Lebensgeschichten wurden schnell sechzehn, dann zweiunddreißig, dann vierundsechzig. Jeder Arbeitstag war eine Nonstoporgie des Leidens.

Es befriedigte Jonah vollauf.

Er verschränkte seine Finger im Nacken, schloss seine Augen und dachte an die sechsjährige Naomi McMorris, die im Alter von drei vergewaltigt worden war. Sie hatte die erste halbe Stunde, die sie zusammen verbracht hatten, stumm in seinem Büro gesessen und ihre Kleinmädchenbeine baumeln lassen, zu verängstigt, um ihn länger als einen Augenblick anzusehen. Sie war wunderschön, wenn auch mager, mit glatten, blonden Haaren und grünblauen, seelenvollen Augen, die viel zu viel wussten für jemanden in ihrem Alter, Augen, die verrieten, wie viel menschliche Grausamkeit sie viel zu früh in ihrem jungen Leben gesehen hatte. Der Freund ihrer Mutter, der sie vergewaltigt hatte, war längst auf und davon, doch er hatte erwachsenes, fremdes Wissen in ihr zurückgelassen. Das war der Grund, weshalb Naomi sich regelmäßig Schnitte zufügte und sich, wenn sie kein Messer oder keine Gabel oder keinen zerbrochenen Bleistift in die Finger bekam, mit ihren Fingernägeln die Handgelenke aufkratzte, um zuzuschauen, wie das Blut hervorquoll. Denn eine Sechsjährige hat keine Worte für das Grauen, den unaussprechlichen Schmerz, die Verzweiflung, fühlen zu müssen, wie jemand in sie eindrang – tief in ihr innerstes Wesen eindrang. Sich mit eigener Hand aufzuschneiden konnte die Geschichte ohne Worte erzählen – vom Verlust der Unverletzlichkeit ihres Körpers, von der warmen, roten Flüssigkeit, die auf den Teppich tropfte. Wieder und wieder trat sie aus ihrem Zimmer in der geschlossenen Abteilung oder stand in der Kantine auf und hielt triumphierend ihre blutenden Handgelenke hoch, so als wolle sie sagen: »Lasst es kein Geheimnis mehr sein. Ich bin zerrissen worden.«

Bevor er in den Ruhestand ging, hatte Dr. Wyatt in Naomis Krankenblatt schriftlich Anweisung gegeben, für ihre Sicherheit zu sorgen. Er hatte angeordnet, dass ihr jeden zweiten Tag die Nägel abgefeilt werden sollten, dass ihr kein Zugriff auf scharfkantige Gegenstände gestattet werden dürfe und dass alle fünf Minuten jemand nach ihr sehen müsse. Das waren vernünftige Maßnahmen, um sie davon abzuhalten, sich zu schneiden. Ebenso wie die 75 Milligramm Zoloft, die sie jeden Morgen einnehmen sollte, um ihre Stimmung zu heben, die 2,5 Milligramm Zyprexa, die sie jeden Nachmittag einnehmen sollte, um ihren inneren Aufruhr zu bändigen, und die 25 Milligramm Trazodon, die sie jeden Abend einnehmen sollte, um Albträume abzuwehren.

Das Problem war, dass Naomi vor allem innerlich blutete. Sie davon abzuhalten, ihre Haut aufzuschneiden, verhinderte nicht, dass die Scherben ihrer zerstörten Kindheit still und leise ihre Psyche zerrissen.

Jonah wusste, dass er niemals auf die übliche Weise Zugang zu einem Mädchen wie Naomi finden würde. Sie würde sich ihm nicht öffnen, nur weil er »Doktor« genannt wurde oder versprach, ihr nicht wehzutun. Er musste ein Opfer sein wie sie. Er musste sich ihren Instinkt zunutze machen, andere Menschen trösten und beschützen zu wollen, ein Instinkt, der Traumata oft überlebte, sogar durch sie verstärkt wurde.

»Ich mag es hier nicht«, hatte Jonah ihr gestanden, nachdem er jene halbe Stunde schweigend mit ihr zusammengesessen hatte.

Naomi hatte nichts gesagt, aber sie hatte ihn zum ersten Mal wirklich angesehen.

»Ich hasse es hier«, sagte er.

Wieder ein Blick von ihr. Ein Achselzucken. Dann, die Augen starr auf ihre baumelnden Füße gerichtet: »Wieso?«

Wieso? Ein Wort, fünf Buchstaben, doch eine Öffnung, die nicht weniger wundersam war als die Teilung des Roten Meeres beim Zug der Juden ins Gelobte Land. Eine sechsjährige Seele, noch immer unvertraut mit dieser schrecklichen Welt, lud *ihn* in ihr Innerstes ein. Ihn, besudelt von vier Jahrzehnten auf diesem Planeten. Ihn, dessen Sünden keine Worte kannten. Lud ihn ein, zu ihr zu kommen. Zu Gott. »Versprichst du, dass du es niemandem erzählst?«, fragte er sie.

Sie nickte.

»Schwörst du?«

»Ich schwöre«, versprach Naomi.

»Sie sind gemein zu mir«, sagte Jonah.

Ihre Beine hörten auf zu schwingen. »Wer?«

»Die anderen Ärzte.«

Sie wandte ihren Blick nicht ab. »Wie denn? Was tun sie dir?«

»Sie hänseln mich. Machen sich über mich lustig.«

»Warum?«

»Ich schätze, weil sie mich nicht mögen.«

»Sie mögen dich nicht?«, fragte sie.

»Sie wollen mich nicht hier haben. Sie wollen nicht meine Freunde sein.«

»Warum nicht?«

Er zuckte mit den Achseln. Ein Sechsjähriger wäre außerstande zu begreifen, warum andere Sechsjährige ihn nicht mochten. Und für den Moment war Jonah sechs und freundete sich mit einer Sechsjährigen an. Er wollte jenen unerschütterlichen Bund schmieden, zu dem Kinder in diesem Alter fähig sind. *Wir* gegen *sie*. Wir gegen den Rest der Welt. »Es ist alles ein Geheimnis«, sagte er. »Du darfst es niemandem verraten. Ich hätte es dir nicht erzählen dürfen.«

»Ich werd's nicht weitererzählen«, versprach sie.

Er lächelte. »Kannst du morgen wieder herkommen?«

»Okay.«

Okay. Ein weiterer Sieg über Naomis Isolation. Eine weitere Schlappe für ihre Dämonen. Naomi ging zu ihrem Zimmer zurück, und Jonah blieb in seinem Büro. Doch jetzt wusste er, dass sie ihm Schritt für Schritt, Tag für Tag, näher kommen würde. Indem er sich ihr gegenüber verletzlich zeigte, erlaubte er ihr, ihm gegenüber verletzlich zu sein. Und zusammen, als Opfer, würden sie ihren Dämonen ein Publikum sein und sie so laut und so lange schreien und heulen und trauern und wüten lassen, wie es nötig war.

Jonah schlug die Augen auf und starrte abermals an die Decke seines Schlafzimmers. Er konnte Naomis junge Haut beinahe riechen. Er wünschte, sie wäre in diesem Moment bei ihm. Er wünschte, Tommy Magellan und Mike Pansky und all die anderen Patienten wären auch hier. Er wünschte, er müsste die geschlossene Abteilung nie verlassen. Er wünschte, er könnte dort, inmitten der kleinen, gebrochenen Menschen, essen, schlafen und baden. Denn jeden Abend hinter sich die Tür abzuschließen war so, als würde er Teile von sich selbst wegschließen.

Das Bild der abgeschlossenen Tür mit ihm auf der einen Seite und ihnen auf der anderen verkeilte sich in seinem Kopf und in seiner Kehle. Plötzlich fühlte er sich eher allein als frei. Und Einsamkeit war die Gefahrenzone. Es war die Einsamkeit, die ihn dazu brachte, die Wohnung zu verlassen und auf der Suche nach Wahrheit und gestohlenen Intimitäten durch die Straßen zu streifen.

Er war niemals dem Drang erlegen, in der Stadt, in der er arbeitete, zu töten, aber er war nah dran gewesen. Zu nah. Er hatte den November und den Dezember 1995 in Frills Corners, Pennsylvania, knapp außerhalb des Allegheny National

Forest verbracht und im Regional Medical Center gearbeitet. Die Kinder- und Jugendpsychiatrie dort war keine geschlossene Abteilung und nahm nur Patienten auf, die sich für »ihre Sicherheit verbürgen« konnten, die also versprachen, sich selbst nichts anzutun. Das bedeutete, dass ihnen Besuche zu Hause gestattet waren und sie »Freigang« für Ausflüge mit ihren Eltern bekamen. Vom Tag vor Weihnachten bis zum darauf folgenden Montag war die Abteilung praktisch menschenleer. Für Jonah bedeutete das fünf Tage Einsamkeit. Und spät an jenem Sonntagabend hatte alles wieder angefangen – das Pochen in seinem Schädel, das Brennen seiner Haut, der schreckliche Kampf, um Luft in seine Lunge zu saugen. Also hatte er kurz nach Mitternacht einen Spaziergang gemacht. Um Luft zu schnappen. Um die Hitze zu lindern.

Sie hatte auf ihn gewartet. Wie die anderen. Ally Bartlett – achtundzwanzig Jahre alt, nicht groß, nicht klein, vielleicht zehn Kilo Übergewicht, mit braunen Augen und schwarzen, lockigen Haaren – saß an einer Bushaltestelle vor einer Bar, gekleidet in eine hellbraune Schurwollhose und einen blauen Kolani. Sie hatte einen dicken roten Schal zweimal um ihren Hals gewickelt. Keine Mütze. Keine Handschuhe. Sie starrte ihn von dem Moment an, als er um die Ecke kam. Sie wandte nicht ein einziges Mal den Blick ab, während er auf sie zukam. »Sie müssen am Erfrieren sein«, sagte sie und lächelte, als er sich in respektvollem Abstand zu ihr hinsetzte.

Jonah trug eine verwaschene Jeans und einen grauen Rollkragenpullover. Keinen Mantel. Doch er fühlte die Kälte nicht. »Jemand hat meinen Mantel gestohlen«, erklärte er ihr.

»Der Bus sollte in ein paar Minuten hier sein«, sagte sie. »Hier, nehmen Sie den«, sagte sie und wickelte sich ihren Schal ab. »Wenigstens bis der Bus kommt.«

»Das kann ich nicht machen«, wehrte Jonah ab, wohl wissend, dass er es tun würde.

»Spielen Sie nicht den Helden«, sagte sie. »Es ist saukalt.« Sie nahm den Schal ab, und das Goldkreuz um ihren Hals wurde sichtbar.

Jonah nickte in stummer Anerkennung dieses Zeichens, dieser Opfergabe Gottes an ihn. Er nahm den Schal und wickelte ihn sich um den Hals und atmete Allys betörenden Duft, das Bouquet ihres Parfüms, ihres Make-ups, ihres Schweißes, ihres Atems. »Ich heiße Phillip«, sagte er. »Phillip Keane. Ich bin Arzt am Venango Regional.«

»Ally Bartlett«, stellte sie sich vor. Sie sah die Straße hinunter. »Er sollte jetzt jeden Moment kommen«, sagte sie.

Sein Hunger hatte ihn aus dem Gleichgewicht gebracht, und er begann zaudernd, sie auszuhorchen. »Hatten Sie schöne Feiertage?«

»Es war eine Katastrophe«, sagte sie mit einem noch breiteren Lächeln.

»Warum denn das?« Er fand, dass er verzweifelt klang. »Was war denn so katastrophal?«

Das Lächeln erlosch. »Das ist eine lange Geschichte.«

Ally schloss also bereits die Tür. Köderte ihn mit Freundlichkeit, nur um ihn dann draußen stehen zu lassen. In der eisigen Kälte. Sie würde einem Obdachlosen, der an einer Straßenecke um Geld bettelte, mehr geben. Doch ihn, Jonah, würde sie bedenkenlos am langen Arm verhungern lassen. Jonah, einen Mann, der sein Leben dem Heilen anderer gewidmet hatte, würde sie kaltschnäuzig ignorieren. Sein Kopf fühlte sich an, als würde er gleich zerspringen. Er stellte sich vor, wie an seiner Gehirnbasis die Basilararterie pulsierte und in den Gewebefasern ihrer Wände wütend die Nervenzellen kreischten, weil sie sich mit jedem Schlag seines Herzens dehnten. Er musste sich Erleichterung verschaffen, wenn auch nur die Erleichterung, die sich aus Allys erstickten Schreien, in ihren angstgeweiteten Augen, ihren Schmerzen gewinnen ließ. Er griff in seine Tasche und umklammerte das Stilettmesser, das er bei sich trug. Er warf einen Blick auf die praktisch leere Bar hinter ihnen, dann schaute er sich auf der Straße um. Sie waren allein. »Wo bleibt denn nur der Bus?«, sagte er mit zitternder Stimme. Er stand auf. Und er wäre zu ihr getreten und hätte – mit ebenso wenig innerer Befriedigung wie Abraham, als er seinen Dolch über Isaak hielt – das Leben genommen, das er brauchte, das Leben, das Gott ihm anbot. Doch sie sprach.

»Ich weiß, es klingt wahrscheinlich verrückt«, sagte sie, »aber hätten Sie vielleicht Lust auf einen Drink oder so? Ich meine, man weiß nie, wen man trifft – oder warum.«

Einen Drink *oder so*. Jonah lockerte seinen Griff um das Messer und atmete tief durch.

Ally legte ihren Kopf zur Seite. »Ich meine, Sie sind hier. Und ich bin hier. Kein Bus in Sicht. Es ist arschkalt. Und keine fünf Meter entfernt ist eine Bar.« Sie hob ihre Hände. »Es ist beinahe so, als wolle Gott uns etwas sagen, finden Sie nicht auch?«

»Bei Gott kann man da nie sicher sein«, erwiderte Jonah. Er tat so, als würde er zaudern. Er ließ das Messer los. »Warum nicht?«, stimmte er schließlich zu.

Die beiden setzten sich an einen Tisch an der Rückwand des Sawyer's Grub and Pub und bestellten zwei Bier.

»Sie haben eine unglaubliche Stimme«, sagte Ally. »Sagen Ihnen die Leute das?«

»Gelegentlich.«

»Sie ist beinahe seltsam.«

Jonah zog eine Augenbraue hoch.

»So hab ich das nicht gemeint«, sagte sie mit einem hellen Lachen. »Nicht merkwürdig seltsam. Seltsam auf eine gute Art. Nett. Aber noch mehr als nett. Tröstend oder so was.«

»Also, warum waren Ihre Feiertage so eine Katastrophe?«, fragte Jonah.

Sie starrte in ihr Bier. »Sie sind sehr beharrlich, stimmt's?«

»Das höre ich immer wieder.«

Sie sah ihn an. »Mein Vater ...«, ihre Stimme wurde zu einem Flüstern, und sie kniff die Augen zusammen, »... stirbt.« Dann begann sie zu weinen.

Jonah hatte es schier die Sprache verschlagen. Vielleicht hatte Gott ihm ungeachtet dessen, wozu er geworden war, trotz all der schrecklichen Dinge, die er getan hatte, einen Engel gesandt.

Ally öffnete ihre Augen und sah ihn wieder an. Sie wischte sich die Tränen ab, doch es kamen immer mehr und mehr. »Es tut mir Leid. Ich hab Sie nicht aufgefordert, mit mir hierher zu kommen, nur um mich dann so gehen zu lassen. Ich kann nur irgendwie nicht ...«

»Nicht ...« Er beugte sich vor.

Sie ließ die Tränen ungehindert über ihr Gesicht strömen. »Damit fertig werden.«

Jonah griff über den Tisch und umfasste ihre Hand mit seinen beiden. Sie wehrte sich nicht gegen seine Berührung. »Woran stirbt Ihr Vater?«, fragte er sie.

»An einer Art Virusinfektion des Herzens«, sagte sie. »Es ist angeschwollen und pumpt nicht richtig. Endo...«

»Infektiöse Endokarditis«, sagte er.

Sie trocknete sich mit dem Ärmel ihres Pullovers die Augen. »Sie sind wirklich Arzt.«

»Bin ich wirklich.«

»Ein Herzspezialist?«, fragte sie.

»In gewisser Hinsicht schon. Ich bin Psychiater.«

Sie lächelte wieder. »Ah, kein Wunder«, bemerkte sie.

»Was ist kein Wunder?«

Ihr Lächeln wurde ganz warm, beinahe liebevoll. »Kein Wunder, dass ich das Gefühl habe, ich könnte Ihnen alles erzählen«, antwortete sie.

Jonah spürte, wie sich seine Muskeln entkrampften, wie seine Haut abkühlte. Er bemerkte, dass sein Kopf nicht mehr wehtat. »Erzählen Sie mir von ihm«, forderte er sie auf.

Und Ally hatte es getan. Ohne dass Jonah drängen oder bohren oder drohen musste, offenbarte sie ihm ihr ganzes Leben. Sie erzählte ihm die Dinge, die sie an ihrem Vater liebte, und die Dinge, die sie hasste. Sie erzählte ihm, wie es gewesen war, in Ithaca, New York, aufzuwachsen. Sie erzählte ihm davon, dass sie mit vierzehn von einem Studenten des Cornell College vergewaltigt worden war. Sie erzählte ihm, dass ihr Vater von ihr hatte wissen wollen, wie sie dem Jungen den Eindruck vermittelt habe, sie wolle Sex mit ihm, und dass ihr Vater sie, während sie weinte, im Arm gehalten und ihr Haar gestreichelt und ihr versprochen habe, alles werde wieder gut. Sie erzählte ihm, dass sie wünschte, sie könne jetzt für ihn das Gleiche tun. Sie erzählte ihm, dass ihre Mutter, eine religiöse Frau, neu verheiratet war und ihren Vater nur zweimal im Krankenhaus besucht hatte. Sie erzählte ihm, dass ihr älterer Bruder in einer Bundesstrafanstalt einsaß, verurteilt zu zehn Jahren für den Transport von Kokain über eine Staatsgrenze. Sie erzählte ihm, dass die Erinnerungen an die Vergewaltigung es ihr noch immer schwer machten, sexuelle Erfüllung zu finden.

Ally Bartlett, entschied Jonah, war tatsächlich ein Engel. Und er hatte sie in jener Nacht mit zu sich nach Hause genommen und sie geliebt und bei ihr geschlafen. In jener Nacht und nie wieder. Denn er wusste, dass Ally ihn irgendwann in der gleichen Weise kennen lernen wollen würde, wie sie es ihm erlaubt hatte, sie kennen zu lernen. Sie würde sich nicht mit den Bruchstücken von Leben, die er von anderen zusammengeklaubt hatte, begnügen.

Jonah setzte sich im Bett auf. Die Erinnerung an Ally Bartlett, wie die Erinnerungen an seine Patienten in der geschlossenen Abteilung des Canaan Memorial, verstärkten nur sein Gefühl der Einsamkeit. Seine Wohnung kam ihm zunehmend mehr wie ein Gefängnis denn wie eine Festung vor.

Es war fast zwei Uhr. Er hungerte danach, durch die Straßen zu streifen. Er hungerte danach, jemanden zu finden. Jemanden zu haben. Er griff nach dem Röhrchen Haldol auf seinem Nachttisch, öffnete es und kaute drei Milligramm von dem Zeug, und die Tablettensplitter kratzten in seinem Hals, als er sie seine Kehle hinunterzwang. Dann schaute er durch die Schlafzimmertür auf seine alte Aktentasche, die im Wohnzimmer auf dem Fußboden stand.

Er wollte es nicht tun. Es war schmutzig und widerlich, und er wusste nicht einmal, welcher Teufel ihn auch nur auf den Gedanken brachte, es zu tun. Vielleicht war es eine Fehlsteuerung in seinem Gehirn, irgendein genetisch programmierter abartiger Appetit. Vielleicht war es ein Überrest primitiver Lust am Ritual, tief vergraben im Gewirr aus Milliarden von Neuronen, aus denen seine Großhirnrinde bestand. Leute wurden ja auch gelegentlich mit Schwimmhäuten an Händen und Füßen geboren. Vielleicht war es in seinem Fall eine Verhaltensrückentwicklung.

Was immer auch seine Wurzeln sein mochten, welche seltsame Macht es auch immer besitzen mochte, sobald er zum ersten Mal dem Verlangen nachgegeben hatte, wurde es praktisch unmöglich, einer Wiederholung zu widerstehen. Denn ansatzweise stillte es tatsächlich seinen Hunger. Wenn er tagelange Einsamkeit durchlitten hatte, konnte es ihn manchmal jene letzten schrecklichen Stunden überstehen lassen.

Er stand auf. Er ging ins Wohnzimmer, nahm seine Aktentasche vom Boden und setzte sich auf die Couch. Er löste einen der Riemen, dann den anderen. Er stellte die Rädchen am Schloss auf die richtige Kombination ein und ließ es aufschnappen. Dann zog er die beiden Klappen weit auf, griff hinein und holte ein kleines schwarzes Lederetui heraus, von der Art, in der man eine Blutdruckmanschette oder einen geheimen Schatz an Diamanten verwahren mochte.

Er lehnte sich auf der Couch zurück, tätschelte das Etui und fühlte das Glasröhrchen darin. Gelegentlich genügte es, das Röhrchen zu berühren, zu wissen, dass es da war. Doch heute Nacht würde es nicht genügen. Er schwitzte bereits. Ihm lief bereits das Wasser im Mund zusammen. Er stellte sich bereits das Entsetzen in Anna Beckwiths Augen in jener Nacht an der Route 90 East vor.

Er öffnete den Reißverschluss des Etuis und holte das Objekt seines Begehrens heraus – ein halb mit Blut gefülltes Reagenzröhrchen. Er rollte es zwischen seinen Händen, um es anzuwärmen. Er ließ den Glasboden über seine Lippen gleiten, dann weiter in seinen Mund hinein, bis er die kostbare Flüssigkeit beinahe schmecken konnte.

Schuldgefühle übermannten ihn. Scham. Aber warum? Konnte man einen Säugling dafür verurteilen, dass er sich an der Brust seiner Mutter nährte? Fühlten Kirchgänger sich schuldig, weil sie den Leib Christi verzehrten? Waren wir nicht alle letztendlich Teil eines einzigen erhabenen Wesens? Und wenn Jonah dies mehr als andere empfand, es besser wusste als andere, war das zu verurteilen?

Er rutschte von der Couch und sank auf seine Knie. Er zog den lilafarbenen Stöpsel aus dem Reagenzglas. Er ließ einige Tropfen Blut auf seine Zunge laufen, verteilte einen weiteren Tropfen auf seinen Lippen, dann verschloss er das Reagenzröhrchen wieder sorgfältig mit dem Stöpsel. Das Blut war warm und schmeckte salzig, schmeckte nach Geburt und Tod und, was am wichtigsten war, nach anderen. All den anderen. Eine überwältigende Collage ihrer Leben, die sich, nunmehr unbehindert von Persönlichkeitsgrenzen, in ihm vermischten. Eine Wiedergeburt des Urmeeres, aus dem einst alles Leben entsprungen war. Fast augenblicklich begann er, sich zu entspannen. Binnen einer halben Minute hatte er wahren Frieden gefunden. Sein Herz schlug langsamer, und seine Atemzüge beruhigten sich. Der Schmerz in seinem Kopf verflog und ließ nur ein angenehmes Prickeln an seinen Schläfen und in seinem Nacken zurück. Mit Gottes Gnade würde er die Nacht durchstehen. Er würde es bis zum Morgen schaffen, wo Naomi auf ihn wartete und Tommy und Mike und Jessie und Carl und der Rest von ihnen. Der Rest von ihm.

Der Morgen kam nieselnd und grau und kalt. Jonah eilte zur geschlossenen Abteilung und traf kurz nach sieben ein, wie es seine Gewohnheit geworden war. Er genoss es, so früh dort zu sein, weil die Station dann noch nicht ihren geordneten Rhythmus gefunden hatte. Keiner der anderen Psychiater war da. Das Pflegepersonal wechselte – die Nachtschwestern gingen, die Tagesschwestern kamen. Einige der Patienten schliefen noch, andere rieben sich den Schlaf aus den Augen, wieder andere waren noch immer benommen von einer Nacht ohne jeden Schlaf. Einige kamen frisch aus der Dusche, andere trugen noch Pyjamas. Die meisten ihrer Betten waren ungemacht. Jonah konnte den lieblichen Moschusduft ihrer Laken, Kissenhüllen und Decken riechen, ihr verklettetes und zerzaustes Haar, ihren Nachtschweiß. Es war die Zeit des Tages, da diese Fünf- und Sechs- und Zehnjährigen, abgeschnitten von der Außenwelt, das stärkste Heimweh hatten, sich in der Einrichtung am meisten eingesperrt fühlten, und es war die Zeit, da sich Jonah am meisten gebraucht und am stärksten zu Hause fühlte, am deutlichsten als Teil seiner selbst geschaffenen Familie.

Er ging schnurstracks zum Zimmer von Naomi McMorris. Ihre Tür war nur angelehnt. Er schaute ins Zimmer und sah, dass sie wach im Bett lag, ihr blondes Haar auf ihrem Kissen ausgebreitet, in der Faust das Schlappohr eines rosa Stoffhasen. Er klopfte leise, drückte die Tür ein Stück weiter auf und wartete, bis sie ihn ansah. Als ihre Augen ihn fanden, schien all die Liebe, die in ihm angestaut war, zu fließen zu beginnen, und er empfand jene Art erhabener Erlösung, die seiner Vorstellung nach eine Frau fühlte, wenn ihr Säugling begann, an ihrer geschwollenen Brust zu saugen. »Du hast niemandem unser Geheimnis erzählt, oder?«, fragte er.

Sie setzte sich im Bett auf und schüttelte ihren Kopf.

»Gut.«

»Hast *du*?«, fragte sie.

Jonah lief es kalt den Nacken hinunter. Naomi wollte ihn ganz und gar, so wie er sie ganz und gar wollte. »Niemals«, sagte er.

»Gut.«

Jonah zwinkerte. »Bis nachher dann?«

Sie nickte.

Er wandte sich zum Gehen.

»Ich hab von dir geträumt«, sagte sie.

Jonah erstarrte, wollte nicht glauben, dass er tatsächlich gehört hatte, was er zu hören vermeint hatte – dass Naomi und er gestern Nacht zusammen gewesen waren, wenngleich er in seiner Wohnung im Bett gelegen und an die Decke gestarrt hatte. Er trat ins Zimmer und wartete.

»Willst du, dass ich's dir erzähle?«, fragte sie schließlich.

»Bitte«, sagte er.

»Wir sind an einem wirklich tiefen See spazieren gegangen«, begann sie. »Die Sonne hat geschienen, und es war warm und wunderschön, und ich hab …« Sie wurde rot.

»Du hast was?«

»Deine Hand gehalten.«

Jonah stockte schier der Atem. Er konnte Naomis Hand in der seinen fühlen. »Und?«

»Und dann …« Sie begann zu kichern.

»Dann …«

Sie versuchte, ihr Lachen zu unterdrücken. »Ich hab dich von mir weggestoßen, und du bist in den See gefallen und ertrunken.« Sie zuckte mit den Achseln. »Ich schätze, du hast nicht schwimmen können. Tut mir Leid.«

»Und dann bist du aufgewacht?«, fragte Jonah.

»Mh-hm.«

»Dir war sehr kalt.«

»Ich hab gefroren«, bestätigte sie.

»Und du hattest Schwierigkeiten, Luft zu bekommen.«

»Ich konnte kaum atmen.« Sie sah Jonah durchdringend an. »He, woher kennst du den Rest meines Traums?«

Jonah wusste, dass Naomi in ihrem Traum ihre eigenen Ängste auf ihn projizierte. Ihre wirkliche Sorge war, dass *er* *sie* wegstoßen würde – dass er sie ganz nah an ihre innersten Gefühle heranlocken und sie dann in den Abgrund schubsen und ihrem Schicksal überlassen würde. Und tief in ihrem Herzen befürchtete Naomi, es würde sie umbringen, wenn Jonah das täte. Sie wäre außerstande, sich nach einem weiteren Verrat über Wasser zu halten. Deshalb war beim Aufwachen *sie* es, die das Gefühl hatte zu ertrinken. »Ich weiß eine Menge über Träume«, sagte Jonah. Er machte eine Pause. »Willst du das Wichtigste über deinen wissen?«

»Ja. Was?«

Er zwinkerte ihr zu. »Ich werd deine Hand ganz fest halten, wenn wir je an einem See spazieren gehen.«

Sie verdrehte die Augen. »Ich würd dich nie in echt hineinstoßen«, versicherte sie.

»Ich würde dich auch nie hineinstoßen«, versprach er. »Darauf kannst du dich verlassen.«

»Okay«, sagte sie.

»Ich seh dich also nachher?«, fragte er.

»See you later, alligator.«
»In a while, crocodile.«

8

Clevenger kam kurz nach neun zur Arbeit, hängte seine Jacke in den Garderobenschrank im Flur und steckte seinen Kopf in North Andersons Büro. »Wie läuft's?«

»Richie Egbert braucht umgehend diesen Bericht«, sagte Anderson, ohne ihn eines Blickes zu würdigen. »Wie sich herausgestellt hat, haben einige der Zeugen, die gegen Sonny Raveno aussagen sollen, ernstliche Glaubwürdigkeitsprobleme.« Er fing an zu tippen. »Egbert nimmt sie morgen ins Kreuzverhör.«

»Ich schätze, das ist eine gute Nachricht.«

»Für Sonny«, sagte Anderson. Das Telefon klingelte, doch er tippte weiter.

»Soll ich rangehen?«, fragte Clevenger.

»Es klingelt schon den ganzen Morgen.« Anderson nahm einen Stapel rosa Memozettel von seinem Schreibtisch, drehte sich schwungvoll mit seinem Schreibtischsessel herum und hielt sie Clevenger hin. »Ich muss diesen Bericht fertig kriegen.«

Clevenger nahm die Zettel und blätterte sie kurz durch. Eine Bitte um Rückruf bei Cary Shuman vom *Boston Globe*. Ein Anruf von Tom Farmer vom *Herald*. Dann drei Anrufe von Josh Resnek vom *Chelsea Independent*. »Was zum Teufel ist los?«

Anderson griff nach einer Zeitung auf seinem Schreibtisch. »Die *New York Times* von heute«, sagte er und reichte sie Clevenger.

Clevenger überflog die Schlagzeilen. »Kriege ich hier irgendwas nicht mit?«

»Nicht beleidigt sein. Du bist unterhalb der Falzung.«

Clevenger drehte die Zeitung um. Sein Blick blieb an der Schlagzeile in der unteren rechten Ecke der Titelseite hängen: HIGHWAYKILLER – FBI SUCHT HILFE BEI UNABHÄNGIGEM FORENSISCHEM EXPERTEN. »Diese dreckigen ... Ich hatte beschlossen, den Fall nicht zu übernehmen.«

»Du hast rundheraus abgelehnt?«, fragte Anderson.

»Ich hab gesagt, ich bräuchte Zeit, mir die Sache zu überlegen. Ich habe mich gestern Abend entschieden.«

»Ich schätze, das FBI hat seine eigenen Wünsche und Ziele. Während du über deine nachsinniert hast, haben sie ihre über die Nachrichtenagenturen hinausposaunt.«

Clevenger spürte, wie sein Blutdruck stieg, während er die ersten zwei Absätze las:

> ASSOCIATED PRESS
> Das Federal Bureau of Investigation hat sich unter dem wachsenden Druck, die als Highwaymorde bekannten Verbrechen aufzuklären, die Hilfe von Dr. Frank Clevenger gesichert, einem in Boston ansässigen forensischen Psychiater, der vor zwei Jahren durch die Aufklärung des Mordes an Brooke Bishop, der Tochter von Milliardär Darwin Bishop, bekannt wurde.
> »Das FBI wird nichts unversucht lassen«, versprach Kane Warner, der Direktor der Abteilung für Verhaltensforschung der Bundesbehörde. »Wir haben uns an einen der klügsten Köpfe seines Metiers gewandt und geben ihm alles, was er braucht, um uns mit seiner Erfahrung und seinem Wissen zur Hand zu gehen.«

»Ich bin heut Morgen um acht hergekommen«, sagte Anderson. »Da waren schon elf Anrufe auf dem Anrufbeantworter. Alle von Reportern. Also bin ich losgegangen und hab mir die Zeitungen besorgt. Die *Washington Post*, der *Globe* und der *Herald* liegen auf deinem Schreibtisch.«

Clevenger ging über den Flur in sein eigenes Büro, griff sich das Telefon und wählte Kane Warners Nummer. Er breitete die Zeitungen auf seinem Schreibtisch aus, während er darauf wartete, dass sich jemand meldete.

»Direktor Warners Büro«, sagte eine Männerstimme.

»Frank Clevenger hier.«

»Einen Moment, Doktor.«

Clevenger blätterte die Zeitungen durch. Der Artikel im *Globe* war nicht ausführlicher als der in der *Times*, aber der *Herald* brachte zwei volle Seiten über den Highwaykiller, einschließlich einer groben Landkarte mit den Fundorten der Leichen und eines drei Spalten breiten Fotos von Clevenger, das bei der Pressekonferenz nach Abschluss des Falls Bishop auf Nantucket aufgenommen worden war.

»Dr. Clevenger?«, meldete Warner sich endlich.

Clevenger begann, hinter seinem Schreibtisch auf und ab zu wandern. »Was ziehen Sie hier ab?«

»Wie bitte?«

»Ich hatte Ihnen gesagt, dass ich mich noch nicht entschieden hätte, ob ich mitmache.«

»Sie regen sich wegen der Presseberichte auf?«

»Wissen Sie was? Lecken Sie mich doch ...« Er machte Anstalten aufzulegen.

»Moment. Bitte. Ich hab die Story nicht durchsickern lassen.«

Clevenger sah aus dem Augenwinkel einen Transporter von den New England Cable News vor dem Bürogebäude halten. »Und Sie erwarten, dass ich das ...«

»Ich habe geantwortet, als die AP angerufen hat. Ein ›Kein Kommentar‹ hätte die Story auch nicht begraben. Aber ich schwöre, ich hab den Stein nicht ins Rollen gebracht. Ich habe jeden gefragt, der gestern mit uns zusammen in dem Konferenzzimmer gesessen hat; sie streiten alle ab, etwas nach außen gegeben zu haben. Ich weiß nicht, wie es passiert ist.«

»Lassen Sie mich uns beiden viel Zeit und Ärger ersparen«, sagte Clevenger. »Ich arbeite nicht mit an dem Fall.«

»Ich möchte Sie bitten, etwas länger darüber nachzudenken. Sie …«

Ein zweiter Telefonanschluss in Clevengers Büro fing an zu klingeln, dann ein dritter. »Meine Entscheidung lautet ›Nein‹«, erklärte Clevenger. »Kategorisch. Endgültig. Verstanden? Ich werde der Presse erzählen, dass ich aus persönlichen Gründen abgelehnt habe. Sie können ihnen das Gleiche erzählen. Ich hoffe, damit können Sie Ihr Gesicht wahren. Es ist nicht meine Absicht, irgendjemanden bloßzustellen.«

»Würde ein Gespräch über Ihr Honorar helfen?«, fragte Warner.

»Haben Sie gehört, was ich gesagt habe?«

Just als die Telefone aufhörten zu klingeln, fuhr draußen ein zweiter Übertragungswagen vor – diesmal von Channel 7.

»Ich habe die Genehmigung, auf bis zu fünfhundert pro Stunde zu gehen. Das ist eine hohe Summe für uns.«

»Hören Sie«, sagte Clevenger, während er zuschaute, wie Satellitenmasten aus den Übertragungswagen ausgefahren wurden. »Zahlen werden nichts an meiner Entscheidung ändern. Es geht nicht ums Geld.« Aus dem Augenwinkel sah er North Anderson in der Tür zu seinem Büro stehen. Er winkte ihn herein.

»Wie steht's mit der Zahl vierzehn?«, fragte Warner.

Anderson setzte sich in den Besuchersessel vor Clevengers Schreibtisch.

»Vierzehn ...«, sagte Clevenger.

»Opfer.«

Clevenger schwieg.

»Vierzehn Tote, Doktor. Und ich sage Ihnen rundheraus: Wir haben nicht eine einzige Spur. Sie sind für mich nicht nur ein Aushängeschild. Ich brauche Sie.«

Neunundvierzig Komma neun Prozent von Clevenger wollten ›Ja‹ sagen, wollten ihre Kräfte mit denen des Highwaykillers messen, wollten sich in eine würdige und aufzehrende Mission stürzen, die alle Zweifel über den Wert seiner Existenz zerstreuen würde – ob sein Leben erfüllt war, ob er wirklich gut war, ob er einem Sohn ein Vater sein konnte. Die Möglichkeit einer Romanze mit Whitney McCormick hinzugerechnet, hätte es normalerweise kein Halten mehr für ihn gegeben. »Ich kann nicht. Nicht jetzt«, sagte er. »Das hier ist keine Sache, die man halbherzig angehen kann. In diesen Fall einzusteigen bedeutet, sich mit Haut und Haar darin zu versenken. Es bedeutet, den Fall zu leben und zu atmen, und zwar so lange, wie er andauert. Ich bin nicht in der Lage, das zu tun.«

Eine der anderen Telefonleitungen fing von neuem an zu klingeln.

»Sagen Sie mir, womit ich Sie umstimmen kann«, sagte Warner.

»Ich hoffe, dass Sie diesen Kerl schnappen«, sagte Clevenger. »Ich wünsche mir wirklich, dass Sie ihn kriegen. Aber Sie werden ihn ohne mich schnappen müssen.« Er legte auf. Er nahm den Hörer vom anderen Anschluss ab und legte auch diesen wieder auf.

Anderson sah aus dem Fenster und schaute einem Mann und einer Frau dabei zu, wie sie eine Fernsehkamera, ein Stativ und eine Tonausrüstung aus dem Übertragungswagen der New England Cable News ausluden. Die andere Fernsehcrew war bereits auf dem Weg zur Eingangstür. »Willst du, dass ich es ihnen sage?«

»Das ist meine Aufgabe«, sagte Clevenger. Er schaute kopfschüttelnd aus dem Fenster.

»Was ist wirklich der Grund dafür, dass du sie abgewiesen hast?«, fragte Anderson.

Clevenger antwortete nicht.

»Wenn du dich meinetwegen zurückhältst«, sagte Anderson, »lass es. Ich bin mit dem, was ich letztens gesagt habe, zu weit gegangen.«

»Nein. Du hattest Recht«, sagte Clevenger. Er sah Anderson an. »Billy nimmt Drogen.«

Die Neuigkeit erwischte Anderson wie ein Tritt in den Magen. »Mein Gott, Frank, es tut mir so Leid.«

»Er handelt auch damit. Sie haben ihn aus Auden rausgeworfen.«

Es klopfte an der Eingangstür.

»Lass sie warten«, sagte Anderson. »Wann hast du das herausgefunden?«

»Vor zwei Tagen.«

»Marihuana?«

»Unter anderem.«

»Braucht er einen Entzug?«

Clevenger schüttelte den Kopf. »Ich bin nicht ganz sicher, was er braucht. Aber ich denke, unterm Strich läuft alles darauf hinaus, dass er mich mehr braucht denn je. Das ist jetzt nicht der richtige Zeitpunkt, um mich abzusetzen.« Er atmete tief durch. »Ich habe nie wirklich zugelassen, dass sich jemand auf mich verlässt und stützt.« Er sah, dass Anderson protestieren wollte. »Im Beruf, natürlich. Ich hoffe, du weißt mittlerweile, dass ich zu dir stehe, was immer auch passiert. Ich denke, auch meine Patienten haben immer gewusst, dass sie auf mich zählen können. Aber abgesehen davon, in meinem Privatleben habe ich nie für jemanden außer mir selbst Verantwortung übernommen – und selbst das gilt erst seit kurzem. Keine Frau. Keine Kinder. Billy ist der erste Mensch, der in mir den Wunsch geweckt hat, den Schritt zu wagen und jemand anders über mich zu stellen. Und ich muss bei der Stange bleiben. Ich darf die Sache mit ihm nicht vermasseln.«

Ein dritter Übertragungswagen hielt vor dem Gebäude.

»Wenn es irgendetwas gibt, das ich tun kann, du musst es nur sagen.«

»Scheu dich auch weiterhin nicht, mir zu sagen, wenn ich Mist baue.«

Das Telefon fing wieder an zu klingeln.

Ein breites Grinsen zog sich über Andersons Gesicht. »Nur wenn du versprichst, für mich das Gleiche zu tun.«

»Versprochen.«

Während Clevenger aus dem Gebäude trat, um sich den dort versammelten Reportern zu stellen, öffnete Jonah Wrens zweihundertacht Meilen nördlich in Canaan, Vermont, seine Bürotür für Naomi McMorris. Sie hatte ihr Haar zu zwei Zöpfen gebunden, die von rosa Schleifen gehalten wurden. Sie trug eine Jeanslatzhose, auf deren Brust drei Mäuse und ein Stück Schweizer Käse aufgestickt waren. Die Schwestern hatten ihr weiße Lederturnschuhe gekauft, mit roten Plastikherzen, die bei jedem Schritt aufleuchteten. »Kann ich jetzt kommen?«, fragte sie.

»Jetzt ist bestens.«

Naomi nahm vor Jonahs Schreibtisch Platz. Diesmal setzte Jonah sich in den Sessel neben ihr. Er musterte die Verbände an ihren Unterarmen. Er hatte die verstümmelte Haut darunter gesehen, teils vernarbt, teils wund und frisch genäht. »Warum schneidest du dich, Naomi?«, fragte er.

Sie drehte ihre Arme so, dass Jonah die Verbände nicht mehr anschauen konnte.

»Warum?«, wiederholte Jonah.

»Einfach so«, sagte sie schüchtern.

»Einfach so ...?«

»Es fühlt sich gut an.«

»Welcher Teil fühlt sich gut an?«, wollte Jonah wissen. »Das Schneiden? Wenn das Blut herausquillt? Dass die Leute es mit der Angst zu tun bekommen, wenn du das machst? Alles zusammen?«

Sie starrte auf ihren Schoß.

»Du kannst es mir erzählen. Es ist in Ordnung.«

Sie schwieg weiter.

»Wie wär's, wenn ich dir zuerst noch eins von meinen Geheimnissen erzähle?«

Sie sah ihn an.

»Solange du versprichst, es nicht den anderen Ärzten zu erzählen«, sagte er.

»Niemals«, versprach sie.

Jonah knöpfte seine Manschetten auf, krempelte seine Ärmel hoch und hielt ihr seine Arme hin. Er sah, wie Naomi ihre Augen weit aufriss, während sie auf die horizontalen Narben starrte, die sich über seine Handgelenke und Unterarme zogen – die Zeugnisse seiner Selbstmordgesten. »Ich hab es auch gemacht«, sagte er.

»Warum?«

Jonah sah sie an, als wolle er sagen: *Du weißt, warum.*

»Um das eklige Zeug rauszulassen«, sagte sie.

Jonah nickte. Er starrte auf seine Narben, doch vor seinem geistigen Auge sah er, wie Naomis Vergewaltiger ihre Knie auseinander zwang, sah die Angst und Verwirrung auf ihrem Gesicht. Verwirrung überwog, denn sie konnte unmöglich erraten, welches Grauen ihr bevorstand. Was sie wusste, war, dass ihr Körper in einer Weise manipuliert wurde, wie das nie zuvor geschehen war, Arme ausgestreckt, Beine gespreizt, um freie Bahn für einen Mann zu schaffen, dessen Gesicht ihr näher kam, als ihr lieb war. Und sosehr auch die Verwirrung wuchs, während der Mann sich enger und immer enger an sie presste, war es am Ende ihre Angst, die alle anderen Emotionen überlagerte. Dann drang der Mann mit Gewalt in sie ein, und ihre ganze Welt wurde schwarz. Jonah sprangen Tränen in die Augen, während er sich das vorstellte, es nachempfand.

Naomi sah ihn in einer Weise an, wie es nur einem wissenden Kind möglich war, einem Kind, dem diese Welt noch neu genug war, um alles um sich herum – einschließlich des Leidens anderer – als so warm und leuchtend zu empfinden wie die Mittagssonne. Sie wollte ihm instinktiv mehr von sich geben, mehr von dem Schmerz, der sich in ihr angestaut hatte. Denn Jonah schien diesen Schmerz haben zu wollen. Schien ihn sogar zu brauchen. »Ich hab gefühlt, wie es in mich reingegangen ist«, sagte sie. »Ekliges, klebriges Zeugs.«

»Und du weißt nicht, ob es immer noch da drin ist.«

Jetzt waren es Naomis Augen, die feucht wurden.

»Wenn wir jetzt so darüber sprechen, hast du gleich den Wunsch, dich zu schneiden«, sagte Jonah.

Eine Träne lief über ihre Wange. Naomi begann, sich die Hände zu reiben.

»Ich kenne einen anderen Weg, um sicherzustellen, dass alles raus ist. Das eklige Zeugs.«

»Wie?«

Jonah streckte ihr seine Hände hin. »Mit diesen hier.« Er sah, wie sie ihre Knie fest zusammenpresste. »Wir vertrauen einander. Stimmt's?«

Sie nickte, ließ aber ihre Knöchel über Kreuz.

»Schließ deine Augen für mich«, bat er. Er hielt seinen Atem an, während er abwartete, ob sie es tat, ob sie – im Gegensatz zu Anna Beckwith und den anderen – bereit war, geheilt zu werden, imstande war zu gesunden. Denn was Naomi wirklich brauchte, was sie mehr als Zyprexa oder Zoloft oder Trazodon brauchte, war die Fähigkeit zu vertrauen, weniger in die Güte anderer als in die eigene Stärke. Sie musste sich in die Hände eines anderen Menschen geben und erleben, dass sie es unversehrt überstehen konnte. Das war das Gegengift für alles, was der Vergewaltiger in ihr zurückgelassen hatte.

Jonah schloss seine Augen und betete stumm zu dem Gott, den er liebte, dem Gott, der ihn liebte, und bat den Herrn um etwas von seiner Kraft, um damit jenen Teil von sich zu erfüllen, der dieses wunderhübsche kleine Mädchen war. Und als er seine Augen wieder öffnete, bewies sie jene Kraft. Sie schloss ihre Augen und hielt sie so fest zusammengekniffen, dass sich um die Augenwinkel Krähenfüße bildeten und sich ihre ganze Stirn sichtlich anspannte von der Anstrengung, sie nicht sogleich wieder aufzureißen.

Er bekam Gänsehaut am ganzen Körper. »Du wirst meine Hände auf dir fühlen«, erklärte er, und seine Stimme war melodiöser und beruhigender denn je. »Versprich mir, dass du deine Augen nicht aufmachst«, sagte er.

»Versprochen«, flüsterte sie.

Jonah stand auf und legte sanft seine Handflächen auf ihren Kopf. »Ich kann fühlen, ob böses Zeug in dir ist«, sagte er. »Wenn da welches ist, kann ich es aus dir herausziehen – und in mich hinein.« Er bewegte seine Hände zu ihren Schläfen, ihren Wangen, erschauerte, als er die Nässe ihrer Tränen fühlte.

»Wird es dir nicht wehtun?«, fragte sie und wich leicht zurück.

Ihre Sorge um ihn verschlug ihm förmlich den Atem. »Ich bin älter als du«, antwortete er, »und sehr stark. Ich kann viel mehr in mir aufnehmen.« Er spreizte seine Finger über ihren Ohren, ließ seine Hände in ihren Nacken gleiten und drückte seine Daumen sacht in das weiche Fleisch zu beiden Seiten ihrer Luftröhre. »Mir wird nichts passieren. Und dir wird nichts passieren.«

Die Krähenfüße um Naomis Augen glätteten sich nach und nach, dann verschwanden sie ganz. Während Jonahs Daumen ihren Kiefer massierten, löste sich auch dort die Verkrampfung. Naomi saß ganz still da, während seine Hände zu ihren Schultern wanderten, dann an ihren Seiten hinab und über ihren Bauch. Sie rührte sich auch nicht, als er vor ihr in die Hocke ging und seine Hände auf ihren Schenkeln ruhen ließ. Erst als er seine Hände auf ihre Knie legte, verkrampfte sie sich erneut. »Es wird alles gut werden«, flüsterte er. »All das böse Zeug verschwindet. Ich kann es fühlen.«

Sie entspannte sich so, dass er seine Hände zwischen ihre Knie gleiten lassen und dann mit seinen Handflächen über die Innenseiten ihrer Schenkel streichen konnte. Erst als seine Handkanten nahe genug waren, um von beiden Seiten ihren Schoß einzurahmen – ohne sie dort zu berühren –, nahm er seine Hände weg. Er massierte ihre Waden, dann ihre Knöchel, zog ihr die Turnschuhe aus und knetete ihre Fußsohlen.

Schließlich stand er wieder auf und legte seine Hände abermals auf ihren Kopf. »Mach deine Augen auf«, wies er sie an.

Naomi gehorchte.

Er kniete sich vor sie und blickte lang und tief in ihre tränenfeuchten grünblauen Augen. »Es ist weg«, erklärte er.

»Bist du sicher?«

»Ja.«

Sie runzelte die Stirn, während sie die innere Landschaft ihrer Seele absuchte. »Ich glaube, das stimmt.« Sie nickte. »Es stimmt. Es ist weg.«

Er setzte sich wieder in seinen Sessel und lächelte sie an.

»Wo ist es hin?«, wollte sie wissen.

»Zuerst in mich hinein«, sagte er. »Dann zu Gott.«

»Muss ich beten, damit es nicht wieder zu uns zurückkommt?«

»Ich denke, das ist eine sehr gute Idee.«

»Dann werde ich es tun«, versprach sie. »Jeden Abend.«

»Und ich werde es auch tun«, sagte Jonah. »Auf die Weise werden wir zusammen sein, wo immer du auch sein magst und wo immer ich auch sein mag.«

»Für immer«, sagte sie.

TEIL ZWEI

Zwei Wochen später

1

Kurz vor Mitternacht, 16. März 2004
Route 45 North in Michigan

Sein Gehirn glühte. Seine Fingerknöchel waren weiß. Aus der Stereoanlage des BMW drang weißes Rauschen. Er war mit besten Absichten in Canaan aufgebrochen, um die vierhundert Meilen nach Pennsylvania zu fahren, in der Pine Creek Gorge zu wandern, in kristallklaren Wassern zu baden, die frische Gebirgsluft zu atmen, sich zu reinigen. Doch nur drei Tage nachdem er wieder unterwegs war, litt er neue Todesqualen, sein Kopf hämmerte, sein Hals und sein Kiefer waren verkrampft, sein Herz und seine Lunge vermochten kaum, ihn mit Blut und Luft zu versorgen. Er hatte fünf Milligramm Haldol geschluckt, hatte sogar an der kostbaren roten Flüssigkeit in seiner Aktentasche genippt, doch nichts hatte die Flut des Bösen eindämmen können, die ihn zu verschlingen drohte.

Jede Zelle seines Körpers schrie nach jenen, die er zurückgelassen hatte: nach Naomi McMorris, Mike Pansky, Tommy Magellan und fünfzehn anderen Patienten, die er im Canaan Memorial in sich aufgenommen hatte, und hunderten vor ihnen. Er sehnte sich danach, ihre Haut zu berühren, ihren Schmerz zu fühlen, sein Spiegelbild in ihren Augen zu sehen.

Und er sehnte sich auch nach Michelle Jenkins. Sie hatte ihn an seinem letzten Abend in Canaan zum Essen eingeladen, und er hatte zugestimmt.

»Wo geht's von hier aus hin?«, hatte sie ihn im Restaurant gefragt.

»Ich nehme mir vor meinem nächsten Einsatz ein paar Wochen frei«, sagte er, »und danach, wer weiß? Ich kann mir die Bundesstaaten praktisch aussuchen.«

»Geheimnisvoll bis zum Letzten«, bemerkte sie lächelnd.

Mit ihrem glänzenden, schwarzen Haar und ihren strahlend weißen Zähnen war Jenkins für Jonah nicht weniger schön als die anderen Frauen, mit denen er zusammen gewesen war. Er wollte sie. »Es tut mir Leid, dass wir keine Gelegenheit hatten, einander näher kennen zu lernen«, sagte er. »Ich weiß, ich halte Leute auf Abstand.« Er machte eine Kunstpause. »Besonders, wenn ich mich zu jemandem hingezogen fühle.« Er beobachtete ihr Gesicht, während sie dieses Geständnis hörte, diese Ode an das, was hätte sein können, und sah in ihren Augen jenes allgewaltige Gemisch aus Fürsorge und Sexualität aufflammen, das er in Frauen wachzurufen vermochte.

»Warum verstecken Sie sich hinter so vielen Schutzwällen?«, fragte sie sanft.

»Ich glaube nicht, dass ich selbst die volle Antwort auf diese Frage kenne«, sagte er. »Zum Teil hat es damit zu tun, dass ich als Kind wieder und wieder umgezogen bin. Alles, was ich mir aufgebaut habe – Freundschaften, Jugendlieben, Positionen auf dem Footballfeld –, wurde innerhalb von ein, zwei Jahren zunichte gemacht. Schließlich habe ich erkannt, dass es keinen Sinn hat, Wurzeln zu schlagen.«

»War es wegen des Berufs Ihres Vaters?«

Jonah nickte. »Er war bei der Eisenbahn. Als Ingenieur. Wir sind hingegangen, wo immer sie neue Gleise verlegt haben. Als ich zwölf wurde, hatten wir bereits in neun Bundesstaaten gelebt, quer über das Land verteilt.«

Sie neigte ihren Kopf und sah ihm tief in die Augen. »Als Junge *mussten* Sie mit ihm umziehen. Als Mann zwingt Sie nichts, *weiter* umherzuziehen. Es kommt Ihnen nur so vor. Sie könnten etwas aufbauen, das von Dauer ist.«

»Manchmal denke ich das auch«, stimmte er zu und sah Jenkins in einer Weise an, die ihr das Gefühl vermittelte, Ursache für seinen latenten Bindungswunsch zu sein.

Sie holte tief Luft, streckte ihre Hand zur Mitte des Tisches aus und hakte ihren kleinen Finger um den seinen. »Ich schätze also, es war kein Zufall, dass Sie bis zu Ihrem letzten Abend in Canaan gewartet haben, um Zeit mit mir zu verbringen«, bemerkte sie.

Natürlich war es kein Zufall. Ebenso wenig wie es ein Zufall war, dass Jonah sich an jenem Abend, da er sie für immer verlassen würde, imstande fühlte, mit ihr zu schlafen, sich ihr völlig hinzugeben. Als sie nackt zusammenlagen, ahnte er jede ihrer Bewegungen voraus, erspürte Bedürfnisse, die sie tief in ihrem Unterbewusstsein versteckt hatte, berührte und kostete sie in einer Weise, um die sie nie zu bitten gewagt hätte. Er ließ sie wieder und wieder mit dem leichtesten Druck seiner Fingerspitze oder seiner Zunge an exakt der richtigen Stelle in exakt dem richtigen Moment kommen. Und als er schließlich in sie eindrang, war es exakt in dem Moment, da sie ihn verzweifelt in sich haben wollte, sodass ihre Bewegungen und ihre Körper sich so vollkommen vereinten, wie es Männer und Frauen in ihrer Fantasie herbeisehnen, doch nie ganz erreichen, weil sie voneinander abgesonderte, autonome Wesen sind.

Nicht so Jonah. Er konnte seine Haut abstreifen, in jene einer Frau schlüpfen und alles mit ihr tun, was sie selbst mit sich machen würde, wenn sie sich nur gut genug kennen würde. Denn er war zu ihr geworden.

Im Nebel ihrer eigenen Lust, mit seinem gespielten Stöhnen in den Ohren, bemerkte Jenkins vermutlich nicht, dass er nicht ejakuliert hatte. Er tat das nie beim Sex. Er wollte, dass die Frauen ihre warmen, nassen erotischen Energien in ihn hineinfließen ließen, nicht umgekehrt. Seine Lust bestand darin, die ihre in sich aufzunehmen.

Jetzt, während er durch die Nacht fuhr, war er wieder ausgetrocknet. Knochentrocken. Und niemand würde die Tiefe seines Leidens in jener Dürre auch nur erahnen. Niemand konnte sich das Grauen vorstellen, ohne persönliche Grenzen zu leben, ohne Ego, in einer Existenz, die das Leben anderer – ihr Leiden und ihre Hoffnungen und Ängste und Leidenschaften – zu seinem eigenen Leben werden ließen, nur um sie ihm dann wieder und wieder und wieder zu entreißen. Seine Existenz war eine endlose Fehlgeburt, die ihn unter Schichten um Schichten von Trauer begrub – einer einsamen Trauer, ohne den Abschluss einer Beerdigung, den Trost eines Grabsteins, das Labsal einer Schulter, an der man weinen konnte.

Man musste sich nur einmal vorstellen, so viele zu lieben und dann jeden Einzelnen zu verlieren.

In jeder der beiden vergangenen Nächte hatte er den gleichen Traum gehabt. Er lag auf einem Bett aus Frühlingsblumen in einem grünen Tal, die Sonne wärmte sein Gesicht, eine sanfte Brise streichelte ihn. Er empfand tiefen inneren Frieden, fühlte sich verbunden mit allen lebenden Dingen, endlich geheilt und gesund. Er schloss seine Augen, streckte sich und atmete den neuen Morgen tief ein.

Er war fast eingeschlafen, als er spürte, wie ein Schatten auf ihn fiel. Er schlug seine Augen auf und sah eine atemberaubend schöne Frau mit goldenem Haar, strahlend smaragdgrünen Augen und makelloser Elfenbeinhaut neben sich knien. »Wer bist du?«, fragte er.

Als sie sprach, tat sie es mit der sanftesten Stimme, die er je gehört hatte. »Dein Herz gehört nicht dir.«

Jonah sah darin eine elegante Metapher für Liebe. »Ich würde es dir mit Freuden schenken«, sagte er.

»Aber es steht dir nicht zu, es zu verschenken. Denn es gehört schon lange nicht mehr dir.«

Wie wahr. Wie Recht sie doch hatte. Jonah dachte, dass er endlich eine verwandte Seele gefunden hätte, jemanden, der seinen speziellen Platz in dieser Welt, seine spezielle Bürde verstand. »Ich trage viele Seelen in mir«, sagte er.

Die Frau begann, sein Hemd aufzuknöpfen, schob den Stoff beiseite und küsste seine Brust.

Er legte seinen Kopf in den Nacken und schloss die Augen, wartete darauf, dass sie seinen Hosenbund erreichte, den Reißverschluss darunter öffnete, dass sie *ihn* in *sich* aufnahm.

»Du bist so müde«, flüsterte sie und ließ ihre Zungenspitze über seinen Bauch gleiten. »Du musst dich hingeben.«

»Ja«, sagte er atemlos. Er bog lustvoll sein Kreuz durch, reckte sich ihr entgegen. Und da fühlte er den ersten brennenden Stich in seinem Brustbein. Er versuchte sich aufzusetzen, doch er konnte kaum seinen Kopf heben. Er erhaschte einen Blick auf ein Skalpell, triefend von Blut. Seinem Blut. Voller Panik wollte er davonlaufen, doch seine Hände und Füße waren erstarrt. Dann fühlte er, wie sie begann, ihn aufzufressen, wie sich ihre rasiermesserscharfen Zähne in seine Haut schlugen, während sie mit ihren Krallen so gierig an dem Brustbeinknochen darunter kratzte, dass er zersplitterte. Der Schmerz war unbeschreiblich, eine höllische Folter, die ihn schreiend und schweißnass und zitternd vor Todesangst aus dem Schlaf hochschrecken ließ.

Er konnte keine Zuflucht vor seiner Isolation finden. Nicht bei Tag. Nicht bei Nacht. Und sein nächster Krankenhauseinsatz begann erst in einer Woche.

Die Straße verschwamm vor seinen Augen. Er war beinahe blind vor Hunger nach einem anderen menschlichen Wesen. Er nahm die nächste Ausfahrt, bog auf die Route 17, hielt auf den National Forest von Ottawa zu. Wenn er es dorthin schaffte, könnte er vielleicht seinen Hunger hinter sich zurücklassen. Er hatte genug Proviant und Wasser, um eine Woche zu campen. Er konnte den Mount Avron erklimmen, näher zu Gott, weiter weg von der Versuchung.

Doch Gott hielt eine weitere Prüfung für ihn bereit. Eine Meile hinter der Ausfahrt drehte sich ein Mann mit einem Rucksack um und reckte seinen Daumen hoch, um mitgenommen zu werden. Mitten in der Nacht. Mitten in der Wildnis. Ein Mann zu genau der falschen Zeit an genau dem falschen Ort. Jonah wandte seinen Blick ab, biss die Zähne zusammen und fuhr an ihm vorbei. Dann, halb gegen seinen Willen, so als würde er von dem Teil in ihm, der dem neunjährigen Benjamin Herlihey in seinem Rollstuhl entsprach, dazu gezwungen, wanderte sein Blick nach oben und nach rechts zum Rückspiegel. Er sah den Mann am Straßenrand den Kopf schütteln und frustriert seine Faust hochrecken. Und er sah noch etwas anderes. Der Mann trug eine Augenklappe.

Nichts Besonderes, diese Augenklappe. Es konnte ein Dutzend Erklärungen dafür geben. Ein Arbeitsunfall. Ein Geburtsfehler. Ein träges Auge als Folge von Multipler Sklerose. Netzhautblutung als Folge von Diabetes. Eine Schlägerei. Für jeden anderen wäre es nichts weiter als eine Kuriosität geblieben. Etwas, das man sah und dann ein, zwei Meilen weiter wieder vergessen hatte. Doch für Jonah landete jene Kuriosität wie ein Enterhaken in seinem Innern, versank in seinem Fleisch, in seiner Seele. Sie ließ ihn abbremsen, zurückschnellen, dann zog sie ihn an den Straßenrand und hielt ihn dort fest.

Jonah musterte den Mann, während er auf ihn zukam. Er sah schlank und kräftig aus. Sein Gang war federnd, schwungvoll, dem Gewicht seines Rucksacks zum Trotz.

Er trat ans Beifahrerfenster.

Jonah drehte sich zu ihm um und sah, dass er um die dreißig war, gut aussehend auf eine herbe Art, unrasiert und mit schulterlangen, rötlichen Haaren unter einer grauschwarz gestreiften Skimütze. Jonah ließ das Fenster herunter.

»Sind Sie zufällig nach Trout Creek unterwegs?«, fragte der Mann nervös.

»Die Richtung stimmt«, sagte Jonah und rieb sich seinen verkrampften Kiefer. Er zwang sich zu lächeln. »Werfen Sie Ihren Rucksack auf den Rücksitz.«

Der Mann setzte seinen Rucksack ab, legte ihn auf den Rücksitz und stieg neben Jonah ein. Er reichte ihm seine Hand. »Doug Holt.«

»Jonah Wrens.« Er schüttelte Holts eiskalte Hand.

»Ich hätte nicht gedacht, dass mich in der Nacht jemand mitnimmt. Heutzutage hält niemand mehr an.«

»Ich war früher viel als Anhalter unterwegs«, sagte Jonah. Er konnte seinen Blick nicht von der Augenklappe losreißen. »Ging nicht anders, wenn ich das Mädel besuchen wollte, mit dem ich während meines Medizinstudiums zusammen war. Ich hatte kein Geld für den Bus.« Er schüttelte den Kopf, als würde er sich an jene mageren Jahre erinnern. »Ich kann Sie fast bis ganz nach Trout Creek mitnehmen.«

»Sie wissen ja nicht, wie klasse das ist«, sagte Holt. »Gott weiß, wie lange ich sonst …« Er verstummte, denn ihm wurde plötzlich bewusst, dass er gemustert wurde. Er fasste an seine Augenklappe. »Luftgewehr. Kumpel von mir. Ich war fünf.«

War dies eine zweite Ally Bartlett, bereit, Jonah alles zu offenbaren? War Doug Holt ein weiterer Engel, Rettung in allerletzter Sekunde? »Sind Sie Freunde geblieben?«, fragte er.

»Bis heute. Das einzige Problem ist, dass Troy inzwischen auf der anderen Seite der Welt lebt. Er unterrichtet Englisch drüben in Japan. Außerdem ist er verheiratet, hat drei Kinder. Ich sprech ein-, zweimal im Jahr mit ihm.«

Das war mehr Information, als Jonah erwartet hatte. Er kostete jedes Wort aus. Der Schmerz in seinem Kopf ließ nach. Sein Blickfeld klärte sich. Er fuhr an und zog wieder auf die Straße. Vielleicht würde er die Nacht doch noch durchstehen. »Und wie steht's mit Ihnen, Doug? Sind Sie verheiratet?«

»Hoffentlich bald«, sagte er. »Bin zu den Eltern meiner Freundin unterwegs. Sie wartet dort auf mich. Ich werd ihr morgen Abend die große Frage stellen. Ganz so, wie es sein soll, mit Hinknien und Ring und allem Drum und Dran.«

»Morgen Abend.« Jonah spürte, wie Erregung seine Verzweiflung verdrängte. »Wie wunderbar.«

»Sie ist 'ne tolle Frau.«

»In welcher Hinsicht?«

Holt zuckte mit den Achseln. »Sie hat dieses Ding mit der bedingungslosen Liebe drauf, Sie wissen schon. Sie würd immer zu mir halten, was immer auch passiert.«

»Wie haben Sie beide sich kennen gelernt?«

»Schicksal.«

»Oh?«

»Sie ist Assistenzärztin in der Augenklinik. Ich bin für 'ne Routineuntersuchung bei meinem üblichen Knaben da gewesen, und sie hatte gerade Schicht mit ihm.« Er zuckte mit den Achseln. »Schon komisch, wie sich die Dinge manchmal entwickeln, stimmt's? Dass Troy mit dem Luftgewehr auf mich geschossen hat, hat mir was weggenommen, aber es hat mir auch was wiedergegeben – fünfundzwanzig Jahre später. Ich hätte Naomi sonst nie kennen gelernt.«

Naomi. Konnte der Name Zufall sein? Vor seinem geistigen Auge sah Jonah Naomi McMorris in seinem Büro sitzen. Er fühlte, wie ihn eine warme Woge der Zuversicht einhüllte. Gott war noch immer auf seiner Seite. »Die Wege des Herrn sind unergründlich«, sagte er und lächelte Holt an.

Holt erwiderte das Lächeln und zwinkerte.

Jonah starrte ihn einen Moment lang an, dann wandte er sich wieder ab und sah nach vorn auf die Straße. Sein Puls begann zu rasen. Ein dumpfer Schmerz regte sich in seinem Nacken. Denn er wusste, dass Doug Holt – wenn das tatsächlich sein Name war – ihn angelogen hatte. Ein Mann, der vom fünften Lebensjahr an auf einem Auge blind ist, lernt niemals zu zwinkern, schließt niemals willentlich sein gesundes Auge und beraubt sich der Sicht. Nicht einmal für einen flüchtigen Moment. »Sie ist übrigens schwanger«, fuhr Holt wehmütig fort. »Im vierten Monat. Im Moment passieren in meinem Leben wirklich 'ne Menge neue Dinge. Ich hab 'ne Menge, auf das ich mich freuen kann.«

Jonah hörte nicht viel Aufregung in Holts Stimme mitschwingen, vermutlich weil seine angebliche Verlobung und das Baby Lügen waren. »Haben Sie Naomi die gleiche Geschichte erzählt, die Sie mir aufgetischt haben – die über Ihren Kumpel Troy?«, fragte er. »Dass er Ihnen das Auge ausgeschossen hat?«

»Klar«, sagte Holt. Er zuckte mit den Achseln. »Ich meine, sie hat für meinen Arzt gearbeitet.«

»Wo ist es übrigens passiert?«

»Was?«

»Der Unfall. Mit dem Luftgewehr.«

»Auf der Wiese hinter meinem Haus«, sagte Holt. »Da ist ein Teich, wo wir immer herumgetollt haben, Cowboy und Indianer gespielt haben. Troy hat nicht mal gewusst, dass es ein Luftgewehr war. Es gehörte seinem großen Bruder. Er hat es aus seinem Zimmer mitgehen lassen.«

»Verstehe«, sagte Jonah. »Können Sie trotz der Behinderung arbeiten?«

»Ich bin Künstler«, sagte Holt.

»Welche Richtung?«

»Glasskulpturen, Glasschmuck, Buntglas.«

»Wie interessant.«

»Manchmal schon«, erwiderte Holt. »Wenn das Glas tut,

was ich möchte.« Er machte eine Pause. »Wie steht's mit Ihnen?«

»Ich bin Psychiater.«

»Mann. *Das* klingt aber wirklich interessant.«

»Ist es auch, immer. Ich liebe es, die Wahrheit über Leute herauszufinden.« Jonah wandte seinen Kopf zu Holt um und sah ihn an, bis Holt sichtbar nervös wurde. Dann schaute er wieder auf den Highway. »Das mag für Sie bizarr klingen, aber ich würde es mir gern ansehen.«

»Meine Glasarbeiten?«

»Nein. Ihr Auge. Oder was davon noch übrig ist.« Er warf einen Blick zu Holt, der plötzlich sehr beunruhigt aussah. »Verlange ich da zu viel?«

»Sie nehmen mich auf den Arm, stimmt's?«

»Ich meine es völlig ernst.«

Holts Hand wanderte zum Griff der Beifahrertür. »Ich versprech Ihnen, es ist kein schöner Anblick. Es hat einen Grund, weshalb es unter der Klappe verborgen ist.«

»Leute haben immer einen Grund, weshalb sie Dinge verbergen«, gab Jonah zurück. »Aber ich habe in meinem Leben sehr hässliche Dinge gesehen – und gehört. Sie können es mir zeigen.« Einen Moment lang sagte keiner der beiden Männer etwas. »Nur zu.«

»Ich zeige es niemandem.«

Jonah zwang sich zu einem Lächeln. »Wenn es einen anderen Grund dafür gibt, weshalb Sie die Augenklappe tragen, als den eben genannten, sollten Sie es mir einfach sagen.«

»Wie meinen Sie das?«

Jonah bremste den Wagen ab und zog an den Straßenrand. »Ich will nichts weiter als die Wahrheit hören, Doug. Wenn Sie wirklich so heißen.«

Holts andere Hand stahl sich zum Knopf der elektrischen Zentralverriegelung in der Mittelkonsole.

Jonahs Hand griff nach dem Jagdmesser, das er mit Klebeband unten an der Fahrertür festgemacht hatte. Es hatte eine zwanzig Zentimeter lange Klinge und war rasiermesserscharf. Er wollte es nicht benutzen, er wusste, es zu benutzen wäre eine Sünde gegen den Gott, den er liebte, doch er verlangte nach der Wahrheit, selbst wenn die einzige Wahrheit, die er von diesem Mann erhalten würde, seine ehrliche Panik war, wenn ihm die Kehle durchgeschnitten wurde. »Ich gebe Ihnen ein Beispiel. Nehmen wir einmal an, die Augenklappe wäre nur eine gerissene Methode, um am Straßenrand Aufmerksamkeit zu erregen und damit Ihre Chancen zu erhöhen, als Anhalter mitgenommen zu werden. Das würde jetzt keine wirkliche Rolle mehr spielen. Jetzt zählt nur noch, dass Sie ehrlich sind.«

Holt saß reglos da und sagte nichts.

»Sagen Sie mir einfach die Wahrheit«, drängte Jonah. »Ich bitte Sie darum.«

Holt wandte sich ab und schaute aus dem Beifahrerfenster. »Okay«, sagte er. »Hier kommt's.« Dann – mit der Anspannung seines Unterarms als einziger Vorwarnung – drückte er den Knopf, der die Beifahrertür entriegelte, und zog am Türgriff. Seine Bewegungen waren präzise, doch ein klein wenig zu langsam. Denn als seine Tür aufschwang, schwang auch Jonahs Arm nach vorn, und das Messer in seiner Hand schlitzte Holts Halsschlagader, Speiseröhre und Luftröhre auf.

Holt drehte sich um und sah Jonah mit dem verwirrten Blick aller seiner Opfer an. Sein Blick mochte noch lang genug klar geblieben sein, um zu sehen, wie Jonah ihn weinend in die Arme nahm. Und er lebte wahrscheinlich noch lang genug, um die vier Worte zu hören, die ihm ins Ohr geflüstert wurden, Worte, die vollkommen ehrlich klangen, weil Jonah sie aus tiefstem Herzen sprach.

»Es tut mir Leid.«

Er schleifte Doug Holt einen knappen Meter in den Wald und ließ ihn dort liegen, und seine beiden gesunden Augen starrten zum nachtschwarzen Himmel hinauf, während die Augenklappe wie eine Aderpresse um den Arm geknotet war, aus dem Jonah Blut entnommen hatte. Er holte den Rucksack vom Rücksitz, warf ihn achtlos neben die Leiche und wandte sich zum Gehen. Doch dann übermannte ihn die Neugier. Er ging neben dem Rucksack in die Hocke, um nachzuschauen, was Holt bei sich gehabt hatte – wer er tatsächlich gewesen war.

Er fand die erwarteten Dinge: Kleidung zum Wechseln, ein Nylonzelt, eine Kletteraxt, eine Plastikflasche mit Wasser. Doch dann fand er das Unerwartete – Kapitel aus Doug Holts Lebensgeschichte.

Das erste war ein Gerichtsbescheid, datiert elf Tage zuvor, der Holt aufforderte, in Zusammenhang mit einer Anklage wegen Besitzes von Marihuana und Kokain und der Absicht, damit zu handeln, vor dem Strafgericht von Bristol County, Connecticut, zu erscheinen. Das erklärte seine behelfsmäßige Verkleidung. Er war auf der Flucht.

Zweitens waren da zwei United-Airlines-Tickets nach Brasilien – eins für Holt und eins ausgestellt auf den Namen Dr. Naomi Caldwell. Sie wollten zusammen das Land verlassen.

Und dann fand Jonah Dinge, die ihn mitten ins Herz trafen: das Foto einer Brünetten Anfang dreißig, deren Hände liebevoll ihren schwangeren Bauch streichelten; eine schwarze Samtschatulle mit einem bescheidenen, diamantbesetzten Verlobungsring darin; und eine größere weiße Geschenkschatulle mit einem wunderschönen Schneckenhaus aus mundgeblasenem Glas, das wie ein Regenbogen in allen Farben schillerte.

In der Schatulle lag ein kleiner Umschlag. Jonah öffnete ihn und las die Karte darin:

Für Mr. und Mrs. Caldwell,
bitte nehmen Sie dies als kleines Zeichen meiner ewigen Dankbarkeit dafür, dass Sie Naomi auf die Welt gebracht haben. Sie hat meine Welt für immer verwandelt.
Doug

Ewig. Jonah sank auf dem gefrorenen Boden auf die Knie. Holt hatte die Wahrheit gesagt, seiner Verkleidung zum Trotz. Nicht in jeder Hinsicht. Nicht darüber, dass er vor dem Gesetz auf der Flucht war. Doch über die wichtigen Dinge. Die Frau, die er liebte. Das Kind, das ihm geboren werden würde. Und Jonah, in seiner Arroganz, in seiner wütenden Panik, dass er übertölpelt worden war, dass ihm das Lebensblut vorenthalten wurde, das er so verzweifelt brauchte und das ihm zustand, hatte diese Wahrheit nicht erkannt, hatte darin versagt, ihrem Pfad bis zu Doug Holts Herzen zu folgen.

Mehr als alles andere hatte er darin versagt zuzuhören.

Tränen strömten über sein Gesicht. Sein Verstand wurde überflutet von Fragen an Holt. Hatten er und Naomi die Schwangerschaft geplant? Wie stand er dazu, Vater zu werden? Wie würde er die Beziehung zu seinem eigenen Vater beschreiben? Wusste er, welches Geschlecht das Kind haben würde? Hatten sie sich schon für einen Namen entschieden?

Holt hätte es ihm erzählt. Er hätte all diese Fragen bereitwillig beantwortet. Wahrheitsgemäß. Und hätte Jonah zu einem Teil seiner wachsenden Familie gemacht.

Stattdessen war Holt tot, und ein Baby würde vaterlos geboren werden, bereits jetzt von einer klaffenden Wunde in seiner Psyche gezeichnet.

Gott hatte tatsächlich einen weiteren Engel gesandt, doch Jonah hatte nicht verstanden, das Geschenk anzunehmen. Hatte elendig versagt. Er hatte einen Mann getötet und praktisch nichts von der Seele dieses Mannes in sich aufgenommen. Er hatte das Leben des Mannes vergeudet. Hatte ihn ausgelöscht.

Für immer.

Während er den Highway entlangbrauste, wurde er von einem Selbsthass übermannt, der stärker war als alles, was er zuvor empfunden hatte. Er war verderbt. Grotesk. Und er empfand dies umso stärker, weil der Schmerz in seinem Kopf und in seinem Kiefer und in seinem Herzen und in seiner Lunge wie weggeblasen war. Der Mord an Holt, ohne jede Hoffnung auf seine Wiederauferstehung in Jonah, hatte die schmerzliche Leere seiner eigenen Existenz gefüllt.

Nur ein Ungeheuer würde in blanker Zerstörung Befriedigung finden.

Er dachte von neuem an Selbstmord, doch nur flüchtig. Er dürstete noch immer nach dem, was Christus am Kreuz versprochen hatte. Er wollte in diesem Leben geheilt werden. Vergebung finden. Er wollte erlöst werden. Selbst wenn er alles dafür aufs Spiel setzen musste. Denn dann – und nur dann – konnte er in Frieden sterben.

2

31. März 2004
Chelsea, Massachusetts

Die *New York Times* brachte Jonahs Brief auf der Titelseite. Als Clevenger um neun Uhr vor seinem Büro hielt, erwartete ihn dort schon ein Heer von Reportern, die gierig ihre Mikrofone mit den Emblemen von CNN, Fox, MSNBC und Court TV gegen sein Wagenfenster reckten. Er schaute zu seinem Büro und nahm Augenkontakt mit North Anderson auf, der unbehaglich vor der Tür stand, die massigen Arme vor seiner Brust verschränkt, eine zusammengerollte Zeitung in der Faust.

Die Reporter umzingelten Clevenger, als er aus dem Pickup stieg, rangelten um die besten Positionen und brüllten ihm Fragen entgegen: *Stehen Sie in Verbindung mit dem FBI? Wie interpretieren Sie den Brief? Was halten Sie von seiner Behauptung, er habe dreihundert Geliebte gehabt? Werden Sie ihm antworten?*

»Kein Kommentar«, antwortete Clevenger routinemäßig, während er sich einen Weg durch das Gedränge bahnte, die Stufen zu seinem Büro erklomm und ins Gebäude flüchtete. Anderson folgte ihm.

Anderson verriegelte die Tür hinter ihnen.

»Was zum Teufel ist hier los?«, fragte Clevenger.

Anderson reichte ihm die Zeitung. »Die *Times* hat auf der Titelseite einen Brief vom Highwaykiller abgedruckt.«

Clevenger schüttelte den Kopf. »Und die alle sind hier aufmarschiert, nur um meine Meinung dazu zu hören.« Er faltete die Zeitung auseinander.

»Der Brief ist an dich.«

Clevenger erstarrte und sah Anderson an.

»Er muss die Berichterstattung gesehen haben, als du das FBI abgewiesen hast. Ich schätze, das hat ihm gefallen.«

Clevenger breitete die Zeitung aus. Sein Herz pochte laut, als er die Schlagzeile in der rechten oberen Ecke der Titelseite las: HIGHWAYKILLER HOFFT AUF HEILUNG. Er las weiter:

> Exklusivbericht der *Times*
> Am 26. März 2003 hat diese Zeitung einen Brief von jemandem erhalten, der vorgibt, der Highwaykiller zu sein, jener Serienmörder, auf dessen Konto wenigstens vierzehn Morde im gesamten Land gehen.

Der Brief, adressiert an unseren Chef vom Dienst, ist ein persönlicher Appell an Dr. Frank Clevenger, jenen forensischen Psychiater aus Boston, der durch die Aufklärung des Mordes an der kleinen Brooke Bishop auf der Insel Nantucket bekannt geworden ist. Im Brief angeführte Fakten haben uns überzeugt, dass das Schreiben echt ist.

Nach reiflicher Überlegung von redaktioneller Seite und nach Rücksprache mit dem Federal Bureau of Investigation drucken wir den Brief in voller Länge ab. Wir behalten uns das Recht vor, über den Abdruck möglicher zukünftiger Korrespondenz im Einzelfall zu entscheiden.

»Kane Warner«, sagte Clevenger und sah Anderson an.

»Wer sonst«, pflichtete Anderson bei. »Jemand muss der *Times* grünes Licht gegeben haben, den Brief abzudrucken.«

»Und jemand muss sie überzeugt haben, ihn abzudrucken, ohne mich zu informieren.«

»Auf die Weise konntest du dir keinen Anwalt besorgen, um die Veröffentlichung per einstweiliger Verfügung zu stoppen.«

»Denkst du, dass der Brief echt ist?«, fragte Clevenger.

Anderson nickte. »Nimm dir ein paar Minuten und lies ihn, und dann reden wir darüber, was wir als Nächstes tun.«

Clevenger hörte das *wir* klar und deutlich. »Danke«, sagte er.

»Gern geschehen.« Anderson drehte sich um und ging hinaus.

Clevenger setzte sich an seinen Schreibtisch, gebannt bereits vom ersten Satz:

Ich bin getränkt und besudelt vom Blut anderer, doch ich habe Güte in meinem Herzen. Ich habe

kein Motiv zum Töten, doch ich kann nicht aufhören zu töten. Mein Hunger nach dem Leben anderer ist stärker als der Hunger nach Nahrung oder Sex oder Wissen. Er ist unwiderstehlich.
Ich habe überlegt, meinem Leben ein Ende zu setzen. Ich habe halbherzige Versuche gemacht. Halbherzig, da es kein Sieg wäre, mein gesamtes Ich zu zerstören. Ebenso wenig wäre es ein Sieg, mich irgendeiner »Obrigkeit« zu stellen, um dann von engstirnigen Männern gerichtet und wie ein Tier in einen Käfig eingesperrt zu werden.
Der göttliche Weg wäre es, die Dunkelheit in meiner Seele zu besiegen, auf dass das ewige Licht befreit wird und scheinen kann. Und der einzig rechtmäßige Richter über meinen Erfolg oder mein Versagen in jener erhabenen Mission ist unser Herr Jesus Christus, der König des Universums.
Denn ist mein Kampf nicht ein Spiegelbild des ewigen Kampfes der Menschheit? Ist meine Existenz nicht ein Mikrokosmos menschlicher Hoffnung auf den Sieg des Guten über das Böse? Indem ich mich meiner Destruktivität stelle, mache ich da nicht den ersten Schritt auf meine Erlösung zu?
Und wenn ich erlöst bin, wird uns dann nicht allen ein kleiner Anteil an der Erlösung zuteil? Wenn ich wieder auferstehe, steht dann nicht die gesamte Menschheit mit mir zusammen auf?
Ich höre Jungs Worte:
»Es ist eine traurige Wahrheit, dass unsere Welt und das Leben aus unerbittlichen Gegensätzen besteht, aus Tag und Nacht, Wohlergehen und Leid, Geburt und Tod, Gut und Böse. Wir sind nicht einmal sicher, dass eins das andere aufwiegt, das Gute das Böse

oder die Freude den Schmerz. Leben und Welt sind ein Schlachtfeld der beiden. So ist es immer gewesen, und so wird es immer sein; und wenn es nicht so wäre, würde alle Existenz ein Ende haben.«

Helfen Sie mir, diesen Kampf zu führen. Mein Armageddon. Helfen Sie mir, gut und anständig, wie ich einst war, wieder geboren zu werden. Seien Sie mein Heiler.

Ich bin ein Mann. Ich stehe in der Mitte meines Lebens. Ich bin nie im Gefängnis gewesen. Ich bin nie in psychiatrischer Behandlung gewesen. Ich höre keine Stimmen. Ich habe keine Visionen. Ich konsumiere weder Alkohol noch illegale Drogen. Ich leide an keiner körperlichen Krankheit.

Mein IQ liegt im Bereich des Genies, doch mein Intellekt ist kein Schutzschild gegen die niedrigen Instinkte, die mich übermannen.

Würde ich Ihnen in diesem Moment gegenübersitzen, würde ich Ihnen sagen, dass ich eine erdrückende Einsamkeit empfinde, eine gähnende, schmerzliche Leere in meinem Innern. Der Schmerz ist gleichzeitig physisch und psychisch. Er lässt mich wie ein kleines Kind weinen. Und es ist diese qualvolle Isolation, die mich dazu bringt, anderen das Leben zu nehmen. Etwas daran, Zeuge der Reinheit und Wahrhaftigkeit des Todes zu sein, verbindet mich mit allen lebenden Dingen und bringt mir Frieden. Ich werde neben jedem meiner Opfer zur Ruhe gebettet.

Sie können sich glücklicher schätzen als ich: Meine Ruhe ist nie von Dauer. Mein Hunger regt sich von neuem, manchmal Stunden, manchmal Tage, manchmal Wochen später.

Ich kann meine Seele nicht auf die übliche Weise nähren. Ich habe keine Freunde, keine liebende Familie. Ich halte kein Haustier. Ich habe kein Zuhause. Ich bin ein ewiger Wanderer.
Meine Mutter war liebevoll und gütig, eine Frau ohne Fehl und Tadel. Mein Vater war ein Ungeheuer. Vielleicht verkörpere ich diesen Gegensatz.
Ich bin das Ergebnis einer normalen Schwangerschaft und Geburt. Als Kind war ich psychisch und physisch gesund, abgesehen von einer lähmenden Schulphobie, unter der ich litt.
Als junger Mann hatte ich nur wenige Hobbys, aber ich erzielte ohne große Mühe überragende schulische Leistungen, ich hatte keinen Mangel an Verabredungen, habe jedoch nie geheiratet.
Ich hatte in meinem Leben über dreihundert Geliebte. Ich bin heterosexuell.
Da Sie zweifellos vom FBI genauestens über meinen Fall informiert wurden, wissen Sie, dass ich jedem meiner Opfer Blut abnehme. Ich trage jenen Teil von ihnen bei mir. Als Talisman, möglicherweise.
Doch ich trage auch ihre Seelen in mir. Und auf die Weise leben sie weiter.
Um Ihnen unnötiges Grübeln zu ersparen, verrate ich Ihnen, dass ich die Kunst der Blutentnahme als Sanitäter in der Army gelernt habe. Auszeichnung. Ehrenhafte Entlassung. Keine Disziplinarverfahren.
Mein Vorschlag: Sie dürfen mich fragen, was immer Sie möchten. Ich werde Ihnen alles sagen, soweit mir das möglich ist, ohne meine Freiheit aufs Spiel zu setzen (womit schlicht die Freiheit gemeint ist, Gott zu finden, etwas, von dem ich nicht glaube,

dass ich es im Gefängnis, höchstwahrscheinlich im Todestrakt, könnte). Ich möchte Sie bitten, mir gegenüber ebenso offen zu sein, um die Chancen zu verringern, dass Sie und ich uns fremd bleiben und ich mich noch einsamer fühlen würde und noch dringender das Lebensblut anderer bräuchte.

Sie müssen mir vertrauen, damit ich Ihnen vertrauen kann.

Sie klären Verbrechen auf? Welche Verbrechen wurden an Ihnen begangen? Welcher Verbrechen, groß oder klein, sind Sie schuldig?

Sie haben einen emotional gestörten Jungen adoptiert. Waren Sie ein emotional gestörter Junge? Sind Sie noch immer jener Junge?

Führen Sie, wie ich – und wie der junge Billy Bishop –, einen mühevollen Kampf, wieder geboren zu werden?

Halten Sie meine Hand, sehen Sie in mein Herz, lassen Sie mich in das Ihre sehen. Holen Sie meine verborgenen Dämonen ans Licht und helfen Sie mir, sie aus meiner Seele auszutreiben.

Ein Mann Gottes
Den sie den Highwaykiller nennen

Es gibt im Leben eines Menschen Momente, die wie Titrationspunkte in der Chemie alles, was vor ihnen gewesen ist, konzentrieren und das Wesen von allem, was nach ihnen kommen wird, verwandeln. Sie sind lebensverändernd und lebensbestimmend. Die Worte des Highwaykillers zu lesen war für Clevenger dieser Moment. Seinen ganzen Körper überzog eine Gänsehaut. Ihm lief ein Schauder nach dem anderen über den Rücken. Er ging zum Büro von North Anderson.

»Was meinst du?«, sagte Anderson und drehte seinen Schreibtischsessel herum, damit er ihn ansehen konnte.

»Der ist echt. Es ist eine Bitte um Hilfe.«

»Was wirst du jetzt machen?«

»Ein Teil von mir würde gern Abstand wahren, einfach nur, um es Warner heimzuzahlen, aber ich sehe nicht, wie ich das jetzt noch kann.«

»Ich auch nicht. An deiner Stelle würde ich runter nach Quantico fahren und alles herausfinden, was es über diesen Kerl herauszufinden gibt. Schau dir die Tatorte an. Schau dir die Leichen an. Lass dir nichts von denen erzählen, sondern bilde dir deine eigene Meinung. Wenn es dein Fall ist, dann mach ihn durch und durch zu deinem Fall. Ich werde dir in jeder Weise helfen, wann immer du mich brauchst.«

Clevenger nickte.

»Du siehst besorgt aus.«

»Mir gefällt der Teil über Billy nicht«, sagte Clevenger. »Ich will nicht, dass er da mit hineingezogen wird. Er macht sich toll im Moment. Er geht jeden Tag zur Arbeit. Die Drogentests sind negativ. Und er fängt wirklich an, sich zu öffnen.« Er zuckte mit den Achseln. »Gestern Abend ist er in mein Zimmer gekommen und hat darüber geredet, wie stark seine Sucht nach Gras – und Koks – noch immer ist. Und er hat mir mehr über dieses Mädchen Casey erzählt, mit dem er herumhängt.«

»Klasse.«

»Aber ich kann nie sicher sein, dass der nächste Drogentest nicht positiv ausfällt. Ich kann mir, was ihn angeht, nie über irgendwas sicher sein.«

»Einer Sache bin ich mir bei ihm sicher«, sagte Anderson.

»Und die wäre?«

»Er weiß, wie es ist, jemanden durch Mord zu verlieren. Tief in seinem Herzen weiß er, warum du tust, was du tust.«

»Denk doch nur mal daran, wie viele Reporter schon dort draußen lauern. Und es ist gerade mal der erste Tag. Die Sache wird immer größer werden. Ich will nicht, dass er das Gefühl bekommt, mich zu verlieren. Nichts ist das wert.«

»Ich denke, wenn du ihm das sagst, wird er begreifen, dass er dich nie verlieren wird.«

Clevenger wählte Kane Warners Nummer. Die Sekretärin stellte ihn sofort durch.

»Doktor«, sagte Warner.

»Wenn wir zusammenarbeiten«, sagte Clevenger, »dann bitte keine Überraschungen mehr. Wenn Sie sich noch einmal so ein Ding mit mir erlauben, ist für mich Schluss.«

»Gut«, erwiderte Warner verkniffen.

»Hat die *Times* alles abgedruckt, was der Highwaykiller geschrieben hat?«

»Sie haben nichts zurückgehalten.«

»Ich erwarte die gleiche Behandlung.«

»Verstanden«, sagte Warner. »Aber es wird unumgänglich sein, dass Sie eng mit dem Team zusammenarbeiten, das Sie hier kennen gelernt haben.«

»Ich möchte morgen zu Ihnen kommen.«

»Ich werde Sie erwarten.«

»Eine Frage noch«, sagte Clevenger.

»Okay.«

»Wieso haben Sie entschieden, den Brief abzudrucken?«

»Das war nicht meine Entscheidung«, sagte Warner.

»Und das soll ich glauben?«

»Ich habe die *Times* gebeten, ihn nicht zu veröffentlichen. Ich halte es für viel zu gefährlich, wenn Sie aus der Distanz Freud spielen. Sie müssen nur während einer Ihrer kleinen Therapiestunden einen psychologischen Zünder drücken, und wir bezahlen dann in Leichensäcken dafür.«

»Wenn nicht Sie es waren, der grünes Licht gegeben hat«, überlegte Clevenger laut, »dann ...«

»Die Zeitung hat mich übergangen«, sagte Warner. »Sie haben sich mit dem Direktor abgesprochen.«

»Jake Hanley?«

»Jake ist ein Freund vom Verleger der *Times*, Kyle Roland. Er überlegt, daheim in Colorado für einen Senatorenposten zu kandidieren. Ein frei umherlaufender Serienmörder hilft seiner Popularität da natürlich nicht. Er will, dass diese Sache endlich ein Ende hat – egal, wie das Ende aussieht.« Warner hielt kurz inne. »Dürfte ich Sie was fragen?«

»Nur immer zu.«

»Vor einem Monat wollten Sie nicht mit mir zusammenarbeiten. Sie haben rundheraus abgelehnt. Also, was hat sich geändert? Wirft die Sache endlich genügend Publicity für Sie ab?«

Clevenger war zu wütend, um mit irgendetwas anderem als Kraftausdrücken aufzuwarten. Also schwieg er. Und während er schwieg, musste er sich die gleiche Frage stellen, die Warner ihm vorgelegt hatte. War er verführt worden? War sein Narzissmus endlich gebührend honoriert worden?

»Sie sind wahrscheinlich selbst nicht sicher, wie die Antwort lautet«, sagte Warner. »Es spielt keine Rolle. Wir gehören jetzt demselben Team an – eben nur zwei Leichen später.«

Clevenger räusperte sich. »Ich werde morgen um zehn Uhr da sein.«

»Whitney McCormick wird Sie in der Eingangshalle abholen. Sie kann Sie dann schon mal auf den neusten Stand bringen.«

Clevenger legte auf. Er schaute aus dem Fenster auf die Traube von Reportern. Er stand auf, zog das Rollo herunter, dann setzte er sich wieder an seinen Schreibtisch. Er las den

Brief des Highwaykillers ein zweites Mal. Dann schaltete er seinen Computer ein und überlegte, wie er antworten sollte.

Sein Ziel war klar. Er glaubte fest daran, dass alle Mörder selbst emotional ermordet worden waren. Indem sie ein anderes Leben oder viele Leben zerstörten, spielten sie ihren eigenen Tod nach, wobei sie diesmal die Rolle des Aggressors übernahmen statt die des Opfers – mächtig waren statt schwach. Clevenger wollte die Wurzeln der Gewalt des Highwaykillers langsam und methodisch zurückverfolgen zu den Traumata seines frühen Lebens, aus denen sie geboren worden war. Er wollte ihn dazu bringen, um seine eigene Zerstörung zu trauern, statt sie immer von neuem zu wiederholen.

Das wäre in der Tat eine Wiederauferstehung, eine Wiedergeburt des gequälten Kindes im Innern des Mörders.

Jenes Kind hatte ein Gewissen, konnte Schuld empfinden und konnte möglicherweise überredet werden, den Mörder auszuliefern oder dafür zu sorgen, dass er einen Fehler beging.

Das Kind sehnte sich nach Intimität. Um auch nur die geringste Chance zu haben, die Gewaltakte des Highwaykillers aufzuhalten, würde Clevenger diese Intimität bieten müssen.

Doch das Kind wurde auch von Angst verzehrt. Wenn Clevenger versuchte, ihm zu früh zu nah zu kommen, würde es davonlaufen.

Clevenger begann zu tippen:

> Ich erkläre mich bereit, auf jeden Ihrer Briefe zu antworten. Ich akzeptiere, dass Sie mir alles sagen werden, was Sie sagen können, ohne Ihre Freiheit aufs Spiel zu setzen. Ich werde Ihnen alles sagen, was ich sagen kann, ohne dadurch die Privatsphäre

anderer, einschließlich der meines Sohns, zu verletzen.

Ich weiß, dass Sie tief im Herzen kein Mörder sind. Ihre Güte wurde wieder und wieder von etwas überwältigt, das Ihnen fremd ist. Einem Parasiten in Ihrem Innern, der einen so unerträglichen Hunger weckt, dass Sie ihn mit dem Leben anderer stillen müssen. Ich werde diesen Parasiten den Highwaykiller nennen. Welchen Namen soll ich dem Rest von Ihnen geben?

Wie wurden Sie infiziert? Was in Ihrem Leben hat Ihnen den größten Schmerz bereitet? Erinnern Sie sich daran, wann Sie als Kind die größte Angst empfunden haben? Ist Ihnen je klar geworden, warum Sie unter einer »lähmenden Schulphobie« gelitten haben? In welchem Alter war dieser Zustand am schlimmsten? Was passierte zu jenem Zeitpunkt bei Ihnen daheim?

Wie haben sich Ihre Angstzustände angefühlt – physisch und emotional?

Wenn Sie sagen, dass Ihre Mutter ohne Fehl und Tadel und Ihr Vater ein Ungeheuer war, wirft das viele unbeantwortete Fragen auf. In welcher Weise genau hat sie ihre Herzensgüte bewiesen, und in welcher Weise genau hat er Sie leiden lassen? Sind sie geschieden? Wenn nicht, was hat sie zusammenbleiben lassen? Leben sie noch?

Von wem wurden Ihre dreihundert Geliebten angezogen – vom Highwaykiller oder von Ihnen? Wessen Verlangen haben sie gestillt – seines oder Ihres? Ist es ein Verlangen nach emotionaler Vereinigung, sexueller Vereinigung oder beidem?

In welchem Krieg haben Sie gedient? Wenn in Viet-

nam, in welchen Provinzen? Haben Sie Gefechtssituationen erlebt?
Wenn es uns gelingt, den Mörder aus Ihnen auszutreiben, was bleibt dann übrig? Wer sind Sie ohne den Highwaykiller?
Wann sind Sie sich zum ersten Mal seiner Existenz bewusst geworden?
Wie fühlen Sie sich, direkt nachdem der Highwaykiller zugeschlagen hat? Wie oft hat er getötet? Führen Sie alle Orte auf, an denen Leichen zu finden sind.
Sie haben mir eine Reihe von Fragen gestellt. Um auf die erste zu antworten, zählt zu den Verbrechen, die an mir begangen wurden, dass ich von meinem Vater geschlagen und gedemütigt worden bin. Wie Sie selbst habe ich Erfahrung aus erster Hand mit brutalen Männern. Die Antwort auf die zweite Frage nach den Verbrechen, deren ich mich schuldig gemacht habe, lautet, dass ich jahrelang versucht habe, meinen Schmerz mit Alkohol und Drogen zu betäuben.
Welche Drogen haben Sie benutzt, um den Highwaykiller in Schach zu halten?
Was machen Sie mit dem Blut, das Sie den Opfern abnehmen?
Da Sie offensichtlich die Worte großer Männer gelesen haben, schließe ich mit einem Zitat von Thomas Hardy: *»Wenn es einen Weg zum Besseren gibt, dann den, einen unerschrockenen Blick auf das Schlimmste zu werfen.«*
Lassen Sie uns in diesem Sinne beginnen, zwei Männer gegen einen Mörder.

Dr. Frank Clevenger

Als Clevenger an jenem Abend nach Hause kam, saß Billy Bishop am Tisch im Esszimmer. Er trug nur eine Jeans, kein Oberteil, und das »Let it Bleed« der Tätowierung auf seinem durchtrainierten Rücken war unübersehbar, während er sich über den Berg aus Büchern und Dutzenden von fotokopierten Zeitungsartikeln beugte, die er vor sich ausgebreitet hatte. »Was ist denn das alles?«, fragte Clevenger und trat hinter ihn. Dann sank ihm der Mut, als er die Schlagzeilen der Zeitungen überflog, alle über den Highwaykiller. Die Bücher handelten von Serienmördern. Eine düstere Ahnung ergriff ihn.

Billy warf seine Dreadlocks aus dem Gesicht und sah zu ihm hoch. In seinen Augen loderte das Feuer seiner Erregung. »Ich dachte mir, ich kann in meiner Freizeit ein bisschen mithelfen.«

»Mithelfen ...«

»Ein paar Reporter haben mich auf der Werft aufgespürt«, berichtete er, und seine Worte überschlugen sich förmlich. »Ich hab ihnen gesagt, ich hätte nichts zu sagen. Dann bin ich losgegangen und hab mir 'ne *Times* besorgt. Ich weiß, dass du den Fall übernimmst. Wie könntest du es ablehnen?« Er zwinkerte. »Da sind übrigens gut zwanzig Nachrichten von Reportern auf dem Anrufbeantworter.«

Clevenger schaute abermals auf die Artikel. Sie stammten aus Zeitungen aus dem ganzen Land.

»Ich hab hier alles, was über den Typ geschrieben wurde«, sagte Billy. »Alles vom *Oregonian* bis zur *Washington Post.*«

Eins hatte Clevenger nicht erwartet, nämlich dass Billy, statt ihm seine Verwicklung in den Highwaykiller-Fall übel zu nehmen, selbst Interesse daran zeigen würde. Doch es ergab einen Sinn. Das umwälzendste Erlebnis in seinem Leben war der Mord an seiner kleinen Schwester gewesen. Und vor jener Tragödie hatte sein brutaler Adoptivvater ihn wieder und wieder misshandelt. Wurden Menschenleben ausgelöscht, ließ ihn das zwangsläufig nicht unberührt.

Clevenger setzte sich an den Kopf des Tisches. »Ich halte das für keine gute Idee«, sagte er. »Du musst dich darauf konzentrieren, sauber zu bleiben, und dich auf die Rückkehr zur Schule vorbereiten.«

»Ich konnte ja nicht gut auf der Werft bleiben, mit all diesen Fernsehcrews um mich herum. Mr. Fitzgerald hat gesagt, ich soll den Tag freinehmen.«

»Das verstehe ich«, sagte Clevenger. »Und ich sehe, dass du mir helfen möchtest.« Er atmete tief durch und versuchte, seine Gedanken zu ordnen, damit er sie überzeugend würde vermitteln können. »Aber ich weiß auch, was du in deinem Leben durchgemacht hast. Und ich denke, du musst erst ein stärkeres Fundament aufbauen, bevor du dich in so etwas verwickeln lässt.«

»Ich bin nicht *verwickelt*. Ich will nur …«

»Ich will nicht, dass du dich von dieser Sache vereinnahmen lässt.«

Billy starrte Clevenger einen Moment lang an. Dann legte er seinen Kopf in den Nacken und blickte an die Decke. »Schon klar«, sagte er. »Du hast Angst, wenn ich mich mit all diesen Sachen beschäftige, könnte es mich vielleicht *zu sehr* beschäftigen.«

»Ich denke, es könnte eine Menge Zeit verschlingen«, sagte Clevenger. »Ich denke, es könnte dich ablenken. Und ich halte es für eine ziemlich deprimierende Sache, wenn du es genau wissen willst. Blanke Negativität, und die brauchst du im Moment in deinem Leben wirklich nicht.«

Billy sah ihn auf jene durchdringende Weise an, mit der seine emotionale Intelligenz sein Gegenüber manchmal wie ein Radargerät durchleuchtete. »*Eigentlich* meinst du, dass ich besessen davon werden könnte. Dass ich vielleicht sogar auf den falschen Weg gerate und wie *er* ende. Als Mörder.«

»Das denke ich ganz und gar nicht«, entgegnete Clevenger automatisch. Aber stimmte das? War es nicht möglich, dass sich Billy durch den Sog der Dunkelheit schließlich ganz in seinen eigenen Schatten verlor? »Du hast in deinem Leben gute und schlechte Dinge getan, Billy. Die Schlägereien in Auden liegen gerade mal einen Monat hinter uns. Du bist erst seit ein paar Wochen clean. Ich halte es für einen Fehler, dich so intensiv mit Gewalt zu beschäftigen. Mehr nicht.«

»Kein Problem«, erwiderte Billy tonlos. Er zuckte mit den Achseln und klappte die Bücher zu. »Du kannst dir die Sachen hier ja angucken, wenn du Lust hast. Ich hab 'ne Weile gebraucht, um das alles zu finden.« Seine Oberlippe begann zu zittern. »Einiges habe ich aus dem Web, aber den Rest musste ich mir von Mikrofiches in der Bibliothek beschaffen.« Er stand auf und ging zu seinem Zimmer.

»Warte«, rief Clevenger ihm hinterher. Er wollte irgendetwas sagen, um Billys Bemühungen insoweit zu würdigen, als sie tatsächlich ein Versuch waren zu helfen – ihm entgegenzukommen. »Ich weiß wirklich zu schätzen, was du …«

»Klar doch«, sagte Billy, ohne sich umzudrehen. Er ging in sein Zimmer und schloss die Tür hinter sich.

Clevenger stand auf und ging auf Billys Zimmer zu. Als er nur noch ein, zwei Schritte von der Tür entfernt war, öffnete sie sich.

Billy stand in der Tür und starrte auf den Boden. »Können wir es einfach gut sein lassen?«, bat er. »Kannst du mich wenigstens so weit respektieren, dass du mich in Ruhe lässt, wenn ich dich darum bitte?«

Clevenger nickte widerstrebend.

Die Tür schloss sich wieder.

3

1. April 2004
Chelsea, Massachusetts

Die Tür war auch um sechs Uhr dreißig noch zu, als Clevenger die Wohnung verließ, um den Pendlerflug um acht Uhr nach Washington, D. C., zu nehmen. Er traf Whitney McCormick in ihrem Büro im Hauptgebäude der FBI-Akademie in Quantico. Sie trug eine gerade geschnittene, schwarze Hose, einen schwarzen Body und einen schwarzen Blazer, der den perfekten Hintergrund für ihr glattes, blondes Haar abgab. Sie war noch immer so atemberaubend wie bei ihrer ersten Begegnung.

»Willkommen im Team«, sagte sie und streckte ihm ihre Hand hin. »Was für eine Einladung – vom Mörder höchstpersönlich.«

Um sich voll und ganz auf Billy konzentrieren zu können, hatte Clevenger seine Empfänglichkeit für weibliche Schönheit heruntergefahren, doch nicht auf null. Als er McCormicks Hand schüttelte, entgingen ihm nicht ihre weiche Haut, ihre langen, anmutigen Finger, ihre manikürten Nägel, und auch nicht eine besondere Sanftheit in der Berührung. »Ich habe gestern Abend die Rohfassung meiner Antwort geschrieben«, erklärte er. »Ich habe sie mitgebracht.«

»Toll«, sagte sie. »Dann kann ich sie umso schneller absegnen.« Sie trat hinter ihren Schreibtisch und setzte sich. »Machen Sie es sich bequem.« Sie deutete mit einem Nicken auf das Ledersofa an der Seitenwand des Büros.

»Absegnen?«, fragte Clevenger, während er Platz nahm.

»Das ist das Verfahren, auf das wir uns mit der *Times* geeinigt haben. Bevor sie irgendetwas drucken, zeigen sie es mir. Wenn ich es für bedenklich halte, geht es für eine endgültige Entscheidung an Kane Warner.«

»Ich hatte nicht erwartet, zensiert zu werden.«

»Immer mit der Ruhe«, sagte sie beschwichtigend. »Keiner wird mit dem Holzhammer daran gehen.«

»Danke für dieses Zugeständnis«, sagte Clevenger. »Aber nur damit ich es weiß, was genau wäre denn ›bedenklich‹?«

»Das lässt sich schwer sagen, bevor ich es sehe«, erwiderte sie. »Was Ihre Seite angeht, könnte ein Beispiel sein, wenn Sie unabsichtlich brisante Informationen über die Ermittlung preisgeben würden. Was die Seite des Highwaykillers angeht, zensiere ich möglicherweise Dinge, die zu schmerzhaft für die Familien der Opfer wären – etwas jenseits der Grenzen des Vertretbaren.«

»Okay.«

»Ich vermute, Sie und das FBI könnten auch verschiedener Meinung darüber sein, wie weit Sie bei diesem Burschen gehen sollten«, sagte sie in einem bedeutend weniger tröstlichen Tonfall. »Wie viel Druck Sie auf ihn ausüben sollten.«

»Das *FBI*? Gerade eben sagten Sie noch, Sie würden meine Briefe unter die Lupe nehmen.«

Sie lächelte. »Sie können sich darauf verlassen, dass ich voll und ganz hinter Ihnen stehe. Okay? Von dem, was Sie bei unserem letzten Treffen gesagt haben, weiß ich, wie Sie diesen Burschen einschätzen und was Sie erreichen wollen. Wir müssen ihn herausfordern, statt herumzusitzen und auf die nächste Leiche zu warten. Deshalb habe ich mich gegen Kane durchgesetzt, dass der Brief überhaupt veröffentlicht wird.«

»Aber …«

»Aber ich stimme mit Kane überein, dass es riskant ist. Der Schuss könnte nach hinten losgehen. Er könnte schlimmer statt besser werden.«

»Keine Frage.«

»Dann stimmen wir wenigstens darin alle überein.«

»Zumindest für den Moment«, sagte Clevenger. Er bemerkte McCormicks Diplome von der Yale Medical School und ihrer Fachassistenz in der Psychiatrie von Yale an der Wand ihm gegenüber. Daneben hing eine weiße Magnettafel, die mit Halbsätzen übersät war; zahllose Pfeile verbanden die Gedanken untereinander, und manche Worte waren drei-, viermal unterstrichen, andere durchgestrichen. »Brainstorming?«, fragte er und deutete mit einem Nicken auf die Tafel.

»Eher ein Nebel von Gedanken«, sagte sie. »Oberflächlich betrachtet gibt uns dieser Bursche alles: Die Leichen sind im Freien abgelegt; eine unverkennbare Signatur, einschließlich durchschnittener Kehlen und Blutentnahme; jede Menge Fingerabdrücke – selbst auf den Briefmarken, die er benutzt hat, um Ihren Brief an die *Times* zu schicken. Doch keine der Spuren führt irgendwo hin. Die Fingerabdrücke stimmen mit nichts in unserer Datenbank überein. Die Leichen können Tage oder Wochen oder Monate, nachdem er sie abgelegt hat, gefunden werden. Und die Opfer haben nicht das Geringste gemeinsam.«

»Er schlägt wahllos zu, weil er außer Kontrolle ist«, sagte Clevenger. »Nach dem, was er in der *Times* geschrieben hat, wird er nicht zum Töten verleitet, weil er eine Person eines bestimmten Geschlechts oder Alters oder einer bestimmten Statur oder Haarfarbe sieht. Er wird von der Einsamkeit zum Töten getrieben. Er rastet aus. Er ist nicht auf der Suche nach dem nächstbesten zwölfjährigen, braunäugigen, blonden Mädchen, das er entführen kann.«

»Ein braunäugiges, blondes Mädchen?«, fragte McCormick und neigte den Kopf. »Wo kommt das denn plötzlich her?«

Clevenger erkannte, dass er sich für sein Beispiel McCormicks Haar- und Augenfarbe geborgt hatte. »Tut mir Leid.«

Sie schmunzelte. »Erinnern Sie mich bloß daran, dass ich Sie nie wütend mache.«

»Warum sollte ich Sie daran erinnern müssen?«

Diesmal ein breites Grinsen. »So getrieben dieser Bursche auch sein mag, er geht methodisch vor«, sagte sie. »Wir haben keinen einzigen Augenzeugen, der auch nur einen flüchtigen Blick auf ihn erhascht hat. Wir wissen von keinen Fehlversuchen – dass ihm jemand entkommen wäre. Er hinterlässt keine verwertbaren Spuren am Tatort. Das alles zeugt von großer Selbstdisziplin, genauester Planung, auch wenn er uns glauben machen will, dass einfach die Pferde mit ihm durchgehen.«

»Vielleicht möchte er das selbst gern glauben«, sagte Clevenger. »Es spricht ihn von der moralischen Verantwortung frei.«

»Und der juristischen Verantwortung. Nette Vorarbeit für verminderte Zurechnungsfähigkeit, wenn wir ihn schnappen. Er kann einfach sagen: ›He, seht her, ich konnte mich einfach nicht beherrschen. Ihr müsst nur lesen, was ich in der *Times* geschrieben habe.‹« Sie hielt kurz inne. »Was ich mich langsam frage, ist, wie er seinen Hunger stillt, wenn er nicht tötet. Denn er kommt lange Zeitspannen aus, ohne jemanden umzubringen. Er muss, abgesehen von seinen Opfern, mit anderen Leuten zu tun haben, und zwar auf sehr intime Weise.«

»Er hat zumindest jede Menge Sexualpartner, so viel steht fest«, bemerkte Clevenger.

»Die bedeuten nicht zwangsläufig Intimität«, entgegnete sie.

»Stimmt.«

»Man könnte sich fragen, ob es vielleicht ein Fernfahrer ist, der kreuz und quer durch die Vereinigten Staaten fährt«, überlegte sie laut. »Er nimmt Anhalter mit, die sich lang und breit über ihr Leben auslassen, schleppt vielleicht hier und dort in einer Bar oder einer Raststätte eine einsame Frau ab und spielt Therapeut, holt sich vielleicht Prostituierte und bringt sie dazu, ihm ihr Herz auszuschütten – und manchmal genügt das. Bei anderen Gelegenheiten wiederum kann er keine Verbindung zustande bringen. Und dann tötet er.«

»Oder wenn die Verbindung nicht tief genug geht …«, warf Clevenger ein.

»Reden Sie nur weiter.«

»Vielleicht lässt er, wenn er einer Person nah genug kommt, wenn er sozusagen seinen emotionalen Schuss kriegt, diese Person gehen. Wenn nicht, tötet er, um am Moment des Todes teilzuhaben, um den nächsten Angehörigen am Sterbebett zu spielen.«

McCormick nickte. »Das würde erklären, warum die Leute sich nicht mehr wehren, um ihm zu entkommen. Er hat sich ganz in ihr Vertrauen eingeschlichen.«

»Und wenn wir damit richtig liegen«, sagte Clevenger, »dann gibt es dort draußen Leute, die ihm ausgesprochen nah gekommen sind – und überlebt haben. Wer die tiefste Bindung mit ihm eingeht, entkommt. Der hat seinen Tribut bezahlt.«

»Es wird nicht leicht werden, sie zu finden«, sagte McCormick. »Sie haben wahrscheinlich keine Ahnung, wie nah sie dran waren, Opfer zu werden.«

»Vielleicht doch, tief drinnen.« Er sah ihr in die Augen. »Sie wissen doch, dass man manchmal einem Menschen begegnet, mit dem man sich sofort verbunden fühlt?«

»Ich hab das in Filmen gesehen«, sagte sie. »In der Realität gibt es das wohl ziemlich selten, schätze ich.«

Man konnte McCormick sicher nicht vorwerfen, dass sie flirtete. »Es ist selten«, pflichtete Clevenger bei. »Deshalb vergisst man es nie wieder, wenn es einem passiert.« Er beugte sich vor. »Wenn ich irgendwie in der *Times* andeuten könnte, dass unser Mann diese Art von Gefühlen weckt«, fuhr er fort, »dann bringen wir Leute vielleicht dazu, darüber nachzudenken. Und vielleicht meldet sich ja jemand.«

»Es ist einen Versuch wert.«

Es klopfte an der Tür.

»Herein«, sagte McCormick.

Kane Warner öffnete die Tür. Er war wie immer piekfein gekleidet – diesmal in einen dunkelblauen Nadelstreifenanzug mit blutroter Krawatte und weißem Hemd. »Dr. Clevenger«, sagte er im Tonfall eines Entomologen, der einen Käfer identifiziert, den er im Gras gefunden hat.

»Kane«, erwiderte Clevenger.

»Wenn Sie beide kurz unterbrechen könnten«, sagte er und warf einen Blick zu McCormick, »wir haben ein Paket erhalten, adressiert an Dr. Frank Clevenger, z. Hd. Dr. Whitney McCormick. Es ist per Federal Express gekommen, vor etwas über einer Stunde. Der Versandschein war getippt. Als Absender ist der Name Anna Beckwith angegeben. Der Mistkerl hat sogar ihre Kreditkartennummer benutzt.«

Clevenger und McCormick folgten Warner ins Kellergeschoss der Abteilung für Verhaltensforschung, in einen Observationsraum mit einer fünfzehn Zentimeter dicken, schrägen Glaswand, die den Blick freigab auf einen anderen, kleineren Raum mit Betonboden, Ytongwänden und einer hochglänzenden Eisentür wie zum Tresorraum einer Bank. Ein ganz alltäglicher Pappkarton, etwa zwanzig Zentimeter hoch und gut fünfundzwanzig Zentimeter breit, stand auf einem Betontisch in der Mitte des Raums.

Warner griff nach dem Telefon, das an der Wand angebracht war, und sprach in den Hörer. »Wir sind so weit«, sagte er.

»Wo wurde es abgeschickt?«, fragte Clevenger.

»Pennsylvania. Eine Kleinstadt namens Windham, in der Nähe von New York. Er hat einen Federal-Express-Versandbriefkasten vor einer Ladenzeile benutzt.«

»Ist es schwer?«, fragte McCormick.

»Nicht ganz ein Kilo«, sagte Warner.

Die Tür des Raums ging auf, und ein Mann mit einer Schweißermaske vor dem Gesicht und einem langen Plexiglasschild in der Hand ging zu dem Karton. Er streckte seine Hände durch Löcher in dem Schild hindurch, direkt in die sprengstoffresistenten Handschuhe, die daran befestigt waren. Die Handschuhe waren mit einer Kohlenstoffklinge am Handteller ausgestattet. Der Mann begann, die Seiten des Kartons aufzutrennen.

»Wir haben Leute nach Windham geschickt, damit sie sich dort mal umschauen, für den unwahrscheinlichen Fall, dass das Glück ausnahmsweise auf unserer Seite ist«, sagte Warner. »Sie klappern derzeit alle Motels und Wohnwagenplätze ab.«

Der Mann, der den Karton öffnete, hatte inzwischen die Seiten aufgeschnitten und drückte die Pappe auseinander und flach auf den Betontisch.

»Könnte ein übler Streich sein«, sagte McCormick. »Bei so viel Publicity gibt es zwangsläufig Trittbrettfahrer.«

Warner schüttelte den Kopf. »Wir haben auf dem Klebeband Fingerabdrücke gefunden. Sie stimmen mit denen von den Tatorten und vom Brief an die *Times* überein.«

Clevenger schaute gespannt zu, während zerknüllte Zeitungsseiten aus dem aufgeschnittenen Karton purzelten. Er spähte angestrengt auf das, was unter ihnen zum Vorschein kaum: ein großes Schneckenhaus aus Glas, mit einem schillernden Wirbel von Farben im Innern.

»Was zum Teufel ist denn das?«, entfuhr es Warner.

Der Mann, der für die Öffnung des Kartons zuständig war, schob die Glasmuschel vorsichtig beiseite. Darunter lagen eine kleine, handgeschriebene Karte und ein getippter Brief. Warner griff abermals zum Telefon. »Wir sehen sie uns an, sobald sie überprüft worden sind.«

Der Mann hob den Daumen, um Warner zuzustimmen.

Clevenger sah McCormick fragend an.

»Sie untersuchen beides auf Fingerabdrücke hin und stellen sicher, dass kein Gift dran ist – Milzbrand zum Beispiel.«

»Dauert das lange?«, fragte Clevenger sie.

»Zwei, drei Stunden«, antwortete McCormick.

»Warum kann er sie uns nicht schon mal durch die Scheibe zeigen?«, schlug Clevenger vor.

»Sie müssten sich nur mal selbst hören«, sagte Warner zu Clevenger. »Sie hängen ja an jedem Wort dieses Blutsaugers. Denken Sie etwa, dass er vor Aufregung an seinen Nägeln kaut und die *Times* nach Ihrem Brief an ihn durchforstet? Er spielt mit Ihnen.«

»Wenigstens sind wir endlich mit auf dem Spielfeld«, hielt Clevenger dagegen.

»Es besteht kein Grund, zwei Stunden zu warten, Kane«, ging McCormick dazwischen.

»Ich schätze, Sie haben Recht«, gestand Warner zu. Er zwinkerte. »Was immer Sie beide wollen.« Er sprach in das Telefon. »Würden Sie die Karte und den Brief bitte zum Fenster bringen?«

Der Mann zog die sprengstoffresistenten Handschuhe aus, lehnte den Schild gegen den Betontisch und zog sich ein Paar Gummihandschuhe an. Dann nahm er die Karte und den Briefbogen, trug sie zum Fenster hinüber und hielt sie gegen die Scheibe.

Die Karte war jene, die Doug Holt an die Eltern seiner Verlobten Naomi geschrieben hatte, um ihnen zu danken, dass sie sie auf die Welt gebracht hatten.

Der getippte Brief lautete:

> Dr. Clevenger,
> ich missbillige zutiefst, dass Sie mit dem FBI zusammenarbeiten, so verständlich und vorhersehbar

jener erste Impuls Ihrerseits auch sein mag. Ich habe Ihnen als Bruder die Hand gereicht. Ich glaube, Sie besitzen die Fähigkeit, mir zu helfen, meiner Gewalttätigkeit ein Ende zu setzen. Ihr durch meine Festnahme ein Ende setzen zu wollen ist eine Verschwendung unserer wertvollen Zeit und Energie. Sollen sich die Kleingeister mit solcher Narretei beschäftigen.

Haben Sie Dr. McCormicks Veröffentlichungen gelesen? Es sind die Veröffentlichungen eines Jägers, nicht eines Heilers. Eines Spürhundes für die Regierung. Sie versteht nicht, anders als Alexander Solschenizyn, dass »die Grenze zwischen Gut und Böse quer durch das Herz des Menschen verläuft«. Selbst ihr eigenes Herz.

Der Versuch, mich einzusperren, mich vielleicht sogar hinzurichten, mich meines gottgegebenen Rechts zu berauben, das Böse in mir zu besiegen, erzürnt dieses Böse nur noch mehr. Kann man es denn einem Löwen übel nehmen, wenn er sich auf jenen stürzt, der ihn durch sein Zielfernrohr ins Visier genommen hat?

Stellen Sie sich vor, wie verletzt, sogar missbraucht Sie oder Dr. McCormick sich fühlen würden, wenn ich es darauf abgesehen hätte, Ihre Reise zur Heilung gewaltsam zu beenden.

Ein Mann Gottes
Den sie den Highwaykiller nennen

P S:

Bitte leiten Sie die Karte und die Glasfigur an die Eltern von Dr. Naomi Caldwell in Trout Creek, Michigan, weiter. Ihr Schwiegersohn in spe Doug Holt hat das Schneckenhaus zu Ehren ihrer Tochter gemacht. Er wollte, dass sie es bekommen. Und ich möchte das auch.

Naomi sollte den Leichnam ihres Verlobten erhalten.* Seine Seele lebt in mir.

---

* Michigan, Route 17 East, eine Meile hinter der Abfahrt von der Route 45 North

Das Team der Abteilung für Verhaltensforschung traf sich mit Clevenger im Konferenzzimmer.

»Das ist eine offene Drohung«, sagte Bob White vom Criminal Investigative Analysis Program und sah ihn über den Konferenztisch hinweg an. »Wir sollten diese ganze Idee mit der öffentlichen Psychotherapie noch einmal überdenken. Er macht uns rundheraus klar, dass das Risiko zu hoch ist.«

Kane Warner nickte.

Clevenger beugte sich in seinem Stuhl vor. »Mir gefällt es auch nicht, dass er jemandem droht«, sagte er. »Aber es könnte sich als Gewinn erweisen statt als Verlust.«

»Als Gewinn?«, fragte Warner.

»Wir haben sein Muster gestört, ohne eine einzige Antwort in der *Times* veröffentlicht zu haben«, erklärte Clevenger. »Bis jetzt hat er Jagd auf Fremde gemacht, hat wahllos getötet. Wenn er wirklich anfängt, sich so nah heranzupirschen und mich oder Whitney aufs Korn zu nehmen, dann können wir ihn vielleicht früher schnappen, als ich gedacht hatte.«

»Er ist unsichtbar«, entgegnete White. »Dass er nah herankommt – selbst nah genug, um einen von Ihnen beiden zu töten –, bedeutet nicht, dass er uns vor die Flinte läuft. Er kann wieder zurück auf den Highway verschwinden, berühmter und berüchtigter denn je zuvor.«

»Dorothy?«, sagte Kane Warner und sah zu Dorothy Campbell, die das PROFILER-System leitete.

»Es stimmt durchaus, dass die Chancen auf eine Festnahme steigen, wenn man mit dem Täter in Kontakt bleibt«, erklärte sie. »Das hat sich in allen Fällen, von Serienmördern über Geiselnehmer bis zum Unabomber, gezeigt. Es hätte sich auch in Waco bewahrheitet. Das Problem hier ist, dass wir es mit jemandem von überdurchschnittlicher Intelligenz zu tun haben, der offenkundig mit unserer Arbeitsweise vertraut ist und – zumindest was Whitney angeht – weiß, wer wir sind.«

»Es ist ja nicht gerade so, als hätte er einen Kode knacken müssen«, wandte McCormick ein. »Die Telefonzentrale gibt jedem meinen Namen. Mein Foto ist auf der FBI-Website.«

»Ich will nur auf eins hinaus«, erklärte Campbell McCormick sehr ruhig, »es besteht die Gefahr, dass er uns manipuliert – Sie eingeschlossen.«

»Mit welcher Absicht, Dorothy?«, wollte Kane Warner wissen.

»Um uns aus der Reserve zu locken«, antwortete sie. »Um zu erreichen, dass sich das FBI mit ihm einlässt, wobei es – wie Bob bereits angedeutet hat – möglicherweise seine einzige Absicht ist, sich in Szene zu setzen, sich einen Namen zu machen. Der Brief an die *Times* passt da eindeutig ins Schema.« Sie machte eine Kunstpause. »Dasselbe gälte für die Ermordung einer der Personen, die ihn fassen wollen.«

»Das kann er auch ohne die *New York Times* tun«, bemerkte Clevenger.

»Aber *mit* der *Times* hat er ein Publikum von Millionen von Leuten«, sagte Campbell. »Er wird der berühmteste Serienmörder aller Zeiten. Es ist eine Sache, das FBI zu verhöhnen. Es ist eine gänzlich andere Sache, FBI-Agenten ins Visier zu nehmen – oder Berater.«

»Ich denke, dieser Kerl lockt uns in eine Falle«, sagte White.

John Silverstein, Whites Partner beim CIAP, schüttelte den Kopf. »Vielleicht«, sagte er. »Aber ich denke trotzdem, dass wir auf diesem Weg weitergehen müssen. Wir haben nach einer Chance gesucht, die Ermittlungen auf Touren zu bringen. Hier ist sie. Wir können jetzt keinen Rückzieher machen, nur weil er die Stange höher hängt.«

»Ich glaube einfach nicht, dass er uns aus der Reserve locken will«, sagte McCormick. »Ich denke, er hofft, dass wir einen Rückzieher machen. Er versucht, uns abzuschrecken.«

»Wie kommen Sie darauf?«, fragte White zweifelnd.

»Er ist derjenige, der unter Beschuss steht – psychologisch«, antwortete McCormick. »Wenn Dr. Clevenger Erfolg hat, dann wird sich unser Mann den Dämonen stellen müssen, die sein Unterbewusstsein um keinen Preis offenbaren will. Der Mörder in ihm sucht nach einem Weg, die Therapie abzubrechen und mit dem Abschlachten weiterzumachen.«

Clevenger dachte darüber nach. Es ergab Sinn. »Und wenn wir einen Rückzieher machen, dann kann er sich sagen, dass er alles versucht hat, aber ohne Erfolg«, pflichtete er bei. »Niemand wollte ihm helfen. Er kann mit ruhigerem Gewissen weitertöten.« Er hielt kurz inne. »Ich denke, ich sollte ihn zwingen, Farbe zu bekennen, indem ich ihm versichere, dass ich autonom arbeite, dass mein Ziel ist, ihn zu heilen, nicht, ihn zu fassen.«

»Was es auch sein muss, wenn das Ganze funktionieren soll«, sagte McCormick und sah Clevenger in die Augen. »Wenn wir ihn fassen, dann wegen und nicht trotz seiner Heilung. Wenn Sie Ihre Arbeit machen und wir unsere, dann schnappen wir ihn.«

»Ich denke trotz allem, dass Sie es sich noch mal überlegen sollten«, sagte Warner zu ihr. »Sie überschätzen, wie zugänglich Soziopathen für jede Art von Psychotherapie sind, von einer Therapie, die sich vor den Augen der Öffentlichkeit abspielt, ganz zu schweigen. Und Sie unterschätzen die persönliche Gefahr, in die Sie sich begeben.«

»Ich denke nicht, dass wir einen besseren Plan haben«, entgegnete McCormick. »Und ich denke nicht, dass es der Öffentlichkeit gute Dienste leistet, wenn ich nur an meiner eigenen Sicherheit interessiert bin, auf Kosten des nächsten Opfers.«

Warner atmete tief durch. »Ich sehe nicht, dass Direktor Hanley seine ursprüngliche Meinung ändert, wenn nicht eine einstimmige Bitte vom Team kommt.« Er sah Bob White an, der bestürzt den Kopf schüttelte.

»Schieben Sie nicht mir den schwarzen Peter zu«, sagte McCormick. »Jake Hanley hat immer ein offenes Ohr. Jeder, der wirklich überzeugt ist, dass wir die Sache besser abblasen, sollte sich an ihn wenden.«

»Dafür ist *mein* Einfluss nicht groß genug«, erwiderte Warner. Er zwinkerte ihr zu.

John Silverstein zuckte sichtlich zusammen.

Dorothy Cambell räusperte sich.

McCormick platzte der Kragen. »Was soll das denn heißen?«

»Nichts«, sagte Warner.

»Denken Sie wirklich, Jake Hanley tut, was ich ihm sage?«, fragte McCormick.

»Ich will mich nicht mit Ihnen anlegen, Whitney«, beschwichtigte Warner. »Aber ich werde auch nicht so tun, als seien hier alle Gleiche unter Gleichen. Die McCormicks sind dem Direktor im Moment sehr wichtig. Wenn Sie das nicht glauben wollen, dann ist das Ihre Sache.« Er bedachte sie mit einem arroganten Achselzucken. »Ich habe das nicht beleidigend gemeint.«

»Natürlich nicht«, gab sie zurück.

Im Raum herrschte Schweigen.

Warner machte sich daran, die Unterlagen vor ihm einzusammeln. Sein Handy klingelte. Er griff in die Brusttasche seiner Anzugjacke, holte es heraus und klappte es auf. »Kane Warner.« Eine Pause. »Bestens. Ich sorge dafür, dass Dr. Hiramatsu umgehend informiert wird.« Er klappte das Handy wieder zu. »Die State Trooper in Michigan haben Doug Holts Leiche gefunden«, sagte er, »genau da, wo unser Mann es beschrieben hat. Sie fliegen sie mit dem Hubschrauber her.«

Das Schweigen im Raum wurde bleiern.

»Hat für den Moment sonst noch jemand irgendwas, das er besprechen möchte?«, fragte Warner und schaute in die Runde.

Einige schüttelten den Kopf.

»Na schön«, sagte Warner.

»Was sollte das denn?«, fragte Clevenger McCormick auf dem Rückweg zu ihrem Büro.

»Mein Dad«, antwortete sie. »Dennis McCormick.«

»*Der* Dennis ...«, setzte Clevenger an, doch er biss sich auf die Zunge, als er sah, dass die Antwort ihr bereits ins Gesicht geschrieben stand. Es überraschte ihn, dass er die Verbindung nicht längst schon selbst gezogen hatte. Whitney McCormicks Vater war ein ehemaliger Top-FBI-Agent, der es zum Kongressabgeordneten gebracht hatte und jetzt an einflussreicher Stelle Spenden für politische Kampagnen eintrieb. Er war an der Aufklärung des Nightstalker-Falls und des Son-of-Sam-Falls beteiligt gewesen, bevor er das FBI verlassen hatte, um seine politische Karriere zu beginnen. In jüngerer Zeit war er überall im Land aktiv, um konservativen republikanischen Kandidaten in den Sattel zu helfen.

»Kane denkt, mein Vater habe die Macht, Entscheidungen des FBI zu beeinflussen. Er denkt außerdem, dass mein Vater mir meinen Job besorgt habe.«

Clevenger sagte nichts.

McCormick blieb stehen und drehte sich zu Clevenger um. »Machen Sie schon. Fragen Sie.«

»Okay«, sagte Clevenger und sah McCormick in die Augen. »Kann Ihr Vater Entscheidungen des FBI beeinflussen?«

»Keine Ahnung«, erwiderte sie.

»Klingt wie eine ehrliche Antwort.«

»Sie haben den harten Teil der Frage nicht gestellt.«

Clevenger zögerte.

»Sie verletzen schon nicht meine Gefühle.«

»Haben Sie Ihren Job Ihrem Vater zu verdanken?«, fragte er.

»Ich weiß es nicht«, sagte sie. Ihre Schultern schienen leicht zu sacken.

»Eine weitere ehrliche Antwort. Darf ich Ihnen jetzt die einzige Frage stellen, die wirklich zählt?«

McCormick nickte.

»Haben Sie Ihren Job verdient? Sie sind was, fünfunddreißig? Leitende forensische Psychiaterin des FBI? Sind Sie wirklich so gut?«

Ein neuer Ausdruck trat auf McCormicks Gesicht – eine Mischung aus amüsiertem Stolz und gnadenloser Entschlossenheit. Es beantwortete die Frage, ohne dass sie ein Wort sagen musste.

»Ich denke auch«, sagte Clevenger. »Ich habe mit den besten forensischen Psychiatern des Landes zusammengearbeitet. Sie können jedem Einzelnen von denen das Wasser reichen.«

Sie lächelte. »Bedeutet das, ich habe freie Hand, Ihren Brief an die *Times* zu redigieren?«

»Ganz sicher nicht.«

»Hatte ich auch nicht erwartet.«

4

Am Donnerstag, dem 3. April 2004, druckte die *New York Times* Clevengers Brief an den Highwaykiller wortgetreu ab, mit einer Versicherung von Clevenger, dass er nicht direkt mit dem FBI zusammenarbeite. Am 5. April erhielten sie die Antwort des Highwaykillers, geschickt per Federal Express vom Versandbriefkasten vor einem Bürogebäude in Rogers City, Michigan, am Huronsee, nahe dem Mackinaw State Forest:

> Dr. Clevenger,
> meine früheste Erinnerung (nur geringfügig abgewandelt, um zu verhindern, dass dem Gedächtnis anderer auf die Sprünge geholfen wird) ist eine Geburtstagsfeier, die meine Mutter für mich gegeben hat, als ich vier wurde. Sie fand in einem kleinen Park in der Nähe meines Zuhauses statt. Ein sonniger Tag im Mai. Grünes Gras. Blumen. Eine sanfte Brise. Eine Schaukel und eine Rutsche. Ein Klettergerüst.
> Meine Mutter hatte ein Karussell mit bunt angemalten Holzpferden für mich und ein Dutzend Freunde gemietet. Sie tischte ein Festmahl aus Eiskrem, Zuckerwatte und Keksen auf. Es gab Spiele und Gewinne.
> All das war ein ausgesprochener Luxus. Wir besaßen nicht viel.
> Ich war glücklich an jenem Tag. Ich erinnere mich, dass ich von Stolz überwältigt wurde. Das war mein Geburtstag. Das waren meine Freunde. Sie feierten mich, schenkten mir Matchboxautos, Stofftiere, Bücher, Malfarben.

Doch noch wichtiger als mein Geburtstag und meine Freude war für mich meine Mutter – hübsch, lebhaft, doch vor allem gütig und zärtlich. Während ich auf meinem Karussellpferd ritt, erhaschte ich flüchtige Eindrücke, wie sie lächelte, lachte, mir eine Kusshand zuwarf. Momentaufnahmen eines Engels. Sie gab mir an jenem Tag ein ganz besonderes Geschenk, das ich selbst jetzt noch bei mir trage, um mich daran zu erinnern, dass ich einst rein und verletzlich war – ein liebendes Kind, das keiner Seele ein Leid angetan hatte.
Meine Freunde und ich spielten stundenlang. Als ich schließlich mit meiner Mutter nach Hause ging, fühlte ich mich wie ein siegreicher Held, in der Hand meine Kriegsbeute, während in meinem Kopf all die wunderbaren Dinge herumwirbelten, die auf einen vierjährigen Jungen warteten. Ich stand an der Schwelle, lesen zu lernen, meine Schnürsenkel selbst zuzubinden, ein Fahrrad ohne Stützräder zu fahren. Die Tür unseres Hauses stand offen. Meine gute Laune verflog schlagartig. Mein Vater war daheim. Er stürzte sich auf uns, sobald wir ins Haus traten, versetzte meiner Mutter mit dem Handrücken eine Ohrfeige, die sie zu Boden warf, und schrie sie an, er habe ihr doch gesagt, dass kein Geld für »die Scheißfeier für diesen kleinen Bastard« da sei. Ich stellte mich zwischen die beiden, und er versetzte auch mir einen Schlag mit dem Handrücken. Mein Blickfeld verschwamm. Ich fiel auf den Boden. Ich schmeckte Blut in meinem Mund. Mein Schneidezahn wackelte, wenn meine Zunge dagegen stieß. Herausgerissene Seiten aus meinen Büchern, zerfetzte Gliedmaßen von meinen Stofftieren, meine

Matchboxautos regneten auf mich herab. Dann musste ich mit ansehen, wie er jedes einzelne Auto mit dem Absatz seines Schuhs zermalmte.
Meine Mutter kauerte weinend in der Ecke. Ich wünschte damals, ich wäre älter, größer, stärker, imstande, sie zu verteidigen. Sie hielt einen Finger an ihre wunderschönen Lippen, um mich zu warnen, ich solle still sein, dann warf sie mir eine weitere Kusshand zu. Und selbst mit dem Geschmack meines eigenen Blutes im Mund fühlte ich mich sicher und geborgen, ja siegreich über das Ungeheuer, das sich mein Vater nannte.
Ich war siegreich mit meinem Blut in meinem Mund. Im Alter von vier Jahren. Erklärt das den inneren Frieden, den ich empfinde, wenn ich das Blut von anderen schmecke?
Oder ist der bessere Anhaltspunkt die Hilflosigkeit, die ich an jenem Tag empfand, die völlige Unfähigkeit, jemanden, den ich liebte, zu beschützen. Denn im Töten, ebenso wie im Sex, liegt eine unleugbare Macht, ein Überwältigen, ein schrecklicher, endgültiger Triumph.
Da ist auch Vereinigung. Sind meine Mutter und ich in jenem Haus des Schreckens gemeinsam einen spirituellen Tod gestorben? Kehre ich, wenn ich einen sterbenden Mann oder eine sterbende Frau umarme, in ihre Arme zurück, wie ich es mir so oft sehnsüchtig wünsche?
Ohne direkt auf Ihre Frage nach meiner engeren Familie einzugehen (was dazu dienen könnte, mich ausfindig zu machen), lassen Sie mich nur schlicht sagen, dass mein Vater für mich tot ist. Meine Mutter wird für mich immer lebendig sein.

Um auf eine andere Ihrer Fragen zu antworten, ich glaube, meine Angstzustände konzentrierten sich nur deshalb auf die Schule, weil ich von der Person, die ich über alles liebte, getrennt war. Vielleicht machte ich mir um ihre Sicherheit daheim Sorgen. Ich kann mich nicht erinnern.

Ich kann mich allerdings erinnern, wie sich die Angstzustände anfühlten. Ich befand mich im Zustand der Auflösung. Es gab keinen physischen Schmerz, eher ein Gefühl völliger Unordnung. Entropie. Die Panik, dass meine Realität, mein Selbst entwurzelt waren und mir möglicherweise entgleiten würden. Für immer.

Ich empfinde die gleiche Angst, wenn mein Drang zu töten am stärksten ist. Doch jetzt ist physischer Schmerz ein Hauptbestandteil meines Leidens. Schreckliche Kopfschmerzen. Schmerzen im Kiefer. Herzklopfen. Kurzatmigkeit.

Nach dem Töten lassen all diese Symptome nach. Ich empfinde tiefen Frieden. Ein völliges Einssein mit dem Universum.

Ich habe Alkohol und Marihuana ausprobiert, um den Highwaykiller zu besänftigen, doch es war fruchtlos.

Bei welchem Namen sollen Sie den verängstigten Jungen in mir nennen? Wie soll ein Heiler den Teil von mir ansprechen, der auf dem Fußboden in meinem Elternhaus Blut geschluckt oder auf dem Schulhof nach seiner Mutter geweint hat? Jenes gute Kind? Nennen Sie ihn Gabriel, einen Boten Gottes, ein Echo meiner Unschuld.

Ihnen die letzte Ruhestätte jeder Leiche zu nennen wäre übereilt. Unsere Beziehung steht erst am Anfang. Doch ich verstehe die Bedeutung, die Familien sterblichen Überresten zusprechen. Alles wird zu seiner Zeit zurückgegeben werden. Für den Anfang suchen Sie die ersten fünfzig Meter jenseits der Abfahrt 42, Route 70, nahe Moab, Utah, ab.

Haben Sie je den Wunsch verspürt zu töten, Frank? Haben Sie Alkohol und Drogen konsumiert, um jenen Drang zu betäuben? Bemühen Sie sich so sehr, Mörder zu verstehen, um sich selbst zu verstehen?

Wie hat Ihr Vater Sie gedemütigt? Geben Sie Beispiele. Wenn Sie möchten, dass ich Ihnen gegenüber weiterhin offen bin, seien Sie es auch mir gegenüber.

Sie können nicht hoffen, den Kern meiner Psychopathologie aus der Distanz zu ergründen.

Ein Mann Gottes
Den sie den Highwaykiller nennen

Wenige Stunden später flog Clevenger aus Boston ab, um sich mit Whitney McCormick an der Stelle in Utah zu treffen, die der Highwaykiller beschrieben hatte. Er hatte North Anderson gebeten, sich um Billy zu kümmern, solange er fort war.

Während des Flugs begann er, an seiner Antwort zu arbeiten. Er wollte Gabriel stärken, den Teil des Mörders, der unschuldig und anständig geblieben war.

Er war überzeugt, dass Gabriel vor allem deswegen nicht mit dem Morden aufhören konnte, weil er schwach war – zu rein, zu gut, gänzlich losgelöst von der dunklen Seite seiner Persönlichkeit, der »Schatten«-Seite, zu der auch Aggression gehörte.

Gabriel war ganz Mitgefühl, ein Spiegelbild seiner Mutter.

Der Highwaykiller war blanke Wut, ein Spiegelbild seines Vaters.

Um die Oberhand zu gewinnen, würde Gabriel sich dieser dunklen Seite öffnen müssen. Wie ein Chirurg, der einen Tumor entfernt, würde er ein Skalpell an seine Seele ansetzen und einen entschlossenen Schnitt machen müssen.

Der Highwaykiller bestand zu Recht darauf, dass Clevenger ihm von den Demütigungen erzählte, die er als Kind erlitten hatte. Er fragte zu Recht, ob sich in Clevengers Beruf, Mörder zu suchen, eine Faszination fürs Destruktive widerspiegelte. Denn er musste sich ein Beispiel daran nehmen, um zu lernen, wie er seinen eigenen Zorn in das Verlangen umwandeln konnte, andere zu beschützen.

Sie können nicht hoffen, den Kern meiner Psychopathologie aus der Distanz zu ergründen.

Clevenger würde mit seinen eigenen Narben vorangehen müssen, mit den aufrichtigen Bekenntnissen eines Mannes, der sich daran erinnerte, wie es war, als Kind zu leiden.

Der Gedanke machte ihm Angst, teils weil ihm die Aussicht, seine Traumata wieder aufleben zu lassen, nicht sonderlich gefiel, teils weil Millionen von Menschen Dinge über ihn lesen würden, die zutiefst persönlich waren – und peinlich.

Das schloss North Anderson ein. Und Kane Warner. Und Whitney McCormick. Und Billy.

Doch worin bestand die wirkliche Gefahr? Verlassenheit? Isolation? Glaubte er tief im Inneren seines Herzens gar nicht, was er jedem Patienten gesagt hätte: dass sich selbst zu offenbaren – besonders die Teile, die unbedingt verborgen bleiben wollen – der Weg zu wahrer Liebe und Selbstachtung ist?

Wenn er es nicht ertragen konnte, in der *New York Times* die Wahrheit zu sagen, wie konnte er es dann von Gabriel verlangen?

Sie können nicht hoffen, den Kern meiner Psychopathologie aus der Distanz zu ergründen.

Er griff nach seinem Kugelschreiber und begann zu schreiben:

> Gabriel,
> mein Vater, inzwischen verstorben, hat mich auf die übliche und auf unübliche Weise gedemütigt. Wenn er betrunken war, hat er mich mit seinem Gürtel geschlagen. Ich lernte schnell, mich nicht vor ihm zu verstecken, weil es dann nur noch schlimmere Prügel setzte, sobald er mich fand. Ich erinnere mich, dass ich mich fragte, wie jemand, der nur mit Mühe aufrecht stehen konnte, mich dennoch im hintersten Winkel des Hauses aufspürte – zusammengekauert in einem Kleiderschrank, unter einem Bett, hinter einem alten Mantel, der im Keller hing.

Clevenger legte seinen Kopf gegen die Nackenstütze und verlor sich in der Erinnerung. Er konnte förmlich den Schnapsatem seines Vaters riechen, konnte seine blutunterlaufenen Augen sehen, Augen, die beängstigend ausdruckslos blieben, selbst wenn er zuschlug. Clevenger holte tief Luft und beugte sich vor, um weiterzuschreiben.

> Sobald er nach Hause kam, suchte er Streit. Im Gegensatz zu Ihrer Mutter mangelte es meiner an dem Mut, seinen Zorn abzufangen. Sie begrüßte ihn oftmals mit einer übertriebenen Beschwerde über irgendein Unrecht, das ich ihr im Lauf des Tages angetan hatte. Ein unordentliches Zimmer. Eine nur halb aufgegessene Mahlzeit. Reale oder eingebildete »Frechheiten«.

> Es kam so weit, dass ich ihn mit ihr zusammen an der Tür empfing, um es hinter mich zu bringen.

Eine weitere Erinnerung tauchte vor seinem geistigen Auge auf und bettelte dann, nicht auf dem Papier zu landen. Er zwang sich, sie niederzuschreiben:

> Ich trug nichts unter meiner Jeans, weil es zu demütigend und zu beängstigend war, wenn mein Vater meine Unterwäsche herunterzog. Mehr als einmal ging mir durch den Sinn, dass er diesen Teil besonders genoss. Und ich wusste nicht, ob sein Vergnügen reiner Sadismus oder teilweise sexueller Natur war. Ich schätze, ich wollte es nicht wissen und will es wahrscheinlich noch immer nicht.
>
> Nüchtern war er sogar noch einfallsreicher und bediente sich psychischer statt physischer Folter. Eins seiner Lieblingsspielchen war es, meine Mutter und mich hereinzulegen, indem er uns versprach, wir würden zu einem Rummelplatz gehen oder zum Strand fahren oder den Hund kaufen, den ich mir so sehnsüchtig wünschte. Wir fuhren die Straße entlang und kamen sogar bis zum Parkplatz eines Jahrmarkts. Und dann schüttelte er seinen Kopf und lachte. Nur die Pointe wechselte:
>
> »Denkst du wirklich, dass du dich hier amüsieren und auf den Karussells fahren kannst, wo dein Zimmer immer so unordentlich ist? Das glaubst du doch selbst nicht.«
>
> »Denkst du, ich lass dich auf einen Hund aufpassen, wo du noch nicht mal auf dich selbst Acht geben kannst? Das glaubst du doch selbst nicht.«
>
> »Denkst du, du könntest am Strand herumlüm-

meln, wenn deine Hausaufgaben auf dich warten? Das glaubst du doch selbst nicht.«

Rückblickend ist das Seltsamste an dieser ganzen abgedroschenen Masche, wie oft ich darauf hereingefallen bin, wie sehr ich an eine verborgene Güte glauben wollte, wie groß meine Hoffnung war, dass meine Welt froh und sonnig werden würde – und wenn auch nur für einen Tag.

Ich hasste ihn. Auf gewisser Ebene tue ich das immer noch, obgleich ich weiß, dass er ein gebrochener Mann war und selbst schwer litt.

Als Kind habe ich mir mehr als einmal vorgestellt, ihn umzubringen. Ist dieser Mörder noch immer in mir?

Clevenger legte seinen Kugelschreiber hin und lehnte seinen Kopf wieder gegen die Nackenstütze.

Der Ruck, mit dem das Flugzeug auf der Landebahn des Canyonlands Field Airport aufsetzte, weckte ihn. Er traf sich mit Whitney McCormick in der Kaserne der Wayne County State Police. Sie fuhren in einem Transporter der State Police die Route 70 entlang, zusammen mit zwei State Troopers und Dr. Kent Oster, dem Leichenbeschauer des Bezirks.

Dem Eisregen vom Vormittag folgte am Nachmittag strahlender Sonnenschein. Auf dem Weg nach Moab passierten sie die flirrenden Panoramen der Route 70, die sich durch die San-Rafael-Wüste zog, an den majestätischen Books Cliffs und dem Arches National Park vorbei, und dann in einem weiten Bogen nach Norden auf die Canyons von Colorado zuführte.

An der Abfahrt 42 hielten sie an. Nach nur fünfzehnminütiger Suche rief Trooper Gary Novick die anderen zu sich herüber.

Als Clevenger hinkam, war McCormick bereits dort.

»Es ist ziemlich schlimm«, sagte sie und starrte auf einen unkrautüberwucherten Pfad.

Clevenger blickte in dieselbe Richtung wie McCormick und sah eine verweste Frauenleiche, vollständig bekleidet in einem schlichten geblümten Kleid und einer mintgrünen Strickjacke. Er ging darauf zu, blieb jedoch schon nach drei Schritten wieder stehen. Der Kopf war vom Körper abgetrennt worden. Clevenger schaute sich um und entdeckte ihn ein paar Meter entfernt in einem Laubhaufen. Die Augen waren offen und starrten ihn an, dünne graue Haarsträhnen flatterten im Wind. »Mein Gott«, murmelte er.

Dr. Oster kniete neben der Leiche und reckte seinen Hals, um die Wunde in Augenschein zu nehmen. »Unser Mann muss ziemlich kräftig sein«, erklärte er. »Die Wirbelsäule ist glatt durchtrennt worden.« Er beugte sich dichter darüber. »Sie liegt mindestens schon einige Monate hier«, sagte er. Er zog sich Chirurgenhandschuhe an, spähte in den Halsausschnitt von dem Kleid der Frau, schaute hinüber zu dem ledrigen, körperlosen Gesicht. »Siebzig. Vielleicht fünfundsiebzig.« Er stand auf, ging zu dem Kopf hinüber und ging daneben in die Hocke. »Eindeutige traumatische Verletzungen im Gesicht. Mehrfache Brüche – Kiefer, Jochbogen. Die Stirnhöhlen sind zertrümmert.«

»Das hier ist nicht der freundliche, sanfte Highwaykiller«, feixte Jackie McCune, einer der State Troopers, augenzwinkernd. »Diesmal sind ihm wohl ein bisschen die Pferde durchgegangen.«

»Vollkommene Raserei«, sagte McCormick. »Diese Frau ist ihm unter die Haut gegangen.«

Die Troopers begannen, die Umgebung nach Spuren zu durchkämmen.

Clevenger ging zur Leiche. Er starrte auf die entblößten

Arme der Frau. »Ich sehe keine Anzeichen, dass er ihr Blut abgenommen hat«, bemerkte er.

Oster trat zu ihm. Er hob sacht nacheinander beide Arme an und untersuchte die Ellbogengrube. »Keine Einstichstelle«, sagte er. »Könnte irgendwo anders am Körper sein. Ich werde das Pathologieteam vom FBI darauf ansetzen.«

Der andere Trooper, der sich als Matt vorgestellt hatte, kam mit einer Handtasche aus dem Wald. »Zehn Meter weiter«, sagte er. Er hielt einen Führerschein hoch. »Paulette Bamberg. Dreiundsiebzig. Hat draußen an der Olde Pointe Road gelebt.« Er sah zu Clevenger und McCormick. »Das ist knapp zehn Meilen von hier.«

»Ich schicke einen Officer hin«, sagte Jackie McCune.

5

Schneeregen hatte eingesetzt. Clevengers und McCormicks Flüge waren beide um zwei Stunden verschoben worden, und sie nutzten die Zeit für ein Abendessen im Flughafen.

»Dieses Opfer fällt aus dem Rahmen«, sagte sie.

»In mehr als einer Hinsicht. Ich weiß, dass wir kein demographisches Muster gefunden haben, in dem die Opfer übereinstimmen würden«, sagte Clevenger, »aber das hier ist das erste alte weibliche Opfer, von dem wir wissen.«

Sie schüttelte den Kopf. »Warum haben wir das nicht schon früher gesehen?«

»Es ist schwer, eine Lücke in einem so diffusen Muster zu erkennen, wie es der Highwaykiller hinterlassen hat«, sagte Clevenger. »Ich denke, Paulette Bamberg ist genau der Mittelpunkt in diesem Muster. Der Hot Spot. Ich denke, sie hat eine Explosion in ihm ausgelöst.«

»Wenn wir mit seinem geschätzten Alter richtig liegen, war sie alt genug, seine Mutter zu sein. Aber er vergöttert seine Mutter. Oder sagt zumindest, dass er das tut.« Sie trank einen Schluck von ihrem Mineralwasser.

»Er idealisiert sie«, sagte Clevenger. »Niemand ist durch und durch gut. Aber in Anbetracht der täglichen Misshandlungen durch seinen Vater musste er glauben, dass jemand ihn bedingungslos liebt. Meine Vermutung: Sie hat ihn letztendlich schwer enttäuscht, und damit ist er nie fertig geworden.«

»Nun, von diesem Thema lassen wir vorerst besser die Finger. Wir können es uns wirklich nicht leisten, ihn mit irgendeiner verborgenen Wut zu konfrontieren, die ihn, statt Kehlen durchzuschneiden, Köpfe abtrennen lässt.«

»Ich glaube nicht, dass wir den Geist wieder zurück in die Flasche bekommen«, bemerkte Clevenger.

Der Kellner trat an den Tisch. »Ist alles nach Ihren Wünschen?«

Clevenger sah zu McCormick, die nickte. »Bestens«, sagte er.

McCormick nahm den Faden ihrer Unterhaltung wieder auf. »Erwähnen Sie es einfach nicht.«

»Er hat uns ausgeschickt, eine von wer weiß wie vielen Leichen zu finden. Bewusst oder unbewusst will er darüber reden, was wir gefunden haben. Und das Bedeutsamste, das wir gefunden haben, sind Beweise für mordlüsterne Raserei.«

McCormick schüttelte den Kopf. »Wenn ein Patient während der Therapie durch eine beiläufige Bemerkung in Ihnen den Verdacht entstehen ließe, dass er als Kind missbraucht wurde, würden Sie auch nicht notwendigerweise darauf herumreiten. Sie würden es stattdessen im Hinterkopf behalten und zu einem späteren Zeitpunkt ansprechen – und sehr vorsichtig.«

»Vielleicht, vielleicht auch nicht.«

»Ich meine, dass Sie keinen Zusammenbruch riskieren würden, indem Sie zu schnell zu weit gingen.«

»Er hat keine beiläufige Bemerkung gemacht. Er hat jemanden enthauptet. Das ist nicht gerade subtil.«

Sie lächelte. »Schreiben Sie Ihren Brief, und wir werden uns dann darüber streiten.«

»Warum nicht jetzt?«

Sie wich einer Antwort aus. »Haben Sie schon angefangen? Mit dem Brief?«

Clevenger nickte.

»Warum erlauben Sie mir nicht eine kleine Leseprobe?«

Ein vertrautes Zögern war seine erste Reaktion, und er interpretierte es als inneren Widerstand, jener Beklommenheit gleich, mit der er seinem eigenen Psychoanalytiker begegnet war, bevor er sich geöffnet hatte.

»Irgendwann werde ich ihn sowieso lesen müssen«, sagte sie.

Er zog den Brief aus seiner hinteren Hosentasche, entfaltete ihn und reichte ihn ihr.

Sie las und sah gelegentlich mit einer Mischung aus Besorgnis und Wärme im Blick zu Clevenger hinüber. Schließlich legte sie den Briefbogen auf den Tisch. »Ich hatte keine Ahnung, dass Sie so etwas durchgemacht haben.«

»Es gehört nicht zu den Dingen, die ich normalerweise publik mache«, erwiderte er.

»Sind Sie sicher, dass Sie es jetzt tun wollen?«

»Nein«, sagte er. »Aber er hat von vornherein klar gemacht, dass diese Sache quid pro quo läuft. Was ich gebe, werde ich empfangen. Und ich glaube ihm.«

»Was, wenn er mehr verlangt, als Sie geben können?«

»Ich muss bereit sein, über meinen Schatten zu springen. Denn letzten Endes verlange ich sogar noch mehr von ihm. Ich werde ihn auffordern, seine Freiheit aufzugeben.«

»Was ist die eine Sache, die Sie um keinen Preis enthüllen würden?«

Clevenger lächelte. »Sie zuerst.«

McCormick verweigerte eine Antwort. »Ich will auf Folgendes hinaus: Was immer es sein mag, es ist Ihr letzter Trumpf, Ihr Ass im Ärmel. Spielen Sie es nicht zu früh aus.«

»Ein guter Rat.«

»Gelegentlich überrasche ich mich selbst.« Einen Moment lang herrschte Schweigen. Sie legte ihre Gabel hin und sah ihn an, neigte dabei ihren Kopf auf eine sehr attraktive, sehr feminine Art. »Okay, ich zuerst.«

Er dachte, sie würde einen Witz daraus machen. »Sind Sie sicher, dass Sie Ihr Trumpf-Ass so früh ausspielen wollen?«

»Warum nicht?« Sie errötete auf die gleiche attraktive Art wie eine Woche zuvor in Quantico. »Mein Vater ist ein so übermächtiger Mensch in meinem Leben gewesen, dass kein anderer Mann dem Vergleich mit ihm standhält.«

Clevenger verblüffte diese Offenbarung.

»Ich meine, es ist eindeutig nichts Sexuelles«, fügte sie eilig hinzu. »Aber er ist ein so begabter Mann. Er hat so viele interessante Facetten. Und er ist immer sehr fürsorglich gewesen. Wenn mir etwas auf der Seele liegt, hört er mir zu. Und er hört *wirklich* zu.«

»Und das haben Sie bei niemandem sonst finden können.«

»Ein paarmal dachte ich, ich hätte, aber es hielt nie lange. Irgendwie scheint es so, als würden Männer, sobald man erst mal mit ihnen ins Bett gegangen ist, emotional den Riegel vorschieben, statt sich zu öffnen. Ich weiß nicht, ob das an mir oder an ihnen liegt. Und ich weiß nicht, ob es für alle Männer gilt oder nur für die, die ich mir aussuche.«

»Wen suchen Sie sich üblicherweise aus?«, wollte Clevenger wissen.

»Chirurgen, schon seit dem Medizinstudium«, sagte sie.

»Einen Neurochirurgen. Einen Schönheitschirurgen. Einen Augenspezialisten. Sogar einen Fußspezialisten.«

»Alles nicht gerade Sparten, die fürs Zuhören berühmt sind.«

Sie atmete tief durch. »Vielleicht wäre ich ja bereit, mich mit weniger zu begnügen, wenn ich nicht die ungeteilte Aufmerksamkeit meines Vaters genossen hätte.«

»Oder vielleicht hätten Sie, wenn Sie sich nicht mit weniger begnügen würden, das Gefühl, ihn aufs tote Gleis abzuschieben, ihn zu verraten.«

Das traf. »Möglich ...«

»Aber letztendlich zählt nur eins – Sie müssen sich überhaupt nicht mit irgendetwas begnügen«, sagte Clevenger und war selbst überrascht von der offensichtlichen Zuneigung in seiner Stimme.

In ihren Augen stand deutlich zu lesen, dass sie es gern hörte. »Sie sind dran«, drehte sie den Spieß um. »Was ist die eine Sache, die Sie nicht in der *New York Times* veröffentlichen würden?«

Die Antwort kam wie aus der Pistole geschossen. »Ich denke, dass ich von meinem Vater geschlagen wurde ...« Er biss sich auf die Zunge und zwang sich, die tatsächliche, im hintersten Winkel seines Bewusstseins verborgene Wahrheit zu betrachten. »Ich glaube, er hat mich daran zweifeln lassen, ob ich irgendetwas wert war – als Mensch. Als Mann. Ich glaube, mein ganzes Leben ist ein einziger Versuch zu beweisen, dass ich etwas wert bin.«

»Nur Sie?«, fragte sie. »Oder wollen Sie beweisen, dass letztendlich jeder einen Wert hat? Sogar Mörder. Sogar der Highwaykiller.«

Diesmal war es Clevenger, der tief durchatmete. Er dachte unwillkürlich nicht nur an sein eigenes Leben, sondern auch an das von Billy Bishop. »Wenn der eigene Vater einen nicht als vollwertigen Menschen sieht, ist es sehr schwer, den eigenen Wert zu erkennen, den Teil von sich selbst zu sehen, der real ist und wesentlich – den Teil, der es tatsächlich wert ist, geliebt zu werden. Vielleicht ist das eine Angewohnheit von mir geworden. Wahrscheinlich will ich für alle das tun, was er nicht für mich tun konnte – oder wollte.« Aus irgendeinem Grund schnürte sich ihm die Kehle zusammen. Vielleicht, weil er genug gesagt hatte, vielleicht, weil er zu viel gesagt hatte. »Verstehen Sie?«, brachte er mit Mühe heraus.

McCormick antwortete, indem sie ihre Hand über den Tisch streckte und die seine ergriff.

Er strich mit seinem Daumen an ihrem entlang, dann über ihren Handballen und ihre Handfläche.

»Ich verstehe dich«, sagte sie.

Der Schneeregen hatte sich in einen Wolkenbruch verwandelt. Die einzige Gewissheit an jenem Abend war, dass absolut nichts von Canyonlands Field abfliegen würde. Clevenger und McCormick fuhren in einem Taxi zum Marriott am Flughafen.

Clevenger rief von unterwegs Billy an.

»He«, meldete er sich. Er klang müde.

»Wie geht's dir?«

»Gut«, antwortete er abfällig.

»Ich sitze hier wegen des Wetters über Nacht fest. Warum setzen wir uns nicht morgen, wenn ich wieder da bin, zusammen und reden?«

»Geht klar.«

»Ich sollte so um drei herum zu Hause sein.«

»Egal. Ich werd da sein.«

»Hör mal«, sagte Clevenger, »ich vermisse …« Doch Billy hatte bereits aufgelegt. Die Betroffenheit war Clevenger deutlich vom Gesicht abzulesen, als er sein Handy ausschaltete.

»Er muss dich mit dem FBI teilen«, bemerkte McCormick. »Und mit dem Highwaykiller.«

Clevenger nickte.

»Vielleicht solltest du ihn nächstes Mal nach Quantico mitbringen. Wir könnten eine VIP-Führung für ihn arrangieren.«

»Ich möchte ihn von meiner Arbeit fern halten«, sagte Clevenger. »Er hat genug Gewalt mit ansehen müssen.«

McCormick nickte halbherzig.

»Was überlegst du?«, fragte Clevenger.

»Es geht mich wirklich nichts an«, sagte sie.

»Immer raus damit.«

Sie nickte. »Er lebt gerade wegen deiner Arbeit mit dir zusammen. Du *warst* schließlich schon ein forensischer Psychiater, als du in sein Leben hereingeschneit bist und ihn davor bewahrt hast, lebenslänglich ins Gefängnis zu wandern.«

»Und?«

»Und du bist noch immer ein forensischer Psychiater. Warum willst du so tun, als sei es nicht so?«

»Er hatte in letzter Zeit Probleme mit Gewalt und Drogen«, gestand Clevenger.

»Und du machst dir Sorgen, dass er die Kontrolle über sich verlieren könnte, wenn er deiner Arbeit zu nah kommt. Du denkst, er würde nur umso gewalttätiger werden.«

Billy hatte Clevengers Sorge in der gleichen Weise verstanden. »Möglich«, gestand Clevenger zu.

»Interessant«, sagte sie.

»Was soll das heißen: *interessant*?«

»Bist du sicher, dass du nicht projizierst? Dem Brief zufolge, den du mir gerade gezeigt hast, hast du Angst, tief in *dir* könne ein Mörder lauern. Das bedeutet nicht, dass er auch einen in sich trägt.«

»Ich sehe, was du meinst.«

»Das sagen Leute meistens, wenn sie dem widersprechen wollen, was sie gehört haben.«

Clevenger lächelte sie an. Vielleicht wäre es tatsächlich besser, Billy in sein Berufsleben einzubeziehen, selbst in die dunkelsten Winkel. Vielleicht war Billy widerstandsfähiger, als Clevenger dachte. Aber es schien ihm immer noch sehr riskant.

»Also …«, sagte McCormick. »Ich sollte eins klarstellen – wir nehmen zwei Zimmer.«

»Wir können drei nehmen, wenn du möchtest«, sagte Clevenger sanft. Er ergriff ihre Hand. »Ich habe keine Eile, Whitney.« Ihren Namen auszusprechen wärmte ihm das Herz. »Aber nur damit du es weißt, ich werde nicht aufhören, dir zuzuhören, nachdem wir zum ersten Mal miteinander geschlafen haben.«

»Falls wir je miteinander schlafen.«

»Falls«, gestand Clevenger zu.

McCormick legte ihre Hand auf sein Knie.

Clevenger blieb bis nach Mitternacht auf und beendete seinen Brief an Gabriel alias der Highwaykiller:

> Als Kind habe ich mir mehr als einmal vorgestellt, ihn umzubringen. Ist dieser Mörder noch immer in mir?
> Zweifelsohne. Wenn auch nur als Keim. Und je mehr ich jenen ungeborenen Teil von mir berühren kann, je stärker ich die tiefe Hilflosigkeit und Wut fühle, die die Gewalttätigkeit meines Vaters hervorgerufen hat, desto unwahrscheinlicher wird es, dass er je geboren wird.
> Ich nehme meinen Schmerz an. Sie weigern sich, den Ihren zu akzeptieren. Sie beschreiben, dass Sie sich »mit Blut in Ihrem Mund« siegreich gefühlt hätten,

weil Sie sich der Liebe Ihrer Mutter gewiss waren. Doch Ihr Triumphgefühl war nur ein Verteidigungsmechanismus gegen die tiefer liegenden Gefühle des Schreckens und der Schwäche. Als Vierjähriger haben Sie sich nie der grausamen Wahrheit gestellt, dass es Ihr Blut war, das in Ihren Mund lief, dass Sie machtlos waren, sich selbst zu verteidigen, und dass niemand sonst Sie beschützen wollte oder konnte.

Jetzt suchen Sie nach der ultimativen Macht über andere – lassen sie leben oder sterben –, als ob das Ihre Demütigung und Hilflosigkeit ausradieren könnte.

Sie sprechen davon, starke körperliche Schmerzen zu haben – Migräne, Kieferkrämpfe. Sie leiden unter schrecklichen Angstzuständen – Herzklopfen, Kurzatmigkeit. Doch ich bezweifle, dass Sie echte Traurigkeit oder Zorn empfinden. Denn das Schlimmste, was Sie als Kind durchgemacht haben, bleibt weiterhin in Ihrem Unterbewusstsein verschlossen.

Welchem Trauma haben Sie sich bis jetzt nicht zu stellen gewagt, Gabriel? Welche verdrängte Wut ist explodiert, als Sie auf Paulette Bamberg trafen? Was war es an dieser alten Frau (einer Frau im Alter Ihrer Mutter?), das Sie völlig die Kontrolle über sich verlieren ließ, sodass es nicht mehr genügte, die letzten Momente eines sterbenden Menschen mitzuerleben, sondern notwendig wurde, so brutal zu töten? So bestialisch. Und warum haben Sie ihr kein Blut abgenommen? Würde es Sie vergiften, Paulette Bamberg in sich zu haben?

Oder bestand Paulette Bambergs einzige Sünde

darin, dass Sie dem Highwaykiller gegenüber reserviert blieb, ihre Distanz wahrte und nie die außergewöhnliche und unmittelbare Intimität erlebte, die Sie, wie ich glaube, in anderen wachrufen, sodass sie ihre Herzen ausschütten, wie sie das nie zuvor getan haben; dass sie sich einem Fremden in einer Weise öffnen, die sie ihr Leben lang erinnern würden, fände ihr Leben nicht ein so jähes Ende?

Ich habe Sie nach den sterblichen Überresten aller Opfer des Highwaykillers gefragt. Sie haben mir eine Leiche gegeben, die anders als die übrigen war. Warum?

Ich bin überzeugt, die Antwort wird der Anfang vom Ende für den Highwaykiller sein.

Es klopfte an seiner Zimmertür. Clevenger sah auf die Uhr. Null Uhr fünfzig. »Wer ist da?«, rief er.

»Whitney.«

Er ging zur Tür und öffnete sie. McCormick stand davor. Sie war barfuß und trug eine verwaschene Jeans und ein altes, graues FBI-Sweatshirt. In legerer Kleidung sah sie noch atemberaubender aus.

»Kannst du nicht schlafen?«, fragte er.

»Ich bin froh, dass wir zwei Zimmer genommen haben«, sagte sie.

»Okay …«

»Aber ich denke nicht, dass wir beide benutzen sollten.«

Clevenger fasste sie bei der Hand, zog sie ins Zimmer und in seine Arme, dann drückte er sie sanft gegen die Tür, die sich schloss. Sie küssten sich leidenschaftlich, überließen sich ihren Lippen und Zungen, fachten gegenseitig ihren Hunger an. Dann stieß McCormick ihn ohne Vorwarnung und beinahe wütend weg. Sie grinste über seine Verblüffung, zog sich das

Sweatshirt über den Kopf und ließ es auf den Boden fallen. Sie war von der Taille aufwärts nackt. Er trat einen Schritt näher, streckte seine Hände aus, strich mit seinen Fingern sanft über ihre Brüste und sah, wie sich ihre Brustwarzen bei der Berührung aufrichteten. Dann sank er auf die Knie, öffnete den Hosenbund und den Reißverschluss ihrer Jeans und küsste ihren Bauch. »Ich wollte dich vom ersten Moment, als ich dich gesehen habe«, flüsterte er.

»Das könnte ein schlechtes Zeichen sein«, sagte sie, und ihre Worte erstarben, als Clevenger seine Hand zwischen ihre Schenkel schob.

»Könnte sein«, pflichtete er bei. Er stand auf, nahm sie auf seine Arme und trug sie zum Bett.

Sie liebten sich zuerst zärtlich, dann ungezügelt – zwei Menschen, die beständig am Abgrund lebten und sich für einen kostbaren Moment ineinander verloren und ihrer Leidenschaft und ihren Frustrationen und Hoffnungen und Bedürfnissen freien Lauf ließen, bis sie erschöpft waren und still nebeneinander lagen und einander in die Augen sahen.

»Du hattest viele Frauen«, sagte sie.

»Wie bitte?«, erwiderte er. »Ich hab dir gerade nicht zugehört.«

Sie lachte. »Leck mich«, sagte sie.

Dann liebten sie sich von neuem.

6. April 2004
Abreise aus Utah

Clevenger zeigte McCormick seinen vollendeten Brief, kurz bevor sie beide an Bord ihrer jeweiligen Flugzeuge gingen, ihres mit Abflugzeit zwölf Uhr fünfundzwanzig, seines mit Abflugzeit zwölf Uhr fünfzig. Sie schüttelte den Kopf. »Hör zu«, sagte sie. »Ich habe versprochen, hinter dir zu stehen, und das werde ich auch tun. Aber du willst ihm geradewegs an die Kehle gehen, und ich möchte, dass du dir das noch mal überlegst. Während er psychisch ausblutet, könnte er eine Menge fremdes Blut vergießen.«

»Früher oder später wird er sich seinen Dämonen stellen müssen«, sagte Clevenger. »Ich finde, es kann ebenso gut früher sein.«

Aus der Lautsprecheranlage tönte der letzte Aufruf für McCormicks Flug.

»Wenn er in seinem nächsten Brief negativ reagiert, überlegen wir uns eine andere Methode«, sagte sie.

»Abgemacht.«

Sie wandte sich zu ihrem Flugsteig um.

»Du wirst mir fehlen«, sagte Clevenger, abermals überrascht von seinen eigenen Worten. Es war lange her, dass er zugelassen hatte, etwas für eine Frau zu empfinden. Es machte ihm Angst.

Sie drehte sich um und vergewisserte sich verlegen, dass niemand Clevengers Worte mit angehört hatte, einer der State Troopers zum Beispiel oder ein gerissener Reporter oder ein FBI-Agent, der verdeckt in diesem Fall ermittelte. Als sie niemanden sah, legte sie ihre Hand auf ihr Herz und streckte sie dann nach ihm aus.

Jonah Wrens hatte alles mit angesehen – und gehört. Er saß in einem Nadelstreifenanzug aus hellgrauer Schurwolle, einem hellblauen Hemd und einem blau in blau gestreiften Schlips am Flugsteig; seine Aktentasche stand neben ihm auf dem Boden, und er tat so, als würde er den *Sentinel and Telegraph* von Salt Lake lesen. Sein Herz hämmerte. Seine Augen brannten. Er hatte sich geöffnet. Er hatte vertraut. Und er war verraten worden. Clevenger hatte nie die Absicht gehabt, ihm in seinem Ringen um Erlösung zu helfen. Er wollte ihn einsperren.

Er hatte versprochen, nicht mit dem FBI zusammenzuarbeiten, doch dann hatte er sich unverzüglich mit ihnen eingelassen – mit Whitney McCormick, der Jägerin.

Jonah hatte durch ein Fernglas von einem Hügel eine halbe Meile entfernt beobachtet, wie der Transporter der Utah State Police am Straßenrand knapp jenseits der Abfahrt 42 angehalten hatte, hatte sie alle aussteigen sehen und gebetet, dass Clevenger nicht unter ihnen sein würde. Doch dann hatte er ihn entdeckt, hatte ihn klar und deutlich als den Betrüger erkannt, der er war. Und die allzu vertraute Einsamkeit hatte wieder angefangen, an seiner Seele zu nagen, ihn auszuhöhlen, ihn die Leere und die Todesqual fühlen zu lassen.

Die Schmerzen waren jetzt noch schlimmer. Er musste nachtanken, musste sein Mark mit dem Lebensblut eines anderen stärken. Und wessen Blut wäre dazu besser geeignet als das des Mannes, der versprochen hatte, seinem Leiden ein Ende zu setzen.

Er stand von seinem Sitz neben dem Flugsteig auf, griff durch ein Loch in seiner vorderen Hosentasche und umfasste den Griff des Jagdmessers, das er mit Klebestreifen an seinem Oberschenkel festgemacht hatte. Er riss es mit einem Ruck los. Dann bewegte er sich auf Clevenger zu und stellte sich vor, wie er ihn anlächeln würde, als seien sie alte Freunde, wie er ihn mit einer Umarmung überraschen, ihm dann die Klinge unterhalb seines Brustbeins in den Leib rammen und die linke Herzkammer durchbohren würde, um ihm gleichzeitig ins Ohr zu flüstern, wie sehr sein eigenes Herz litt, wie verzweifelt er sich nach Heilung gesehnt hatte, dass Clevenger seine letzte Chance, seine einzige Hoffnung gewesen wäre. Dann würde er einfach davongehen und Clevengers Leiche hinter sich zurücklassen, würde so viel wie möglich vom Geist des Mannes in sich aufnehmen, die reine Wahrheit nämlich in seinen sterbenden Augen, und würde damit entfliehen.

Vielleicht war das tatsächlich der einzig ehrliche Teil, den er von Clevenger erwarten konnte.

Er war bis auf fünf Schritte heran … vier … drei … und dann wandte Clevenger plötzlich seinen Blick um und sah ihn an. Nur einen Moment lang, mehr nicht. Das Fenster tat sich auf und schloss sich sogleich wieder. Doch Jonah vermeinte durch dieses Fenster geradewegs in Clevengers Seele geschaut zu haben, vermeinte eine außergewöhnliche Intelligenz, etwas Starkes und Hemmungsloses, gesehen zu haben, doch gleichzeitig Verletzungen und Bedürftigkeit, Leere und Einsamkeit. Er sah Teile von sich selbst. Und jenes Spiegelbild lockerte seinen Griff um das Jagdmesser und löschte seinen lodernden Zorn und ließ ihn völlig klar sehen.

Er erinnerte sich daran, dass ihm während seines Studiums der Dekan der Johns Hopkins Medical School, Jonahs Mentor, gesagt hatte, dass es im Leben solche Momente gab – Momente der Offenbarung –, doch Jonah hatte nie zuvor einen erlebt. Jetzt sah er den Plan, den Gott für ihn hatte, in seiner Gesamtheit: geheilt zu werden, doch gleichzeitig zu heilen.

Was für ein erhabener, geschlossener Kreis: Er und Clevenger würden einander erlösen. Zwei Psychiater, die Herz und Verstand vereinigten und eins wurden.

Wer vermochte schon zu sagen, ob er sich um Hilfe an Clevenger gewandt hatte oder Clevenger an ihn. War es nicht offensichtlich, dass die Hand Gottes sie zueinander geführt hatte? Stimmte es nicht, dass er nie von Clevengers Existenz gewusst hätte, wäre da nicht ein Bericht in den Fernsehnachrichten gewesen, der sie beide miteinander in Verbindung brachte? Und war es nicht offensichtlich gewesen – selbst für das FBI –, dass Clevengers gesamtes Berufsleben auf diesen Moment hingeführt hatte?

Als Jonah an Clevenger vorbeiging, hörte er wie zum ersten Mal Clevengers Abschiedsworte an Whitney McCormick. *Du wirst mir fehlen.* Und erinnerte sich an Clevengers Gesichtsausdruck, der ihm verraten hatte, dass diese Worte von Herzen kamen. Clevenger verliebte sich in eine Frau, die nicht lieben konnte, eine Frau, die kein Mitgefühl kannte, eine Frau, die ihn in ein schwarzes Loch der Verzweiflung stoßen würde.

Jonah konnte ihn retten. Jonah konnte heilen, was in Clevenger kaputt war, jene zerbrochenen Teile seiner Psyche, die sich in McCormicks klebrigem Netz verfingen. Und Jonah glaubte fest daran, dass er dabei auf Gottes unergründlichen Wegen und zu einem gottgefälligen Zeitpunkt ebenfalls gerettet werden würde.

6

Daheim in Chelsea wachte Billy Bishop endlich auf. Es war dreizehn Uhr zehn. Er stützte sich auf seinen Ellbogen und betrachtete die sechzehnjährige Casey Simms, die neben ihm auf der Matratze noch immer fest schlief. Sie lag auf der Seite, sodass ihr die langen kastanienbraunen Locken über die Schultern fielen. Ihr Bauchnabel war mit einem Diamantstecker gepierct, und ihr Kreuz zierte ein tätowierter Strichkode, wie er an Supermarktkassen eingescannt wird.

Sie waren bis nach drei Uhr früh auf gewesen, hatten wieder und wieder Sex gehabt und sich unter dem Einfluss von gutem Gras endlos über alles und nichts ausgebreitet. Es war Caseys Gras gewesen. Sie hatten darüber gesprochen, wie Billy seine kleine Schwester verloren hatte, und über das Zusammenleben mit Clevenger und darüber, wie cool es war, dass sein Name in der *New York Times* gestanden hatte, und dass jeder in der Auden Prep und ihrer Schwesternschule, der Governor Welch Academy, wo Casey hinging, über Billy redete, der jetzt berühmter war als je zuvor. Und sie hatten darüber gesprochen, dass Caseys Eltern sie einfach nicht verstanden, dass ihr Vater sich nur für das Geschäft und Tennis interessierte und dass ihre Mutter sich nur für das Geschäft und Einkaufen und Tennis interessierte, und darüber, dass Casey einen Hass hatte auf ihre eine Stunde nördlich von Boston gelegene Heimatstadt Newburyport, wo die Straßen wie eine Filmkulisse von 1890 aussahen, mit gewollt pittoresken Ladenfronten unter gewollt pittoresken, goldverzierten Holzschildern an makellos gepflasterten Bürgersteigen mit altmodischen Gaslaternen, die nichts als Lügen, weil nachgemacht waren. Billige Imitationen. Casey wollte echt sein, spontan, lebendig, im Hier und Jetzt verankert. Sie wollte nach L. A. ziehen und Schauspielerin werden.

Sie drehte sich auf den Rücken und präsentierte ihre echten sechzehnjährigen Brüste, deren Brustwarzen mit echtem vierzehnkarätigem Gold gepierct waren. Die beiden Stecker hatten sie die Hälfte ihres zweiwöchigen Taschengelds gekostet.

»Ich muss hier abhauen, bevor er nach Hause kommt«, sagte Billy.

Er fühlte sich ein wenig schuldig, weil er das Gras geraucht hatte, aber er hatte nicht annähernd so viel wie Casey geraucht, und er gab ihr und der Auden Prep und Clevenger und Mr. Fitzgerald von der Werft achtzig Prozent der Schuld an seinem Ausrutscher. Schließlich war es nicht Billy gewesen, der die Joints überhaupt gekauft hatte. Er war nicht derjenige gewesen, der entschieden hatte, die Schule zu verlassen. Er war nicht derjenige gewesen, der die Prügeleien vom Zaun gebrochen hatte, denen letztendlich sein Rausschmiss zu verdanken war. Er war nicht derjenige gewesen, der die Reporter wieder in sein Leben geholt hatte. Er war nicht derjenige gewesen, der auf der Werft zwei Schlepper angenommen hatte, um sie Stunde für Stunde, Tag für Tag abzuschleifen und anzustreichen, obwohl sie nur noch dafür taugten, im Bostoner Hafen versenkt zu werden. Und er war auch nicht derjenige gewesen, der entschieden hatte, allein in Chelsea zurückzubleiben, während Clevenger mit der scharfen, blonden FBI-Psychiaterin, die Billy im Fernsehen gesehen hatte, quer durchs Land jettete.

»Willst du das wirklich tun?«, fragte Casey. »Abhauen?«

»Nur für 'ne Weile«, sagte Billy. »Zwei, drei Tage. Ich muss meinen Kopf klar bekommen.«

»Du kannst zu unserer Hütte in Vermont rauffahren. Ich hab den Schlüssel. Sie liegt am Lake Champlain, am Stadtrand von Burlington. Die Hütte ist echt cool. Total ohne Komfort. Mit Holzofen und so. Hat meinen Großeltern gehört. Im Winter fährt da nie jemand rauf.«

Billy hätte nicht in Worte fassen können, warum er sich absetzen wollte. Und er hätte die Wahrheit geleugnet – dass er um Clevengers Aufmerksamkeit buhlte. Er wusste nur, dass er sich lausig fühlte – gleichermaßen einsam und besorgt und wütend – und dass er vor diesem Gefühl weglaufen musste. »Du darfst es aber niemandem verraten«, sagte er.

»Würde ich das tun?« Sie ließ ihre Hand über Billys geschmeidigen, muskulösen Bauch gleiten. »Geh noch nicht gleich.«

Er hatte Sex mit Casey, wie er Gewichte stemmte – um zu beweisen, dass er stark war, dass er ein echter Mann war, dass er unverwundbar war. Er wollte sie überall berühren, um zu beweisen, dass er unberührbar war. Und wenn sie ihre Beine anspannte, ihr Kreuz durchbog und aufschrie, hatte er das Gefühl, ihm würde eine große Last von den Schultern genommen, und er seufzte in einer Weise, die das Mädchen fälschlicherweise annehmen ließ, er sei gleichzeitig mit ihr gekommen. In Wahrheit war er längst fort.

Casey verließ den Loft als Erste. Billy räumte die Überreste ihrer Joints weg, schrieb eine Nachricht, dass er »ein paar Tage« weg sein würde, dann verließ er das Haus durch den Hinterausgang im Keller, um den Reportern zu entgehen, die sich auf dem Bürgersteig vor dem Gebäude drängten. Er nahm den Pendlerzug von Chelsea zur Bostoner South Station und kam gerade rechtzeitig, um mit dem »Vermonter« der Amtrak Punkt vierzehn Uhr fünfzig nach Burlington abzufahren, über Springfield, Massachusetts, eine Fahrt von insgesamt neuneinhalb Stunden.

Er schlief den ganzen Weg nach Springfield. Dort hatte der Zug zwei Stunden Aufenthalt, also genehmigte er sich einen Cheeseburger und Fritten und durchstöberte die Geschäfte im Bahnhof. Er kaufte sich eine verspiegelte Sonnenbrille und ein Halstuch. An einem Zeitungskiosk entdeckte er die *New York Times*, überflog die Titelseite und sah, dass sie einen weiteren Brief vom Highwaykiller abgedruckt hatten, jenen, den Clevenger einen Tag zuvor gelesen hatte, bevor er nach Utah aufgebrochen war, um dort Paulette Bambergs Leiche zu finden. Billy versuchte sich zu zwingen, einfach daran vorbeizugehen, versuchte sich zu beweisen, wie wenig ihn kümmerte, was Clevenger trieb, wie klar und deutlich er verstanden hatte, dass er sich aus Clevengers Angelegenheiten und aus seinem Leben heraushalten sollte. Doch er schaffte es nicht ganz. Weil es ihm eben nicht egal war. Er kaufte eine Ausgabe, klemmte sie sich unter den Arm und sagte sich, dass er sie im Zug lesen würde – wenn, und genau dann, wenn ihm danach zumute war.

Die Zeitverschiebung und eine einstündige Verspätung seines Rückflugs nach Boston führten dazu, dass Clevenger erst um kurz vor einundzwanzig Uhr zu seinem Loft zurückkehrte. Dort wartete noch immer ein Dutzend Fernseh- und Zeitungsreporter, die ihn mit ihren Fragen überfielen, ob er tatsächlich seine Verbindung mit dem FBI gekappt habe, ob der Highwaykiller bei ihrer öffentlichen Psychotherapie die Oberhand gewinne oder nicht, ob der Highwaykiller seiner Schätzung nach jung oder alt, schwarz oder weiß, vielleicht sogar eine Frau sei. »Kein Kommentar« lautete seine einzige Antwort, während er sich einen Weg durch die Menge bahnte und jetzt eine Salve bedeutend persönlicherer Fragen heraufbeschwor, auf die Clevenger überhaupt nicht antwortete: Hatte er seinen Drogenkonsum wirklich unter Kontrolle? Hatte er sich je harte Drogen gespritzt? Hatte er das Jugendamt über seinen Drogenkonsum in Kenntnis gesetzt, bevor er Billy Bishop adoptiert hatte? Würde er jene Information jetzt enthüllen?

Er hatte schon fast die Eingangstür erreicht, als Josh Resnek, der Herausgeber des lokalen *Chelsea Independent*, ihm eine Frage zurief, die ihn stehen bleiben und sich widerstrebend umdrehen ließ. »Was passiert, wenn Sie diesen Kerl heilen, aber nie schnappen?«, fragte Resnek. »Können Sie damit leben, Doc?«

Die anderen Reporter verstummten.

Resnek war ein hoch gewachsener Mann um die fünfzig, schlecht rasiert, mit verwitterter Haut und einem vollen, ewig zerzausten Schopf grauer Haare. Er sah aus wie der Trommler auf dem Gemälde *Spirit of '76*, nur gute zwanzig Jahre jünger. Damals, als Clevenger seine Tage noch mit drei Scotch in der Alpine Lounge ein Stück die Straße von seinem Loft runter beschlossen hatte, war Resnek – teils Reporter, teils Philosoph, teils Genie, teils Irrer – so ziemlich die beste Gesellschaft gewesen, die er sich an der langen Theke erhoffen konnte. Der Mann kannte sich wie kein Zweiter in Sport, Politik und Geschichte der letzten Jahrzehnte in Chelsea aus. Und wenn die beiden bei ihrer dritten Runde angekommen waren, hatten sie manchmal richtig miteinander geredet – über den Ärger mit der Familie und den Unterschied zwischen Recht und Gerechtigkeit und das Wunder weiblicher Schönheit und die Angst vor dem Tod.

»Wenn ich ihn heile, ihn aber nie schnappe?«, wiederholte Clevenger, um auf Zeit zu spielen.

»Genau das will er doch, oder nicht?«, hakte Resnek nach. »Geheilt werden, ohne geschnappt zu werden. Und Sie sind ein Meister darin, Leuten in den Kopf zu schauen. Deshalb hat er Sie ja überhaupt ausgesucht.«

Clevenger ließ sich das Szenario, das Resnek ausgemalt hatte, durch den Kopf gehen. Und die Antwort, die ihm einfiel, kam nicht nur aus seinem Herzen, sondern war auch das, was der Highwaykiller hören wollte, zum Glück, da die Reporter – einschließlich derjenigen der nationalen Fernsehsender – sich nichts entgehen ließen, was Clevenger zu sagen hatte. »Mir geht es nur darum, dass er gesund wird und aufhört, Menschen umzubringen«, erklärte er. »Alles andere ist Sache des FBI.«

Er drehte sich um und öffnete die Tür.

»Wollen Sie damit sagen, dass Sie denen nicht helfen werden, ihn zu schnappen?«, rief ihm ein Reporter von CNN nach.

Clevenger stieß die Tür zu und lehnte sich einen Moment lang mit dem Rücken dagegen, bevor er die vier Etagen zu seinem Loft erklomm.

Im Loft war die Luft noch immer vom süßlichen Geruch des Marihuanas geschwängert. Er rief Billys Namen, erhielt keine Antwort, sah in seinem Zimmer nach, doch es war leer. Er folgte dem Geruch zu der Stelle, wo er am stärksten schien, zog den Abfalleimer unter der Küchenspüle heraus und sah die Kippen und die Asche, die Billy dort hineingeworfen hatte. Sein Puls schoss in die Höhe, und sein Kiefer verkrampfte sich. Der Junge würde noch an diesem Tag in den Entzug wandern, basta. Kein Katz-und-Maus-Spielen mehr. Entzug, oder er würde ihn auf die Straße setzen. Die Wahl lag bei Billy. Dann entdeckte er die Nachricht, die Billy auf die herausgerissene Seite eines Notizbuchs gekritzelt und auf die Arbeitsfläche in der Küche gelegt hatte. Er las sie. »Das ist doch wohl nicht dein Ernst«, entfuhr es ihm mit zusammengebissenen Zähnen. »Scheiße!« Doch sein Zorn wurde von Schuldgefühlen und Sorge davongespült. Schuldgefühle, weil er es Billy offensichtlich übel nahm, dass er seine Aufmerksamkeit vom Highwaykiller abzog – als sei die Ermittlung und nicht die väterliche Fürsorge seine höchste Priorität. Sorge, weil sich Billy schon unter Clevengers Augen in alle möglichen Schwierigkeiten hineinmanövriert hatte und das nur schlimmer werden konnte, wenn er auf sich allein gestellt war.

Er wählte die Nummer von Billys Handy, hörte es jedoch in seinem Zimmer klingeln. Er rief zu Hause bei North Anderson an.

Anderson meldete sich.

»Ich bin's, Frank«, sagte Clevenger.

»Willkommen daheim. Du hast also in Utah festgesessen, ja? Mit McCormick. Junge, du hast ein Glück, da kann einem echt …«

»Hör zu, ich könnte wirklich deine Hilfe brauchen.«

»Ich hab deine Nachricht über die Leiche erhalten«, sagte Anderson. »Geköpft. Der Bursche kommt auch immer mit was Neuem.«

»Nicht nur bei den Ermittlungen«, erwiderte Clevenger. »Es geht um Billy. Er ist abgehauen.«

»Abgehauen? Ich hab ihn gestern am späten Nachmittag gesehen. Er hatte eine Verabredung mit dieser Casey.«

»Er hat mir eine Nachricht hinterlassen, dass er ›ein paar Tage‹ weg sein wird. Er hat auch einen Berg Marihuana herumliegen lassen. Er nimmt wieder Drogen. Und es ist ihm offensichtlich egal, ob ich es weiß.«

»Meine Güte«, entfuhr es Anderson. »Irgendeine Ahnung, wo er hin ist?«

»Nicht die leiseste. Ich weiß nicht, ob Casey irgendetwas damit zu tun hat. Nach der Menge an Asche im Abfalleimer zu urteilen, war eindeutig genug Marihuana im Spiel, um sie beide high werden zu lassen.« Er schüttelte frustriert den Kopf, als ihm aufging, dass er Casey nie kennen gelernt hatte und sich nicht einmal an ihren Nachnamen erinnerte.

»Wo wohnt sie?«, fragte Anderson.

»Newburyport, glaube ich. Zumindest ist Billy ein-, zweimal dorthin gefahren, wenn er sich mit ihr getroffen hat. Ich weiß, dass sie ihn auch ein paarmal mittags auf der Werft besucht hat. Vielleicht hat sie ihn durch jemanden dort kennen gelernt. Oder sie geht auf eine der Schulen, mit denen Auden Prep seine ›bunten Abende‹ veranstaltet.« Er seufzte. »Nach allem, was ich weiß, könnte sie sein Dealer sein.«

»Ich fang mit der Werft an, dann fahr ich zur Auden Prep«, erklärte Anderson. »Wir werden sie finden. Mit etwas Glück kann sie uns sagen, wo er hin ist.«

»Ich kenne ein paar Cops in Newburyport«, sagte Clevenger. »Ich kann denen Bescheid sagen.«

»Ich kümmere mich um alles, Frank. Ich hab ein, zwei Vermisstenfälle bearbeitet, wie du vielleicht weißt. Ein-, zweihundert, genauer gesagt. Du hast im Moment alle Hände voll zu tun.«

Das war ein Schlag unter die Gürtellinie, obgleich nichts an Andersons Tonfall erkennen ließ, dass es seine Absicht gewesen war. »Genau das könnte das Problem sein«, gestand Clevenger.

»He, du darfst dich nicht immer selbst …«

Clevenger war nicht bereit, sich Andersons wohl gemeinte

Ratschläge anzuhören. »Ruf mich umgehend auf meinem Handy an, sobald du was herausgefunden hast, ja?«

»Geht klar.«

Billy war schon fast in Burlington, Vermont, als er das Leselicht anknipste, die *New York Times* aus dem Gepäcknetz vor ihm zog und anfing, den Brief des Highwaykillers zu lesen. Er las von der idyllischen Geburtstagsfeier im Park, dann las er wieder und wieder die Schauergeschichte von seiner Rückkehr nach Hause:

> Die Tür unseres Hauses stand offen. Meine gute Laune verflog schlagartig. Mein Vater war daheim. Er stürzte sich auf uns, sobald wir ins Haus traten, versetzte meiner Mutter mit dem Handrücken eine Ohrfeige, die sie zu Boden warf, und schrie sie an, er habe ihr doch gesagt, dass kein Geld für »die Scheißfeier für diesen kleinen Bastard« da sei. Ich stellte mich zwischen die beiden, und er versetzte auch mir einen Schlag mit dem Handrücken. Mein Blickfeld verschwamm. Ich fiel auf den Boden. Ich schmeckte Blut in meinem Mund. Mein Schneidezahn wackelte, wenn meine Zunge dagegen stieß. Herausgerissene Seiten aus meinen Büchern, zerfetzte Gliedmaßen von meinen Stofftieren, meine Matchboxautos regneten auf mich herab. Dann musste ich mit ansehen, wie er jedes einzelne Auto mit dem Absatz seines Schuhs zermalmte.
>
> Meine Mutter kauerte weinend in der Ecke. Ich wünschte damals, ich wäre älter, größer, stärker, imstande, sie zu verteidigen. Sie hielt einen Finger an ihre wunderschönen Lippen, um mich zu warnen, ich solle still sein, dann warf sie mir eine weitere

Kusshand zu. Und selbst mit dem Geschmack meines eigenen Blutes im Mund fühlte ich mich sicher und geborgen, ja siegreich über das Ungeheuer, das sich mein Vater nannte.

»Quatsch, du wolltest sie beschützen«, sagte er laut.

Ein dicker Mann, der auf der anderen Seite des Gangs schlief, regte sich, grunzte und schlief weiter.

Billy starrte kopfschüttelnd auf die Zeitungsseite. »Und sie hat dir eine Kusshand zugeworfen?«, flüsterte er. »Das glaubst du doch wohl selbst nicht.«

Er musste sich nicht sonderlich anstrengen, um sich an die Gefühle zu erinnern, die die Prügel in ihm ausgelöst hatten, als er vier Jahre alt war. Seine Mutter war zu Hause gewesen. Aber er hatte zu viel Angst gehabt, um auch nur daran zu denken, sie zu beschützen. Er war vollauf damit beschäftigt gewesen, nicht zu weinen, denn Tränen löschten den Zorn seines Vaters nicht, sie fachten ihn nur noch mehr an. Und seine Mutter warf ihm keine Kusshände zu, während der Riemen seines Vaters ihm die Haut aufriss. Sie schloss sich im Badezimmer ein, damit sie nicht auch den Riemen zu spüren bekam und nicht mit ansehen musste, was ihm geschah.

Hasste er sie? Nein. Sie war unbedeutend, machtlos, gefangen wie er selbst. Aber sie hatte ihm ganz sicher kein Gefühl der Sicherheit und Geborgenheit vermittelt. Jener Teil vom Brief des Highwaykillers war schlicht erstunken und erlogen.

Die Erinnerungen des Highwaykillers waren Fantasien, vielleicht sogar Wahnvorstellungen. Er war ein Psychopath. Vielleicht *glaubte* der Kerl tatsächlich, dass es diese Frau gab, seinen Schutzengel, der ihm zärtliche Blicke zuwarf, während ihm die Seele aus dem Leib geprügelt wurde.

Billy legte seinen Kopf gegen die Rücklehne und schloss die Augen. Und nach ein, zwei Minuten erinnerte er sich an etwas Entscheidendes. Er erinnerte sich, was für Gedanken er selbst gehabt hatte, während sein Vater mit dem Riemen über ihn hergefallen war. Er hatte keine engelsgleiche Mutter herbeifantasiert, die in der Ecke kauerte und sich in Liebesduseleien erging. Er hatte sich einen Vater vorgestellt, der ihn liebte. Einen Mann, der für ihn sorgen und ihm Geborgenheit geben würde.

Was er sich in seiner Fantasie ausgemalt hatte, war das genaue Gegenteil von seinem Vater, und er war bereit, sein letztes Hemd darauf zu verwetten, dass der Highwaykiller sich in seiner Fantasie das genaue Gegenteil von seiner Mutter zusammenträumte. *Sie* war es gewesen, die ihn mit einem Schlag zu Boden geworfen, seine Spielzeuge zertrümmert und ihn einen »kleinen Bastard« genannt hatte.

Er brannte darauf, Clevenger zu erzählen, was er von dem Brief hielt, und kam sich sogleich kindisch vor. »Als ob ihn interessiert, was du denkst«, brachte er sich selbst zur Räson.

Er hätte den Drang, sich mitzuteilen, augenblicklich abgetan, wäre ihm nicht etwas anderes aufgegangen, während sein Zug Richtung Norden sauste. Er erkannte, dass Clevenger die Art Mensch war, die er sich in seiner Fantasie ausgemalt hatte, wann immer sein Vater keifend und wutschnaubend auf ihn eingeprügelt hatte. Jemand, der ihm zur Seite stehen würde. Der *für* ihn kämpfen würde, nicht mit ihm. Vielleicht war es deshalb so hart, mit ihm zusammenzuleben. Vielleicht war das der Grund, weshalb er sich all diese Drogen reinpfiff. Vielleicht fiel es ihm schwer, an etwas zu glauben, das er sich erträumt hatte – einen wirklichen Vater, einen Mann, der ihn wirklich liebte.

»Du bist ’ne totale Lusche, Bishop«, murmelte Billy. »Der Typ kümmert sich einen Scheißdreck um dich.« Doch die Worte wollten einfach nicht passen, weil sie aus Angst und nichts weiter geboren waren. Der Angst, dass ihn niemand lieben konnte. Der Angst, dass er verlieren könnte, was er gefunden hatte, dass Clevenger ihn im Stich lassen, sich als eine Illusion erweisen würde. Und das wäre verdammt traurig, und auch peinlich. Denn in Wahrheit fing Billy an, Clevengers Liebe zu erwidern.

Und genau deshalb flüchtete er sich ins Highsein. Deshalb flüchtete er jetzt im Zug.

Er kam um null Uhr fünfundfünfzig in Burlington an. Er hätte stehenden Fußes einen Zug zurück zur Bostoner South Station genommen, aber der nächste fuhr erst um sieben Uhr früh. Also trat er aus dem Bahnhof hinaus in die eisige Frische einer Vermonter Nacht und marschierte an der Route 7 entlang zu der Hütte von Caseys Eltern.

Clevenger tat in jener Nacht kein Auge zu. Keiner der Cops aus Newburyport, mit denen er gesprochen hatte, kannte eine »Casey«. Peter Fitzgerald von der Werft hatte sie ein paar Mal gesehen, wenn sie Billy auf der Arbeit besucht hatte, das war aber auch schon alles, was er über sie wusste. Dann klingelte um drei Uhr siebenunddreißig das Telefon. North Andersons Privatnummer erschien auf dem Display. Clevenger griff nach dem Hörer, doch die plötzliche Sorge, er würde schlechte Nachrichten zu hören bekommen und es wäre einer dieser Anrufe, den die unglücklichsten Eltern der Welt erhielten, wenn ihr Kind eine Überdosis genommen hatte oder von einem Auto überfahren oder ermordet worden war, ließ seine Hand erstarren. Drei Uhr siebenunddreißig. Würde er sich für den Rest seines Lebens an diesen Moment erinnern, würde er Nacht für Nacht aus dem Schlaf hochschrecken und auf jene blutroten Ziffern auf seinem Wecker starren? Er zwang sich, den Hörer abzunehmen. »Hast du etwas herausgefunden?«, fragte er.

»Er ist auf dem Weg nach Vermont«, sagte Anderson.

»Vermont?«

»Ich hab vor 'ner knappen Stunde seine Freundin ausfindig gemacht. Sie geht auf die Governor Welch Academy in Georgetown. Nennt sich Casey, aber ihr richtiger Name ist Katherine Paulson Simms. Stammt aus einer der angesehensten Familien von Newburyport. Sie wollte nicht mit der Sprache rausrücken, ein echt zäher Brocken – bis ich geblufft und ihr erzählt habe, die Cops würden sich vielleicht mit ihr über das Gras unterhalten wollen, das sie in deiner Wohnung liegen gelassen hat.«

»Was will er denn in Vermont?«

»Er hat Casey erzählt, er bräuchte Zeit zum Nachdenken, Freiraum, was auch immer. Die Simms haben eine Hütte am Lake Champlain. Sie hat ihm den Schlüssel gegeben. Ich hab Greyhound und Amtrak angerufen. Er hat den Zug genommen und die Fahrt mit einer – vielmehr deiner – American-Express-Karte bezahlt. Er ist kurz vor ein Uhr dort angekommen.«

»Danke«, sagte Clevenger. »Ich bin schon unterwegs.«

»Hör mal, Frank«, hielt Anderson ihn zurück. »Sag mir ruhig, wenn ich mich raushalten soll, aber vielleicht stimmt es ja, was er ihr gesagt hat. Vielleicht braucht er ein bisschen Zeit, um die Dinge zu durchdenken, um Vernunft anzunehmen.«

»Er braucht einen Entzug«, gab Clevenger zurück.

»Vielleicht ist es ja seine Methode, clean zu werden. Wer weiß? Vielleicht tun ihm ein paar Tage ganz gut.«

»Und was soll ich jetzt machen? Einfach abwarten?«

»Manchmal ist es das Einzige, was man tun kann. Zumindest ist es das Einzige, was ich bei meiner Kristy tun kann. Sie ist noch zu jung, um einfach in einen Zug zu steigen, aber sie war mehr als einmal gänzlich unerreichbar für mich. Das kann passieren, wenn sie nur am anderen Ende des Flurs sind.«

Clevenger atmete tief durch. »Gibt es Telefon da oben?«

»Nicht in der Hütte. Es gibt auch keine Heizung. Aber einen Holzofen, und auf der Veranda ist ein halber Klafter Scheite aufgestapelt.«

»Warum lassen wir nicht mal einen Streifenwagen vorbeifahren, nur um zu sehen, dass er gut angekommen ist?«

»Ich werd mich darum kümmern.«

»Sag mir Bescheid, falls …«, setzte Clevenger an.

»Falls kein Licht brennt oder kein Rauch aus dem Schornstein kommt, werd ich dich anrufen«, schnitt ihm Anderson das Wort ab. »Ansonsten sieh zu, dass du 'ne Mütze voll Schlaf bekommst.«

»Werde ich machen. Danke.«

Früher Morgen, 7. April 2004

Er schlief insgesamt vielleicht eine Stunde, nickte immer mal für fünf oder zehn Minuten ein, wachte wieder auf und horchte in die Stille des Lofts in der Hoffnung, eine Tür zuschlagen oder die Dusche rauschen oder Billys Schritte auf dem Fußboden zu hören. Doch er hörte nichts.

Um sechs Uhr zwanzig war er endgültig wach, da ihm einfiel, dass er sich die *New York Times* ins Haus bestellt hatte, und er holte sie herein. Er setzte sich auf die Couch und las seine Antwort auf den letzten Brief des Highwaykillers, die wieder auf der Titelseite abgedruckt war. Er stellte sich vor, wie der Mörder sie just in diesem Moment ebenfalls las – in einer Raststätte oder auf einem Rastplatz oder bei einem gemütlichen Frühstück aus Spiegeleiern und Speck in irgendeiner Imbissstube, die vielleicht nur eine halbe Meile von der Stelle entfernt war, wo er eine weitere Leiche zurückgelassen hatte. Und Clevenger wurde übel. Denn er stellte sich vor, diese Leiche wäre Billy. Und er fragte sich, ob ihn zu verlieren die Antwort an Josh Resnek vom *Chelsea Independent* ändern würde – dass es ihm nur darum ging, den Highwaykiller zu heilen, dass es Sache des FBI sei, ihn zu fassen. Er fragte sich, wie gut sein Mitgefühl den Mord an seinem Sohn überstehen würde.

Aber es wurde gar nicht erwartet, dass es das tat, oder? Deshalb gab es ja überhaupt Geschworene und Richter und das ganze Justizsystem – als Puffer für die verständlichen Rachegelüste der Hinterbliebenen. Denn wenn Recht und Gesetz den Opfern überlassen würden, gäbe es hundertmal so viele Galgen wie Gefängnisse.

Zusammen als Gesellschaft können wir anstreben, wie Christus oder Gandhi zu handeln. Auf sich allein gestellt, würden die meisten von uns eher dem Terminator nacheifern.

Das Telefon klingelte. Es war wieder North Anderson. Clevenger meldete sich.

»Ich glaube, er könnte wieder auf dem Weg zurück zu dir sein«, sagte Anderson.

Clevenger sah an die Decke, schloss seine Augen und dankte Gott. »Woher weißt du das?«, fragte er.

»Nachdem die Polizei von Burlington mir gesagt hat, dass eindeutig jemand in der Hütte ist, bin ich hingefahren«, erklärte Anderson. »Nur um sicherzustellen, dass er auch heil und gesund bleibt.«

»Du bist nach Vermont gefahren? Mitten in der Nacht? Und mir hast du gesagt, ich solle abwarten.«

»*Du* kannst ihn ja auch nicht beschatten. Du bist sein Vater.« Er kicherte. »Jedenfalls, er ist inzwischen aufgestanden und angezogen und zu Fuß auf dem Weg zum Bahnhof. Vielleicht ist das rustikale Leben nicht nach seinem Geschmack. Er wird wahrscheinlich wieder deine Kreditkarte benutzen. Ich werd ein Auge darauf halten. Nur für den Fall, dass er sich entscheidet, einen kleinen Umweg zu machen.«

»Vielleicht solltest du ihn besser einfach aufsammeln und nach Hause bringen.«

»Wenn du das willst«, sagte Anderson. »Die Entscheidung liegt bei dir.«

Clevenger ließ es sich durch den Kopf gehen – wie viel besser er sich für den Moment fühlen würde, was Billy anging, und wie unausweichlich alles schon am nächsten Tag oder nächste Woche wieder beim Alten sein würde. »Ich schätze, wir lassen besser ihn entscheiden, wo er hinwill«, sagte er schließlich.

»Es ist schon hart, stimmt's?«, bemerkte Anderson.

»Was?«

»Ein Kind so sehr zu lieben, wie du ihn liebst.«

Clevengers Kehle schnürte sich zusammen. »Wird es mit der Zeit leichter?«

»Immer nur härter und härter.«

»Klasse«, sagte Clevenger.

»Ja, das ist es«, bestätigte Anderson.

Clevenger schmunzelte. »Nochmals vielen Dank, North.«

»Bis bald.«

7

Später Nachmittag, 7. April 2004
Rock Springs, Wyoming

Jonah Wrens las Clevengers Brief zum fünften Mal, kurz vor einem Familientreffen mit den Eltern seines jüngsten Patienten, des neunjährigen Sam Garber. An jenem Morgen hatte er eine zweiwöchige Urlaubsvertretung für einen Psychiater im Rock Springs Medical Center am Fuß der Aspen Mountains begonnen. Doch er konnte sich nur mit Mühe auf seine Arbeit konzentrieren. Der Brief hatte ihn erzürnt. Die Teile über Clevengers Leben waren durchaus interessant. Sein Geständnis, dass er sich in seiner Fantasie ausgemalt hatte, seinen Vater umzubringen, klang ehrlich. Doch dann glitt der Brief in Selbstgerechtigkeit und glatte Manipulation ab.

> Ich nehme meinen Schmerz an. Sie weigern sich, den Ihren zu akzeptieren. Sie beschreiben, dass Sie sich »mit Blut in Ihrem Mund« siegreich gefühlt hätten, weil Sie sich der Liebe Ihrer Mutter gewiss waren. Doch Ihr Triumphgefühl war nur ein Verteidigungsmechanismus gegen die tiefer liegenden Gefühle des Schreckens und der Schwäche. Als Vierjähriger haben Sie sich nie der grausamen Wahrheit gestellt, dass es Ihr Blut war, das in Ihren Mund lief, dass Sie machtlos waren, sich selbst zu verteidigen, und dass niemand sonst Sie beschützen wollte oder konnte.
>
> Jetzt suchen Sie nach der ultimativen Macht über andere – lassen sie leben oder sterben –, als ob das Ihre Demütigung und Hilflosigkeit ausradieren könnte.
>
> Sie sprechen davon, starke körperliche Schmerzen zu haben – Migräne, Kieferkrämpfe. Sie leiden unter schrecklichen Angstzuständen – Herzklopfen, Kurzatmigkeit. Doch ich bezweifle, dass Sie echte Traurigkeit oder Zorn empfinden. Denn das Schlimmste, was Sie als Kind durchgemacht haben, ist noch immer in Ihrem Unterbewusstsein verschlossen.
>
> Welchem Trauma haben Sie sich bis jetzt nicht zu stellen gewagt, Gabriel? Welche verdrängte Wut ist explodiert, als Sie auf Paulette Bamberg trafen? Was

war es an dieser alten Frau (einer Frau im Alter Ihrer Mutter?), das Sie völlig die Kontrolle über sich verlieren ließ, sodass es nicht mehr genügte, die letzten Momente eines sterbenden Menschen mitzuerleben, sondern notwendig wurde, so brutal zu töten? So bestialisch. Und warum haben Sie ihr kein Blut abgenommen? Würde es Sie vergiften, Paulette Bamberg in sich zu haben?

Warum log Clevenger?, fragte sich Jonah. Welchen Grund konnte er haben, die Leiche, die Jonah an der Route 80 in Utah zurückgelassen hatte, so falsch darzustellen – die Leiche eines Mannes von mindestens siebzig, eines Mannes im Alter seines Vaters? Eines Mannes namens Paul. Eines Mannes, der still und friedlich in seinen Armen gestorben war, in keiner Weise grausamer als irgendeins der anderen Opfer des Highwaykillers. Was für eine mentale Falle versuchte Clevenger ihm zu stellen, indem er Jonahs Andenken an seine Mutter infrage stellte, eine Mutter, nach der er sich noch immer sehnte, von der er sich immer noch erträumte, sie eines Tages wiederzusehen? An dem Tag, an dem er wahrlich geheilt war. Warum ließ sich Clevenger zu so üblen Winkelzügen herab, zog ihre Beziehung in den Schmutz mit der Unterstellung, in Jonah habe sich irgendeine unterbewusste Wut angestaut, die sich gegen den einzigen Menschen richte, der ihn je wirklich geliebt hatte, den einzigen Menschen, den er je wirklich geliebt hatte?

Der Rest des Briefes trieb Jonahs Puls noch mehr in die Höhe. Er biss die Zähne zusammen. Denn er erkannte den Köder, den Clevenger für die Leser der *Times* ausgelegt hatte, seinen nicht sonderlich subtilen Versuch, ihn zu fassen, indem er die Erinnerungen der gütigen und wohl meinenden Leute, die er befreit hatte, zu wecken versuchte, um auch sie in Jäger zu verwandeln:

Oder bestand Paulette Bambergs einzige Sünde darin, dass Sie dem Highwaykiller gegenüber reserviert blieb, ihre Distanz wahrte und nie die außergewöhnliche und unmittelbare Intimität erlebte, die Sie, wie ich glaube, in anderen wachrufen, sodass sie ihre Herzen ausschütten, wie sie das nie zuvor getan haben; dass sie sich einem Fremden in einer Weise öffnen, an die sie sich ihr Leben lang erinnern würden, fände ihr Leben nicht ein so jähes Ende?
Ich habe Sie nach den sterblichen Überresten aller Opfer des Highwaykillers gefragt. Sie haben mir eine Leiche gegeben, die anders als die übrigen war. Warum?
Ich bin überzeugt, die Antwort wird der Anfang vom Ende für den Highwaykiller sein.

Dr. Frank Clevenger

Jonah schloss seine Augen und versetzte sich zum Flughafen in Utah zurück und stellte sich vor, wie er Clevenger sein Messer ins Herz stieß. In diesem Moment wünschte er sich, er hätte es getan, wünschte sich, dass er Clevenger von seinem Leiden erlöst hätte, statt zu versuchen, ihn zu heilen oder von ihm geheilt zu werden. Denn Clevenger war offensichtlich bis ins Mark mit Whitney McCormick infiziert, hatte sich in seinem Verlangen nach ihr verloren.

Jonah griff in seine Tasche und holte die Nippesfigur hervor, die seine Mutter ihm bei der Geburtstagsfeier im Park geschenkt hatte: eine winzige, fein gearbeitete Porzellanfigur der knienden Jungfrau Maria. Er strich mit seinem Daumen über ihr Haar, dessen gelbliche Glasur von so vielen Jahren der Berührung abgerieben war; und dachte bei sich, dass Gott ihn vielleicht auf die Probe stelle, damit er selbst erkenne, was nun von ihm verlangt wurde.

Ein Klopfen an der Tür holte ihn ins Hier und Jetzt zurück. Er schüttelte den Gedanken ab und schlug seine Augen auf. »Herein«, rief er.

Die Tür ging auf, und Sam Garbers Eltern, Hank und Heaven, kamen herein. Sie sahen aus, als habe man sie vom Wühltisch der Menschheit zusammengeklaubt – der Mann mochte so um die sechzig sein, klein, nervös und sehnig, mit blutunterlaufenen Augen; die Frau war bedeutend größer, nicht älter als fünfunddreißig, wog mindestens einhundertfünfzig Kilo und schaute verärgert drein.

»Bitte, nehmen Sie Platz«, sagte Jonah. Er öffnete Sams Krankenblatt auf der Seite, wo er die Zeichnung der Notaufnahme von seinen körperlichen Verletzungen abgeheftet hatte. Der Neunjährige war in das Rock Springs Medical Center eingewiesen worden, nachdem seinem Sportlehrer frische blaue Flecke und verheilte Verbrennungen an Bauch, Rücken, Armen und Beinen des Jungen aufgefallen waren, was das Jugendamt von Wyoming dazu veranlasst hatte, ihn vorsorglich der Obhut seiner Eltern zu entziehen. »Verstehen Sie, warum Sam in diese Abteilung eingewiesen wurde?«, begann er und sah von Hank zu Heaven, dann wieder zurück.

»Weil dieser Mr. Daravekias sich irgend so 'ne verschrobene Idee in den Kopf gesetzt hat«, antwortete Hank.

»In Bezug auf die Prellungen«, sagte Jonah. »Und die Verbrennungen.«

»Das haben wir alles schon dem Sozialarbeiter erklärt«, entgegnete Hank.

Jonah sah Heaven an, die zurückstarrte und weiter wütend ihren Kaugummi kaute. »Nach dem, was in der Akte stand«, sagte er, »haben Sie dem Sozialarbeiter erzählt, Sam sei kürzlich eine Treppe hinuntergefallen und vor einiger Zeit vom Rad gestürzt. Und da stand auch etwas davon, dass er in den Kamin gefallen sei?«

»All das sagt Sam selber«, erwiderte Hank.

»Wie ist er die Treppe hinuntergefallen?«, fragte Jonah Heaven.

»Is' wohl gestolpert«, antwortete Hank. »Der Junge verliert ständig das Gleichgewicht. Ich hab ihn zum Fressen gern, aber er ist ungeschickt wie 'n blindes Maultier.«

Ich hab ihn zum Fressen gern? Nicht, wenn Jonah es verhindern konnte. »Haben Sie ihn fallen sehen?«, fragte er Heaven.

Sie starrte Jonah einen Moment lang an. »Ich denk nich', dass ich ihn rund um die Uhr im Auge behalten kann«, antwortete sie schließlich, ohne mit dem Kaugummikauen innezuhalten.

Jonah fixierte sie unbeirrt weiter. Für einen kurzen Moment sah er das Gesicht seiner eigenen Mutter, weit schlanker als das von Heaven, weit blasser, die Augen heller und strahlender. Durch schiere Willenskraft verdrängte er sie aus seinen Gedanken und schalt sich im Stillen dafür, ihr Bild mit dem einer Bestie in Zusammenhang gebracht zu haben. »Es gab da einen weiteren Besorgnis erregenden Befund«, fuhr er fort und starrte in die Augen, die nun wieder Heaven gehörten – schmutzig braun und leblos.

»Sie mögen's ja Besorgnis erregend finden«, sagte Hank. »Wir nicht.«

»Besorgnis erregend für mich«, gestand Jonah zu und sah ihn an. »Und auch Besorgnis erregend für den Sozialarbeiter.«

»Nun, Sie, der Sozialarbeiter und alle anderen sonst können sich gehackt legen«, sagte Hank. »Wir ziehen den Jungen anständig auf. Unfälle passieren.«

Jonah sah auf seine Hände, die er vor sich auf dem Schreibtisch gefaltet hatte. Und für den Bruchteil einer Sekunde stellte er sich vor, wie sie sich um Heaven Garbers dicken Hals legen würden. Er schloss seine Augen und versuchte, die Wut, die in ihm hochwallte, zu kontrollieren. »Wir haben einen vollständigen Satz Röntgenaufnahmen von Ihrem Sohn machen lassen«, erklärte er. »Wir haben zwei Brüche gefunden. Einen an seinem linken Unterarm, völlig verheilt. Der andere ist weitestgehend verheilt, aber neueren Datums, knapp unterhalb seines rechten Bizeps.« Er öffnete seine Augen und sah Heaven an.

»Wie ich schon gesagt hab«, sagte Hank, »Sam stolpert ständig über seine eigenen Füße.«

»Die Röntgenbilder zeigen das, was wir Ärzte Spiralbrüche nennen«, erklärte Jonah ihm. »So wie ein Stock brechen würde, wenn Sie ihn verdrehen, als wollten Sie einen Lappen auswringen.« Er hielt seine Fäuste hoch und drehte eine in Richtung der Garbers, die andere in seine eigene Richtung. Und abermals sah er vor seinem geistigen Augen, wie seine Hände Heaven den Hals umdrehten. »Das führt zu einer s-förmigen Fraktur, wenn der Knochen bricht«, fuhr er mit zitternder Stimme fort.

»Das kann die paar Mal passiert sein, als er von seinem Rad gefallen ist. Wahrscheinlich ist er einfach nur unglücklich auf seinen Armen gelandet«, sagte Hank.

»Das passiert, wenn jemand wütend auf ein Kind ist«, hielt Jonah dagegen. »Wenn zum Beispiel jemand Sam packen würde, um ihm eine Lektion zu erteilen.« Wieder sah er Heaven Garber durchdringend an.

»Ich weiß, dass Heaven und ich von allen schlecht gemacht wurden«, sagte Hank. »Aber eins steht mal fest – Sam würde niemals über uns lügen. Und ich bin hier, um Ihnen zu sagen, dass wir niemals nicht …«

Jonah schüttelte den Kopf. Er deutete mit einem Nicken auf die Tür. »Die Tür hat sich hinter Ihnen selbsttätig verriegelt«, erklärte er, und es war kaum mehr als ein Flüstern. »Dieses Büro ist schalldicht.«

Hank schaute verunsichert über seine Schulter und sah dann wieder argwöhnisch zu Jonah.

»Ich weiß, wie das mit Kindern ist«, sagte Jonah. »Manchmal geraten sie außer Kontrolle.«

»Nicht Sam«, widersprach Hank.

»Sagen Sie mir die Wahrheit«, drängte Jonah, und er richtete seinen Blick auf Heaven und ballte seine Fäuste.

»Wie ich schon gesagt habe, da gibt's nichts ...«, setzte Hank an.

»Halten Sie den Mund«, donnerte Jonah, ohne Heaven aus den Augen zu lassen, die nun aufgehört hatte zu kauen.

Vielleicht hörte Hank den Mörder in Jonah. Oder vielleicht sah er auch nur, wie sich die Muskeln an seinen Unterarmen anspannten. Aus welchem Grund auch immer, er sagte kein Wort mehr.

»Die Spiralbrüche an Sams Armen verlaufen gegen den Uhrzeigersinn«, sagte Jonah zu Heaven. »Zusammen mit dem Muster der Prellungen über dem jüngeren Bruch ist das der Beweis dafür, dass ein Linkshänder für die Verletzung verantwortlich ist. Ein Linkshänder wie Sie.«

Heaven drehte sich zu Hank um. »Ich muss mir das nicht anhören. Lass uns ...«

Jonah sah die Lippen seiner Mutter sich bewegen, während Heaven sprach. Ihre Worte wurden zu einem unverständlichen Gebrabbel. Und sein Hass auf Clevenger und Whitney McCormick und diese Frau wuchs in ihm zu einem Sturm an, und Blitz und Donner verhüllten die Erinnerungen, die aus seinem Unterbewusstsein aufsteigen wollten – Erinnerungen an die unaussprechliche Grausamkeit seiner Mutter.

Er versuchte aufzustehen, doch seine Beine gehorchten nicht, eine Lähmung, die ihn schon bei früheren Gelegenheiten übermannt hatte, wenn er mit Eltern zusammengetroffen war, die ihre Kinder misshandelt hatten. Es war, als würde sein Verstand seine Muskeln abschalten, damit er Heaven Garber nicht all das antun konnte, was er sich wünschte. »Hören Sie mir zu«, unterbrach Jonah Heavens Geschimpfe. »Ich glaube nicht, dass Sie ein schlechter Mensch sind.«

Heaven sah ihn verständnislos an.

»Ihnen ist etwas passiert, das Sie in einen Menschen verwandelt hat, der über einen kleinen Jungen herfällt. Wahrscheinlich etwas Schreckliches, wahrscheinlich, als Sie noch sehr klein waren. Vielleicht genau, als Sie neun waren, wie Sam.« Jonah vermeinte Einsicht in Heavens Augen aufflackern zu sehen. Dann war sie wieder erloschen. »Ich kann Ihnen helfen, sich daran zu erinnern. Ich kann Ihnen helfen, die Wunden zu heilen. Und vielleicht bekommen Sie dann eines Tages Ihren Jungen zurück.«

Heaven stand auf. »Ein Anwalt ist die einzige Hilfe, die wir brauchen.«

Hank stand ebenfalls auf, doch zögernd, so als ob Jonahs letzte Worte – über den Verlust seines Sohns – ihm zu denken gegeben hätten.

Jonah versuchte, beschwichtigend seine Hände hochzuhalten, doch auch sie waren tote Materie. »Ich werde zwei Wochen hier sein«, sagte er zu Heaven. »Kommen Sie her und reden Sie mit mir. Ich bin bereit, mich täglich mit Ihnen zu treffen.«

Heaven schnitt eine verächtliche Grimasse und bleckte ihre Zähne, die vorn in der Mitte eine Lücke hatten, genau wie die Zähne von Jonahs Mutter. Oder bildete Jonah sich das nur ein? »Ihr Ärzte seid alles Klugscheißer«, wütete sie. »Nun, ich habe …«

Hank packte ihren fleischigen Arm und zog sie zur Tür.

»Bitte«, flehte Jonah. »Warten Sie.«

Heaven riss ihren Arm aus dem Griff ihres Mannes los und drehte sich wieder zu Jonah um. Ihr Gesicht hatte einen fast nachsichtigen Ausdruck, als würde sie eine Entschuldigung erwarten.

»Ihr Körper ist immer größer und größer geworden, weil Sie sich im Innern ganz klein fühlen«, sagte Jonah. »Aber Sie können nicht all Ihr Leid herunterschlucken oder durch Trinken oder Rauchen ausmerzen. Sie haben sicher bereits Magengeschwüre. Haben Sie schon angefangen zu bluten?«

Heaven atmete schwer, doch sie schien ihm wenigstens mit halbem Ohr zuzuhören.

»Ihr Schmerz erdrückt auch Ihr Herz. Sie fühlen es jedes Mal, wenn Sie die Treppe hinaufgehen – die Treppe, die Sam hinuntergefallen ist.«

Heaven schüttelte den Kopf. »Sie wissen überhaupt nichts über mich«, protestierte sie, doch kleinlaut, mit einem Anflug von Angst in der Stimme – der Angst vor der Wahrheit, die nur ein anderes Wort für Gottesfurcht ist.

»Sie wissen, dass das nicht stimmt«, erwiderte Jonah. Er starrte auf Heavens Lippen, die dunkelrot wurden – die Farbe vom Lippenstift seiner Mutter. Oh, wie sehr sie ihm fehlte. Was er nicht darum geben würde, noch einmal von ihr in die Arme genommen zu werden. Ihr Haar zu riechen, sich an ihre warme Wange zu schmiegen. Er schloss seine Augen und sah sie abermals in jener Ecke kauern und ihm eine Kusshand zuwerfen. Und als er schließlich seine Augen wieder öffnete, waren die Garbers nicht mehr da.

Abend, 7. April 2004
Chelsea, Massachusetts

Um achtzehn Uhr zehn hörte Clevenger hektisches Durcheinander unten auf der Straße, schaute aus dem Fenster und sah, wie Billy sich einen Weg durch die Reportertraube bahnte und im Hauseingang verschwand. Tiefe Erleichterung übermannte ihn. Doch während Billy die vier Etagen zum Loft erklomm, stieg auch Clevengers Angst. Er machte sich Sorgen um Billy. Billy nahm wieder Drogen, und er war so verstört, dass er weglief, ohne zu sagen, wohin.

Clevenger machte sich auch Sorgen, ob er selbst sich richtig verhalten würde. Und er wollte nicht, dass sein Zorn ihm in die Quere kam. »Reiß ihm nicht gleich den Kopf ab wegen des Dopes«, ermahnte er sich. »Oder wegen der Kreditkarte.«

Die Tür ging auf. Billy kam herein. Er hatte zwei Ausgaben der *New York Times* unter seinen Arm geklemmt, was in Clevenger die Sorge weckte, sein Interesse am Highwaykiller könne ungesunde Ausmaße angenommen haben. Billy schloss die Tür hinter sich und nickte stumm mit dem Kopf, als würde er den Mut zusammennehmen, um etwas Wichtiges zu sagen.

»Was ist?«, drängte Clevenger sanft.

»Ich kann nicht hier bleiben«, verkündete er.

Für Clevenger war das ein Tritt in die Magengrube. Er atmete tief durch. »Du musst mir sagen, was mit dir los ist, Billy. Du kannst nicht erwarten …«

»Ich muss einen Entzug machen«, erklärte er. »Es geht nicht anders. Und ich muss zu den Anonymen Alkoholikern oder den Anonymen Drogenabhängigen oder was auch immer gehen. Ich kann meine Finger nicht von den Drogen lassen. Du hast mir immer beigestanden, aber ich brauche mehr Hilfe.«

Manchmal, wenn auch viel zu selten, gibt einem die Welt, was man sich wünscht. Clevenger hatte das Gefühl, einen jener Momente zu erleben. »Gut«, sagte er.

»Vielleicht könntest du mich ins North Shore Medical Center bringen? Ein, zwei Jungs von der Schule waren dort, als sie Probleme hatten.«

»Natürlich«, sagte Clevenger. »Du musst das nicht allein

machen.« Und dann tat er das, was ihm die natürlichste Sache der Welt und gleichzeitig die unbehaglichste schien, vielleicht weil sein Vater es nie mit ihm getan hatte. Nicht ein einziges Mal. Er ging zu Billy, legte seine Arme um ihn und drückte ihn fest an sich. Und nach einem Moment fühlte er, wie Billy die Umarmung erwiderte. Und dann wagte er sich noch einen Schritt weiter, wandte seinen Kopf um und gab seinem Adoptivsohn einen Kuss auf die Wange. Und er wusste, dass jene Umarmung und jener Kuss und die, die folgen würden, alles, was sie jeder für sich und miteinander erlebt hatten, und alles, was ihnen noch bevorstand, leichter machen würden. Weil sie es zusammen durchstehen würden.

Billys Augen waren feucht, als Clevenger ihn schließlich losließ. Doch diesmal waren seine Tränen anders. Diesmal versuchte er, sie zurückzuhalten. Diesmal waren sie unverkennbar echt. Sie ließen ihn zittern. Er musste sich räuspern, um sprechen zu können. »Ich biete dir ein Tauschgeschäft an, einen Gefallen von dir gegen einen von mir«, sagte er. Er zog die Zeitungen unter seinem Arm hervor. »Du fährst mich zu der Klinik, und ich gebe dir einen Tipp zum Highwaykiller.«

Clevenger zögerte. Er wollte wirklich nicht, dass Billy in den Fall hineingezogen wurde. Doch zum ersten Mal erkannte er, dass er möglicherweise nicht imstande sein würde, ihn davon abzuhalten. Billy stand mit der *Times* in der Hand vor ihm, fünf Tage nachdem er im ersten Brief des Highwaykillers namentlich erwähnt worden war, zwei Minuten nachdem Reporter ihn mit ihren Fragen bombardiert hatten.

Doch was noch wichtiger war, Billy *wollte* ganz unverkennbar helfen. *Er wollte helfen, den Mörder zu schnappen.* Und diesem Drang nachzugeben würde ihm vielleicht helfen, mit seinem Gewaltpotenzial das zu tun, was Clevenger mit dem seinen getan hatte – es in das Verlangen verwandeln zu heilen, in eine Verpflichtung zu beschützen. Ihm kamen einige Zeilen aus dem letzten Brief des Highwaykillers in den Sinn:

> Haben Sie je den Wunsch verspürt zu töten, Frank? Haben Sie Alkohol und Drogen konsumiert, um jenen Drang zu betäuben? Bemühen Sie sich so sehr, Mörder zu verstehen, um sich selbst zu verstehen?

Ja, dachte Clevenger. »Ja« lautete die Antwort auf jede dieser drei Fragen. Und vielleicht war Billy nicht anders als er. Vielleicht wollte er Clevenger bei den Ermittlungen helfen, um sich selbst zu helfen. Vielleicht war er bereit, sich seinen eigenen Schmerz zunutze zu machen, um den Schmerz anderer zu lindern. »Abgemacht«, versprach er ihm.

Billy setzte sich auf die Couch und breitete die Zeitungen vor sich aus. »Dieser Typ ist angeblich von seinem Vater geschlagen worden, stimmt's?«

Clevenger nickte.

»Und er denkt an seine Mom?« Er zuckte mit den Achseln. »Das hab ich nie getan. Nicht, wenn ich verprügelt wurde.« Wieder zuckte er mit den Achseln. »Hast du das getan?«

Clevenger überlegte. Er dachte an all die Abende, wenn er die Gewalttätigkeiten seines Vaters hatte einstecken müssen, dachte daran, dass es jedes Quäntchen seiner Willenskraft gekostet hatte, auch nur seine Angst im Zaum zu halten. »Nein«, pflichtete er bei.

»Natürlich nicht«, sagte Billy. »Du hast darum gebetet, dass es aufhören möge. Und wenn du wie ich warst, dann hast du dir von Herzen gewünscht, du hättest einen normalen Vater. Ich hab mir tatsächlich zusammenfantasiert, dass ich irgendwo anders einen hätte und dass er eines Tages zur Tür hereinschneien und mich dort wegholen würde.«

»Ich auch«, gestand Clevenger.

»Also, wie ich die Sache sehe, ist die Frau in der Ecke eine bloße Erfindung von diesem Typ«, fuhr Billy fort. »Er will daran glauben, dass er eine gute Mutter hat, einen Schutzengel. Aber die hat er nicht. Er hat die schlimmste Mutter, die man sich vorstellen kann. Sie ist es, die über ihn herfällt.« Er beugte sich vor, und seine Worte überschlugen sich fast. »Es gab keine Geburtstagsfeier im Park. Es gab keine Geschenke. Es gab nur die Prügel. Den ganzen Friede-Freude-Eierkuchen-Scheiß hat er sich ausgedacht. Er hat nicht mit einem Teufel und einem Engel zusammengelebt. Es gab nur einen Teufel. Eine Teufelin. Der Typ ist total schizo.«

Das Wort *schizo* half Clevenger, den Gedanken zu formulieren, der in seinem Kopf Gestalt angenommen hatte, während er Billy zuhörte. »Es sei denn, sie war beides«, sagte er.

»Wie meinst du das?«, fragte Billy.

»Es ist leichter, etwas Vorhersehbares zu überleben. Etwas, das immer schlimm ist. Wie zum Beispiel, wenn mein Vater nach Hause kam. Wenigstens wusste ich, was mir bevorstand. Ich wusste, wie er war.«

»Also konntest du dich wappnen, um es durchzustehen.«

»Und ich konnte ihn hassen.«

Billy sah ihn fragend an. »Und das ist gut?«

»Es verhindert, dass der Hass in irgendeinen dunklen Winkel verdrängt wird und dort weiterbrodelt«, erklärte Clevenger. Er überlegte kurz. »Wenn der Highwaykiller eine Mutter hatte, die manchmal freundlich und liebevoll und dann wieder sadistisch war, hätte er seine Wut nie ausleben können. Also staut sie sich zwangsläufig in seinem Unterbewusstsein an. Denn was er in dieser Welt liebt, diese vorbildliche Mutter, die er beschreibt, ist gleichzeitig diejenige, die ihn quält. Also gibt es kein Ventil für den Hass. Greif die ›Teufelin‹ an, und du greifst auch den ›Engel‹ an. Bring den einen um, und beide sterben.«

»Was der Grund ist, warum er andere Leute umbringt, sie sind nur ein Ersatz für sie.«

»Könnte sein.« Es würde zumindest erklären, wie der Highwaykiller seinen Opfern so nah kommen konnte. Er hatte die idealisierte mütterliche Bindung nachgeahmt, nur um sie dann mit einem plötzlichen Schnitt zu kappen – wortwörtlich. Paulette Bamberg war einfach dem Original zu ähnlich. Wahrscheinlich eine Frau im Alter seiner Mutter. Möglicherweise eine Frau, die sogar wie seine Mutter aussah.

»Dann hat sie vielleicht wirklich diese Feier für ihn veranstaltet«, fuhr Billy fort, »und er hat all die Geschenke gekriegt, und dann sind sie nach Hause gekommen, und sie war plötzlich ein anderer Mensch. Hat aus heiterem Himmel auf ihn eingeprügelt. Hat herumgebrüllt, dass sie nicht genug Geld hätten. Hat seine Spielsachen kaputtgemacht.«

Nicht schlecht, dachte Clevenger bei sich. Der Junge dachte wirklich gut mit. »Und als das passiert«, sagte Clevenger, »löst er das Bild des Engels von ihr los und hält es in der Ecke lebendig, während er die Prügel einsteckt. Er kann es einfach nicht ertragen, dass seine Mutter auf ihn einschlägt. Also erfindet er einen brutalen Vater.« Er nickte befriedigt. »Willst du wissen, was ich denke? Er hatte überhaupt keinen Vater. Oder wenn überhaupt, dann nur einen sehr, sehr schwachen.«

»Und, was machen wir jetzt?«, fragte Billy aufgeregt.

Clevenger zwinkerte ihm zu. »Wir bringen dich in den Entzug.« Die Worte waren noch nicht ganz ausgesprochen, als er bereits erkannte, dass sie schroff klangen. Kaltschnäuzig. Er sah, wie Billy den Kopf hängen ließ. »Und wenn du wieder draußen bist«, fügte er eilig hinzu, »dann möchte ich, dass du mit mir nach Quantico kommst und dich richtig mit dem Fall vertraut machst.«

Das Feuer in seinen Augen flammte umgehend wieder auf. »Ist das dein Ernst?«, fragte er. »Du nimmst mich mit?«

»Du hast wirklich Talent dafür«, sagte Clevenger. »Ich könnte deine Hilfe brauchen.«

8

Nach Mitternacht, 8. April 2004
Rock Springs, Wyoming

Jonah verließ sein Zimmer im Rock Springs Ambassador Motel um null Uhr zwanzig. Er erlebte eine jener »wahren, dunklen Nächte der Seele«, über die sein verehrter F. Scott Fitzgerald geschrieben hatte. Sein spartanisches Zimmer kam ihm wie ein Sarg vor.

Er konnte nicht länger als eine Viertelstunde schlafen, ohne dass ihn sein vertrauter Albtraum aufschrecken ließ, doch diesmal in einer grausigen Abwandlung. Die Frau mit den langen blonden Locken, die ihn liebkoste und dann mit ihren Zähnen sein Fleisch von den Knochen riss, begierig darauf, sein Herz zu verschlingen, sah ihn jetzt mit den Augen seiner Mutter an. Hellbraun. Strahlend. Und selbst im Schlaf fühlte er, wie er nach ihrer Liebe dürstete, während er gleichzeitig zu entkommen suchte, und er schlief länger, als er sollte, lang genug, um ihr zu sagen, dass er sie liebte, doch auch lang genug, dass die Bestie Gelegenheit hatte, sein Brustbein aufzubrechen. Wenn er schließlich aufwachte, so tat er es mit einem Schrei und umklammerte panisch seine Brust, damit ihm sein zerfetztes Herz nicht aus dem Leibe fiel.

War es das, was Clevenger und McCormick vorhatten? Ihm den einzigen wahren Trost zu rauben, den er je gehabt hatte? Ihm die Erinnerung an seine Mutter zu nehmen? Sie zu besudeln? Ihn vom Gipfel der Einsamkeit in den Wahnsinn zu treiben?

Seine Schläfen pochten, und sein Kiefer war verkrampft, als er in seinen BMW stieg, die *Zehnte Symphonie* von Mahler anstellte und zur Route 80 East fuhr. Er folgte ihr gute sechzig Meilen bis zur Ausfahrt Bitter Creek, was weit genug vom Krankenhaus entfernt war, um zu verhindern, dass ihn jemand nach Mitternacht allein herumziehen sah. Als Gast im Krankenhaus war er sowieso Mittelpunkt des Interesses. Er konnte darauf verzichten, noch mehr Neugier auf sich zu lenken.

Er fuhr auf den leeren Parkplatz einer rund um die Uhr geöffneten Raststätte, ging mit seiner Ausgabe der *Times* hinein und bestellte bei der molligen, gut sechzigjährigen Frau, die hinter dem Tresen bediente, einen großen Kaffee. Dann setzte er sich an einen Tisch, trank in kleinen Schlucken und tat so, als würde er Clevengers Brief lesen, warf aber verstohlene Blicke zu der Frau, nur um sich zu vergewissern, dass sie sich bewegte und atmete und ihm so die Gewissheit verschaffte, dass er tatsächlich wach, tatsächlich lebendig war. Wie sie.

Er holte mit zitternder Hand ein Blatt und einen Kugelschreiber aus seiner Manteltasche, entfaltete das Papier und las noch einmal den Anfang seiner Antwort an Clevenger:

> Dr. Clevenger,
> wie ist es, wenn man sich verliebt? Ist es die paradiesische Glückseligkeit, wie immer behauptet wird, wenn man die Grenzen des eigenen Ichs schwinden fühlt, wenn man sich mit einem anderen menschlichen Wesen erotisch verbindet?
> Oder ist es einfach ein weiteres Rauschmittel? Sind Sie nach Dr. McCormick in der gleichen Weise süchtig, wie Sie nach Alkohol und Drogen süchtig waren? Als eine Flucht vor Ihrem Schmerz? Ist es tatsächlich besser, sich in ihr statt in einer Flasche zu verlieren?

Er trank einen tiefen Schluck vom Kaffee, ohne zu bemerken, dass er sich die Lippen, den Mund und die Kehle verbrannte. Die Frau hinter dem Tresen sah zu ihm herüber. »Alles in Ordnung?« Er antwortete mit einem Lächeln. »Bestens.« Er griff nach seinem Kugelschreiber und begann zu schreiben:

> Der Mörder in Ihnen wird kein bloßer Keim bleiben, sondern wird als Highwaykiller auf Erden wandeln. Jeden Tag, den ich weiterhin krank bleibe, verkörpere ich Ihre Weigerung, Ihren Nächsten zu lieben, die Grenzen Ihres Mitgefühls, Ihr Versagen als Heiler. Ich werfe nicht nur meinen Schatten, sondern auch den Ihren.
> Es ist Ihnen noch immer wichtiger, dem Gesetz der Menschen zu dienen als Gottes Gesetz, wichtiger, mich zu fassen, als mich zu heilen. Welchen Platz nimmt der Herr bei diesem Plan ein? Glauben Sie wirklich, das Böse kann hinter Gittern weggesperrt werden? Erkennen Sie denn nicht, dass ich bereits in Ihnen bin, dass der Kampf um meine Seele inzwischen zum Kampf um Ihre eigene geworden ist?

Sein Blickfeld verschwamm, und er fühlte seinen Puls hinter seinen Augen pochen, doch er zwang sich weiterzuschreiben:

> Sie denken, Sie könnten dem Kampf ausweichen, indem Sie Ihren Verstand und Ihr Herz im Sexualakt versenken. Sie wählen die Jägerin, um nicht ein wahres Selbst wählen zu müssen, um der Frage auszuweichen, die Sie verfolgt. Sind Sie – im Kern, in den dunkelsten Momenten Ihrer Nacht – ein Heiler oder ein Jäger, mein Arzt oder mein Henker?
> Ich werde Ihnen helfen, diese Frage zu beantworten.

Denn ich bin – im Gegensatz zu Ihnen – ein Mann meines Wortes.
Ich hätte Ihnen einen um den anderen jeden einzelnen Leichnam zurückgegeben, damit er mit seiner Familie wieder vereinigt werden kann, doch Sie haben sich als unwert erwiesen, indem Sie mit dem FBI nach Utah gekommen sind (nachdem Sie sich von ihnen losgesagt hatten) und dann über meine Opfergabe gelogen haben, um mich dazu zu bringen, meine Liebe zu meiner Mutter, meiner Beschützerin, meinem Engel, infrage zu stellen.
Mit welchem Ziel? Um mich in die Isolation zu treiben? Um den Tod zu meinem einzigen Engel zu machen? Hat Sie denn niemand bedingungslos geliebt, Frank Clevenger? Haben Sie niemanden von ganzem Herzen geliebt? Ist es Ihnen tatsächlich derart unmöglich, jenes Gefühl zu begreifen, dass Sie es herabwürdigen müssen?
Ihr Vater hat Sie belogen, und Sie sind ein Lügner geworden. Ihr Vater hat Sie damit gequält, dass er Ihre Hoffnungen geweckt und sie dann zerstört hat. Sie würden mir das Gleiche antun – wenn ich es zuließe.
Doch das werde ich nicht. Ich werde weder zulassen, dass Sie mich vernichten, noch werde ich Ihre Selbstzerstörung dulden. Wir sind dazu bestimmt, einander zu retten. Dieser erhabenen Reise treu zu bleiben ist mein Pfad zur Erlösung.
Und ich bin der Ihre.

Ein Mann Gottes
Den sie den Highwaykiller nennen

Jonah legte seinen Kugelschreiber ab und trank gierig seinen Kaffee.

Er war tatsächlich überzeugt, zu einer bedeutsamen Reise aufzubrechen, doch er wusste auch, dass es eine beängstigende, gefährliche Reise war, vergleichbar der Reise, die Christus machen musste, um Gott in sich zu finden und dann anderen zu helfen, ihn in sich zu finden.

Der Unterschied bestand darin, dass Jonah fest entschlossen war, dem Kreuz zu entgehen, fest entschlossen war, das Werk, das vor ihm lag, in diesem Leben zu vollenden – selbst wenn es bedeutete, dem Teufel von Angesicht zu Angesicht gegenüberzutreten.

Er war erst um vier Uhr fünfzig im Bett, nachdem er eine weitere Stunde Richtung Osten gefahren war, um seinen Brief in einen Federal-Express-Versandbriefkasten in Creston, Wyoming, zu werfen, und dann wieder zwei Stunden zurück zum Ambassador Motel in Rock Springs. Er stellte seinen Wecker auf sieben, da er sich ein paar Stunden ausruhen wollte und sich seltsam ruhig und entspannt fühlte – er hatte keinen unstillbaren Drang, seine Patienten zu sehen, seine Kopfschmerzen waren verflogen, und seine Augen konnten wieder klar sehen. Er hatte knallhart gesagt, was gesagt werden musste. Und er würde tun, was getan werden musste. Er fühlte sich besser, als er das seit sehr langer Zeit getan hatte, und schlief mühelos ein.

Nachdem er seit Wochen unter Schlafmangel gelitten hatte, genoss er diesen tiefen, von Albträumen freien Schlummer und wachte erfrischt und gestärkt auf. Vielleicht hatte er das Schlimmste hinter sich, dachte er. Vielleicht konnte Gott erkennen, welchen Einsatz er zu geben bereit war. Vielleicht war er endlich auf dem richtigen Weg.

Er ging ins Badezimmer, schaltete das Licht an und schaute in den Spiegel. Und was er sah, ließ ihm den Atem stocken: Sein Gesicht und sein Hals waren blutbespritzt.

Er rieb sich mit den Handballen die Augen, um die Illusion zu vertreiben, doch sie starrte ihm weiter ins Gesicht. Er schüttelte ungläubig den Kopf. Der Mann im Spiegel tat das Gleiche. Er streckte die Hand aus und versuchte, ihn wegzuwischen, doch der Mann im Spiegel streckte ebenfalls die Hand aus. Und als sich ihre Fingerspitzen berührten, regten sich Erinnerungen an das, was Jonah Stunden zuvor getan hatte.

Er sah sich selbst an den Tresen der Raststätte treten, lächeln und die Frau fragen, ob er wohl die Toilette benutzen könne. Er sah, wie sie ihn durch die Küche führte und auf eine offene Tür zeigte. Und dann sah er, wie er rittlings auf ihr saß und mit seinen Händen ihren Hals umklammerte, während sich ihr graublaues Haar wie ein Fächer über den rosa Kachelboden ausbreitete.

Er riss seine Hände vom Spiegel weg, als sei das Glas glühend heiß. »Nein«, flehte er.

Doch sein Spiegelbild äffte ihn nur nach, und weitere Bilder tanzten vor seinem geistigen Auge. Er sah, wie er die Frau beim Haar packte und ihren Kopf in den Nacken riss, sah, wie die Klinge seines Messers ihre Luftröhre und Rachenmuskeln aufschlitzte, fühlte die warme Fontäne, die aus ihrer durchtrennten Halsschlagader über sein Gesicht spritzte.

»Es kann nicht sein«, flehte er. »Bitte, Gott.« Er kehrte dem Spiegel den Rücken.

Panik ergriff ihn. Jemand könnte gesehen haben, was im Schnellimbiss passiert war. Jemand könnte ihn beim Wegfahren beobachtet haben. Jemand im Hotel könnte ihn gesehen haben, als er mit blutbeschmiertem Gesicht zurückgekehrt war, oder könnte Blut an seinem Auto bemerkt haben.

Epinephrin strömte aus seinen Nebennieren und verlieh

ihm die nötige Kraft für sein Werk, doch es trieb auch seinen Blutdruck in die Höhe und verengte schmerzhaft die Arterien, die sein Herz und sein Gehirn speisten.

Er klaubte eilig seine blutgetränkten Kleidungsstücke vom Fußboden zusammen, riss den Bezug von seinem Bett und stopfte alles in einen Müllsack. Dann duschte er, zog sich eine saubere Hose und ein Hemd an, griff sich ein nasses Handtuch und ging hinaus auf den Parkplatz in der Erwartung, dass sein BMW blutverschmiert sein würde, doch zu seiner Erleichterung machte er nur ein paar vereinzelte rubinrote Flecken am Lenkrad aus. Er wischte sie weg.

Er kehrte zitternd in sein Zimmer zurück und begann, auf und ab zu laufen. »Beruhige dich«, befahl er sich wieder und wieder. »Niemand wird an die Tür klopfen. Draußen hat kein Streifenwagen gestanden.«

Er schaltete den Fernseher ein, zappte durch die Kanäle und fand, wonach er suchte.

Eine junge, hübsche Fernsehreporterin stand vor dem Imbiss in Bitter Creek und interviewte einen Mann um die fünfzig mit einem Bierbauch, beginnender Glatze und Bartstoppeln in seinem aschfahlen Gesicht.

»Sally hat fünfzehn Jahre hier gearbeitet«, sagte er. »Ich hab nur …« Er räusperte sich. »Nichts dergleichen … Es ist ein Albtraum. Ich weiß nicht, was ich sagen soll.«

»Niemand hat Ihres Wissens Ms. Pierce bedroht?«, fragte die Reporterin. »Es ist niemand Verdächtiger im Imbiss gewesen? Ein Reisender? Ein neuer Angestellter?«

»Nicht, soweit ich weiß.«

Die Reporterin wandte sich zur Kamera um. »Und das wär es vorerst von hier, J. T. Ein brutaler Mord in der friedlichen Kleinstadt Bitter Creek. Eine Frau wurde während der Nachtschicht im örtlichen Schnellimbiss geköpft. Keine Zeugen. Kein erkennbares Motiv. Und die Polizei weigert sich, darüber zu spekulieren, ob es das Werk des Highwaykillers ist oder nicht.«

Jonah schaltete den Fernseher ab. Er setzte sich auf die Bettkante, schlang die Arme um seinen Körper und wiegte sich vor und zurück, während sich in seinem Verstand die Emotionen überschlugen: Schuldgefühle wegen dem, was er getan hatte; Angst, gefasst zu werden; blanke Panik, weil er den Kontakt zur Realität verloren hatte, weil er so gänzlich und vollkommen die Kontrolle über sich verloren hatte, dass er tötete, ohne sich dessen überhaupt bewusst zu sein. Und dann die schreckliche Wahrheit, dass das Morden ihm erneut den inneren Frieden gebracht hatte, dass er wie ein Baby geschlafen hatte, nachdem er das Blut einer Frau vergossen hatte.

Er hatte wie ein Baby geschlafen, nachdem er das Blut einer Frau vergossen hatte. Er hörte seine Gedanken mit seinen Ohren, als würde jemand anders sie aussprechen. War es Gott? War es der gütige Herr, der ihm Wiedergeburt versprach, selbst in dieser dunklen Stunde? Oder verlor er den Verstand?

Er wollte Wyoming auf der Stelle verlassen, wollte zurück in die Berge, um sich wieder unter Kontrolle zu bringen, doch er wusste, dass ein plötzlicher Weggang Verdacht erregen würde. Das FBI suchte zweifelsohne die Gegend ab, stellte Fragen. Sie würden vielleicht sogar zum Krankenhaus kommen. Er musste die Fassung wahren, musste zur Arbeit gehen, als sei nichts geschehen.

Er griff nach seinem Röhrchen Haldol und schluckte ein Milligramm. Er entschied, das Medikament von nun an dreimal täglich zu nehmen, jeden Tag, in dem Versuch, sich in der Realität zu verankern.

Während Jonah sich die Berichterstattung über den Mord anschaute, fuhr Clevenger Billy in die Entzugsklinik des North Shore Medical Center in Salem, etwa vierzig Minuten von

Chelsea entfernt. Er hatte Anrufe von Kane Warner und Whitney McCormick erhalten, die ihm den Tatort in Wyoming beschrieben und ihn aufgefordert hatten, um fünfzehn Uhr an einem Treffen in der FBI-Zentrale teilzunehmen. Warner hatte noch feindseliger geklungen als üblich. McCormick hatte besorgt geklungen. Clevenger buchte ein Ticket für den Mittagsflug.

Ein Betreuer namens Dan Solomon – um die fünfundfünfzig, mit ledriger, verwitterter Haut, einem Diamantstecker im Ohr und saphirblauen Augen – befragte Billy zu seinem Drogenkonsum und seiner psychiatrischen Krankengeschichte. »Also nur Marihuana und Kokain?«, fragte er.

»Das ist alles«, bestätigte Billy. Er warf einen Blick zu Clevenger.

»Ist da noch mehr?«, fragte Solomon.

Billy zuckte mit den Achseln. »Ecstasy, gelegentlich.«

»Wäre es leichter für dich, wenn ich den Raum verlassen würde?«, fragte Clevenger Billy.

»Nein. Bleib hier.«

»Hör mir mal gut zu«, sagte Solomon, und seine Augen leuchteten noch stärker. »Du schneidest dir wirklich ins eigene Fleisch, wenn du nicht offen bist. Ich weiß, dass du das anders siehst. Ich hab die Therapeuten auch angelogen. Du denkst, du bist hier und kriegst auf jeden Fall die volle Zehn-Tage-Behandlung, also was bringt es, total ehrlich zu sein? Aber eins solltest du nie vergessen: *Wenn du total ehrlich bist, hast du schon die halbe Schlacht gewonnen.* Weil es unter dem Strich wirklich darauf hinausläuft, ein ehrlicher Mensch zu werden – dich deinem Schmerz zu stellen und nicht zu versuchen, ihn mit Drogen zu betäuben oder ihn wegzulügen. Alles zuzugeben, was du geschluckt oder geraucht oder geschnupft oder gespritzt hast, ist ein großer Schritt in die richtige Richtung.«

Billy sah abermals zu Clevenger und dann zurück zu Solomon. »Oxycontin, ein paarmal. Und ich, ähm … ich hab mir zweimal Kokain gespritzt.«

Solomon starrte ihn an.

»Dreimal«, sagte Billy.

Solomons Blick blieb starr auf ihn gerichtet.

»Einmal hab ich es geraucht«, sagte Billy.

»Du hast Crack genommen«, sagte Solomon und machte sich Notizen.

»Nur ein einziges Mal«, sagte Billy.

Clevenger hatte das Gefühl, sein Herz wäre in einen Schraubstock eingespannt, doch er versuchte, sich nichts anmerken zu lassen. »Ist das wirklich alles?«, fragte er Billy.

»Das ist alles«, erklärte Billy nachdrücklich.

»Ich verlasse mich auf dein Wort«, sagte Solomon, »bis du mir Grund gibst, daran zu zweifeln. Einverstanden?«

Billy nickte.

»Hast du in der Vergangenheit Phasen von Depression durchlebt?«, fuhr Solomon fort.

»Man kann es wohl eher eine einzige lange Phase nennen«, erwiderte Billy.

»Bist du je stationär in einer psychiatrischen Abteilung oder medikamentös behandelt worden?«

»Einmal haben sie mich ins Krankenhaus gesteckt«, sagte Billy. »Nachdem meine Schwester ermordet worden war.«

Solomon zuckte mit keiner Wimper. Wie jeder hatte er von Billy Bishop und dem Mord auf Nantucket gehört. »Hast du jemals an Selbstmord gedacht?«

Clevenger hoffte, Billy würde »Nein« sagen, hauptsächlich weil Billys Prognose dann besser wäre, aber zum Teil auch, weil er Billys geistige Gesundheit – oder den Mangel daran – unweigerlich als Urteil über seine Fähigkeiten als Vater verstand. Er war erst vor zwei Jahren in Billys Leben getreten, doch er wollte daran glauben, dass diese Zeit Einfluss auf Billys Psychopathologie gehabt habe.

»Zweimal«, antwortete Billy.

Der Schraubstock zog sich enger um Clevengers Herz, doch er setzte ein Pokergesicht auf.

»Wann?«, fragte Solomon.

»Weiß nicht«, antwortete Billy. »Vielleicht, als ich von der Schule flog. Ein paarmal so um den Dreh herum.«

»Und du hast überlegt … was zu tun?«, wollte Solomon wissen.

Billy zuckte mit den Achseln. »Überdosis. Mir mit Koks oder so den goldenen Schuss zu setzen.«

Clevenger kniff fest die Augen zusammen, um das ungebetene Bild zu vertreiben, wie er Billy tot im Loft fand.

»Tut mir Leid«, sagte Billy.

Clevenger öffnete die Augen und sah, dass Billy ihn anschaute. »Dir muss da nichts Leid tun, Kumpel«, versicherte er. »Mir tut Leid, dass ich dir diese Frage nicht selbst gestellt habe, als du so am Boden warst.«

»Ich hätt's dir nicht gesagt«, erklärte Billy.

»Denkst du jetzt daran, dir etwas anzutun?«, fragte Solomon.

»Nee, absolut nicht«, sagte Billy. Er erinnerte sich daran, was ihm durch den Sinn gegangen war, als Clevenger ihn zum Drogentest in Brian Strasnicks Klinik gefahren hatte, erinnerte sich an den brennenden Wunsch, Clevenger zu verletzen, indem er ihn zuschauen ließ, wie er aus dem Wagen sprang und auf der Straße aufschlug. Er sah Clevenger an. »Ich will weder mir noch meinem Dad je wieder wehtun«, sagte er. Und er meinte es ernst.

Jonah Wrens kam pünktlich um acht Uhr zur Arbeit. Er trug ein gestärktes lavendelfarbenes Hemd, eine perfekt gebundene blaue- und lavendelfarbene Krawatte, die obligatorische graue Flanellhose und Slipper. Er betrat die Schwesternstation, nickte der Sekretärin und der Oberschwester zur Begrüßung zu und setzte sich hin, um die Krankenblätter der Patienten, die ihm für die nächsten zwei Wochen zugeteilt waren, durchzusehen.

»Haben Sie von dem Mord gehört?«, fragte die Oberschwester, Liz Donahue.

Jonah sah sie an. Sie war zweimal geschieden, kinderlos, eine Frau in den Vierzigern, die schön hätte sein können, wäre sie nicht bulimisch gewesen. »Mord?«, fragte er.

Donahues freundlicher Gesichtsausdruck erlosch augenblicklich, und nur trübe Augen, eingefallene Wangen und katzendünne Lippen blieben zurück. »Im Imbiss in Bitter Creek?«

War der Argwohn, den er in ihrer Stimme hörte, reine Einbildung? Er schüttelte den Kopf.

»Eine Frau wurde geköpft«, sagte sie.

»Es ist so abscheulich«, stimmte die Stationssekretärin mit ein und drehte ihren Schreibtischstuhl zu Jonah und Donahue um. Sie war Anfang dreißig, mollig und trug einen blonden, geflochtenen Zopf, der bis zu ihrem Kreuz hinabreichte. »Manche Leute sind wirklich pervers. Ich hoffe, sie finden den, der das getan hat, und hacken ihm *seinen* verfluchten Kopf ab. Sie sollten ihn an einen Stuhl fesseln und sich richtig Zeit damit lassen. Und sie sollten ihn dazu zwingen, in einem Spiegel alles mit anzuschauen.«

In einem Spiegel?, wiederholte Jonah im Stillen argwöhnisch. War es möglich, dass die beiden wussten, was er getan hatte? Trug er das Gesicht eines Mörders? Er berührte seine Wange und schaute auf seine Fingerspitzen, um sich zu vergewissern, dass kein Blut daran klebte. »Sie wissen nicht, wer es getan hat?«, war alles, was er herausbrachte.

»Es muss der Highwaykiller gewesen sein«, sagte Donahue, und ihr Gesicht war vor Erregung plötzlich ganz lebendig. »Ich schätze, wir werden schon bald alles darüber in der *Times* lesen. Ich kann es jedenfalls kaum abwarten.«

Ihr gefallen die Briefe, dachte Jonah bei sich. Sie mag sie in der gleichen Weise, wie Leute die Zeitschrift *People* und Fernsehdramen mögen. Waren er und sein Leiden wirklich dazu verkommen? Zu einem billigen Spektakel?

Die Stationssekretärin war ebenfalls ganz begeistert. »Er hat wahrscheinlich die gleichen perversen Sachen mit dieser Paulette Bamberg gemacht, über die Clevenger in seinem letzten Brief geschrieben hat. In Utah? Er hat gesagt, sie sei brutal zugerichtet gewesen – hat ihr wahrscheinlich den Kopf abgeschnitten, genau wie dieser hier.«

Während die Sekretärin sprach, sah Jonah Paulette Bamberg mit leerem Blick vom Laubbett an der Route 80 in Utah zu ihm hinaufstarren. Das Bild tauchte nur einen kurzen Moment auf, doch lang genug, um ihn zu überzeugen, dass Clevenger in seinem letzten Brief nicht gelogen hatte. Er hatte schon einmal eine Frau mit brutaler Gewalt getötet. Aber wirklich nur einmal zuvor?

»Hasst Frauen«, sagte Donahue. »Wenn ihr mich fragt, das ist Sam Garber in zwanzig, dreißig Jahren.«

Jonah wusste, dass er etwas sagen sollte, wusste, dass die Reihe an ihm war, etwas beizusteuern. »Sam Garber?«, war alles, was er herausbrachte.

»Er ist in den letzten achtzehn Monaten fünfmal eingewiesen worden«, sagte die Stationssekretärin.

Donahue schüttelte den Kopf. »Er hat den kompletten Stammbaum eines angehenden Soziopathen: legt Feuer, quält Tiere, macht ins Bett.«

»Wir müssen seine Mutter von ihm fern halten«, sagte Jonah.

»Viel Glück«, knurrte Donahue. »Das Jugendamt hat bislang keinen Finger krumm gemacht, um ihn zu beschützen.«

»Warum nicht?«, fragte Jonah.

»Er rückt nicht mit der Wahrheit raus. Plappert die Geschichten nach, die ihm seine Eltern darüber eingetrichtert haben, wie er sich verletzt hat. Und bislang hat niemand je das Gegenteil beweisen können.«

»Niemand *will* das Gegenteil beweisen«, stimmte die Stationssekretärin mit ein. »Es ist ja nicht so, dass alle Heime im Bundesstaat sich darum reißen, ihn aufzunehmen. Er macht nur Probleme. Hat schon ein paarmal das Pflegepersonal angegriffen. Hat zweimal versucht, das Krankenhaus abzufackeln.«

»Er sollte lieber seine Mutter anstecken«, sagte Jonah automatisch und war entsetzt über seine eigenen Worte. Doch waren es seine eigenen Worte? Was passierte mit ihm? Er lachte, um dem, was er gesagt hatte, die Schärfe zu nehmen, doch sein Gelächter klang hohl, mechanisch.

Die Stationssekretärin und Donahue sahen einander an.

»Ich schätze, so kann man es auch sehen«, sagte Donahue. Sie räusperte sich. »Sind Sie heute Morgen mit dem falschen Fuß aufgestanden, Dr. Wrens?«

Er nahm jedes verfügbare Quäntchen positiver Energie zusammen. »Ein kleiner Scherz«, sagte er augenzwinkernd.

Dr. Corinne Wallace, die Leiterin der Psychiatrie des Krankenhauses, tauchte in der Tür zur Schwesternstation auf. Sie war eine attraktive Frau um die vierzig, mit schulterlangem, braunem Haar und einem ansteckenden Optimismus, der sowohl ihr Personal als auch ihre Patienten aufmunterte. Doch diesmal waren ihr Gesicht und ihre Stimme ernst. »Könnte ich Sie kurz sprechen?«, fragte sie Wrens.

»Selbstverständlich«, antwortete er zaudernd.

»Es geht um die Sache in der Raststätte.«

Jonah erstarrte im selben Maße, wie seine Paranoia wuchs.

»Wir haben uns gerade darüber unterhalten«, warf die Stationssekretärin ein. »Hoffentlich kommt das Schwein auf den elektrischen Stuhl.«

Vielleicht war er doch am Tatort gesehen worden, schoss es Jonah durch den Kopf. Vielleicht wartete die Polizei bereits vor der Tür der geschlossenen Abteilung auf ihn.

»Kommen Sie?«, fragte Wallace ihn.

Die beiden gingen schweigend den Flur entlang und in Jonahs Büro.

»Möchten Sie sich setzen?«, fragte Jonah.

Sie schüttelte den Kopf. »Wir arbeiten sehr eng mit der Polizei dieses Bezirks zusammen«, begann sie. Jonah schob verstohlen seine Hand in die Hosentasche und legte seine Finger um das Klappmesser.

»Ein gewisser Sergeant John ›Buck‹ Goodwin hat heute Morgen angerufen«, fuhr sie fort. »Der Detective, der für den Mord in Bitter Creek zuständig ist. Ich habe ihm gesagt, ich würde ihm helfen.«

Benutzten sie Wallace als den »guten Cop«?, fragte Jonah sich. Dachten sie tatsächlich, er ließe sich so leicht übertölpeln und stimme zu, dass sein Hotelzimmer ohne Gerichtsbescheid durchsucht würde? »In welcher Weise?«, fragte er sie.

»Den Besitzer und die Angestellten der Raststätte hat diese Sache schwer mitgenommen«, sagte Wallace. »Das Opfer – Pierce hieß sie – war sehr beliebt. Ihre Tochter arbeitet ebenfalls als Bedienung dort. Die gesamte Belegschaft ist wie eine große Familie.« Sie machte eine Pause. »Normalerweise würde ich niemals einen Vertretungsarzt darum bitten, aber ich muss nachher wegen eines Seminars die Stadt verlassen. Und Dr. Finnestri liegen Traumapatienten einfach nicht.«

Jonah konnte kaum glauben, was er da hörte. Wollte Wallace ihn tatsächlich bitten, den Kollegen von Pierce seelischen

Beistand zu leisten? Ihrer Tochter? War dies Gottes Methode, ihn zu bestrafen, indem er ihn aus erster Hand das Leid sehen ließ, das er diesen Menschen zugefügt hatte? Es entsetzte und rührte ihn.

»Ich denke nicht, dass es mehr als zwei oder drei Stunden Ihrer Zeit in Anspruch nehmen würde«, sagte Wallace. »Aber wenn es irgendwie möglich wäre, dass Sie per Telefon mit diesen Leuten sprechen? Besonders mit der Tochter.«

»Ich helfe sehr gern«, sagte Jonah und sprach dabei nicht nur zu Wallace, sondern zu Gott. »Und ich werde wohl besser alle einladen, mich hier im Krankenhaus aufzusuchen.«

»Das geht eindeutig weit über Ihre vertraglichen Pflichten hinaus. Wir können Sie dafür extra bezahlen.«

»Daran würde ich nicht im Traum denken. Es ist das wenigste, was ich tun kann«, erklärte Jonah.

Jonah lernte Sam Garber eine halbe Stunde später kennen. Es war schön, sich in dem Jungen zu verlieren, zu vergessen, was in der Nacht zuvor passiert war.

Sam war stämmig, bedeutend größer als die meisten Neunjährigen und sprach mit einer monotonen Stimme, die ihn noch älter machte. Nur seine weiche Haut und der gerade geschnittene, halblange Pony verrieten, dass er noch ein Kind war. Er saß stocksteif und mit gerunzelter Stirn in dem Sessel vor Jonahs Schreibtisch und erzählte ihm, wie ungeschickt er sei, dass er wieder und wieder hingefallen sei und sich wehgetan habe, dass er nur den einen Wunsch habe, wieder zu Hause bei seiner Mutter und seinem Vater zu sein.

»Das wird diesmal nicht passieren«, sagte Jonah.

Sam runzelte die Stirn noch stärker. »Ich weiß, dass Sie mich nicht hier behalten können«, sagte er zaghaft.

Jonah hörte das Flehen in Sams Worten. *Sie* werden *mich nicht hier behalten. Sie können mich nicht beschützen.* Er wusste, dass er seine Entschlossenheit demonstrieren musste, um zu beweisen, dass Sam ihm vertrauen konnte. »Ich kann, und ich werde«, sagte er. »Du wirst auf keinen Fall von hier wieder nach Hause zurückgeschickt. Wir werden dich an einem sicheren Ort unterbringen. Denn ich weiß *genau*, was deine Mutter dir antut.«

»Sie macht gar nichts.«

»Hast du mich je zuvor in diesem Krankenhaus gesehen?«, fragte Jonah.

»Nein.«

»Weißt du, warum sie mich holen?«

Sam zuckte mit den Achseln.

»Ich kann Gedanken lesen«, erklärte Jonah.

»Klar doch«, spottete Sam. »Was sind Sie, so 'ne Art Superheld? Haben Sie auch den Röntgenblick?«

»Ich beweis es dir.«

Sam zögerte, und Jonah erschloss daraus eine gewisse Unsicherheit, ob er Gedankenlesen nicht doch für möglich halten sollte. »Machen Sie schon«, sagte er. »Mir ist das egal.«

Jonah stand auf und ging zu ihm hinüber. »Darf ich deinen Kopf anfassen?«, fragte er.

»Das ist alles bloß Quatsch«, sagte Sam, doch er senkte leicht seinen Kopf.

»Schließ deine Augen«, wies Jonah ihn an.

Sam gehorchte. Er mochte wie zwölf oder dreizehn aussehen, mochte weit mehr durchgestanden haben, als sein Alter vermuten ließ, doch er war neun und noch immer leicht zu beeinflussen, noch immer bereit zu glauben und imstande zu hoffen, dass es auf der Welt besondere Menschen mit Superkräften gab – und dass diese Superkräfte vielleicht sogar groß genug waren, um ihn zu beschützen.

Jonah legte seine Hände auf den Kopf des Jungen, schloss seine Augen und atmete tief ein. Er stellte sich die s-förmigen

Spiralbrüche an Sams Speichen- und Oberarmknochen vor. »Wenn deine Mutter dich schlägt, hält sie dich am Arm fest«, sagte er, »und du windest dich, um dich loszureißen.«

Sam schwieg.

Jonah erinnerte sich an Heaven Garbers Lügen, dass Sam die Treppe hinuntergestürzt, vom Fahrrad gefallen und rücklings in den Kamin gestolpert sei. Jonah hatte zahllosen Opfern und zahllosen Tätern zugehört, und er wusste, dass ihre Geschichten meistens ein Körnchen Wahrheit enthielten. Die überzeugendsten Lügen waren aus Tatsachen und Fiktionen zusammengesetzt. »Einmal hast du versucht, dich von ihr loszureißen, während sie dich festgehalten und dich geschlagen und angeschrien hat«, malte er die Szene aus, »und dann hat sie ganz plötzlich losgelassen, und du bist die Treppe hinuntergefallen.«

Sam kniff seine Augen fester zusammen, als wolle er die Erinnerung abwehren.

»Hat sie dich ausgelacht?«, fragte Jonah. »Hat sie dich einen Tölpel geschimpft?« Er fühlte, wie Sams Kopf einmal unter seinen Händen nickte. »Ist beim Kamin das Gleiche passiert? Hat sie losgelassen?«

»Mhm-hm«, machte Sam.

»Du bist rücklings gegen den Kaminschirm gefallen?«

Wieder nickte Sam.

Jonah stellte sich Heaven Garber vor, wie sie Sam verspottete, während er weinte. Er konnte förmlich ihr höhnisches Lachen hören. Er bewegte seine Handflächen zu den Schläfen des Jungen, fühlte, wie die ersten Tränen kamen, dann fühlte er, wie er selbst von Schmerz übermannt wurde. Wie wunderbar, von jener Flut der Trauer davongespült zu werden, weit weggetragen zu werden von seinen eigenen Sorgen darüber, was aus ihm geworden war, wozu er fähig war. »Wo war dein Vater?«, fragte er so leise, als würde er beten.

»Weiß nicht.«

»Hast du ihm je erzählt, was wirklich passiert ist?«

»Sie hat gesagt, er würde mir nicht glauben«, sagte Sam. »Sie hat gesagt, sie würde dafür sorgen, dass er mich fürs Lügen in die Besserungsanstalt schickt – und für die anderen Sachen, das mit den Tieren und so. Dass ich ihnen wehgetan hab. Sie hat gesagt, ich würd ihn nie wiedersehen.«

»Und du hast gedacht, er würde sich für sie entscheiden statt für dich?«

Sam zuckte mit den Achseln.

Jonah atmete tief aus und kniete vor Sam nieder. Er sah dem Jungen in die Augen. »Die Wahrheit ist jetzt ans Licht gekommen«, sagte er. »Du darfst deine Geschichten jetzt nicht mehr ändern, egal was passiert. Abgemacht?«

»Aber was wird sie mit mir machen?«

»Sie kann überhaupt nichts machen.«

»Warum nicht?«, fragte Sam.

Jonah dachte daran zurück, wie erschreckt Hank Garber auf seine Bemerkung reagiert hatte, er könne Sam auf immer verlieren. »Weil dein Dad sich für dich entscheiden wird«, sagte er. Er lächelte ihn an. »Du bist selbst so etwas wie ein Superheld.«

»Ich?« Er schüttelte den Kopf. Doch er hatte den Köder geschluckt. »Wie meinen Sie das?«

»Du hattest die ganze Zeit über alle Macht. Nicht deine Mutter. Du hast es nur nicht gewusst.«

»Sind Sie da sicher? Ich fühl mich nicht sehr mächtig.«

»Ich bin mir da ziemlich sicher«, sagte Jonah. Er sah tief in Sams verängstigte Augen. »Was meinst du? Ist es abgemacht? Du änderst deine Geschichte nicht wieder?«

Sams Miene verdüsterte sich. Er biss sich auf die Unterlippe und kaute einen Moment lang gedankenverloren darauf herum. »Abgemacht«, sagte er.

9

Nachmittag, Dienstag, 8. April 2004
Quantico, Virginia

Ein Agent namens Phil Steiner führte Clevenger von der Lobby der FBI-Akademie zum Pathologielabor. Kane Warner und Whitney McCormick standen bereits in Handschuhen und OP-Overalls neben einer Frau, die auf einem Obduktionstisch aus Edelstahl eine Frauenleiche untersuchte. Clevenger zog eilig die gleiche Montur an und gesellte sich zu ihnen.

»Wir dachten, wir können mit unserem Treffen auch hier beginnen«, erklärte McCormick, als Clevenger an den Tisch trat.

Kane Warner begrüßte Clevenger mit einem knappen Nicken.

»Die Leiche ist vor rund einer Stunde aus Wyoming eingetroffen«, fuhr McCormick fort. »Sally Pierce, zweiundsechzig.«

Clevenger sah Pierce an, und ihm stockte der Atem. Sie war bis zur Unkenntlichkeit geprügelt worden, ihre Augenlider waren angeschwollen wie die einer Kröte, ihre Wangenknochen waren eingedrückt, die Unterlippe baumelte an rubinroten Gewebefetzen, ihre abgebrochenen Zähne waren blutverkrustet. Ganze Haarbüschel waren ausgerissen, und die Kopfhaut darunter war stellenweise von Faustschlägen so dünn geklopft worden, dass der Knochen durchschimmerte. Ihre Ohren hatten die Farbe von Auberginen. Ein unregelmäßiger Schnitt und blauschwarze Quetschungen zogen sich um ihren Hals.

Clevenger sah McCormick an. Der Kontrast zwischen der Leiche und McCormicks makelloser Schönheit verlieh ihr etwas Überirdisches. Clevenger verspürte den Drang, sie in den Arm zu nehmen, sie zu küssen, mit ihr lebendig zu sein.

»Ich bin Elaine Ketterling«, stellte sich die Frau am Kopf des Tisches vor und streckte ihm ihre behandschuhte Hand hin. »Stellvertretende Leiterin der Pathologie.«

Clevenger schüttelte ihre Hand.

Ketterling deutete auf den Kopf von Sally Pierce. »Wie ich gerade sagte, haben wir es hier unverkennbar mit schweren Quetschungen des Gesichts, der Ohren und der Kopfhaut zu tun, hervorgerufen wahrscheinlich durch wiederholte schwere Schläge. Wir werden zweifelsohne Brüche der Gesichtsknochen und Gehirnblutungen finden, sobald wir hiermit fertig sind und eine Magnetresonanztomographie gemacht haben.« Sie legte ihre leicht geballten Finger unter Pierce' Kinn und schob den Kopf sanft in den Nacken. »Das Kopftrauma hätte genügt, um sie zu töten«, fuhr sie fort, »doch es wurde ihr auch ein gut fünfunddreißig Zentimeter tiefer Schnitt am Hals zugefügt, sechs Zentimeter oberhalb des Schlüsselbeins.« Als Ketterling den Druck ihrer Finger verstärkte, öffnete sich der schartige Schnitt am Hals erst zu einem scharlachroten Schlitz, dann zu einer gähnenden Spalte, die Pierce' durchtrennte Luftröhre, ihre Drosselvene und ihre Halsschlagader bloßlegte wie ein Schaubild aus dem Anatomiebuch. »Die Wunde erstreckt sich bis in die Wirbelsäule, wobei sie zum Ende hin abgefälscht ist«, sagte Ketterling, »übereinstimmend mit der verbogenen Klinge des Messers, das am Tatort gefunden wurde. Es war nicht stabil genug für die Aufgabe.«

»Hat er ein Messer aus dem Imbiss benutzt?«, fragte Clevenger McCormick.

McCormick nickte. »Der Besitzer hat es identifiziert. Also gibt es keine Waffe, die wir zurückverfolgen können.«

Ketterling ging am Obduktionstisch entlang und ließ ihre

Hände über Pierce' Schultern gleiten, an ihren Armen hinab, über ihre Unterarme, Handgelenke und Hände. »Die Prellungen an den oberen Extremitäten sind bedeutend weniger ausgeprägt«, sagte sie. »Weit diffuser. Es gibt keine Anzeichen, dass ihre Arme oder Handgelenke gefesselt waren. Wahrscheinlicher ist, dass der Täter hier gekniet hat, um sie bewegungsunfähig zu machen.« Sie zeigte auf zwei große, ovale blaue Flecke an den Oberarmen der Leiche. Dann wanderten ihre Hände weiter – an Pierce' Beinen und Knöcheln entlang zu ihren Füßen. »Keine offensichtlichen Schnitte irgendwo, abgesehen vom Hals«, fuhr sie fort. »Ich vermute, dass sich die Frakturen auf ihre Gesichts- und Schädelknochen beschränken. Wir werden es mit größerer Bestimmtheit wissen, sobald wir eine Computertomographie des gesamten Körpers gemacht haben.«

»Keine Nadeleinstiche?«, fragte McCormick.

»Ich habe ihre Haut sehr sorgfältig abgesucht«, sagte Ketterling. »Kein Anzeichen von Blutentnahme. Selbstverständlich könnte er das Blut aus einer der Adern abgenommen haben, die er durchtrennt hat. Halsschlagader. Drosselvene. Es muss zwangsläufig eine schwere Blutung gewesen sein.« Sie trat an das Fußende des Tisches und deutete mit einem Nicken auf den Unterleib von Pierce. »Mir ist die große Menge an getrocknetem Blut um die Vulva herum und an den Oberschenkeln aufgefallen«, sagte sie. »Ich werde nachher eine vollständige Unterleibsuntersuchung vornehmen, um nach weiteren Verletzungen zu suchen und einen Spermatest zu machen.«

»Sie werden kein Sperma finden«, sagte Clevenger, mehr zu sich selbst.

»Wie bitte?«, sagte Ketterling.

»Seine Wut ist jetzt durch nichts mehr getrübt«, sagte er, ohne seinen Blick von der Leiche zu lösen. »Er kann sie nicht im Zaum halten. Er gierte danach, diese Frau – und Paulette Bamberg – zu zerstören, nicht danach, ihnen nah zu sein.«

»Nun, das ist ziemlich offensichtlich«, bemerkte Warner. Er sah Clevenger an. »Wir hatten einen emotional gestörten Mörder, jetzt haben wir einen mit klarem Verstand. Ich schätze, es fällt mir ein wenig schwer zu sehen, wie uns das einer Verhaftung auch nur einen Schritt näher bringt.«

»Er hat jetzt alles andere als einen klaren Verstand«, entgegnete Clevenger. »Er verliert ihn.«

»Ausgezeichnet«, sagte Warner. »Ich werde der Presse erklären, dass das Blutbad in Wyoming in Wirklichkeit ein *gutes* Zeichen ist.«

McCormick sah Warner an. »Können wir uns das für später aufsparen?«

»Kein Problem«, sagte Warner. »Wir sehen uns dann in fünfzehn Minuten.« Er ging hinaus.

»Es funktioniert«, sagte Clevenger. Er saß auf der Couch in Whitney McCormicks Büro und wandte sich von McCormick zu Kane Warner um. »Zum ersten Mal hat er an einem riskanten Ort getötet. Er hätte auf frischer Tat ertappt oder bei der Flucht vom Tatort überrascht werden können. Er hat überstürzt gehandelt. Weniger überlegt. Genau wie wir es wollen.«

Warner kicherte herablassend. »Genau wie *Sie* es wollen, Doktor«, sagte er von seinem Sessel vor McCormicks Schreibtisch aus. »Ich halte mich lieber an die Fakten. Er ist *nicht* auf frischer Tat ertappt worden. Er hat keine Waffe benutzt, die wir zurückverfolgen könnten. Wir haben heute zwei Dutzend Agenten die Gegend durchkämmen lassen, ohne dass sie eine Spur gefunden hätten. Wenn er so außer Kontrolle ist, wieso macht er dann keinen Fehler? Warum hat er nicht bei helllichtem Tag gemordet, vor den Augen von Zeugen?«

»Wenn wir ihn weiter unter Druck setzen, wird er das tun«, sagte Clevenger. »Dann haben wir ihn – und zwar bedeutend früher, als wir ihn sonst gehabt hätten.«

»Behaupten Sie«, sagte Warner und beugte sich in seinem Sessel vor. »Vielleicht fängt er ja richtig an zu ›bluten‹ und köpft ein paar Leute in irgendeinem Gemischtwarenladen an irgendeiner der fünfzigtausend Landstraßen in diesem wunderschönen Land. Vielleicht wird er nicht unachtsam, bis das ganze Land vor Angst gelähmt ist und wir die Titelseite von *Newsweek* zieren und zu erklären versuchen, weshalb die Serienmördertherapie à la Clevenger leider nicht die richtige Behandlung für diesen speziellen Irren zu sein scheint.« Er lächelte verkniffen. »Natürlich wären Sie dann wieder auf der Titelseite …«

»Ist es das, wovor Sie Angst haben, Kane?«, fragte Clevenger. »Die schlechte Presse?«

»Ich habe keine Angst vor irgend…«

»Ihnen ist ein verhaltener, ruhiger Mörder lieber, jemand, der weniger Schlagzeilen produziert und in größeren Abständen. Er kann gern hier und dort und von Zeit zu Zeit Leichen zurücklassen, solange sich alles lang genug hinzieht, bis Sie Ihre nächste Beförderung in der Tasche haben oder vielleicht sogar einen der wirklich lohnenden Jobs als Sicherheitschef am Reagan Natioal Airport oder in Caesar's Palace absahnen.«

Warners Hals wurde knallrot. »Ich denke nicht, dass ich je mit dem Stundenlohn von fünfhundert Dollar werde mithalten können, den wir Ihnen zahlen.«

»Man kriegt, wofür man …«

»Das führt doch alles zu nichts«, ging McCormick dazwischen. Sie sah Warner an. »Sagen Sie es ihm endlich«, drängte sie.

Clevenger sah sie argwöhnisch an. Sie wich seinem Blick aus.

Warner lehnte sich wieder in seinem Sessel zurück und zog seine Krawatte gerade. »Wir hatten heute Morgen eine Besprechung mit Direktor Hanley«, erklärte er triumphierend. »Sie werden Ihre zukünftige Korrespondenz mit dem Highwaykiller auf Empfehlungen beschränken, wie er seine Gewalttätigkeit im Zaum halten kann, und ihn unmissverständlich auffordern, sich freiwillig zu stellen. Wir wollen nicht, dass Sie den Topf zum Überkochen bringen, um es mal so zu sagen.«

»Klingt, als wollten Sie einer Siebzehnjährigen, die die Pille nimmt, sexuelle Enthaltsamkeit predigen«, sagte Clevenger. Er suchte nach Unterstützung bei Whitney McCormick.

Sie schwieg.

»Stimmst du ihm zu?«, fragte Clevenger.

»Ich bin mir nicht sicher«, antwortete sie zögernd. »Aber ich bin mir auch nicht sicher, dass ich es nicht tue.«

Clevenger starrte sie aufgebracht an. »Paulette Bambergs Leiche lag monatelang im Wald. Er hat sie geköpft, lange bevor er und ich angefangen haben, Briefe auszutauschen.«

»Aber Sie haben sie aus der Versenkung geholt«, hielt Warner dagegen. »Was immer Sie in diesem Kerl entfacht haben, er hat eine Leiche ausgespuckt, die seine Explosivität deutlich zum Ausdruck bringt. Und jetzt hat er sogar noch brutaler getötet. Mir gefällt dieses Muster nicht. Und dem Direktor ebenso wenig.«

»Ein Direktor, der rein zufällig überlegt, für den Senat zu kandidieren«, bemerkte Clevenger.

Das Telefon klingelte. McCormick griff danach. »Ja?« Ihre Züge verdüsterten sich, während sie in den Hörer lauschte. »Verstehe. Danke. Ich werde allen Bescheid sagen.« Sie legte auf.

Warner und Clevenger sahen sie an.

»Das war die Pathologie. Sie haben ein Messer im Opfer gefunden – in Ms. Pierce.«

»In ihr ... wo?«, fragte Warner.

McCormick sah Clevenger an, als sei die Nachricht, die sie gleich überbringen würde, der letzte Nagel zu seinem Sarg. »Der Griff ragte aus dem Gebärmutterhals«, sagte sie. »Die Klinge hat den Uterus aufgeschnitten. Es wurde kein Sperma gefunden.«

So grotesk diese Information auch war, sosehr sie Clevenger auch entsetzte, so bestätigte sie doch seine Vermutung, was im Kopf des Highwaykillers vor sich ging – der völlige Einsturz seiner psychologischen Schutzmechanismen. Aber er konnte erkennen, dass er mit dieser Sichtweise allein dastand.

Warner sah ihn an, als sei er persönlich verantwortlich für das Ableben von Pierce. »Begreifen Sie endlich?«, fragte er. »Sie müssen ihn dazu bringen, einen Gang zurückzuschalten, damit er sich wieder in die Gewalt bekommt. Um uns mehr Zeit zu verschaffen.«

»Das ist die falsche Strategie«, beharrte Clevenger. »Die Zeit ist auf seiner Seite. Es hat ihm gefallen, das Tempo zu bestimmen.«

»Dann weigern Sie sich also«, sagte Warner.

Clevenger sah die Befriedigung in Warners Gesicht, der offensichtlich wollte, dass er das Handtuch warf, der schon darauf brannte, nach oben ins Eckbüro zu stürmen und Jake Hanley zu erzählen, dass es keine Briefe mehr geben würde. »Geben Sie mir einen Tag, es mir zu überlegen«, erwiderte Clevenger.

Warner stand auf. »Nehmen Sie sich so viel Zeit, wie Sie möchten«, sagte er. »Sollten wir in der Zwischenzeit einen weiteren Brief von ... Ihrem Patienten erhalten, werden wir uns alle Informationen zunutze machen, die wir darin finden können, und es dabei belassen – ohne eine Antwort.«

»Sie mögen es ja dabei belassen«, sagte Clevenger. »Er vielleicht nicht. Sie denken, er sei jetzt außer Kontrolle? Warten Sie nur ab, was passiert, wenn er sich im Stich gelassen fühlt, weil ihm niemand mehr zuhört.«

Warner lächelte sein überschwängliches Lächeln. »Er kann sich jederzeit einen Therapietermin direkt hier in diesem Büro geben lassen«, sagte er. »Ich werde Ihnen eine Genehmigung besorgen, ihn zweimal wöchentlich in Levenworth zu besuchen.« Er deutete eine Verbeugung in McCormicks Richtung an. »Geben Sie auf sich Acht.«

»Was zum Teufel ist denn bloß los mit dir?«, fragte Clevenger McCormick, sobald Warner gegangen war. »Du hast mich im Regen stehen lassen.«

»Sie machen sich Sorgen«, sagte McCormick.

»Ich habe nach dir gefragt.«

»Ich mache mir Sorgen.«

»Weil er möglicherweise nicht sofort zusammenbricht, weil diese Sache tatsächlich eine Weile dauern könnte? Hast du wirklich etwas anderes erwartet? Er spielt dieses Spiel schon sehr lange. Zu lange.«

Das schien McCormick zu treffen. »Es ist nicht nur das«, sagte sie und senkte ihre Stimme um einige Oktaven.

»Okay …«

Sie beugte sich vor. »Ich denke, du solltest dir vielleicht einmal überlegen, wie weit du bei dieser Sache von deinen eigenen Problemen geleitet wirst.«

»Von meinen eigenen Problemen?«

»Deine *Strategie* ist klar. Du willst seine Wut schüren, bis er explodiert. Aber ich glaube nicht, dass du dir auch nur einen Moment lang überlegt hast, ob du vielleicht unterbewusst ein Motiv hast zuzuschauen, wie er außer Rand und Band gerät.«

»Zuzuschauen …«, sagte Clevenger verdutzt. Er schüttelte den Kopf und sah McCormick an. Dann dämmerte ihm, worauf sie hinauswollte. »Du denkst, ich manipuliere ihn, damit er brutaler wird – für *mich*? Um *meine* Wut auszuleben?«

»Nicht bewusst.«

Clevenger lachte. »Das soll ein Witz sein, stimmt's?«

McCormick antwortete nicht.

»Meinst du nicht, dass ich genug Gewalt gesehen habe?«

»Wir sehen bei diesem Fall mehr denn je zuvor. Das ist alles, was ich weiß. Und du hast keine Bedenken deswegen, was mich beunruhigt. Wenn die Entscheidung allein bei dir läge, würdest du immer mehr Druck machen.«

»Bis er zerbricht.«

»Ohne dich um die Ansicht von irgendjemandem sonst im Team zu scheren.«

Clevenger sah hoch zur Decke, atmete tief durch und schaute dann wieder McCormick an. »Dein Vater wäre stolz auf dich«, sagte er.

»Was zum Henker soll denn das heißen?«, fauchte sie.

»Seine Tochter ist zu einer Politikerin geworden, genau wie er.«

»Ich versuche nicht, eine Politikerin zu sein, Frank. Ich ...«

»Vielleicht ist es genetische Veranlagung.« Er sah sie durchdringend an. »Du weißt, dass wir auf dem richtigen Weg sind. Einmal abgesehen von der Tatsache, dass es zufällig in der *New York Times* stattfindet, ist das hier nicht anders als bei jeder gewöhnlichen Therapie. Man kann eine schwer gestörte Psychopathologie nicht ergründen und zurechtrücken, ohne gelegentlich durchs Fegefeuer zu gehen. Die Frage ist immer, ob man genügend Rückgrat dafür hat. Und vielleicht hast du das einfach nicht.«

»Das ist nicht fair.«

»Du kannst dich nicht für deine Überzeugung stark machen«, setzte Clevenger nach.

»Doch, das kann ich«, entgegnete sie und klang sehr wie ein

kleines Mädchen und schien sich sehr zu ärgern, dass ihre Worte so herausgekommen waren.

Er schüttelte den Kopf. »Tief in deinem Herzen glaubst du nicht, dass du die Erlaubnis hast zu sagen, was du denkst, und deine Meinung zu verteidigen. Du bist nicht sicher, ob das hier wirklich dein Büro ist oder das deines Vaters. Also machst du, was er machen würde – du gehst auf Nummer Sicher.«

»Das hier *ist* mein Büro. Und ich möchte, dass du gehst. Auf der Stelle.«

»Siehst du«, sagte Clevenger. »Das ist Rückgrat. Du musst es nur einfach mal zeigen, wenn etwas Größeres als dein Ego auf dem Spiel steht – Menschenleben zum Beispiel.« Er stand auf und verließ das Büro.

Clevenger war erst nach neunzehn Uhr wieder am Flughafen. Er reservierte sich einen Platz in der nächsten Maschine nach Boston und hörte seinen Anrufbeantworter daheim ab. Da war eine Nachricht von Billy, der ihn wissen lassen wollte, dass er sich recht gut im North Shore Medical Center eingelebt habe, und sich dafür bedankte, dass Clevenger ihn dorthin gebracht hatte. Er klang ganz munter, was Clevenger wieder etwas aufbaute. Doch die nächste Nachricht versetzte ihm den endgültigen Tiefschlag.

»Dr. Clevenger«, sagte eine Frauenstimme, »Carla Diario vom Jugendamt hier. Ich rufe an, um zu fragen, wann wir uns treffen können. Es geht um ein Gespräch, das ich heute Nachmittag mit einem von Billys Betreuern in der Entzugsklinik geführt habe. Ich würde mich sehr freuen, wenn Sie mich schnellstmöglich zurückrufen würden.«

Das Jugendamt rief niemals mit guten Nachrichten an. Clevenger wählte die Nummer vom North Shore Medical Center und ließ sich zu Billys Zimmer durchstellen. »Wie fühlst du dich, Kumpel?«, fragte er.

»Als sei ich von einem Laster überfahren worden«, sagte Billy. »Sie halten sich hier während des Entzugs sehr mit Medikamenten zurück.«

»Es ist nicht leicht, aber es lohnt sich. Halt durch.«

»Werd ich«, versprach Billy. »Und wie geht's dir?«

»Ich bin auf dem Heimweg.« Er hielt kurz inne. »Ich hab gehört, du hattest heute ein Gespräch mit einem Sozialarbeiter.«

»Irgend so 'ne Frau ist vorbeigekommen.«

»Hat Sie dich nach unserer Beziehung gefragt?«

»Klar. Ich hab ihr erzählt, wir seien total dicke Freunde. Dicker als je zuvor. Wir würden sogar gelegentlich zusammenarbeiten.«

Clevenger fühlte, wie sich ihm die Brust zusammenschnürte. »Hast du den Highwaykiller erwähnt?«

»Sie hat danach gefragt. Ich hab ihr nur erzählt, dass ich ein paar Bücher dazu gelesen habe und versuche, ein bisschen zu helfen.« Einen Moment lang herrschte Schweigen. »Hätte ich ihr das nicht erzählen sollen?«

Clevenger wollte Billy keine weiteren Sorgen aufhalsen. »Ist schon in Ordnung. Ich glaube, das Jugendamt hat da möglicherweise ein paar Fragen an mich, aber es ist nichts, womit ich nicht fertig werde.«

»Ich hätte meine Klappe halten sollen.«

»Es ist kein Problem«, versicherte ihm Clevenger. »Ehrlich.« Er machte eine kurze Pause. »Wie stehen sie in der Klinik zu Besuch?«

»Keiner während der ersten drei Tage«, sagte Billy.

»Dann rufe ich dich morgen an.«

»Danke.«

»Ich hab dich gern, Kumpel.«

»Ich hab dich auch gern.«

Clevenger legte auf.

Die Passagiere seines Flugs gingen inzwischen an Bord. Clevenger reihte sich in die Schlange ein. Er hatte fast die Pforte erreicht, als er Whitney McCormick seinen Namen rufen hörte. Er drehte sich um und sah sie auf sich zukommen.

Sie trat zu ihm. »Wir dürfen es nicht so enden lassen«, sagte sie.

»Das mit uns oder die Arbeit an dem Fall?«, fragte Clevenger.

»Das mit uns«, antwortete sie. »Bleib heute Nacht hier. Wir müssen nicht über den Fall reden.«

Clevenger sah in ihre Augen. Sie waren strahlend und wunderschön, und es brannte ein unverkennbares Verlangen in ihrem Blick, den er zum ersten Mal als den Blick eines Süchtigen erkannte, vergleichbar dem Blick in seinen eigenen Augen, als er noch Drogen nachgejagt war. McCormick brauchte ihn, wie jemand einen Schuss braucht, vielleicht in genau der gleichen Weise, wie sie die Anerkennung ihres Vaters brauchte, nach seiner Liebe dürstete, während ihr in Wirklichkeit nur eins fehlte, nämlich sich selbst zu lieben. »Billy macht daheim einen Entzug«, sagte er. »Ich muss bei ihm sein.«

Sie nickte und rang sich ein wehmütiges Lächeln ab. »Mein Angebot, ihm die Akademie zu zeigen, steht noch.«

»Wir kommen vielleicht darauf zurück.« Als sie sich vorbeugte und ihn umarmte, erwiderte er die Umarmung. Doch als sie ihn ansah, als solle er sie küssen, wandte er den Blick ab.

Sie löste die Umarmung. »Pass auf dich auf«, sagte sie.

»Du auch.«

Als Clevenger in seinem Loft in Chelsea eintraf, hörte er abermals seinen Anrufbeantworter ab. North Anderson hatte zweimal angerufen, während Clevenger im Flugzeug gesessen hatte. Er schaltete sein Handy ein und sah, dass Anderson auch über diese Verbindung zweimal versucht hatte, ihn zu erreichen. Er rief das Büro an, erhielt keine Antwort und wählte Andersons Nummer zu Hause.

»Hallo?«, meldete sich Anderson.

»Frank hier.«

»Ich hab da etwas, das du wissen solltest.«

»Schieß los.«

»Stephanie Schorow vom *Boston Herald* hat mich heute im Büro angerufen. Sie hat Fragen über dich und Billy gestellt.«

»Was für Fragen?«

»Sie wusste, dass Billy im Entzug ist. Sie schien andeuten zu wollen, dass das Jugendamt deine Sorgerechtsbefähigung in Zweifel zieht. Sie hat bereits einige Kontaktpersonen dort ausgehorcht. Die haben weder etwas bestätigt noch etwas abgestritten, und das hat ihr Interesse geweckt.«

Clevenger ließ den Kopf hängen. Zum ersten Mal hatte er das Gefühl, der Highwaykiller und sein Privatleben seien frontal zusammengestoßen. »Jeder vom Klinikpersonal könnte die brillante Idee gehabt haben, die Presse zu informieren. Hat wahrscheinlich einen schnellen Riesen damit gemacht.«

»Die Presse könnte über diese Sache sogar selbst gestolpert sein. Ich bin sicher, dass du die meiste Zeit über beschattet wirst.«

»Ich habe eine Nachricht vom Jugendamt erhalten«, sagte Clevenger, während er die Anrufliste seiner Rufnummernanzeige durchging. »Sie wollen sich mit mir treffen.« Er kam zu Nummern, die auf die ›Herald News‹ verwiesen, eine weitere war die der ›NY Times‹. »Der *Herald* hat auch hier angerufen. Und die *New York Times*.«

»Was immer sie über dich bringen, es ist längst im Druck«, sagte Anderson. »Heute Abend kannst du sowieso nichts mehr machen.«

»Das lässt mich auch nicht besser schlafen.«

»Wahrscheinlich nicht. Wie geht's Billy?«

»So weit, so gut«, sagte Clevenger.

»Freut mich zu hören«, sagte Anderson. »Wenn du irgendetwas brauchst, sag Bescheid. Verstanden?«

»Danke.«

Sobald Clevenger aufgelegt hatte, rief er die anderen Nachrichten auf seinem Anrufbeantworter ab. Wie erwartet, stammte die des *Herald* von Stephanie Schorow, eine Bitte um ein Interview über Clevengers Beziehung zu Billy. Doch die Nachricht der *New York Times* stammte von Kyle Roland, dem legendären Verleger, nicht von irgendeinem Reporter, der sich seinen Anteil an der Highwaykiller-Story sichern wollte. Und Roland hatte seine Büronummer, seine Handynummer und seine Privatnummer hinterlassen.

Es war nach dreiundzwanzig Uhr. Clevenger wählte die Handynummer.

Roland meldete sich beim ersten Klingeln. »Kyle Roland«, sagte er in der kehligen, doch melodiösen Stimme, die sein Markenzeichen war. Clevenger stellte sich den noch immer drahtigen Siebzigjährigen in seinem Manhattaner Penthouse vor, das Clevenger im Style-Teil der *Times* abgebildet gesehen hatte, jede Wand komplett mit Bücherregalen bedeckt, voll gestopft mit Klassikern, bedeutenden Biografien und Rolands Lieblingsromanen: Krimis. Er besaß Erstausgaben aller Werke von Conan Doyle, Chandler und Hammet. Und er hatte signierte Ausgaben der neuen Klassiker. Evanovich. Kellerman. LeHane. Coben. Parker.

»Frank Clevenger hier. Sie hatten mich um Rückruf gebeten.«

»Danke, dass Sie sich melden«, sagte Roland. »Ich hatte heute eine schwere Entscheidung zu fällen. Ich habe sie gefällt, wollte, dass Sie Bescheid wissen, und wollte wissen, wie Sie vermutlich reagieren werden.«

»Das ist eine Menge ›wollen‹ für einen einzigen Satz«, bemerkte Clevenger.

Roland lachte, kam aber ohne Umschweife zum Punkt. »Wir haben heute Vormittag einen weiteren Brief vom Highwaykiller erhalten, per FedEx. Er deutet an, dass Sie und Dr. McCormick liiert seien. Er hat Sie beide zusammen in Utah gesehen.«

Clevenger wollte nicht glauben, was er da hörte. »Er hat uns beobachtet?«

»Das behauptet er zumindest. Was durchaus möglich ist. Er hat Ihnen gesagt, wo Sie Paulette Bambergs Leiche finden. Er hätte mühelos an Ihnen vorbeifahren können, als Sie am Tatort waren. Er könnte irgendwo in dem Wald gewesen sein. Er könnte Sie am Flugsteig abgepasst haben, als Sie angekommen sind.« Er hielt kurz inne. »Oder in Ihrem Hotel.«

»Er war so nah«, sagte Clevenger, und seine Stimme war kaum mehr als ein Flüstern.

»Ich rufe an, weil das FBI mich angewiesen hat, den Brief nicht zu veröffentlichen«, sagte Roland.

»Kane Warner?«

»Warner und Jake Hanley, beide.«

»Und?«

Roland räusperte sich. »Es gibt legitime Gründe dafür, Material nicht zu veröffentlichen – selbst Material, das so unwiderstehlich ist wie dieser Brief. Ich denke, wenn es polizeiliche Ermittlungen in Gefahr bringt, die so bedeutend sind wie im Highwaykiller-Fall, ist dieses Kriterium erfüllt.«

»Sie hätten nicht einfach den Teil, der sich auf McCormick und mich bezieht, weglassen können?«

»Ihn weglassen? Auf gar keinen Fall. Ich denke, er ist integraler Bestandteil dessen, was der Mörder zu sagen hat. Er scheint fixiert zu sein auf Ihre Verbindung zu Dr. McCormick. Ich bin kein Psychiater, aber ich halte es für bedeutsam, besonders angesichts der Wahrscheinlichkeit, dass wir es mit einem Mann zu tun haben, der sehr wenige echte Bindungen hat, wenn überhaupt.«

Clevenger seufzte resigniert. Wie üblich lief alles auf Politik hinaus, selbst wenn es aus Kyle Rolands wortgewandtem Mund kam. »Wenn Sie den Brief nicht abdrucken, warum machen Sie sich dann die Mühe, mit mir darüber zu reden?«

»Ich habe ihn abgedruckt«, erklärte Roland. »Auf der Titelseite, oberhalb der Falzung, morgige Ausgabe.«

Clevenger spürte, wie seine Lebensgeister erwachten. »Was sollte dann das ganze Gerede, es könne die Ermittlungen gefährden?«, fragte er.

»Ich denke, es ist wichtig, dass Sie meine Beweggründe verstehen. Ich hätte den Brief zurückgehalten, *wenn* ich überzeugt gewesen wäre, dass er tatsächlich ein Hindernis für die Festnahme des Mörders darstellt. Aber das bin ich nicht. Ich denke, Kane und Jake versuchen, sich die Hände rein zu waschen und sich die Öffentlichkeit vom Hals zu schaffen. Und das reicht als Grund nicht aus, um etwas zu zensieren – nicht einmal für einen Freund.«

»Gute Entscheidung.«

»Hier also meine Frage: Werden Sie auf den Brief antworten, wenn das FBI nicht dahinter steht? Es würden dieselben Grundregeln gelten. Wir drucken nichts, was es diesem Kerl leichter machen würde, ungeschoren davonzukommen.«

Clevenger hatte das Gefühl, dass er unerwartet an eine Weggabelung gekommen war. Wenn er sich entschied, seine öffentliche Psychotherapie mit dem Highwaykiller fortzusetzen, würde er nicht nur sein eigenes Spiel spielen, er würde es ohne jegliche Rückendeckung tun. Und er würde an dem Fall arbeiten, während er gleichzeitig das Jugendamt und einen neuerlichen Ansturm der Presse abzuwehren hätte, der zwangsläufig mit Erscheinen des *Boston Herald* über ihn und

Billy hereinbrechen würde. Ganz zu schweigen von dem Spaß, den die Boulevardblätter an seiner augenscheinlich im Keim erstickten Romanze mit McCormick haben würden. Doch trotz all dieser Gründe, Nein zu sagen, hörte er sich Ja sagen, und er fühlte sich gut dabei, als er es sagte. Gefestigt. Und er erkannte – nicht zum ersten Mal, aber vielleicht deutlicher als je zuvor –, dass er und seine Arbeit in dieser Welt untrennbar waren. Ein und dasselbe. Ein Element. Billy Bishops Vater war mit der forensischen Psychiatrie verheiratet. Man konnte es nennen, wie man wollte – einen Beruf oder eine Obsession oder eine Sucht. Das Etikett spielte keine Rolle. Die Motivation zu verstehen, wie Gewaltverbrecher gemacht wurden und was in ihren Köpfen vorging, war erhaben über alle Etiketten, über alle Werturteile, über die Vernunft. In diesem Leben war Frank Clevenger auf immer und unlösbar dazu berufen, wo immer es ihm begegnete, das Destruktive zu verstehen. Es würde keine Scheidung geben. Niemals.

»Ausgezeichnet«, sagte Roland. »Wenn Sie uns Ihre Antwort bis, sagen wir, ein Uhr morgen Mittag zukommen lassen, können wir sie am Donnerstag drucken.«

»Sie werden sie pünktlich auf Ihrem Schreibtisch haben«, versprach Clevenger.

»Dann lassen Sie uns morgen reden«, sagte Roland.

10

6 Uhr 12
Mittwoch, 9. April 2004

Clevenger tat kein Auge zu. Seine Gedanken kehrten immer wieder nach Utah zurück, spielten noch einmal jede Bewegung durch, versuchten, ein Gesicht zu entdecken, das zu den

Worten des Highwaykillers passte. Doch keins wollte sich aus der Menge lösen. Wie Roland schon gesagt hatte, der Mörder konnte überall gewesen sein – er konnte am Tatort vorbeigefahren sein, als Clevenger und McCormick aus dem Transporter der State Police ausgestiegen waren, er konnte in dem Restaurant gewesen sein, in dem sie zu Abend gegessen hatten, in ihrem Hotel, am Flughafen. Und es gab noch einen möglichen Grund, weshalb sich sein Gesicht nicht vor Clevengers geistigem Auge kristallisierte. Er passte sich überall ein. Keine Ecken und Kanten, nichts, das eines zweiten Blickes würdig war. Ein Mann von ansprechendem Äußeren, der keinen Verdacht erregte. Ein leeres menschliches Gefäß, das deine Sorgen in sich aufnahm.

Clevenger holte die *New York Times* herein, sobald er hörte, dass sie vor dem Loft auf dem Boden landete. Er setzte sich hin und las den Brief des Highwaykillers, las einen Teil davon dreimal:

> Sie denken, Sie könnten dem Kampf ausweichen, indem Sie Ihren Verstand und Ihr Herz im Sexualakt versenken. Sie wählen die Jägerin, um nicht ein wahres Selbst wählen zu müssen, um der Frage auszuweichen, die Sie verfolgt. Sind Sie – im Kern, in den dunkelsten Momenten Ihrer Nacht – ein Heiler oder ein Jäger, mein Arzt oder mein Henker?
>
> Ich werde Ihnen helfen, diese Frage zu beantworten. Denn ich bin – im Gegensatz zu Ihnen – ein Mann meines Wortes.
>
> Ich hätte Ihnen einen um den anderen jeden einzelnen Leichnam zurückgegeben, damit er mit seiner Familie wieder vereinigt werden kann, doch Sie haben sich als unwert erwiesen, indem Sie mit dem

FBI nach Utah gekommen sind (nachdem Sie sich von ihnen losgesagt hatten) und dann über meine Opfergabe gelogen haben, um mich dazu zu bringen, meine Liebe zu meiner Mutter, meiner Beschützerin, meinem Engel, infrage zu stellen.

Konnte es tatsächlich möglich sein, dass der Highwaykiller sich nicht erinnerte, was er Paulette Bamberg angetan hatte?, fragte Clevenger sich.

Das Telefon klingelte. Er warf einen Blick auf die Rufnummernanzeige. Federal Bureau. Er nahm den Hörer ab. »Frank Clevenger.«

»Ich bin's«, sagte Whitney McCormick. »Die *Times* hat einen weiteren Brief vom Highwaykiller erhalten.«

»Ich weiß«, sagte Clevenger. »Ich habe gestern Abend mit Kyle Roland gesprochen.«

»Du hast mit Kyle Roland gesprochen?«

Clevenger fand nicht, dass er McCormick von seiner Absprache mit Roland, die Therapie des Highwaykillers fortzusetzen, erzählen sollte. Kane Warner oder Jake Hanley könnten einen weiteren Versuch starten, es zu unterbinden. »Er wollte erklären, warum er den Teil über mich und dich nicht vor dem FBI zurückgehalten hatte«, erläuterte er ihr. »Er fand, sie sollten wissen, wie fixiert der Highwaykiller auf unsere Beziehung ist.«

»Kane hat mich in die Mangel genommen, ob an der Sache was dran sei«, sagte sie.

»Was hast du ihm gesagt?«

»Die Wahrheit – dass mir etwas an dir liegt.«

Clevenger war überrascht, wie gern er das hörte. »Mir liegt auch was an dir«, erwiderte er. »Was immer es dir auch bedeutet.«

»Es bedeutet mir eine Menge«, sagte sie. »Wenn diese ganze Sache vorbei ist, kann ich dir vielleicht beweisen, wie viel.« Sie hielt kurz inne. »Er wollte wissen, ob wir miteinander geschlafen hätten.«

»Das kann er dich nicht fragen. Du arbeitest für ihn.«

»Er kann, wenn er Grund zu der Annahme hat, dass es meine Arbeit beeinträchtigt.«

»Und, was ist passiert?«

»Ich habe seine Frage beantwortet, und er hat mir den Fall entzogen. Er hat gesagt, er könne sich nicht mehr auf meine Objektivität verlassen. Hanley hat sich hinter ihn gestellt.«

»Gestern hast du ihre Partei ergriffen, nicht meine. Wie können die behaupten, du seist nicht objektiv?«

»Es spielt keine Rolle mehr«, sagte sie. »Ich habe gekündigt.«

»Du hast *gekündigt*?« Clevenger sah vor seinem geistigen Auge den selbstgefälligen Ausdruck auf Kane Warners Gesicht, als er ihn beinahe dazu gebracht hatte, das Handtuch zu werfen. »Warum hast du ihnen diese Genugtuung verschafft?«

»Es geht nicht um sie«, sagte McCormick. »Ich hab über das nachgedacht, was du in meinem Büro gesagt hast. Du hattest Recht. Ich war mir nie wirklich sicher, ob ich diesen Job verdiene.«

Vielleicht war McCormick verletzlicher, als Clevenger gedacht hatte. Vielleicht hatte er sie wirklich bis ins Mark erschüttert. »Was hast du jetzt vor?«, fragte er sie.

»Ihn mir zu verdienen.«

Clevenger hörte eine Mischung aus Trotz und Heimlichkeit in ihrer Stimme, die ihm sagte, dass McCormick noch lange nicht mit dem Highwaykiller-Fall abgeschlossen hatte. »Und wie willst du ihn dir verdienen?«

»Unser Mann hat Sally Pierce umgebracht, daran besteht kein Zweifel. Der Brief war mit ihrem Blut befleckt. Er wurde von einem FedEx-Briefkasten rund fünfzig Meilen von Bitter Creek entfernt abgeschickt. In Creston. Wenn er sich im Zustand der Auflösung befindet, wie du sagst, vielleicht hatte er diesen Mord dann überhaupt nicht geplant. Vielleicht war er nicht zufällig auf der Durchreise. Vielleicht ist er immer noch in der Gegend.«

»Versuch nicht, diesen Burschen auf eigene Faust zu schnappen, Whitney.«

Sie antwortete nicht.

»Du bist Psychiaterin, kein Cop. Es ist nicht deine Aufgabe, ihn zu fassen. Schon gar nicht jetzt, ohne die Unterstützung des FBI. Und schon gar nicht, wenn er bereits auf dich als ›Jägerin‹ fixiert ist.«

»Vielleicht hat er genau davor Angst.«

»Was?«

»Dass ich diejenige bin, die ihn tatsächlich finden kann. Dass ich wirklich die Tochter meines Vaters bin.«

»Oder vielleicht stellt er dir eine Falle«, hielt Clevenger dagegen. »Vielleicht will er, dass du ihm nachspürst.«

»Ich kann auf mich aufpassen.«

»Es gibt andere Wege, das zu beweisen, ohne dich in Gefahr zu begeben.«

»Das ist ein interessanter Rat aus deinem Mund. Du bist nie auf Nummer Sicher gegangen.«

»Und ich habe dafür bezahlt.«

»Ich melde mich in den nächsten Tagen«, versprach McCormick.

»Whitney!«

Sie legte auf.

Clevenger rief umgehend bei North Anderson zu Hause an.

»Was gibt's?«, fragte Anderson.

»Die Psychiaterin, mit der ich beim FBI zusammengearbeitet habe, Whitney McCormick, hat ihren Job hingeschmissen.«

»Und?«

»Sie und ich sind uns näher gekommen. Das war der Auslöser für ihre Kündigung. Der Highwaykiller muss uns zusammen in Utah gesehen haben. Er hat in einem Brief an die *Times* darüber geschrieben. Der Brief wurde heute Morgen veröffentlicht.«

»Der Kater lässt das Mausen nicht«, bemerkte Anderson. »Ich hoffe, sie war es wert.«

»Ich glaube, sie hat es sich in den Kopf gesetzt, den Highwaykiller auf eigene Faust zu finden, ihren Job zurückzubekommen – was auch immer. Wenn sie nicht aufpasst, wird sie noch selbst das nächste Opfer.«

»Willst du, dass ich nach dem Rechten schaue?«

»Ich glaube, sie ist auf dem Weg nach Wyoming«, sagte Clevenger. »Ich weiß, es ist viel verlangt, aber ich kann kein Auge auf sie halten, ohne dass sie es merkt. Und darüber hinaus braut sich hier ein Sturm mit dem Jugendamt zusammen.«

»Ich lass jemanden die Fluggesellschaften abklappern«, sagte Anderson. »Wenn sie einen Flug gebucht hat, werde ich in derselben Maschine sitzen.«

»Ich schulde dir was.«

»Wir haben längst aufgehört, unsere Schulden aufzurechnen, Partner.«

Clevenger verbrachte die nächsten drei Stunden damit, seine Antwort auf den Brief des Highwaykillers zu verfassen. Er war überzeugt, dass der Mörder projizierte, als er fragte, ob Clevenger jemals bedingungslos geliebt worden sei: Niemand hatte den *Mörder* bedingungslos geliebt, schon gar nicht die Mutter, die er seinen »Engel« nannte. In Anbetracht zweier verstümmelter Leichen von Frauen über sechzig entschied Clevenger, es mit der Theorie zu versuchen, die er und Billy sich überlegt hatten: dass der Mörder von einer Frau aufgezogen worden war, die in einem Moment zärtlich und im nächsten Moment brutal sein konnte. Er ahmte diese Dynamik nach – kam seinen Opfern nahe, bevor er ihnen die Kehle durchschnitt.

Es war an der Zeit, den psychischen Druck zu verstärken. Wenn der Mörder tatsächlich glaubte, dass Paulette Bambergs Leiche nicht schlimmer verstümmelt war als die anderen, dann besaß er die Fähigkeit, vollständig mit der Realität zu brechen. Psychose. Und wenn Clevenger diesen Bruch herbeiführen könnte, dann würde das Vermögen des Mörders, rational zu überlegen, zu taktieren und sich einer Festnahme zu entziehen, ausgelöscht.

Der Brief zielte darauf ab, die brüchigen Schutzwälle des Highwaykillers niederzureißen und den schwelenden Wahnsinn darunter zu demaskieren:

> Gabriel,
> Sie haben gefragt, ob ich je wahre Liebe erfahren habe, doch die Frage sollte besser Ihnen gestellt werden. Die Leichen, die in Utah und Wyoming gefunden wurden, machen deutlich, dass sich Ihr Zorn gegen die Frau richtet, von der Sie behaupten, sie zu lieben – Ihre Mutter. Warum verlieren Sie sonst bei Frauen ihrer Altersgruppe so völlig die Selbstbeherrschung? Warum sonst betrifft die erschreckendste Verletzung, die Sie zugefügt haben – der Frau, die Sie in Wyoming getötet haben – ihre Fortpflanzungsorgane?
> Erinnern Sie sich überhaupt noch daran, dass Sie Paulette Bamberg umgebracht haben? Oder hat Ihr

Verstand Sie so gänzlich gegen die Misshandlungen durch die Hand Ihrer Mutter blind gemacht, dass Sie es nicht ertragen können, sich der Zerstörung zu stellen, die Sie anderen an ihrer Stelle zufügen?

Als Sie von Ihrer Geburtstagsfeier im Park nach Hause gekommen sind, war es nicht Ihr Vater, der Sie angegriffen hat. Es war Ihre Mutter, die Frau, die Sie als Ihre leidgeprüfte Beschützerin idealisieren, die Schönheit, die in Ihrer Fantasie in der Ecke kauert und Ihnen eine Kusshand zuwirft. Was für eine hübsche Illusion.

Ihre Mutter hat die Geburtstagsfeier für Sie ausgerichtet, dann ist sie über Sie hergefallen und hat Sie für die Feier bestraft, hat Ihnen die Lippe aufgeschlagen, hat Ihre Geschenke kaputtgemacht. Wie sollte Ihr junger Verstand diese Widersprüche verstehen: Güte und Grausamkeit von derselben Person? Was blieb Ihnen anderes übrig, als sie in zwei Personen aufzuspalten – die perfekte Mutter, die Sie bedingungslos liebte, die teuflische andere Person, die Sie quälte.

Sie war ein und dieselbe. Sie hat Sie geliebt und gehasst, umsorgt und beschimpft, gestreichelt und geschlagen.

Auf welche andere Weise hat sie Sie terrorisiert, Gabriel? Was hat sie sonst noch getan, um Ihre Sensibilität und Intelligenz so gänzlich von Ihrer Aggression loszulösen, dass die Aggression zu einem eigenständigen Wesen wurde, frei von den Fesseln der Vernunft, bar jeden Mitgefühls, und sich im Highwaykiller personifizierte?

Ich glaube nicht, dass Sie nach Opfern suchen. Ich glaube, Sie suchen Trost, Liebe, jenen vollkommenen Bund, den Sie in Ihrer Fantasie mit ihr hatten. Doch das war damals eine Illusion, und es ist jetzt eine Illusion. An jene Tatsache erinnert zu werden entzündet von neuem die ungezügelte Wut, die Sie als Junge empfunden haben, den grenzenlosen Zorn des Säuglings, wenn die Brust seinen hungrigen Lippen entrissen wird.

Clevenger entschied, abermals seine Angel nach jemandem auszuwerfen, der sich möglicherweise an eine außergewöhnliche, intime Begegnung mit einem völlig Fremden erinnerte:

Nur wenn jemand Ihr gigantisches Bedürfnis nach Nähe erfüllt, können Sie diese Person gehen lassen. Nur wenn jemand eine unmittelbare und intensive Verbindung aufnimmt – in einer Weise, die er oder sie sehr wahrscheinlich nie wieder vergessen wird –, fühlen Sie sich hinlänglich gesättigt, um auf ein Blutmahl zu verzichten.

Sie haben weder von Paulette Bamberg noch von Sally Pierce eine Blutprobe genommen. Ihnen galt Ihre Gewalt pur und ungezügelt, möglicherweise gänzlich unbewusst, da sie aus jener dunklen Quelle entsprang, deren bloße Existenz Sie leugnen: Ihrem Hass auf die Frau, die Sie auf die Welt gebracht hat.

Die Schmerzen in Ihrem Kopf und in Ihrem Kiefer, Ihr Bauchweh, sind die Reaktionen Ihres Körpers darauf, dass Sie die Wahrheit verdrängen: Sie hatten als Kind niemanden, der Sie beschützt hat. Sie waren schutzlos den Stimmungsschwankungen der Frau ausgeliefert, auf deren Liebe und Zuneigung Sie angewiesen waren. Wurden sie Ihnen gegeben, dann fühlten Sie sich lebendig. Wurden sie Ihnen vorenthalten, fühlten Sie sich tot. Und wenn Sie auf den Highways entlangfahren, flüchten Sie vor der Wahrheit, dass sie zweierlei war: Ihr Engel und Ihr Teufel.

Auf meine Verbindung mit Whitney McCormick sind Sie deshalb so fixiert, weil Ihnen Beziehungen zwischen Männern und Frauen immer schädlich, gefährlich erscheinen. Denn in Ihrem Bewusstsein ist eine Frau nie das, was sie zu sein scheint. Hinter jedem freundlichen Wort, jeder zärtlichen Berührung, jedem leidenschaftlichen Moment lauert der unberechenbare Dämon, vor dem Sie sich als Kind gefürchtet haben – der Dämon, an den Sie sich fälschlicherweise als Ihren Vater erinnern.

Haben Sie Ihren Vater je kennen gelernt, Gabriel? Können Sie sich an sein Gesicht erinnern? Seine Stimme? Besitzen Sie auch nur einen Gegenstand, der ihm gehört hat? Haben Sie sich nie gefragt, warum nicht? Wo ist er hin? Hat er sich in Luft aufgelöst?

Warum hat Ihre Mutter Sie einen »kleinen Bastard« genannt – wortwörtlich ein vaterloses Kind?

Er wollte den Highwaykiller dazu zwingen, sich der Wahrheit zu stellen, indem er sie bildlich vor seinem geistigen Auge wachzurufen versuchte:

Legen Sie diesen Brief einen Moment beiseite, schließen Sie Ihre Augen, und stellen Sie sich abermals die Szene im Haus vor, die Sie beschrieben haben. Geben Sie der Person, die Sie schlägt, Sie beschimpft, Ihre Spielsachen kaputtmacht, das Ge-

sicht Ihrer Mutter. Können Sie überhaupt ertragen, das zu tun? Und wenn Sie Ihrem Angreifer jenes Gesicht gegeben haben, können Sie es dann noch wieder wegnehmen? Oder ist es dort fest von der Realität verankert, von der Wahrheit, die der Highwaykiller niemals ertragen könnte – dass Ihre Mutter, wie Sie selbst, gleichzeitig Dunkelheit und Licht, Gut und Böse, Himmel und Hölle war.
Die Worte von Jung, die Sie zitiert haben, sollten jetzt zu Ihnen sprechen:

»Es ist eine traurige Wahrheit, dass unsere Welt und das Leben aus unerbittlichen Gegensätzen besteht, aus Tag und Nacht, Wohlergehen und Leid, Geburt und Tod, Gut und Böse. Wir sind nicht einmal sicher, dass eins das andere aufwiegt, das Gute das Böse oder die Freude den Schmerz. Leben und Welt sind ein Schlachtfeld der beiden. So ist es immer gewesen, und so wird es immer sein; und wenn es nicht so wäre, würde alle Existenz ein Ende haben.«

Lassen Sie Ihre Illusionen fahren. Lassen Sie zu, der Junge zu sein, der von einer gewalttätigen, schizophrenen Mutter verletzt wurde, statt eine Existenz als lebende Personifizierung ihrer Krankheit zu führen. Nehmen Sie die Teile von sich an, die als Kind gestorben sind, und Sie werden nicht länger danach hungern, andere sterben zu sehen. Schauen Sie sich gut an, was in Ihnen ermordet wurde, und der Highwaykiller wird einen Vampirtod im gleißenden Licht der Wahrheit sterben.
Jeder Tag, den Sie krank bleiben, spiegelt tatsächlich

meine Unzulänglichkeiten als Heiler wider, doch er repräsentiert auch Ihre Unzulänglichkeiten als Mensch und als Christ. Sollten wir darin versagen, den Highwaykiller aufzuhalten, wird meine Fähigkeit als Arzt infrage gestellt sein. Doch für Sie steht weit mehr auf dem Spiel: das endgültige Urteil über Ihre Seele.

Sie sind es, der sich in seiner blinden Liebe zu einer Frau verloren hat, Gabriel, nicht ich. Erkennen Sie sie als das, was sie war, und befreien Sie sich selbst.

Er las den Brief einige Male, bevor er ihn unterschrieb. Er vertraute auf seinen Instinkt, was seiner Erfahrung nach der einzige Weg war, einen gewaltigen Sprung nach vorn zu machen – in einer Ermittlung oder in der Psychotherapie. Die wahren Durchbrüche kamen, wenn man seine Intuitionen ausreizte. Doch wenn man sich auf dieses Spiel einließ, gab es kein Zurück mehr. Man drang entweder zum Patienten durch und veränderte sein Leben, oder man verlor ihn – manchmal für die betreffende Therapiestunde, manchmal für immer. Und Clevenger machte sich keine Illusionen: Gabriel zu verlieren würde bedeuten, dass andere Menschen ihr Leben verloren.

11

Jonah setzte sich hinter seinen Schreibtisch, sobald Hank Garber in einem der Sessel davor Platz genommen hatte. Sam saß neben seinem Vater und trommelte nervös mit den Fingern auf seinem Schenkel. Die *New York Times* lag auf Jonahs Schreibtisch, mit seinem Brief auf der Titelseite.

Hank zeigte auf die Zeitung. »Schon wieder einer von den Briefen aus New York City?« Er schüttelte den Kopf. »Ich wette, Sie würden diesem Irren liebend gern mal ins Gehirn schauen.«

»Ja«, bestätigte Jonah lächelnd, »das würde ich.« Er machte eine Pause. »Ich bin froh, dass Sie bereit waren, sich mit mir zu treffen. Und ich denke, es ist wahrscheinlich besser, dass Ihre Frau nicht kommen konnte. Das gibt uns dreien ein wenig Zeit.«

»Heaven hat ihre eigenen Probleme mit der Gesundheit«, sagte Hank und sah zu Sam. »Es ist wieder ihr Rücken. Sie hat schreckliche Schmerzen.«

Sam senkte den Blick.

Jonah wollte nicht, dass der Junge den Mut verlor. »Glauben Sie mir – Ihr Sohn leidet weit mehr als Ihre Frau«, sagte er zu Hank. »Deshalb habe ich Sie hergebeten. Sam möchte, dass Sie von ihm hören, was er morgen dem Jugendamt erzählen wird. Es ist für ihn sehr wichtig, dass Sie hinter ihm stehen und zugeben, dass er die Wahrheit sagt.«

Hank sah Sam an. »Hab von Anfang an nichts als die Wahrheit gesagt.«

Sam zuckte entmutigt mit den Achseln.

»Zwei, drei Unfälle«, sagte Hank und fixierte den Jungen mit seinem bohrenden Blick.

»Wenn Sie dem Jugendamt sagen, was wirklich passiert ist, wird es Ihnen dabei helfen, das Sorgerecht für Ihren Sohn zu behalten«, beharrte Jonah. »Sie können ihn mit nach Hause nehmen – natürlich immer vorausgesetzt, dass Ihre Frau nicht mehr mit Ihnen zusammenlebt.«

Hank blinzelte, starrte aber Sam weiter an. »Wir hatten 'ne Pechsträhne. Aber ich werd von jetzt an viel öfter zu Hause sein. Um ein Auge auf alles zu halten. Um aufzupassen, dass dir nichts passiert.«

Sam sah seinen Vater an.

Jonah konnte die Hoffnung in den Augen des Jungen erkennen. Das arme Kind dachte, dass es diesmal vielleicht wirklich anders werden würde, dass er es vielleicht besser für sich behalten sollte. »Mach schon, Sam«, sagte Jonah. »Erzähl's ihm.«

Sam senkte wieder den Blick.

»Du hast die Macht«, sagte Jonah. Er wartete, bis Sam ihn ansah. »Aber du musst sie benutzen.«

Sam blickte in Jonahs Augen, als wolle er eine schwache Batterie aufladen, die seine Seele antrieb. Er wandte sich zu seinem Vater um. »Du weißt, wie sie zu mir ist«, sagte er.

Du weißt, wie sie zu mir ist. Jonahs Nackenhaare stellten sich auf. Sam hatte nur diese sieben Worte gesprochen, doch die Worte waren für Jonah nicht weniger wundersam, nicht weniger bewegend als die Unabhängigkeitserklärung oder die Proklamation zur Sklavenbefreiung oder Jesu Worte am Kreuz. Denn mit ihnen hatte sich Sam Garber, geschlagen und misshandelt, gefesselt an ein Leben, das kein Leben war, plötzlich und unwiderruflich zu einem freien Menschen, zu einem lebendigen Menschen erklärt.

Hank hielt seine Hand hoch. »Die Dinge kommen alle in Ordnung, wenn du nur ...«

»Werd ich aber nicht«, brachte Sam mit Mühe heraus. »Du weißt es.«

Hank schloss seine Augen.

Jonah wartete einen Moment, bevor er sprach. Als er es tat, war seine Stimme reines Mitgefühl. All sein Zorn hatte sich in den gequälten Leben vor ihm aufgelöst. »Warum haben Sie solche Angst, sie zu verlieren, Hank?«, fragte er. »Warum riskieren Sie es, Sam zu verlieren?«

Hank holte tief Luft und schüttelte den Kopf.

»Wer hat *Sie* als Kind verlassen?«, fragte Jonah.

»Niemand aus freien Stücken. So viel steht fest.«

»Sie haben jemanden verloren, den Sie liebten.«

Hank wurde plötzlich wütend. »Wenn Sie's schon so brennend wissen wollen, meine Eltern sind umgekommen«, sagte Hank.

»Ich will es wissen«, sagte Jonah, und seine Stimme war eine sanfte Welle, die ans Ufer schwappte. »Wie alt waren Sie?«

»Sechs«, sagte Hank.

»Ein Autounfall«, sagte Jonah, halb zu sich selbst. Jonahs Atem ging langsamer. Die Muskeln in seinen Armen erschlafften. »Sie waren mit im Wagen.«

Hank nickte.

Der letzte Rest der Hintergrundgeräusche in Jonahs Gehirn verstummte. »Wer hat Sie großgezogen?«

»Ich wurde zu einer Tante gegeben.«

Gegeben. Nicht *großgezogen.* Nicht *aufgenommen.* »Sie war gemein«, sagte Jonah.

»Ich war ein zähes Früchtchen«, erwiderte Hank. Er zwinkerte Sam zu.

»Sie konnten Ihre Tante nicht verlassen, als Sie ein Kind waren«, sagte Jonah. »Sie hatten bereits die beiden Menschen verloren, die Sie von Herzen geliebt hatten.«

Hank schwieg.

»Sie wären ganz allein gewesen. Ein kleiner Junge, der nirgendwo hinkonnte.«

Hank zuckte auf die gleiche entmutigte Weise mit den Achseln, wie Sam es kurz zuvor getan hatte. »Sie war eben so«, sagte er, dann schnitt er eine Grimasse und schüttelte den Kopf, als würde ihm aufgehen, wie sehr diese Worte jenen ähnelten, die er von Sam gehört hatte.

»Ich sage Ihnen, was das Traurigste an der ganzen Sache ist«, erklärte Jonah. »Sie sind *nie* wirklich von ihr losgekommen. Denn Heaven ist genau wie Ihre Tante. Sie sieht wahrscheinlich sogar wie Ihre Tante aus, wenn Sie genau überlegen. Ein dicke Frau. Eine blonde Frau. Mit braunen Augen.«

Der ungläubige Ausdruck auf Hanks Gesicht bewies Jonah, dass er richtig gelegen hatte.

»Sie haben nichts weiter getan, als Ihr Leid auf Ihren Sohn zu übertragen.«

Hank schluckte schwer. »Sam ist wie ich«, sagte er mit brechender Stimme. »Ein zäher Bursche.«

»Er ist zäh«, bestätigte Jonah. »Aber vielleicht nicht so zäh wie Sie. Und Heaven ist vielleicht brutaler als Ihre Tante. Das ist die große Gefahr, wenn Sie die Vergangenheit wieder auferstehen lassen – es ist nie ganz genau dasselbe.« Er hielt kurz inne. »Sie haben überlebt. Das bedeutet nicht, dass Sam auch überleben wird.«

Hank sprangen Tränen in die Augen.

»Er wird morgen die Wahrheit sagen«, erklärte Jonah. »Das gibt Ihnen eine letzte Chance, ihm beizustehen. Vergeben Sie diese Chance nicht, Hank. Helfen Sie dem Jugendamt, das Richtige zu tun. Stehen Sie hinter Sam.«

Schweigen.

»Dad?«, sagte Sam.

Hank weigerte sich, ihn anzusehen.

»Dad?«

Hank schlang seine Arme um sich und ließ den Kopf hängen.

»Es wird alles gut werden«, sagte Sam.

Jonah stockte schier der Atem, als er Zeuge wurde, wie dieses Opfer, diese junge, gequälte Seele, vor seinen Augen zum Heiler wurde.

Hanks Kinn zitterte. »Schon gut«, sagte er, den Blick noch immer starr auf den Boden gerichtet. »Schon gut. Wir werden es zusammen durchstehen.«

Sam lächelte das erste richtige Lächeln, das Jonah auf seinem Gesicht gesehen hatte, ein breites Grinsen von Ohr zu Ohr. Er stand auf und lief zu Hank, hielt jedoch inne, als Hank nicht den Kopf hob.

Jonah stockte wortwörtlich der Atem, während die Sekunden dahinkrochen, bleiern von der gewichtigen Frage, ob Hank – selbst nicht mehr als ein geschlagener, verängstigter Junge – hier und auf der Stelle zu einem echten Mann heranwachsen konnte, zu einem echten Vater, der bereit war, für seinen Sohn zu tun, was er nicht für sich selbst hatte tun können. Zehn, elf Sekunden verstrichen in diesem Fegefeuer. Und gerade, als Jonah die Hoffnung aufgeben wollte, gerade als er eingestehen wollte, dass Gott nicht in jedem Moment überall für jeden da sein kann, sah er zu seinem Erstaunen, wie Hank die Arme öffnete, seinen Sohn packte und ihn an sein Herz drückte. Und dann fühlte Jonah, wie Gottes Liebe auf sie alle herabschien, trotz Anna Beckwith und Scott Carmady und Paulette Bamberg und Sally Pierce und all der anderen. Trotz Heaven Garber. Trotz seines eigenen Ungeheuers von einem Vater. Trotz alles Bösen auf der Welt. Trotz des Bösen in ihm selbst. Und er wusste tief in seinem Herzen, dass er gerettet werden würde.

Auch wenn wir es oft übersehen, liegt der Welt eine Symmetrie zugrunde, ein allgegenwärtiges Muster. Wir sind miteinander auf mystische, unergründliche Weise verbunden, die wir kaum ermessen können. Während Hank Garber seinen Sohn in Jonahs Büro in der vierten Etage des Rock Springs Medical Center in Wyoming umarmte, wurde Clevenger dreitausenddreihundertvierundfünfzig Meilen entfernt in Linda Diarios Büro in der vierten Etage der Sozialbehörde von Boston geführt.

Er hatte bereits einige Runden vom Schwergewichtskampf dieses Tages hinter sich. Kane Warner hatte um sechs Uhr früh angerufen und gegen die Entscheidung der *Times* gewettert, den Brief des Highwaykillers abzudrucken, und er hatte Clevenger gewarnt, nicht zu antworten. »Sie würden damit eine laufende Ermittlung behindern«, hatte Warner gesagt.

»Zufällig war ich Teil dieser Ermittlung, bis Sie mich ausgeschlossen haben«, gab Clevenger zurück. »Jetzt muss ich es auf meine eigene Weise machen.«

»Sie kümmert wirklich niemand außer Sie selbst, stimmt's?«

»Wenn ich Sie bemitleiden soll, besorgen Sie sich einen Termin.«

»Sie haben diesen Kerl dazu gebracht, sich auf eine sexuelle Beziehung zwischen Ihnen und Whitney zu fixieren«, sagte Warner. »Er hat Sie beide in Utah *beobachtet*. Und so wie ich seinen Brief verstehe, hat er sich die verdrehte Idee in den Kopf gesetzt, dass er Sie vor ihr retten kann. Der Kerl lauert möglicherweise in diesem Moment unten an der Ecke vor ihrer Wohnung. Und Ihnen ist das scheißegal.«

Das waren die letzten Worte, bevor Warner aufgelegt hatte, und sie gingen Clevenger immer noch im Kopf herum, als Linda Diario, die Leiterin des Jugendamts, hinter ihrem Schreibtisch aufstand, um ihn zu begrüßen.

»Es freut mich sehr, dass Sie sich so kurzfristig mit mir treffen konnten«, sagte Diario, eine obszön übergewichtige Frau, die unter all den Fettpolstern vierzig oder fünfzig sein mochte. Sie trug einen engen, marineblauen Rock, einen Gürtel aus goldfarbenen Kettengliedern und eine elfenbeinfarbene Seidenbluse mit einem viel zu tiefen Ausschnitt, der mehr von ihrem üppigen Dekolleté entblößte, als irgendjemand sehen wollte. Sie streckte Clevenger ihre Hand entgegen.

Clevenger schüttelte sie.

»Ich habe Richard O'Connor gebeten, bei diesem Gespräch anwesend zu sein. Er sollte jeden Moment hier sein.«

»O'Connor? Der Staatsanwalt?«, fragte Clevenger.

»Er hat die Bezirksstaatsanwaltschaft vor zwei Wochen verlassen und arbeitet seither für uns«, erklärte Diario.

Clevenger war in einem Mordprozess, bei dem O'Connor die Staatsanwaltschaft vertreten hatte, Zeuge der Verteidigung gewesen. Eine psychotische Frau mit postnataler Depression hatte ihre dreijährige Tochter getötet. Die Zeugenaussage hatte zu einem Freispruch wegen zeitweiliger Unzurechnungsfähigkeit geführt. »Ich schätze, das ist okay«, sagte er. »Ich habe nicht daran gedacht, meinen eigenen Anwalt mitzubringen.«

»Es ist hier so üblich bei Gesprächen über das Wohlergehen eines Kindes.«

Clevenger nickte. Wenn die Lage brenzlig wurde, könnte er immer noch kurz bei Sarah Ricciardelli anrufen, der Anwältin, die ihm so meisterhaft bei Billys Adoption geholfen hatte. Ihr Büro war nur fünfzehn Minuten entfernt. »Warum fangen wir nicht an und sehen, wie die Dinge laufen?«, fragte er Diario.

»Warum nicht?«, sagte Diario und sah zur Tür. »Richard. Ich glaube, Sie kennen Dr. Clevenger.«

O'Connor kam herein. Er war ein drahtiger Bursche um die eins fünfundsiebzig, Ende dreißig, mit einer hohen Stirn und tief liegenden, eisblauen Augen. »Ich habe in letzter Zeit viel von Ihnen gehört«, bemerkte O'Connor. »Wer nicht?«

»Das bringt der Beruf eben so mit sich«, erwiderte Clevenger. Ihm fiel auf, dass O'Connor ihm nicht die Hand anbot.

Die drei setzten sich an den Konferenztisch, der den kurzen Arm des L-förmigen Büros einnahm.

Diario atmete tief durch und klappte den Aktenordner vor sich auf.

Clevenger sah ganz zuoberst die Formulare, die er ausgefüllt hatte, als er sich um die Adoption von Billy beworben hatte.

»Lassen Sie mich erklären, weshalb wir Sie hergebeten haben«, sagte Diario.

»Bitte doch.« Clevenger sah zu O'Connor, der sich ein mattes Lächeln abrang.

»Wir haben einen Bericht von einer unserer Sozialarbeiterinnen erhalten, die Billy Bishop als ein Kind einstuft, das ›besondere Betreuung‹ braucht«, erklärte Diario.

Das war der Kode für Kind in Gefahr. Er löste eine offizielle Untersuchung von Seiten des Jugendamtes aus. »Und welche Art von Betreuung wäre damit gemeint in diesem Fall?«, wollte Clevenger wissen.

Diario wich der Frage aus. »Wir machen uns Sorgen um Billys Sicherheit«, sagte sie. »Er hat offensichtlich Drogen genommen.«

»Das tun viele Kinder seines Alters«, hielt Clevenger dagegen. »Einschließlich etlicher, die bedeutend weniger durchgemacht haben als er.«

»Er hat die Drogen zu Hause genommen«, sagte O'Connor tonlos wie der Staatsanwalt, der er im Herzen immer noch war.

Clevenger antwortete nicht. Ihn beschlich langsam die Ahnung, dass er vielleicht doch lieber Sarah Ricciardelli dabeihaben würde.

Diario tippte auf den Adoptionsantrag. Clevenger bemerkte, dass ihre Fingernägel bis zum Nagelbett abgekaut waren, ein Zeichen für angestaute Aggression. »Wir haben Zweifel daran, ob Sie uns gegenüber gänzlich offen waren, als Sie Billy adoptiert haben.« Sie blätterte einige Seiten durch, bis sie zu einem Fragebogen kam, in dem Clevenger seine medizinische und psychiatrische Vorgeschichte aufgelistet hatte. »Als Sie dieses Formular ausgefüllt haben, haben Sie ein Wort – *nein* – an der Stelle eingetragen, wo Sie nach Drogenabhängigkeit gefragt wurden.«

»Ich war zu dem Zeitpunkt von keinerlei Drogen abhängig, ebenso wenig, wie ich es jetzt bin«, erwiderte Clevenger.

»Ich glaube, es ist klar, dass die Frage darauf abzielt, Ihre vollständige Krankengeschichte zu erfassen – Vergangenheit und Gegenwart«, sagte Diario und reichte O'Connor das Formular.

»Ich finde das ganz und gar nicht klar«, entgegnete Clevenger.

O'Connor schüttelte den Kopf. »Der Sinn der Frage ist offensichtlich«, widersprach er und sah Clevenger an. »Es wird eindeutig eine umfassende Antwort verlangt.«

»Hören Sie«, sagte Clevenger, »ich hätte Ihnen liebend gern erzählt, dass ich trocken und clean geworden war. Ich bin stolz darauf.« Er fand, dass sie endlich aufhören sollten, um den heißen Brei herumzureden. »Ich habe meine Drogenvergangenheit in der *New York Times* veröffentlicht, Herrgott noch mal.«

»Nun, ganz genau«, sagte Diario. »Darauf wollte ich hinaus. Wir hatten keine Kenntnis davon, dass Sie ein … Problem mit Alkohol hatten, von Kokain ganz zu schweigen. Wenn wir davon Kenntnis gehabt hätten, wären diese Fakten in unsere Entscheidung bezüglich Ihrer Adoptionseignung mit eingegangen.«

»Und Sie hätten entschieden, dass ich nicht geeignet bin?«, sagte Clevenger.

»Das ist nicht der Punkt«, sagte Diario. »Ich spreche davon, ob Sie uns gegenüber ehrlich waren. Wir haben der Adoption zugestimmt, trotz unserer Bedenken hinsichtlich der Tatsache, dass Sie ein allein erziehender Vater sein würden, und hinsichtlich der Tatsache, dass Sie Billy kennen gelernt haben, während Sie den Mord an seiner Schwester untersucht haben. Wir sind Ihnen gegenüber in mehr als einem Punkt großzügig gewesen, Doktor.«

Clevenger ahnte, dass Diario eine offizielle Revision seines Sorgerechts für Billy anbahnte. »Ich war mir nicht bewusst, dass mir irgendetwas zur Last gelegt wird«, sagte er und warf einen Blick zu O'Connor.

»Aber jetzt stellt sich heraus, dass Sie ein schweres Drogenproblem hatten«, fuhr Diario fort. »Würden Sie zustimmen, dass man es als solches bezeichnen könnte?«

»Ich habe es ganz sicher nicht auf die leichte Schulter genommen«, erwiderte Clevenger.

»Ebenso wenig können wir das«, sagte Diario. »Nicht, solange Billy ein ernstes Problem hat, während Sie ... anderweitig beschäftigt sind.«

»Sie meinen, mit dem Highwaykiller-Fall«, sagte Clevenger.

»Mit dem Fall«, bestätigte Diario. »Und anscheinend mit einer neuen Beziehung – zumindest laut der *Times*.«

»Glauben Sie alles, was in der Zeitung steht?«

»Ich denke, die bessere Frage ist, ob Billy es glaubt«, sagte Diario. »Und wie er es findet.«

»Er hat der Sozialarbeiterin erzählt, er würde Ihnen bei den Ermittlungen helfen«, stimmte O'Connor mit ein. »Ich bin kein Psychiater, aber vielleicht denkt er, das tun zu müssen, damit Sie ihn beachten.«

»Er hilft nicht bei den Ermittlungen«, versicherte Clevenger.

»Er hat den Fall aufmerksam verfolgt, hat Ihnen von Zeit zu Zeit einen Rat gegeben«, sagte O'Connor.

»Er ist von zu Hause weggelaufen«, fügte Diario hinzu. »Er hat Drogen genommen.«

»Und Sie sehen da wirklich keinen Zusammenhang?«, fragte O'Connor.

Clevenger wusste, dass er Sarah Ricciardelli anrufen sollte, wusste, dass er sich sehr wahrscheinlich in die Nesseln setzen würde, doch er konnte sich nicht zurückhalten. »Billy ist ein sehr komplizierter junger Mann«, erklärte er. »Ich glaube, er möchte mir näher sein, und das möchte ich auch. Ich glaube außerdem, dass er einige dunkle Winkel in seiner Psyche hat und langsam beginnt, sich diese zunutze zu machen und ihre Energie dahin umzulenken, Leuten zu helfen – Leuten, die Opfer sind wie er. Das ist ebenfalls etwas, das wir gemeinsam haben. Und ich sehe nicht, was daran falsch sein soll.«

»Sie sehen sich selbst in ihm«, sagte Diario.

Clevenger wusste, dass die vermeintliche Frage tatsächlich eine Anklage war. Diario unterstellte ihm, dass er seine Identität auf den Jungen projizierte, ihn nach seinem Vorbild aufzog, einschließlich seiner Drogenprobleme und seiner tief gehenden psychologischen Verbindung mit Gewaltverbrechen. »Ich glaube, wir haben Dinge gemeinsam, und es gibt Dinge, die uns unterscheiden«, sagte Clevenger. »Aber ich will Ihrer Frage nicht ausweichen. Die Antwort ist ja. Ich erkenne Teile von mir in Billy wieder.«

Diario nickte befriedigt und atmete tief durch. Der Tunfischgeruch vom gestrigen Abendessen waberte aus ihrem Mund. »Würden Sie willkürlichen Drogentests zustimmen?«, fragte sie Clevenger.

»Wie bitte?«

O'Connor beugte sich vor. »Sind Sie bereit«, fragte er, »sich stichprobenartigen Drogentests zu unterziehen, um sicherzustellen, dass Sie derzeit keine Drogen konsumieren?«

Clevenger entging nicht die Ironie der Situation, in der ihn das Jugendamt aufforderte, die gleichen Tests zu machen, die er von Billy verlangt hatte. »Würde Sie das zufrieden stellen?«, fragte er. »Negative Drogentests, und damit hat es sich?«

Diario und O'Connor sahen einander an.

»Sobald die Ermittlungen im Highwaykiller-Fall abgeschlossen sind«, sagte Diario. »Bis dahin würden wir gern zur Startlinie zurückkehren – reinen Tisch machen, wenn man so möchte.«

Clevenger lehnte sich zurück und neigte leicht den Kopf, um die beiden Leute ihm gegenüber am Tisch in eine gewisse Distanz zu rücken. »Sie versuchen, meine elterlichen Rechte auszusetzen, bis der Highwaykiller gefasst ist? Das kann noch einen Monat dauern oder zwei. Oder ein ganzes Jahr.«

»Nicht ›aussetzen‹«, sagte O'Connor. »Es wäre eine unbegrenzte Probezeit, die allerdings, ganz offen gesprochen, zu einer zeitlich unbegrenzten Aussetzung Ihrer Rechte führen könnte, sollte sich Billys Zustand aufgrund irgendeiner Beteiligung am Highwaykiller-Fall verschlechtern.«

Clevenger wusste, dass das im Klartext bedeutete, das Jugendamt würde mit Billy und ihm zusammen leben, essen und atmen. Sie hätten das Recht, Tag und Nacht unangemeldet vorbeizukommen oder Billy zu endlosen Gesprächen mit Sozialarbeitern und Psychologen zu schleifen. »Kommt nicht infrage«, erklärte er.

»Wir sehen darin eine angemessene Lösung für ein komplexes Problem«, sagte Diario.

»Ich nicht«, entgegnete Clevenger. »Wenn Sie uns am Gängelband führen wollen, dann müssen Sie sich die Erlaubnis schon von einem Richter besorgen.«

»Dazu werden wir möglicherweise gezwungen sein«, sagte Diario.

»Wir spielen eine wichtige Rolle dabei, das Wohlergehen von Minderjährigen in diesem Bundesstaat zu gewährleisten«, sagte O'Connor, »egal, wie berühmt Ihre Eltern auch sein mögen.«

O'Connor hatte seine Karten auf den Tisch gelegt, und seine Trümpfe waren Neid und Rache. »Diese Rolle spielen Sie«, sagte Clevenger. »Ich spiele ebenfalls eine Rolle. Ich bin Billy

Bishops Vater.« Er stand auf. »Ich seh Sie dann vor Gericht.« Er ging aus dem Büro.

Sein Zorn half ihm, ein Pokergesicht zu wahren, während er zu seinem Wagen in der vierten Etage des Behördenparkhauses ging. Er öffnete die Tür, setzte sich auf den Fahrersitz, schloss die Tür. Und dann entgleisten seine Züge, und er ließ den Kopf hängen und kämpfte mit den Tränen.

Er wusste, dass Diario und O'Connor keinen berechtigten Grund hatten, in seinem Leben mit Billy herumzuspionieren. Er wusste, dass er sein Bestes gab, Billy unter Umständen, die alles andere als ideal waren, aufzuziehen. Er wusste, dass er, ohne zu überlegen, sein Leben für ihn hingeben würde. Doch er wusste auch, dass das Jugendamt unberechenbar war – und mächtig. Er wusste, dass es am Jugendgericht hochpolitisch zuging: Das Los konnte ihm einen Richter zuteilen, der ihn von Herzen mochte, oder einen, der ihn von Herzen verabscheute. Er wusste, es bestand die Chance – keine große Chance, aber eine reale Chance –, dass er seinen Sohn verlieren könnte.

12

Whitney McCormick landete um sechzehn Uhr zwanzig Ortszeit auf dem Rocksprings Sweetwater County Airport. Sie holte die Pistole ab, die sie am Reagan National als Sondergepäck aufgegeben hatte, mietete sich ein Auto und fuhr die achtunddreißig Meilen zum Imbiss in Bitter Creek. Ihre Kündigung war noch nicht offiziell von Jake Hanley angenommen worden, und sie hatte noch immer ihre FBI-Marke, die dem Cop der Wyoming State Police, der den Tatort bewachte, mehr als genügte.

Wie es sich traf, setzte sie sich an den Tisch hinter jenem, an dem Jonah gesessen hatte, und schaute zum Tresen, wie er es getan hatte. Sie stellte sich vor, wie er am Kaffee nippte und aus dem Fenster auf den leeren Parkplatz guckte. Vielleicht hatte er fünfundzwanzig Cent in die silberne Musicbox gesteckt, die an der Wand neben dem Tisch angebracht war, und hörte ein bisschen Sinatra oder Bennett, während er Sally Pierce dabei beobachtete, wie sie die gläsernen Vitrinen mit Krapfen und Muffins für den morgendlichen Ansturm auffüllte. Vielleicht erinnerte Pierce ihn an zu Hause, an seine Mutter. Und vielleicht war das der Grund, weshalb das Adrenalin in seinen Körper schoss, er seine Fäuste ballte und nach Blut lechzte.

McCormick konnte ihn förmlich neben sich spüren, seinen brennenden Hunger, der sich mit seiner Erregung mischte. Sie fühlte das Adrenalin durch ihren Körper rauschen, eine Transfusion vom Mörder, die ihr Herz rasen und ihre Lungen nach Luft gieren und die feinen blonden Haare an ihren Armen zu Berge stehen ließ.

So verrückt es auch sein mochte, sie war instinktiv davon überzeugt, dass sie diesen Kerl schnappen würde, dass sie zusehen würde, wie er die verdiente Todesstrafe bekam, dass sie Kane Warner und Jake Hanley und dem Highwaykiller und ihrem Vater und – was noch wichtiger war – *sich selbst* zeigen würde, was in ihr steckte und wie wenig sie auf jemandes Gefälligkeiten angewiesen war, um die Tür zu ihrem eigenen Büro beim FBI zu öffnen.

Clevenger hatte leicht reden, dass sie nichts beweisen müsse. Die Leute mochten mit seinen Taktiken nicht einverstanden sein, mochten ihm übel nehmen, dass er reich wurde, während sie gerade eben zurechtkamen, mochten ihn schneiden, weil die Presse nicht genug von ihm bekommen konnte, doch niemand hielt ihn für unwichtig, niemand leugnete, dass er einer der Besten seines Fachs war.

Wenn sie den Highwaykiller fasste, würde auch ihre Fähigkeiten niemand mehr leugnen.

Sie schaute nach vorn auf den Eingang, dann drehte sie sich um und sah zum Notausgang und stellte fest, dass der Highwaykiller sich nicht groß hätte anstrengen müssen, um die ganze Imbissstube im Auge zu behalten und sich zu vergewissern, dass er Sally Pierce' einziger Kunde war. Doch selbst wenn sie den Hals reckte und sich leicht in ihrem Sitz aufrichtete, konnte sie nicht ganz bis in die Küche gucken, die durch eine Schwingtür mit einem rautenförmigen Fenster von der Imbissstube abgeteilt war.

Sie stand auf, ging zum Tresen und starrte durch das Fenster, doch sie hatte noch immer nur begrenzten Einblick in den Raum dahinter. Eine gesamte Seite der Küche war verdeckt. McCormick warf einen Blick nach links und sah, dass jetzt der größte Teil des Parkplatzes von der gegenüberliegenden Wand verdeckt war. Sie musste gut einen Meter zurücktreten, um eine bessere Sicht zu bekommen.

Der Highwaykiller konnte unmöglich sicher gewesen sein, dass es keinen Augenzeugen für den Mord an Pierce geben würde, sei es jemand, der auf den Parkplatz fuhr, oder jemand, der aus der Küche in die Imbissstube kam.

McCormick trat hinter den Tresen, stieß die Schwingtür auf und sah gut zwei Meter entfernt die fast einen Meter breite Lache aus getrocknetem Blut auf dem Linoleumboden. Sie ging hinüber und kniete sich nieder. Sie stellte sich vor, wie der Mörder rittlings auf der strampelnden Pierce saß, sie mit seinem Körpergewicht am Boden hielt, während er sie abschlachtete, ohne auch nur annähernd auf der Hut zu sein.

Vielleicht hatte Clevenger ja Recht; der Mörder könnte sich im Zustand der Auflösung befinden und könnte planlos zuschlagen, ohne sich überhaupt völlig bewusst zu sein, was er tat. Aber vielleicht hatte auch Kane Warner Recht: Der Mörder *wollte* gewissermaßen gefasst werden. Und wenn dem so war, dann stellte die Leiche von Sally Pierce möglicherweise mehr dar als den Beweis seiner Explosivität, seines wachsenden Wahnsinns. Sie könnte der letzte Hilferuf sein, eine flehentliche Bitte, dass ihn jemand aufhalten möge, hier und jetzt. Vielleicht hatten seine Reisen von Bundesstaat zu Bundesstaat ein Ende. Vielleicht war er sogar nach Hause heimgekehrt.

Es war entfernt möglich, dass er Sally Pierce sogar gekannt hatte.

McCormick ging durch die Schwingtür zurück in die Imbissstube, holte eine Straßenkarte von Wyoming aus ihrer Manteltasche und entfaltete sie auf dem Tresen. Sie fand Bitter Creek, dann fuhr sie mit ihrem Finger in östlicher Richtung die Route 80 entlang nach Creston, wo der Highwaykiller seinen Brief in den Federal-Express-Versandbriefkasten geworfen hatte. Sie schätzte, wenn sie der Mörder wäre, hätte sie der Trieb, vom Tatort zu fliehen, weiter von zu Hause weggeführt, nicht näher heran. Also folgte sie mit ihrem Finger der Route 80 West, an Table Rock und Point of Rocks vorbei zu der nächstgrößeren Stadt Rock Springs, dann darüber hinaus nach Quealy. Zwischen Rock Springs und Quealy lag das Three-Patches-Freizeitgelände, nahe Pine Mountain und dem Salt Wells Creek. Das erinnerte sie daran, dass sie und Clevenger überlegt hatten, ob der Highwaykiller möglicherweise ein Einzelgänger war, den es zu Freizeitbeschäftigungen wie Camping, Wandern und Bergsteigen zog. Sie bewegte ihren Finger weiter nach Westen, kam an die Stadt Green River und den Flamingo Gorge National Park.

Sie ließ ihren Blick die Route 80 entlangwandern. Alles zusammen – von Creston bis Green River – waren es zweihundertfünfzig Meilen. Diese Strecke schien ihr das Maximum dessen zu sein, was sie in den nächsten Tagen realistischerweise absuchen konnte.

Ein Teil von ihr kam sich lächerlich vor, dass sie es auch nur versuchte. Ein Dutzend Agenten durchkämmten die Gegend, und sie hatten nicht eine einzige Spur gefunden. Es hatte über die vergangenen drei Jahre keine wirklichen Fortschritte in den Ermittlungen gegeben. Doch jetzt war etwas anders. Fühlbar anders. Der Mörder hatte sich verändert. Er hatte kaltblütig gemordet. Er hatte im Imbiss von Bitter Creek eine Visitenkarte hinterlassen. Und McCormick hatte das Gefühl, dass diese Visitenkarte speziell für sie bestimmt war.

Sie atmete tief durch. Sie würde ihre Suche konzentrieren und von Anfang an Prioritäten setzen müssen. Sie würde auf ihre Intuition vertrauen müssen.

Die Intuition empfahl ihr, zunächst der vagen Möglichkeit nachzugehen, dass der Mörder Pierce gekannt hat. Das hieß, ihre Familie und ihre Kollegen zu befragen. Sie würde außerdem so viele medizinische Einrichtungen wie möglich innerhalb der zweihundertfünfzig Meilen ihres Jagdreviers abklappern müssen. Eins wusste sie sicher: Der Highwaykiller nahm Blut ab wie ein Profi. Das mochte schlicht bedeuten, dass er Sanitäter in der Army gewesen war, wie er behauptete, doch es könnte auch mehr dahinter stecken. Er könnte jetzt Pfleger oder MTA oder sogar Arzt sein. Und wenn das sein Umfeld war, dann musste er eine ziemlich lockere Arbeitsmoral haben, um kreuz und quer durchs Land fahren zu können. Unbegründete Abwesenheiten. Krankmeldungen für Wochen am Stück. Vielleicht war er wegen häufigen Fehlens von einem Krankenhaus gefeuert worden, dann von einem anderen eingestellt, dort ebenfalls gefeuert worden, von einem dritten eingestellt worden und so weiter.

McCormick musste realistisch sein. Es gab keine Garantie, dass er nicht schon in Texas war. Oder in Kalifornien. Oder auf dem Weg nach New Hampshire. Es gab keine Garantie, dass er nicht vor zwanzig oder dreißig Jahren vom Roten

Kreuz in Florida oder Tennessee oder New Jersey dazu ausgebildet worden war, Blut abzunehmen, und nie einen Fuß in ein Krankenhaus gesetzt hatte. Doch sie war hier in Wyoming, und das Einzige, was sie tun konnte, war, einfach anzufangen. Einen einzelnen Mann an einer zweihundertfünfzig Meilen langen Highwaystrecke zu finden war ein Schuss ins Blaue, aber zumindest lag die Entscheidung allein bei ihr.

Sie stand auf. Ein letzter Adrenalinschub rauschte durch ihre Adern, und sie bekam eine Gänsehaut. Es war ein gutes Gefühl, unterwegs zu sein, auf der Jagd – genau wie der Highwaykiller.

Sie fuhr zurück nach Rock Springs, holte sich zwei Stücke Pizza bei Papa Gino's um die Ecke vom Marriott und nahm dort kurz vor neunzehn Uhr ein Zimmer. Sie hatte ausgepackt, ihre Akte über den Highwaykiller aufgeschlagen und angefangen, die Beschreibungen der früheren Tatorte durchzugehen, als ihr Handy klingelte. Rufnummer unbekannt. Sie meldete sich.

»He, Whitney«, sagte ihr Vater. Seine Stimme war weich und tief, geschmeidig vom Alter wie ein erlesener Scotch, doch noch immer mit Spuren seiner Kindheit, die er tief in den Sümpfen von Georgia verbracht hatte.

»He«, sagte sie und stand auf. Sie war froh, seine Stimme zu hören, doch auch verlegen, ja sogar ein wenig verängstigt – wie ein Kind, das von zu Hause weggelaufen war. »Was gibt's?«

»Ich hab gerade einen Anruf von Jake Hanley erhalten.«

»Es steht ihm nicht zu, es dir zu sagen«, sagte sie.

»*Du* hast es ja nicht getan.«

Sie sah ihn vor ihrem geistigen Auge hinter seinem riesigen Mahagonischreibtisch im Arbeitszimmer auf seiner Farm in Potomac, Virginia, sitzen, breitschultrig und mit silbernen Haaren, in einem breit gestreiften Brooks-Brothers-Hemd,

Bundfaltenhose aus Baumwolltwill; während er mit ihr sprach, schaute er aus dem Bogenfenster, das Ausblick auf die schummrig beleuchtete Terrasse bot, wo er ihr vor ihrem ersten Schulball das Walzertanzen beigebracht hatte, dieselbe Terrasse, auf der er sie im Arm gehalten hatte, als sie im Alter von neun über den Tod ihrer Mutter geweint hatte. Manchmal konnte sie noch immer die Zigarre riechen, die an jenem für die Jahreszeit viel zu kalten Abend langsam zwischen den Fingern seiner zitternden Hand herunterbrannte, einer Hand, die ihr unbeschreiblich groß, unbeschreiblich stark vorgekommen war. »Also, was hat er gesagt?«, fragte sie.

»Er hat gesagt, es habe zwischen dir und dem FBI Unstimmigkeiten wegen der Ermittlungen im Highwaykiller-Fall gegeben, und du habest entschieden, dir ein anderes Betätigungsfeld zu suchen. Er hat gesagt, es sei eine schlichte Meinungsverschiedenheit gewesen.«

Oder was sonst?, dachte sie bei sich. Ziehst du sonst für mich in die Schlacht, forderst einen weiteren Gefallen ein, stachelst irgendeinen Senator an, auf Hanley Druck auszuüben? Ein Teil von ihr wollte ihm liebend gern sagen, dass ihr der Highwaykiller-Fall entzogen worden war, weil sie Sex mit Frank Clevenger gehabt hatte, als könne der Schock jener Enthüllung ihn vielleicht endlich dazu bringen, sie als Erwachsene zu sehen. »Das stimmt«, sagte sie. »Eine schlichte Meinungsverschiedenheit.«

»Aber es war wert, dafür deinen Job aufzugeben?«, fragte er.

»Das wird sich zeigen«, erwiderte sie. Ein langes Schweigen folgte. Es beunruhigte sie. »Dad? Bist du noch dran?«

»Du hast die heutige *New York Times* nicht gesehen?«

»Nein. Warum?«

»Sie haben einen weiteren Brief vom Highwaykiller abgedruckt. Hanley und Kane Warner wurden völlig überrumpelt.

Sie hatten gedacht, Roland würde ihn unter den Tisch fallen lassen.« Er räusperte sich. »Es steht eine Menge über dich und Frank Clevenger darin.«

McCormick fühlte, wie ihr das Blut ins Gesicht schoss. Es war schlimm genug, dass das FBI von ihrer Affäre mit Clevenger erfahren hatte. Jetzt wusste es jeder. Jetzt wusste es ihr Vater. Sie kam sich vor wie ein kleines Mädchen, das beim Knutschen ertappt worden war, und das machte sie wütend. »Deswegen haben sie mir den Highwaykiller-Fall entzogen, wegen … Clevenger, was wirklich Quatsch ist. Also habe ich gekündigt.«

»Das war die ›schlichte Meinungsverschiedenheit‹?«, fragte ihr Vater.

»So ziemlich.« Sie wappnete sich für eine Gardinenpredigt, dass sie ihn enttäuscht habe, dass man Beruf und Vergnügen nie vermischen solle, dass man als Mitglied der Familie McCormick einen Ruf zu verlieren habe, dass man als ein McCormick nie nur an sich selbst denken dürfe. Man müsse ein Vorbild sein. Sie hatte das alles schon hundertmal gehört.

Doch diesmal bekam sie es nicht zu hören.

»Bist du wirklich okay?«, sagte ihr Vater zaghaft, und seine Stimme verlor ihre Autorität, erwärmte sich in jener unbeschreiblich tröstlichen Art, wie sie es immer tat, wenn er spürte, dass seine Tochter ihn wirklich brauchte.

Sie setzte sich auf die Bettkante. »Ja, wirklich.«

»Wir könnten eine Flasche Wein bei Mario trinken und uns von Angesicht zu Angesicht unterhalten.«

»Ich bin nicht zu Hause«, war das Einzige, was ihr zu sagen einfiel.

»Oh.«

Sie wusste, das klang, als sei sie bei Clevenger. Sie wollte bei ihm nicht diesen Eindruck hinterlassen. »Ich muss noch mein Büro ausräumen und einige offene Fragen zu den Ermittlungen klären. Ich möchte Kane gern morgen früh alles übergeben. Es wird eine lange Nacht werden.«

»Wenn es irgendetwas gibt, das ich tun kann, werde ich es tun, das weißt du.«

Das wusste sie. Sie wusste, er würde mit Freuden jede offene Frage in ihrem Leben klären und alles so erscheinen lassen, als sei es bestens geregelt. Doch das wäre es nicht. Denn selbst wenn ihr Vater Jake Hanley überreden konnte, ihre Kündigung abzulehnen, selbst wenn er dafür sorgte, dass man ihr den Highwaykiller-Fall wiedergab, würde sie sich immer noch dieselbe Frage stellen, die sie verfolgt hatte, seit sie in seinen Fußstapfen ihren Weg von der Andover Academy über Dartmouth (College für ihn, College und Medizinstudium für sie) zum FBI gegangen war: War sie eine Persönlichkeit aus eigener Kraft, oder war sie im Grunde nichts weiter als die Tochter von Dennis McCormick? »Ich komme schon zurecht«, sagte sie.

»Dann also gute Nacht.«

»Gute Nacht.«

»Ich liebe dich«, sagte er hastig. »Nichts wird das je ändern.«

»Ich liebe dich auch.« Sie schaltete das Telefon ab und saß lange da und sinnierte, was ihr Vater wohl denken musste, wollte ihn zurückrufen, ihm sagen, wo sie war, ihm sagen, dass sie auf der Stelle zurück nach Hause, zurück zu ihm fliegen würde. Doch dann fiel ihr wieder ein, was er über den jüngsten Brief des Highwaykillers in der *New York Times* gesagt hatte. Und sie spürte, wie sie neue Kraft bekam, wie jegliche Spuren von Sorge und Erschöpfung in ihrem Körper fortgespült wurden von einer Woge der Entschlossenheit, die sich aus den unterbewusst tosenden Fluten ihrer Scham speiste. Ihr Drang, ihre Gier, den Highwaykiller zu fassen, war stärker als je zuvor. Denn jetzt war sie öffentlich gedemütigt worden. Jetzt hatte sie weit jenseits der Tore vom FBI etwas zu beweisen. Sie musste den Millionen von Menschen, die an jenem Morgen die Schlagzeilen der *Times* gelesen hatten, etwas beweisen.

Clevengers Kampf an diesem Tag ging tatsächlich über alle Runden, fünfzehnmal gnadenlos zurück in den Ring, ein ernüchterndes Telefongespräch mit seiner Anwältin Sarah Ricciardelli, die ihm riet, sich für eine lange und kostspielige Sorgerechtsschlacht zu wappnen, ein Besuch bei Billy, den sie beide auf dem falschen Fuß begonnen hatten, zwei Zusammenstöße mit Reporterrudeln, die ihn mit Fragen über seine angebliche Affäre mit Whitney McCormick und seinen Streit mit dem Jugendamt bombardierten, ein Anruf von North Anderson, der ihm das absolut Letzte mitteilte, was er hören wollte: dass North Anderson McCormick zum Logan Airport gefolgt war, zwei Riesen dafür hingeblättert hatte, acht Sitzreihen hinter ihr nach Rock Springs, Wyoming, zu fliegen, und sich schließlich im Marriott am Flughafen ein Zimmer genommen hatte, eine Flurlänge von ihrem entfernt.

Clevenger schaffte es erst nach Mitternacht ins Bett, und die Gedanken an Billy hielten ihn bis nach ein Uhr wach. Billy fühlte sich bereits besser und brauchte weniger und weniger Entzugsmedikamente, was eine gute und gleichzeitig schlechte Nachricht war. *Gut*, weil das Kokain und der Alkohol und das Ecstasy schnell aus seinem Körper schwanden. Seine Leber und seine Nieren arbeiteten bestens. *Schlecht*, weil auch etwas von seiner Entschlossenheit zu schwinden schien.

»Sie wollen, dass ich mich nach dem Entzug sechs Wochen lang einer ambulanten Behandlung unterziehe«, hatte er genörgelt und war im Zimmer auf und ab gewandert wie ein Tiger im Käfig. »Das ist praktisch der halbe Frühling.«

»Und du findest, das wäre nicht lang genug«, gab Clevenger sarkastisch zurück.

Billy blieb stehen und sah ihn ungläubig an. »Das sind acht Stunden pro Tag.«

»Womit sechzehn bleiben, über die du dir Sorgen machen musst«, erwiderte Clevenger und gab sich große Mühe, seine Stimme nicht zu heben. »Die Drogen aus dem Körper zu spülen ist leicht. Sie aus deinem Kopf zu kriegen, das ist die wirkliche Schlacht. Wenn du die in bloß sechs Wochen gewinnst, dann hast du mehr Glück als die meisten.«

»Schön«, sagte Billy verbittert. »Aber ich erzähle niemandem irgendetwas über mich. Alles, was ich sage, landet in meinem Krankenblatt, und das wird, wie du weißt, an das Jugendamt weitergegeben.«

Das stimmte, und ein Teil von Clevenger fand ebenfalls, dass es besser war, wenn Billy möglichst wenig sagte, doch er war nicht bereit, Billys Behandlung aufs Spiel zu setzen, nicht einmal, wenn es die Sache für Sarah Ricciardelli schwieriger machte. »Keine Geheimnisse mehr«, sagte er. »Erzähl ihnen alles. Du hast nichts zu verbergen.«

»Ich sollte hier abhauen«, sagte Billy. »Wir sollten einfach nach Hause fahren.«

»Was?«

»Ich sitz hier doch nur herum, das kann ich auch zu Hause machen. Sie haben ja nicht einmal Therapiegruppen oder so was.«

Clevenger hatte die gleichen fadenscheinigen Argumente von zahllosen Patienten gehört, die den Entzug abbrechen wollten, damit sie wieder trinken oder Drogen nehmen konnten. Doch er glaubte nicht, dass Billys Sucht die einzige Triebfeder war, die ihn wünschen ließ abzuhauen. Clevenger vermeinte, hinter den Worten die Angst herauszuhören, verlassen zu werden. »Wir haben noch genug gemeinsame Zeit zu

Hause, sobald du offiziell hier raus bist«, sagte er. »Wenn du jetzt abhaust, dann erlaubst du dem Jugendamt nur zu behaupten, dass es dir nicht ernst damit ist, gesund zu werden. Und wenn ich dich bei mir bleiben ließe, würden sie nur sagen, dass es mir auch nicht ernst damit sei.«

Billy senkte den Blick und schüttelte den Kopf auf die Art, wie er sich immer in seine Wut hineinzusteigern pflegte, um Clevenger und dem Rest der Welt zu sagen, dass sie ihn am Arsch lecken sollten, dass er auf sich selbst aufpassen könne. Doch diesmal tat er es nicht. Diesmal blickte er auf und sagte: »Wir sitzen ganz schön in der Tinte, was?« Dann lächelte er. »Keine Sorge. Ich bleib hier. Wir werden es schon durchstehen.«

Daraufhin hatte Clevenger gelächelt, und er lächelte auch jetzt, während er darüber nachdachte, welche Fortschritte Billy und er gemacht hatten, wie viel näher sie sich gekommen waren. Und sein letzter Gedanke, bevor er endlich einschlief, galt diesem seltsamen Leben, das einem aus heiterem Himmel die besten und die schlimmsten Dinge bescheren konnte, ohne die geringste Vorwarnung.

TEIL DREI

Der allernächste Tag

1

10. April 2004

Ganz wie Kyle Roland es versprochen hatte, erschien Clevengers Antwort an den Highwaykiller auf der Titelseite der *Times*.

Jonah kaufte sich die Zeitung sofort im Krankenhauskiosk und fing an zu lesen, noch bevor er richtig an seinem Schreibtisch saß.

Es war fünf Minuten vor seinem für acht Uhr angesetzten Treffen mit Hank, Sam, Heaven und einer Frau namens Sue Collins vom Jugendamt Wyoming. Und in jenen Minuten wurden Clevengers Worte von den Linsen seiner Augen erfasst, wurden auf seinen Netzhäuten in elektrische Muster verwandelt, schickten Impulse durch die Neuronen des Sehstrangs bis zur Hinterhauptrinde seines Gehirns, breiteten sich von Synapse zu Synapse in seinem limbischen System und in seinen Stirnlappen aus und wurden dann durch bislang noch gänzlich unerklärte Prozesse in seinen Verstand und, tiefer noch, in seine Seele weitergeleitet.

In jenem Hexenkessel beschützte eine unergründliche Alchemie Jonah vor dem Ansturm der Wahrheit, die Clevenger beschrieben hatte, und verwandelte das, was seine Trauer, seine Scham, seine Wut auf seine Mutter hätte sein sollen, in Wut auf Clevenger, weil er den Namen eines Engels besudelt hatte. Und sein Hass auf Clevenger und McCormick und den Rest der Jäger des FBI wurde hart wie ein Diamant und klar wie das Wasser in den Bergen, die seine Zuflucht waren.

Clevenger hatte abermals einen Köder ausgelegt, hatte seine Angel nach jemandem ausgeworfen, der sich an ein Zusammentreffen mit Jonah erinnerte, der sich daran erinnerte, eine »unmittelbare und intensive« Verbindung aufgenommen zu haben – »in einer Weise, die er oder sie sehr wahrscheinlich nie wieder vergessen wird«. Er versuchte nicht einmal mehr, so zu tun, als wolle er ihn heilen. Er wollte ihn nur noch fassen und einsperren.

Noch schlimmer war die »Verordnung« gegen Ende des Briefes, Clevengers arroganter Zweifel an der ursprünglichen Verletzung in Jonahs Leben, seine dumme Behauptung, der sadistische Vater, von dem er gequält worden war, habe nie existiert:

> Legen Sie diesen Brief einen Moment beiseite, schließen Sie Ihre Augen, und stellen Sie sich abermals die Szene im Haus vor, die Sie beschrieben haben. Geben Sie der Person, die Sie schlägt, Sie beschimpft, Ihre Spielsachen kaputtmacht, das Gesicht Ihrer Mutter. Können Sie überhaupt ertragen, das zu tun? Und wenn Sie Ihrem Angreifer jenes Gesicht gegeben haben, können Sie es dann noch wieder wegnehmen? Oder ist es dort fest von der Realität verankert, von der Wahrheit, die der Highwaykiller niemals ertragen könnte – dass Ihre Mutter, wie Sie selbst, gleichzeitig Dunkelheit und Licht, Gut und Böse, Himmel und Hölle war.

Jonah zerknüllte die Zeitungsseite, wrang sie in seinen Händen, ganz so, wie er mit Freuden Clevengers Hals umgedreht hätte. Und als er losließ und auf seine weißen, blutlosen Fäuste starrte, stellte er sich Clevenger und McCormick vor, beim Tête-à-tête in irgendeinem Büro der FBI-Akademie in Quantico, stellte sich vor, wie sie einander anhimmelten, einander betatschten, nach Sex stanken, die vergifteten Botschaften an ihn ausbrüteten, mit deren Hilfe sie ihn zerstören und in den Wahnsinn treiben wollten.

Welcher Gegensatz zwischen ihren engstirnigen Versuchen, ihn einzusperren, und seinen eigenen Bemühungen, sich vom Bösen zu befreien. Er hatte die Einladung von Dr. Corrine Wallace angenommen. Er hatte sich mit Sally Pierce' Kollegen und mit ihrer Tochter Marie zusammengesetzt und hatte ihren Schmerz in sich aufgenommen. Einen nach dem anderen. Über fünf Stunden lang. Er hatte Marie Pierce im Arm gehalten, während sie schluchzte, wie sehr sie ihre Mutter vermisste. Und er hatte ihren Verlust gefühlt, als ob es sein eigener wäre – so stark, dass er sich dabei ertappte, wie er mit ihr weinte. Wie Christus hatte er ihrer Trauer in sich eine Heimstatt gegeben.

Er bemühte sich verzweifelt, mit jeder Zelle seines Leibes, sich des Himmels wert zu erweisen, während Clevenger und McCormick Tag und Nacht ihre Ränke schmiedeten, um ihn in die Hölle zu verbannen.

Es klopfte an der Tür. Er atmete ein paarmal tief durch, zwang sich unter Aufbietung all seiner Willenskraft, seine Fäuste zu öffnen, und stopfte die zerknüllte Titelseite der *New York Times* in seine Aktentasche. Er versuchte aufzustehen, doch seine Beine wollten sich nicht bewegen. Sein Zorn hatte ihn wieder einmal gelähmt. Er versuchte es noch einmal. Nichts. »Herein«, rief er, außerstande, die Verärgerung in seiner Stimme zu unterdrücken.

Die Tür ging auf. Sue Collins vom Jugendamt, eine zierliche Frau, gerade einmal eins fünfzig groß und nicht mehr als vierzig Kilo schwer, stand mit Hank, Heaven und Sam Garber davor. »Kommen wir zu früh?«, fragte sie zaghaft.

»Ganz und gar nicht. Bitte, kommen Sie herein.« Er realisierte, wie seltsam es aussehen musste, dass er nicht aus seinem Sessel aufstand. Er versuchte, es damit zu überspielen, dass er übertrieben lächelte und schwungvoll seine Hand ausstreckte. »Es freut mich, Sie kennen zu lernen«, sagte er zu Collins.

Collins war es nicht entgangen, dass Jonah sitzen blieb, doch sie erwiderte sein Lächeln und schüttelte seine Hand. Dann nahm sie ganz zu seiner Rechten Platz, so dass drei weitere Sessel für Heaven, Hank und Sam blieben.

Heaven stöhnte und hielt sich das Kreuz, während sie ihre knapp einhundertfünfzig Kilo in den Sessel zwängte.

Hank setzte sich neben sie und legte seine Hand auf ihren fleischigen Arm. »Alles in Ordnung?«, erkundigte er sich liebevoll.

»Ich weiß nich', wie ich es durch den Tag schaffe«, jammerte sie.

Sam setzte sich ganz links außen hin, neben seinen Vater.

Jonah nahm Augenkontakt mit ihm auf und sah ihn durchdringend an, halb, um dem Jungen Mut zu machen, halb als Anker gegen die Flutwellen des Zorns, die noch immer in ihm wogten. Es funktionierte. Sam nickte ihm kaum wahrnehmbar zu, und Jonah fühlte, wie die Segel seines Verstands sich mit Wind füllten und ihn langsam in ruhigere Wasser trieben. Der neunjährige Sam Garber mit seinen Gehirnerschütterungen, seinen Knochenbrüchen, seinen psychischen Quetschungen, mit der Gewissheit, alles aufs Spiel zu setzen, war nichtsdestotrotz bereit, Stellung zu beziehen, sich diesem Goliath von einer Frau zu stellen, die ihn beinahe zerstört hatte. Jonah konnte förmlich fühlen, wie er seine eigene Haut abstreifte und in diesen Wunderknaben und Superhelden, diese Inkarnation von Gottes Gnade und Macht hineinschlüpfte. Seine Schenkel und Waden stachen wie von tausend Nadeln, als sein Fleisch wieder zum Leben erwachte. Er war in Sam wiedergeboren. Er wandte sich an Sue Collins. »Ich weiß es zu schätzen, dass Sie trotz Ihres vollen Terminkalenders Zeit für uns gefunden haben.«

Sue warf einen Blick auf Sam. »Dafür müssen Sie sich nicht bedanken.«

»Was soll das Ganze hier überhaupt?«, fragte Heaven Jonah. »Was will *die* hier?«

Collins richtete sich in ihrem Sessel auf und wischte einen unsichtbaren Krümel von ihrem schwarzen Faltenrock.

Jonah sah in Heavens leblose Augen. »Sie sind alle hier, weil Sam Ms. Collins erzählen wird, wie er zu Hause behandelt wurde.«

Heaven verschränkte trotzig die Arme.

»Es sei denn«, sagte Jonah, »dass Sie es uns lieber erzählen möchten.«

Hank rutschte nervös in seinem Sessel hin und her.

Heaven zog verächtlich ihre Oberlippe hoch. »Das haben wir Ihnen doch schon erzählt.« Sie drehte sich zu Collins um. »Hennessey von Ihrem Amt hat schon 'ne Untersuchung gemacht, und er hat bestätigt, dass wir uns nichts haben zu Schulden kommen lassen. Unfälle passieren nun mal. Hat er selbst gesagt.«

Collins' Gesicht und Haltung nahm spürbar einen Ausdruck von Entschlossenheit an. Und plötzlich verwandelte sich ihre äußere Erscheinung, wirkte sie nicht mehr zierlich, sondern knallhart – die Oberlippe wurde schmaler, sie straffte ihre Schultern und setzte beide Füße auf den Boden. Vielleicht war sie als kleines Mädchen selbst zu oft herumgeschubst worden, vielleicht war das ihr Ansporn gewesen, überhaupt diesen Beruf zu ergreifen.

»Sam hat etwas zu sagen«, erklärte sie barsch. »Ich beabsichtige, es mir anzuhören und die nötigen Schritte einzuleiten.«

Heaven wandte sich an Hank. »Willst du hier sitzen bleiben

und dir das anhören? Lass uns gehen und einen Anwalt besorgen.« Sie machte Anstalten aufzustehen.

Hank legte abermals seine Hand auf ihren Arm. »Wir müssen uns keinen Anwalt besorgen, nur um zuzuhören«, sagte er. »Das kostet nichts.«

Heaven schüttelte ihren Kopf. »Du machst wohl Witze. Diese Leute haben nichts in der Hand.« Doch sie setzte sich unwillig wieder hin.

Hank sah Jonah an.

»Sam?«, gab Jonah dem Jungen sein Stichwort.

Sam zuckte mit den Achseln und kaute an seiner Unterlippe.

Heaven roch seine Angst. »Erzähl jetzt bloß keine Märchen«, sagte sie.

»Was möchtest du sagen, Sam?«, fragte Collins freundlich. »Ich höre dir zu.«

Sams Haut wurde aschfahl.

Jonah begann ein stummes Gebet für ihn.

»Ich warne dich«, sagte Heaven und beugte sich in ihrem Sessel vor, um ihn anzustarren.

Sam ließ seinen Kopf hängen, so dass sein Pony über seine Augen fiel.

»Du kannst uns alles erzählen, was du auf dem Herzen hast«, sagte Collins.

Sam schüttelte kaum wahrnehmbar den Kopf.

Heaven kicherte. »Braver Junge«, jubilierte sie förmlich. »Sind wir hier fertig?« Sie sah von Jonah zu Collins, dann wieder zu Jonah. »Sind Sie damit fertig, meinem kleinen Engel Flausen in den Kopf zu setzen?«

»Du kannst es schaffen«, versicherte Jonah Sam. Doch er war sich nicht mehr sicher, ob Sam es tatsächlich schaffen konnte. Seine Knochen und sein Hirngewebe waren verheilt. Doch seine Seele mochte noch immer an zu vielen Stellen gebrochen sein, um die Bürde dessen zu tragen, was getan werden musste. Jonah biss die Zähne zusammen, als er das erkannte, und sein Hass auf Heaven Garber erreichte fast den Siedepunkt. Er schaute sie an und sah mit Grauen abermals in die Augen seiner Mutter.

Eine Träne kullerte über Sams Wange.

Heaven wurde kühn. »Ihr Leute habt einfach keine Ahnung von Disziplin. Eurer Meinung nach soll man Kinder tun und machen lassen, was sie wollen.«

Jonah hatte den brennenden Wunsch, ihr diese Augen auszureißen. Doch seine Arme waren eingeschlafen, und er konnte sie kaum bewegen.

»Sam wird es uns noch mal danken, dass wir ihm Grenzen gesetzt haben«, wetterte Heaven. »Er wird ein braver Junge werden, kein Rowdy. Er wird Respekt lernen.« Sie sah zu Hank. »Diese Leute kriegen ihr Geld fürs Herumsitzen. Wir nicht, soweit ich weiß. Komm, wir gehen.«

Hank rührte sich nicht. Er kaute jetzt an seiner Unterlippe wie Sam. Seine spindeldürren Finger zupften an seinen Hosenbeinen.

»Komm jetzt«, sagte sie. Sie hievte sich aus ihrem Sessel und stand auf.

Hank blickte zu der massigen Gestalt, die über ihm aufragte. »Geh nach Hause, Heaven«, sagte er.

Im Raum herrschte schlagartig völlige Stille.

»Wie bitte?«, sagte Heaven und stemmte ihre Hände in die Hüften.

»Es war falsch, dich mit herzubringen. Der Doktor wollte es nicht, aber ich hab gedacht, ich wüsste es besser. Hab gedacht, es wär das Beste, wenn du es dir mit anhörst. Aber es ist verdammt klar, dass Sam nicht tun kann, was er tun muss, solange du ihn einschüchterst. Und es ist ziemlich klar, dass ich es auch nicht kann.«

Jonah kribbelte es im Nacken.

Sam sah seinen Vater an.

»Wovon redest du?«, fragte Heaven und schaute verwirrt drein, so als würde sie ihren Mann nicht wiedererkennen.

»Es tut mir Leid«, sagte Hank und schluckte seine Tränen herunter. »Ich liebe dich. Zumindest glaube ich das. Aber in diesem Leben gibt es Recht und Unrecht. Und ich muss dieses eine Mal tun, was recht ist, sonst tauge ich für nichts und niemanden was. Also geh jetzt nach Hause, pack ein, was immer du brauchst, und dann gehst du erst mal zu deiner Schwester. Ich nehm Sam heute mit nach Hause.«

»Wir gehen zusammen nach Hause, alle zusammen, und zwar auf der Stelle«, sagte Heaven mit gepresster Stimme. Sie griff nach Hanks Arm, doch ein Blitzen in seinen Augen ließ sie innehalten. Sie hatte es jetzt mit einem anderen Mann zu tun. Einem freien Mann. Sie hatte die Gewalt über ihn verloren.

Jonah wurde Zeuge, wie Heaven vor seinen Augen schrumpfte; ihre Züge entgleisten, ihre Schultern sackten kraftlos herunter, ihre Brust war nicht mehr trotzig geschwellt, ihre Hände waren nicht mehr in die Hüften gestemmt, sondern stützten jetzt ihr Kreuz, während sie vor Schmerzen vornüber klappte. »Sie haben 'ne Gehirnwäsche mit dir gemacht«, sagte sie. »Da kannst ja nicht mehr richtig klar denken.«

»Denken ist das Einzige, was ich tue«, entgegnete Hank.

Heaven drehte sich aufgebracht zu Jonah um, und in ihren Augen loderte Zorn, doch es waren jetzt wieder ihre Augen, und es schimmerten Tränen darin. »Das haben Sie getan!«, wütete sie.

»Ich habe Ihnen gesagt, dass ich Sie verstehe«, erwiderte Jonah. »Ich halte Sie nicht für einen schlechten Menschen. Meine Tür steht Ihnen weiterhin offen. Wir können uns treffen, wann immer Sie wollen.«

»Wofür halten Sie sich, für Gott, dass Sie hier Vergebung austeilen? Sind Sie so viel besser als der Rest von uns?«

»Ich bin nicht besser als Sie«, sagte Jonah.

Sie wich einen Schritt zurück, doch die Kampflust in ihrem Gesicht war erloschen, sie war ein abgesetzter Diktator auf der Flucht, und ihr war nur der verirrte Stolz geblieben, um sie vor dem Höllenfeuer zu schützen, welches das Kind in ihr verbrannt und ihre Psyche so monströs entstellt hatte. »Ich würde lieber sterben, als zu Ihnen kommen«, zischte sie.

»Auch das verstehe ich«, sagte Jonah.

Um fünfzehn Uhr zehn hatte Whitney McCormick ihre Dienstmarke und ihren Charme erfolgreich eingesetzt, um sich Zugriff auf die Personalakten von sieben medizinischen Einrichtungen des Bezirks zu verschaffen, nämlich von den zwei größten Tageskliniken, den drei größten Gemeinschaftspraxen und den zwei Krankenhäusern von Rock Springs: dem Rock Springs Memorial und dem Rock Springs Medical Center. Ihre Suche war fruchtlos gewesen. Die Auswahlkriterien – jemand mit Erfahrung in der Blutentnahme und häufigen Fehlstunden oder mehrfacher Kündigung wegen solcher Fehlstunden – hatte ein paar ältere Frauen zutage gefördert, die unter schwerer Arthritis litten; einen Arzt, der inzwischen im Gefängnis saß, weil man ihn zum siebten Mal wegen Trunkenheit am Steuer festgenommen hatte; und einen jungen, eins neunzig großen und einhundertfünfundsiebzig Kilo schweren Pfleger, den Zweifel an seiner Geschlechtsidentität in eine tiefe Krise gestürzt hatten, der jetzt aber als Patrice, statt Patrick, in Paris lebte und so gut wie jeden Monat hübsche Fotos von den verschiedenen Stadien seiner, bzw. ihrer operativen Geschlechtsumwandlung schickte. Nicht wirklich die Art von Mensch, die man in seinen Wagen einstiegen ließ und ihr das Herz ausschüttete.

Jetzt, während sie im Rock'n'Roll, einem Café in Rock Springs, auf Marie Pierce wartete, hätte sie sich am liebsten gleich wieder in ihren Wagen gesetzt, um zu ihrem Treffen mit dem Personalchef der Rot-Kreuz-Stelle in Quealy zu fahren, das für sechzehn Uhr fünfundvierzig angesetzt war. Pierce war für sie nur die vageste aller vagen Hoffnungen auf irgendeine Information, die ihr helfen würde, den Mörder zu schnappen.

Sie erkannte sie auf den ersten Blick, als sie hereinkam. Der Verlust, den sie erlitten hatte, stand ihr deutlich ins Gesicht geschrieben. Verräterische dunkle Schatten. Blutunterlaufene Augen. Gerötete Wangen. Nichtsdestotrotz war sie auf eine kantige Art hübsch. Sie war Anfang vierzig, doch ihr Körper war so fest und schlank wie der eines Teenagers. Ihr Haar war blond gebleicht und zu einem Zopf geflochten, der ihr bis zur Mitte des Rückens reichte. Sie trug ein übergroßes Harley-Davidson-Sweatshirt, einen metallenen Gliedergürtel, enge Jeans und schwarze Stiefeletten.

McCormick wusste sofort, dass Pierce nicht geschlafen hatte, nicht aufgehört hatte zu weinen. Wenn die Albträume noch nicht angefangen hatten, dann würden sie es bald tun. Ebenso die Selbstzerfleischung: *Hätte ich nur in jener Nacht die Schicht meiner Mutter übernommen. Wäre ich nur vorbeigefahren, um nachzusehen, ob alles in Ordnung ist.*

McCormick hob die Hand, um Pierce herüberzuwinken.

Pierce entdeckte sie und kam zum Tisch. »Dr. McCormick«, sagte sie.

McCormick stand auf. »Mein Beileid zum Verlust Ihrer Mutter.«

»Danke. Sie war ein wunderbarer Mensch.« Sie setzten sich.

»Ich weiß, dass es schwer für Sie sein muss«, begann McCormick. »Ich bin Ihnen sehr dankbar, dass Sie gekommen sind.«

»Die Polizei hat mich schon befragt. Und das FBI.«

»Ich bin forensische Psychiaterin. Meine Rolle bei diesem Fall ist ein wenig anders.«

Pierce nickte.

»Ich habe einen kurzen Artikel über Sie, Ihre Mutter und Ihre beiden Töchter gelesen, in dem stand, dass Sie alle unter einem Dach leben. Drei Generationen. Offensichtlich haben Sie sich sehr nah gestanden.«

»Wir waren wie beste Freundinnen. Ich würde alles tun, um den zu erwischen, der das getan hat.«

Die Kellnerin kam an den Tisch, und sie bestellten ihren Kaffee.

»Meine Fragen sind im Grunde ganz schlicht und einfach«, sagte McCormick. »Ich möchte wissen, ob Ihre Mutter mit irgendjemandem Streit hatte, ob sie bedroht wurde, gegebenenfalls sogar von einem Verwandten. Und ich würde gern wissen, ob es jemanden in ihrem Leben gab. Ob sie mit jemandem zusammen war.«

Pierce antwortete aufrichtig und freimütig. Niemand wollte ihrer Mutter etwas antun. Sie war seit dem Tod ihres Vaters vor drei Jahren mit niemandem liiert gewesen. Es gab keinen herumvagabundierenden, obdachlosen, geistesgestörten Sohn, der hin und wieder vorbeischaute. Nichts. »Sie wird mir sehr fehlen«, sagte Pierce. Sie atmete tief durch und kaute an ihrer Lippe.

McCormick wappnete sich für den Teil des Gesprächs, vor dem sie sich fürchtete – Pierce' schonungsloser Trauer gegenüberzusitzen. Sie konnte nicht sonderlich gut mit solchen Situationen umgehen, hatte es nie gekonnt, vielleicht weil sie nie wirklich um ihre eigene Mutter getrauert hatte.

»In gewisser Weise ist es so, als wäre sie gar nicht tot«, sagte Pierce.

»Das ist normal«, sagte McCormick, wohl wissend, dass

ihre Worte eher nüchtern denn mitfühlend klangen. »Leugnung ist ein Stadium der Trauer.«

Pierce schmunzelte nachsichtig. »Das weiß ich«, sagte sie. »Ich habe ›Tod und Sterben‹ auf der Abendschule in Quealy belegt. Als ich dort einen Psychologiekursus gemacht habe. Ich behaupte nicht, dass sie nicht *ermordet* wurde. Was ich meine, ist, dass es Teile von ihr gibt, die nicht getötet werden konnten. Wie die Tatsache, dass ich sie vermisse und sie immer vermissen werden, die Tatsache, dass sie in mir ist und in meinen Töchtern Heidi und Tina.« Sie hielt kurz inne. »Mom ist nicht mehr da, körperlich. Ich kann sie nicht anfassen, nicht umarmen. Aber ihre Seele ist immer noch hier. Ich kann es fühlen. Ich glaube, das werde ich immer tun. Ich glaube, ich werde immer mit ihr reden können.«

Eine Hälfte von McCormick war überzeugt, dass Pierce sich selbst belog. Ihre Mutter war schließlich unwiderruflich tot. Alles von ihr. McCormick hatte sie auf einem Edelstahltisch liegen sehen, mit eingeschlagenem Gesicht und durchschnittener Kehle. Doch die andere Hälfte von ihr wünschte sich, sie hätte die gleiche Gewissheit über ihre eigene Mutter, das gleiche Gefühl, dass ihre Mutter in ihr weiterlebte. »Sie werden bemerkenswert gut mit dem Ganzen fertig«, sagte sie. »Woher nehmen Sie die Kraft?«

»Ich bin überhaupt nicht damit fertig geworden, glauben Sie mir«, erwiderte Pierce. »Ich kannte nur den einen Gedanken, dass ich ebenfalls sterben wollte. Ich wollte bei ihr sein. Anderthalb Tage bin ich nicht aus dem Bett gekommen. Dann hab ich mich mit diesem Arzt vom Krankenhaus getroffen, und ich habe angefangen, die Dinge anders zu sehen.«

»Sie haben schon mit einer Trauerberatung begonnen?«

»Das Krankenhaus hat es angeboten. Mir und allen, die im Imbiss arbeiten. Ich konnte nicht aufhören zu weinen, bekam keinen Bissen herunter. Und als sie bei uns zu Hause angerufen haben, da hat meine ältere Tochter – das ist Heidi –, sie hat mich praktisch gezwungen, zu diesem Dr. Wrens vom Medical Center in Rock Springs zu gehen.«

»Ein Psychiater?«

Der Kaffee kam.

»Ich glaube, das ist er«, sagte Pierce und trank einen Schluck von ihrem Kaffee. »Er ist jedenfalls irgendeine Art Therapeut.« Sie zuckte mit den Achseln. »Aber hauptsächlich ist er ein Wundertäter.«

»Das ist ein ziemlich hohes Lob.«

»Ich hätte nie geglaubt, dass mir irgendjemand in einer schweren Stunde wie dieser helfen könnte. Aber es war so, als würde er mich *kennen*, ohne dass wir uns je begegnet wären. Besser als ich mich selbst kenne. Schließlich habe ich ihm Dinge erzählt, die ich noch nie jemandem erzählt habe.« Sie beugte sich ein wenig dichter heran und sprach leiser. »Er hat tatsächlich mit mir geweint.«

McCormick spielte absichtlich ihre Intuition herunter, die Ahnung, dass sie die Geschichte über Wrens aus einem guten Grund hörte. Sie trank einen Schluck Kaffee. »Er hat mit Ihnen geweint?«, fragte sie und stellte ihre Tasse wieder ab.

»Es klingt wirklich abgefahren, ich weiß«, sagte Pierce. »Aber das war es nicht. Nicht, wenn man dabei war. Ihm liegen die Menschen eben so am Herzen. Er hat meinen Schmerz gefühlt. Es hat ihm genauso wehgetan wie mir. Und irgendwie hat es dadurch weniger wehgetan.«

»Innerhalb einer Stunde.«

»Das Treffen war für eine Stunde angesetzt, aber ich war fast drei Stunden bei ihm. Er hat sich alle meine Erinnerungen an meine Mutter erzählen lassen. Was ich an ihr liebe. Was ich an ihr hasse. Die Streitereien, die wir hatten. Mein Lieblingsgeschenk von ihr. Ihr Lieblingslied. Lieblingsparfüm. Lieblingsgericht. Lieblingsurlaub. Lieblingsfilm. Alles. Und irgendwie ist alles in die richtige Perspektive gerückt.«

»Was hat sich verändert?«

»Ich habe erkannt, dass mich die Erinnerungen glücklich machen, nicht traurig. Dass sie noch immer bei mir ist, wie ich schon sagte. Dass sie immer bei mir sein wird.« Sie lächelte wehmütig. »Es hat natürlich nicht geschadet, dass er gut aussah. Und er hat eine unglaubliche Stimme. Sie versetzt dich in eine Art Trance.«

»Ach?«

»Er sieht nicht umwerfend aus – ich meine, er ist kein George Clooney oder Bruce Willis. Er sieht einfach nur richtig *nett* aus. Wie ein Gentleman. Da ist etwas an ihm, das sehr … zärtlich ist.« Ihre Wangen und ihr Hals röteten sich. »Fast wie eine Frau – nicht, dass ich auf Frauen stehe, das tu ich nicht, ganz und gar nicht. Aber …« Sie fasste sich wieder. »Ich rede wirklich wirres Zeug.«

»Er hat Ihnen offensichtlich sehr geholfen. Haben Sie ein weiteres Treffen abgemacht?«

»Ich wünschte, das könnte ich«, sagte sie kopfschüttelnd. »Er geht in einer Woche weg.«

»Er geht weg? Warum?«

»Er ist ein ›Mietdoktor‹.« Sie grinste. »So hat er es jedenfalls genannt. Ich hab nicht mal gewusst, dass es so etwas gibt. Das Krankenhaus hat ihn eingestellt, um für eine Weile auszuhelfen. Dann geht er woanders hin. Kann zwei Stunden entfernt sein. Kann zweitausend Meilen weit weg sein.«

»Ein Vertretungsarzt«, sagte McCormick, mehr zu sich selbst. Und bei diesen Worten meldete sich ihre Intuition verstärkt.

»Ein was?«

»Ein Vertretungsarzt«, wiederholte McCormick. »Sie reisen kreuz und quer durchs ganze Land.«

2

Während Whitney McCormick und Marie Pierce im Rock 'n' Roll saßen, saß Clevenger in Sarah Ricciardellis Kanzlei in Charlestown, Massachusetts, und ersann mit ihr eine Strategie, wie er das Sorgerecht für Billy behalten könne.

»Sie dürfen einfach kommen und die Spielregeln umstoßen, nachdem eine Adoption genehmigt wurde?«, wollte Clevenger von ihr wissen.

Ricciardelli war dreiunddreißig, eine Frau mit einem bemerkenswert liebenswürdigen Gesicht, braunen Augen, langen Locken und dem Herz einer Löwin. »Nur wenn sie beweisen können, dass du sie willentlich getäuscht hast«, sagte sie und trommelte leise mit einem sehr spitzen Bleistift auf ihrer Schreibtischunterlage herum.

»Was ich nicht getan habe«, erklärte Clevenger.

Ricciardelli sah auf ihre Kopie des Adoptionsantrags. »Die Gerichte sind nicht in der Stimmung, Nachsicht walten zu lassen. Nicht seit O. J. Nicht seit Enron.«

»Sie haben Bush Florida geschenkt«, bemerkte Clevenger.

Ricciardelli lachte.

»Ich habe in dem Antrag nicht gelogen«, sagte Clevenger. »Ich habe hier in diesem Sessel gesessen und ihn ausgefüllt.«

Ricciardelli beugte sich vor. »Das habe ich nicht vergessen, Frank. Wir haben alle Fragen getreu nach den Buchstaben des Gesetzes beantwortet. Und wir werden unsere Antworten vor Gericht verteidigen.« Sie lehnte sich wieder in ihrem Schreibtischsessel zurück. »Ich wünschte nur, du hättest dich vor diesem Arschloch O'Connor zurückgehalten. Oder in der *Times*, wenn wir schon mal dabei sind.«

Es beunruhigte Clevenger, diese Einschränkung zu hören. »Du bist nicht sicher, dass wir gewinnen.«

Ricciardelli schüttelte den Kopf. »Ich sage nur, dass wir möglicherweise kreativ werden müssen, wenn die Dinge sich nicht nach unserem Geschmack entwickeln.«

»Kreativ ...«

»Du hast Billy im Alter von sechzehn adoptiert. Jetzt ist er siebzehn.«

»Es sind noch zehneinhalb Monate, bevor er mündig wird. Ich weiß. Aber was er als Allerletztes jetzt braucht, ist, bis dahin in irgendeine Pflegefamilie gesteckt zu werden. Das würde ihn kaputtmachen.«

Ricciardelli hielt beschwichtigend ihre Hand hoch. »Wer sagt denn, dass er siebzehn ist?«

»Was?«

»Er wurde angeblich im Alter von sechs von den Bishops adoptiert, stimmt's?«

Clevenger sah sie misstrauisch an, ziemlich sicher, worauf sie hinaus wollte.

»*Angeblich*«, wiederholte sie.

»Du sagst also, dass er sieben gewesen sein könnte, womit er jetzt achtzehn wäre.«

»Nach allem, was wir wissen – oder das Jugendamt oder das Gericht –, könnte er acht gewesen sein«, sagte sie. »Die Bishops haben ihn aus einem Waisenhaus in Russland adoptiert. Du weißt so gut wie ich, dass ausländische Adoptionsvermittlungen über das Alter ihrer Kinder lügen. Je jünger sie sind, desto besser sind sie zu vermarkten. Also lass uns Billy ins Mass General schaffen, damit ein Orthopäde mit biometrischen Methoden sein Alter bestimmen kann.«

Clevenger nickte halbherzig. »Aber wenn wir erfolgreich behaupten, dass er achtzehn ist, kann er jederzeit aus dem Entzug abhauen oder die ambulante Nachbehandlung abbrechen. Ich verliere die Kontrolle über ihn.«

»Du verlierst die *juristische* Kontrolle«, widersprach sie.

»Und ich bin nicht sicher, ob das die Autorität ist, auf die du dich als sein Vater berufen möchtest.«

»Mach dir nichts vor«, sagte Clevenger. »Ich nehme jede Form von Autorität, die ich kriegen kann.« Sein Handy klingelte. Da North Anderson McCormick beschattete und nicht im Büro war, wurden alle Anrufe zu ihm weitergeleitet. Sein Display verriet, dass der Anrufer seine Nummer absichtlich zurückhielt. Zuerst wollte Clevenger die Mailbox übernehmen lassen, doch dann überlegte er es sich. »Entschuldige mich bitte einen Moment«, sagte er zu Ricciardelli.

»Frank Clevenger«, meldete er sich auf dem Weg hinaus auf den Flur.

»O«, entfuhr es Ally Bartlett verblüfft. »Ich hatte nicht gedacht, dass Sie sich persönlich melden würden.«

»Kann ich Ihnen irgendwie helfen?«

»Ich rufe eigentlich an, um *Ihnen* zu helfen«, sagte sie, »auch wenn ich nicht ganz sicher bin, ob ich das kann. Ich meine, ich weiß nicht, ob das, was ich zu sagen habe, wichtig ist. Ich habe nur ...«

»Sagen Sie mir einfach, worum es geht.«

»Ich weiß, Sie kriegen wahrscheinlich Tausende von diesen Anrufen. Aber ich habe Ihre Briefe in der *Times* gelesen. Und die haben mich an jemanden erinnert – besonders Ihr letzter Brief. Ich habe das FBI angerufen und nach Ihnen gefragt, aber ich muss wohl zu fünfzehn verschiedenen Leuten durchgestellt worden sein. Also hab ich einfach die Auskunft in Boston angerufen und auf gut Glück nach Ihrer Nummer gefragt. Sie stehen im Telefonbuch, wie ein ganz normaler Mensch.«

Die *New York Times* und das FBI waren mit einer Flut von Hinweisen überschüttet worden. Sie waren hoffnungslos überfordert. Und keine der gut tausend Spuren, denen sie bislang nachgegangen waren, hatte sich als brauchbar erwiesen.

Clevenger machte sich auch jetzt wenig Hoffnung. Er warf einen Blick zu Ricciardelli an ihrem Schreibtisch. Er brannte darauf, wieder zu ihrem Gespräch zurückzukehren. »Glauben Sie mir, ich bin ziemlich normal«, sagte er. »Darf ich fragen, von wo Sie anrufen?«

»Frills Corner, Pennsylvania.«

»Könnten Sie mir wohl Ihren Namen und Ihre Nummer geben, und ich rufe Sie dann gleich zurück?«

Eine Pause. »Ich muss Ihnen etwas erzählen, was mir passiert ist. Aber ich kann Ihnen nicht meinen Namen oder meine Nummer geben. Ich will da nicht mit hineingezogen werden.«

Etwas in der Stimme der Frau ließ Clevenger aufmerken. Ein aufgeregter Unterton und ein wenig Ehrfurcht, vermischt mit sehr realer Angst. Es war der gleiche Tonfall, den er bei Leuten gehört hatte, die einem Mörder begegnet waren. Nachbarn von Jeffrey Dahmer. Freunde von Richard Ramirez. Zwei ehemalige Freundinnen von Ted Bundy. »Okay«, sagte er. »Lassen Sie sich Zeit. Ich höre zu.«

Sie atmete tief aus und räusperte sich. »Es ist genauso, wie Sie in Ihrem Brief geschrieben haben – jemand, den ich nie vergessen habe«, begann sie. »Ich bin ihm nur einmal begegnet, vor sechs, sieben Jahren, ganz zufällig. Aber ich denke noch immer an ihn – jeden Tag.«

»Wie sind Sie ihm begegnet?«

»An einer Bushaltestelle. Aus heiterem Himmel. Ich war an dem Tag ziemlich mit den Nerven fertig. Mein Vater war im Krankenhaus. Er lag im Sterben.«

»Das tut mir Leid.«

»Nun ja, jedenfalls, dieser Mann ist einfach aufgetaucht und hat mich irgendwie dazu gekriegt, ihm meine ganze Lebensgeschichte zu erzählen. Ich hatte das Gefühl, ich könnte ihm absolut alles erzählen. Und genau das habe ich getan. Ich meine, ich habe ihn zu einem Drink eingeladen – was ich sonst wirklich nie, nie tun würde –, und ich habe ihm mein Herz ausgeschüttet über meinen Vater, meine Mutter, sogar … Sex. Er hatte diese unglaubliche Stimme. Nicht wirklich sexy, einfach nur … ich weiß auch nicht. *Einladend*. Richtig warm und tröstend. Ich bin noch nie jemandem wie ihm begegnet.«

»Hat er Ihnen seinen Namen genannt?«

»Ja und nein. Er hat mir gesagt, sein Name sei Phillip Keane. Er hat gesagt, er sei Arzt – Psychiater – im Venango Regional Medical Center.«

»Ein Psychiater …«

»Ich habe ihm geglaubt«, fuhr Bartlett fort. »Ich meine, er war unglaublich einfühlsam. Es war tatsächlich so, als würde ich mit einem Therapeuten reden. Und nicht einem von den üblichen. Ich hatte einen oder zwei, und ehrlich gesagt, die haben nicht viel gebracht. Er war so, wie man sich einen Therapeuten erträumt. Der perfekte Zuhörer.«

»Haben Sie irgendeine Ahnung, wo er jetzt ist?«

»Ich habe ihn selbst damals nicht finden können. Ich habe am nächsten Tag das Krankenhaus angerufen, aber die Telefonzentrale hat gesagt, es würde dort kein Dr. Phillip Keane arbeiten. Also hab ich mich zur psychiatrischen Abteilung durchstellen lassen. Und da wurde die Sache wirklich total merkwürdig.«

»Inwiefern?«, fragte Clevenger.

»Ich hab der Sekretärin seinen Namen genannt, und sie schien irgendwie zu denken, dass ich mit einem der Patienten sprechen wolle. Es ist eine Abteilung für geistesgestörte Kinder. Sie hat mich gefragt, ob ich Phillips Mutter sei. Also hab ich einfach aufgelegt. Ich hab gedacht, wenn mir der Typ nicht mal seinen richtigen Namen gesagt hat, dann wäre er auch nicht daran interessiert, mich wiederzusehen.«

Clevenger dachte an all die psychologischen Wendungen in den Briefen des Highwaykillers, das Zitat von Jung, die Art, wie er seine persönliche Vorgeschichte dargestellt hatte, die arrogante Behauptung, dass er Clevenger heilen könne. War es möglich?, fragte er sich. Könnte der Highwaykiller Psychiater sein wie er selbst? »Wie hat er ausgesehen?«, wollte Clevenger wissen.

Wieder eine Pause. »Gut, nicht mehr ganz jung, schätze ich«, sagte Bartlett. »Aber deshalb habe ich mich nicht mit ihm unterhalten. Es ging nicht darum, dass er, na ja, ein heißer Typ war oder so was.« Ein Moment verstrich. »Er sah einfach wie der netteste Mensch auf der Welt aus. Und es schien ihm etwas an mir zu liegen. Ich weiß, dass es verrückt klingt, aber ich glaube, es lag ihm wirklich etwas an mir.«

Clevenger musste all seine Kraft aufbieten, um sich während der restlichen zwanzig Minuten seiner Besprechung mit Sarah Ricciardelli zu konzentrieren. Seine Gedanken kehrten immer wieder zu den Briefen des Highwaykillers zurück:

> Sie haben einen emotional gestörten Jungen adoptiert. Waren Sie ein emotional gestörter Junge? Sind Sie noch immer jener Junge?
> Bemühen Sie sich so sehr, Mörder zu verstehen, um sich selbst zu verstehen?
> Wie ist es, wenn man sich verliebt? Ist es die paradiesische Glückseligkeit, wie immer behauptet wird, wenn man die Grenzen des eigenen Ichs schwinden fühlt?

Das waren forschende Fragen, potentiell heilende Fragen. Zutiefst psychologische Fragen. Wenn der Mörder Psychiater wäre, würde das nicht nur diese Fragen erklären, es würde alles erklären. Er wäre ein Experte darin, Leute dazu zu bringen, sich zu offenbaren, ihnen sehr schnell sehr nah zu kommen. Er würde vertrauenswürdig erscheinen, mit den einnehmenden Umgangsformen eines guten Arztes. Und er würde sich von seinen Jahren als Medizinstudent und Praktikant daran erinnern, wie man Blut abnahm.

Er rief North Anderson an, sobald er auf der Straße vor Ricciardellis Kanzlei stand, und erreichte ihn über sein Handy.

»Was gibt's?«, fragte Anderson.

»Es könnte ein Seelenklempner sein«, sagte Clevenger und zog die Schultern hoch, um sich gegen den eisigen Wind zu schützen.

»Wer? Wovon redest du?«

»Der Mörder. Er könnte Psychiater sein.«

»Psychiater?«

Clevenger musste sich gegen den Wind stemmen, während er zu seinem Wagen ging. »Eine Frau aus Pennsylvania hat mich angerufen. Sie hat vor Jahren einen Mann getroffen, auf den unser Täterprofil bis aufs I-Tüpfelchen passt. Er hat ihr erzählt, er sei Psychiater, arbeite im örtlichen Krankenhaus. Er *wirkte* auf sie wie ein Psychiater. Und er hat einen falschen Namen benutzt, der sich als der Name eines Kindes herausstellte, das dort in der geschlossenen Abteilung behandelt wurde.«

»Dieser Kerl hat im ganzen Land Leichen zurückgelassen«, sagte Anderson. »Er hat über die letzten sechs Monate Briefe aus drei verschiedenen Bundesstaaten geschickt. Was für ein Psychiater fährt kreuz und quer im Land herum?«

»Ein Vertretungsarzt«, sagte Clevenger automatisch und hievte sich auf den Fahrersitz seines Wagens. Er lehnte sich zurück und starrte durch die Windschutzscheibe, verblüfft darüber, dass ihm das Wort so selbstverständlich über die

Lippen kam und dass es ihm ebenso selbstverständlich die Lösung zu sein schien.

»Ein Vertretungsarzt. Was, zum Teufel, soll ich mir denn darunter vorstellen?«

»Einen Vertretungsarzt eben. Ein reisender Psychiater. Ein Mietdoktor von einer Agentur. Sie übernehmen für ein, zwei Monate die Vertretung in Krankenhäusern, denen Psychiater fehlen, gewöhnlich in ländlichen Gebieten oder abgelegenen Ecken. Gegenden, die nichts zu bieten haben. Gegenden im Schoß der Natur, was unserem Freund gefallen würde.«

»Es passt«, stimmte Anderson zu. »Aber die Chancen, dass diese Frau ihn getroffen hat, Jahre später die *Times* liest, sich an ihn erinnert, beschließt, dich anzurufen ...«

»Ich weiß«, sagte Clevenger. Er musste realistisch bleiben. Die Chancen, dass der Köder, den er in der *Times* ausgelegt hatte, genau den Fisch fing, auf den er es abgesehen hatte, waren verschwindend gering. Aber sie waren nicht gleich null. Ansonsten hätte er den Köder gar nicht erst ausgelegt. »Vielleicht war es nicht der Mörder, dem sie begegnet ist. Aber sie hat mich auf den Gedanken gebracht, dass er Psychiater sein könnte – ein Vertretungsarzt. Und das wiederum würde Sinn machen, ob sie ihn nun zu Gesicht bekommen hat oder nicht.«

»Wie kann ich helfen?«

»Ich vermute, dass nur vielleicht zwei Dutzend Agenturen für Vertretungsärzte so flächendeckend arbeiten, dass sie Psychiater im gesamten Land verschicken. Wir müssen mit jeder von ihnen reden.«

»Was ist mit dem FBI?«

»Warner wird wahrscheinlich kein offenes Ohr dafür haben, was ich zu sagen habe, aber ich werd ihn anrufen.«

»Ich wette, dass Murph – du erinnerst dich doch an Joe Murphy, Murphy und Co. in Marblehead – mir binnen ein paar Stunden eine Liste der größeren Firmen besorgen kann«, sagte Anderson. »Ich werd anfangen herumzutelefonieren, sobald ich sie in der Hand habe. Es ist ziemlich klar, was wir wissen müssen: ob sie irgendeinen ihrer Jungs an all die Orte vermittelt haben, wo Leichen gefunden wurden.«

»Wobei der jüngste Einsatz in Wyoming war«, sagte Clevenger.

»Geht klar.«

Clevenger fiel McCormick ein. »Was macht Whitney?«

»Macht bei den Krankenhäusern und Kliniken die Runde«, vermeldete Anderson. »Ich bin im Moment zwei Wagen hinter ihr auf der 80 West. Wir sind vor ein paar Minuten vom Parkplatz eines Cafés in Rock Springs losgefahren. Sie hat sich da mit einer Frau um die dreißig, fünfunddreißig getroffen. Sie haben sich zum Abschied umarmt. Vielleicht eine alte Freundin oder eine Verwandte des Opfers.«

»Danke dafür, dass du ein Auge auf sie hast. Unser Freund könnte noch immer in der Gegend sein.«

»Es geht mich ja nichts an, aber für mich klingt es nicht so, als seist du auch nur annähernd über sie hinweg«, bemerkte Anderson.

»Ich habe im Moment andere Dinge im Kopf«, erklärte Clevenger.

»Ich schätze, das ist ein Nein, aber ich lass es für den Moment erst einmal im Raum stehen.«

»Gut.«

»Soll ich das Krankenhaus anrufen, in dem der Typ in Pennsylvania angeblich gearbeitet hat?«, schlug Anderson vor. »Vielleicht kommt ja dort jemand darauf, wer es war?«

»Das übernehm ich, sobald wir aufgelegt haben.«

»Soll mir recht sein. He, nebenbei gefragt, wie geht's Billy?«

Aus irgendeinem Grund wollte Clevenger ihm nicht erzählen, dass ihm eine weitere Sorgerechtsschlacht bevorstand.

Vielleicht wollte er sich im Moment einfach nicht in Einzelheiten ergehen. Oder vielleicht war es ihm auch peinlich, vielleicht fürchtete er sein *Ich hab's dir ja gesagt*, das er sicherlich verdient hatte, weil er gleichzeitig einen Serienmörder aufzuspüren und ein geborgenes Zuhause für einen emotional gestörten Teenager zu schaffen versuchte. Er hatte sich bei beidem nicht gerade mit Ruhm bekleckert. »Heute geht's ihm gut«, antwortete er. »Aber wer kann schon sagen, was morgen ist?«

»Immer von Tag zu Tag denken.«

Clevenger legte auf. Dann rief er die Auskunft an und ließ sich die Nummer des Venango Regional Medical Centers geben, während ihm unvermittelt aufging, wie weit hergeholt die Spur war, die er verfolgte, wie wenig er wirklich in der Hand hatte und wie viel er bereits aufs Spiel gesetzt hatte.

3

Jonah saß hinter seinem Schreibtisch im Rock Springs Medical Center und starrte auf das leere Blatt Papier und den Kugelschreiber, die vor ihm lagen. Er reckte seine Arme über den Kopf, spreizte seine Finger und atmete so tief ein, wie er konnte. Er fühlte sich lebendiger, als er das seit sehr langer Zeit getan hatte. Sein Sehvermögen, sein Gehör und sein Geruchssinn waren wieder ganz auf der Höhe. Er konnte fühlen, wie sich die Innenseite seiner Haut über die prallen Muskeln spannte. Wenn er völlig reglos dasaß, vermeinte er sogar zu spüren, wie sich die großen und kleinen Herzklappen öffneten und schlossen und sich die Herzkammern kraftvoll zusammenzogen, um nicht nur sein eigenes Blut durch die Adern zu pumpen, sondern auch das Blut all der anderen, die gestorben waren, um in ihm wiedergeboren zu werden.

Er hatte seine Zerstörungswut besiegt, indem er Marie Pierce geheilt hatte. Er konnte noch immer ihre herzliche Umarmung, ihre überschwengliche Dankbarkeit fühlen.

Er hatte Heaven Garber besiegt und den kleinen Sam befreit. Er konnte noch immer das breite Grinsen des Jungen sehen, als er an jenem Morgen mit seinem Vater die geschlossene Abteilung verlassen hatte.

Jonah atmete aus, senkte seine Hände und griff nach dem Kugelschreiber, um seinen nächsten Brief an Clevenger zu beginnen. Er hatte vor, ihn abzuschicken, sobald seine Vertretungszeit in Wyoming zu Ende war und er sich vor seinem nächsten Einsatz in Pidcoke, Texas, nahe der Fort Hood Military Reservation, eine Woche in den Bergen gönnen würde.

Er sah auf die Uhr. Sechzehn Uhr siebenundzwanzig. Er begann zu schreiben:

> Dr. Clevenger,
> ich habe in der Tat wahre Liebe erfahren – die tiefste davon meine Liebe zu Gott dem Allmächtigen, dem König des Universums. Indem ich ihn liebe, kann ich andere lieben, egal, wie augenscheinlich dämonisch oder verderbt sie sein mögen. Und ich bete, dass ich durch ihn eines Tages auch mich selbst lieben werde.
> Sie stellen die anmaßende Behauptung auf, dass mein Vater mich nie gequält habe. Sie fordern, ich solle meinem Angreifer das Gesicht meiner Mutter geben. Aber ich werde mich nicht zu mentalen Scharaden herablassen, die ihr Andenken besudeln. Ich lasse mich keiner Gehirnwäsche unterziehen. Denn selbst wenn sie die Handelnde in den dunklen Erinnerungen wäre, die mich peinigen, selbst wenn sie der Teufel in meinem Leben gewe-

sen wäre und nicht mein Engel, hätte ich Mitleid mit ihr und würde all meine Kraft aufwenden, ihr zu vergeben.
Sie und Ihre liebliche Whitney verstecken Ihre Destruktivität hinter der meinen. Die wunderbaren Erinnerungen an meine Mutter auszulöschen, um mich zu schwächen, mich zu fangen und mich letztendlich auszulöschen, halten Sie für richtig, da Sie die Gesetze der Menschen vertreten. Aber es gibt erhabenere Gesetze.
Wir sind alle Sünder, Frank. Wir sind alle von Gewalt verseucht. Der Unterschied zwischen uns ist mein unaufhörlicher Kampf, dem Licht zu folgen.
Ich sehe nun alles ganz klar. Ihr Blick ist noch immer getrübt von Ihrem Verlangen nach Rache.
Dieses Verlangen tief in Ihnen existiert nur, weil Ihnen eine entscheidende Wahrheit entgangen ist, vielleicht die entscheidendste von allen. Und sie lautet schlicht: Selbsthass ist der einzige Hass auf der Welt. Er sucht sich nur bequeme Handlanger.
Ich bin einer der Ihren. Ich bin nur das jüngste Werkzeug, das Sie benutzen, um sich nicht dem Mörder in Ihnen selbst stellen zu müssen – jenem geschlagenen, gedemütigten Jungen, der sich einst in Alkohol und Kokain geflüchtet hat, um nicht seinen Schmerz fühlen zu müssen. Lieben Sie jenen Jungen, und Sie werden in Ihrem Herzen die Kraft finden, mich zu lieben, so wie ich gelernt habe, Sie zu lieben.
Ist es denn nicht offensichtlich, dass Sie dem emotional gestörten Jungen in Ihrem Haus ein besseres Vorbild wären, wenn Sie den emotional gestörten Jungen in Ihrem Herzen annehmen würden?

Ich sehe jetzt deutlich, dass die Männer und Frauen, denen ich entlang der Highways begegnet bin, ihr Leben nicht umsonst hingegeben haben. Sie waren Stufen auf dem Weg zum Himmel. Und nicht allein für mich. Auch für sich selbst. Und auch für Sie, Frank, sollten Sie diesen Weg wählen. Denn wir alle sind gemeinsam auf der Reise zu einem besseren Ort. Im göttlichen Plan spielt es keine Rolle, welche Ansammlung von Fleisch und Knochen den letzten Schritt macht.

Diese Worte von Antonio Machado bedeuten mir viel:

Mir träumte gestern Nacht,
o wunderbarer Irrtum,
ich hätt' Honigbienen in meinem Herzen,
die Honig aus meinen alten Fehlschlägen machten.

Es klopfte an der Tür seines Büros. Jonah ließ das Blatt Papier in seiner Schreibtischschublade verschwinden. »Herein«, rief er.

Dr. Corrine Wallace, die medizinische Direktorin, kam herein, und ihre Miene war noch düsterer, als sie es an jenem Morgen gewesen war. Sie schloss die Tür hinter sich. »Wir müssen reden.«

Jonah konnte in ihren Augen lesen, dass etwas Schlimmes passiert war. Er deutete auf den Sessel vor seinem Schreibtisch.

Wallace setzte sich. »Ich weiß nicht, wie ich es Ihnen sagen soll, Jonah, also komme ich gleich ohne lange Vorrede zum Punkt.«

Jonah sah sie an und wusste Bescheid. »Sam?«, sagte er und betete stumm, dass er sich irrte.

»Ich habe einen Anruf von der Polizei erhalten.«

Er wollte nichts fragen, saß einen langen Moment reglos da, und wäre da nicht das Summen der Neonröhren gewesen, wäre die Stille vollkommen gewesen. »Wie schlimm ist es?«, fragte er schließlich.

»Sie hat ihn umgebracht«, sagte Wallace. »Hank hat sie wieder ins Haus gelassen.« Tränen schimmerten in ihren Augen.

»Er ist tot? Sam ist tot?« Er sah instinktiv auf die Uhr. Sechzehn Uhr zweiundfünfzig. »Sie hat dem Officer bei ihrer Festnahme gesagt, dass sie nichts weiter als eine Entschuldigung von ihm wollte. Sie hat gesagt, dass er sich geweigert habe, dass er sie ›dazu getrieben‹ habe.«

»Was ist mit Hank? War er dabei?«

»Ja. Er hat nichts getan, um sie aufzuhalten. Sie sind beide des Mordes ersten Grades beschuldigt.«

Jonah stellte sich Heaven Garber vor, fast einhundertfünfzig Kilo schwer, ein Riese, der hoch über Sam aufragte und ihn anschrie: »Sag mir, dass es dir Leid tut! Sag mir, dass es dir Leid tut!« Doch der tapfere Junge weigerte sich. Und sein Schweigen erzürnte die Bestie nur noch mehr.

Dann musste Jonah, in der grausamsten Verwandlung, die man sich vorstellen konnte, mit ansehen, wie Heavens Gesicht vor seinem geistigen Auge zu dem seiner eigenen Mutter wurde, ihre Engelsaugen blutunterlaufen, ihre wunderschönen Lippen von Zorn verzerrt.

Als er sich wieder nach Sam umschaute, sah er sich selbst auf dem Boden kauern und weinend darum betteln, nicht mehr geschlagen zu werden.

War Clevenger in seinen Verstand eingedrungen? War es ihm gelungen, ihn einer Gehirnwäsche zu unterziehen?

»Ist mit Ihnen alles in Ordnung?«, fragte Wallace und beugte sich in ihrem Sessel vor.

Jonah sah sie über den Schreibtisch hinweg an, sah sie als

die Person, die sie war. Doch im nächsten Moment verschmolzen auch ihre Züge mit denen von Heaven. Er rieb sich mit seinen Fäusten die Augen. »Ich muss das erst einmal verarbeiten«, sagte er. »Tut mir Leid.«

»Selbstverständlich.« Sie stand auf und wollte hinausgehen, doch dann drehte sie sich noch einmal zu ihm um. »Es ist nicht Ihre Schuld. Ich möchte, dass Sie das wissen. Niemand hätte voraussehen können, dass so etwas passiert.«

Jonah antwortete nicht.

Sie ging zur Tür.

Sobald Jonah hörte, wie sich die Tür mit einem Klicken hinter ihr schloss, sank er auf die Knie und vergrub seinen Kopf in den Händen.

Clevenger rief Kane Warner in der FBI-Zentrale an und erntete eine kühle Reaktion auf seinen Vorschlag, das Bureau solle darüber nachdenken, ob der Highwaykiller ein als Vertretungsarzt arbeitender Psychiater sein könne.

Er vergeudete keine Zeit damit, sich zu ärgern. Als sich der Tag dem Ende entgegenneigte, hatte er mit dem Leiter und dem stellvertretenden Leiter der Personalabteilung des Venango Regional Medical Centers, der Oberschwester der geschlossenen Abteilung und dem Vorstandsvorsitzenden des Krankenhauses gesprochen. Sie beharrten alle darauf, dass er einen Gerichtsbescheid bräuchte, bevor sie irgendwelche Personalakten herausgeben könnten oder Informationen darüber, ob das Krankenhaus – derzeit oder in der Vergangenheit – Vertretungspsychiater beschäftigt habe. Es gelang ihm, sich zur geschlossenen Abteilung durchstellen zu lassen, doch die Krankenschwester, die sich meldete, arbeitete erst seit acht Monaten dort, und Clevengers Beschreibung rief keine Erinnerungen an irgendeinen ihr bekannten Psychiater wach.

Um achtzehn Uhr vierzig Ortszeit entschied er sich, noch

einen letzten Versuch zu starten, von Arzt zu Arzt. Er ließ sich den medizinischen Direktor geben. Die Telefonzentrale sagte, sie verbinde ihn mit Dr. Kurt LeShan.

Clevenger stellte sich vor. »Tut mir Leid, Sie so spät noch zu stören.«

»Macht überhaupt nichts. Ich habe das Gefühl, Sie zu kennen«, sagte LeShan. »Ich habe Ihre Arbeit in der *Times* verfolgt. Faszinierend. Welchem Umstand verdanke ich Ihren Anruf?«

»Ich gehe einer Spur nach – jemand, der möglicherweise in Ihrem Krankenhaus tätig war.«

»Und wer soll das sein?«

»Ich bin mir bei seinem Namen nicht ganz sicher.«

»Tolle Spur.«

»Ich glaube, er hat 1995 in Ihrem Krankenhaus gearbeitet. Um Weihnachten herum. Es könnte eine Vertretung gewesen sein.«

»Wir haben hier meistens wenigstens einen Vertretungsarzt. Es ist praktisch unmöglich, jemanden für eine Festanstellung zu finden.«

»Groß. Längliches graues Haar. Blaue …«

»Jonah!«, fiel ihm LeShan ins Wort. »Jonah Wrens.«

»Können Sie mir irgendetwas über ihn erzählen?«, fragte Clevenger.

»Ich kann Ihnen eins sagen – er war der beste Psychiater, den ich je beschäftigt habe, der beste, mit dem ich je zusammengearbeitet habe, Vertretungsärzte und fest angestellte Ärzte zusammengenommen. Absolut erstklassig.«

»Kann es sein, dass er einen Jungen namens Phillip Keane behandelt hat?«

»Möglich. Keane ist Stammgast hier. Hochgradig psychotisch. Wieso fragen Sie?«

»Dr. Wrens hat sich anscheinend bei wenigstens einer Gelegenheit als Phillip Keane vorgestellt – einer Frau gegenüber, die er kennen gelernt hatte.«

»Vielleicht wollte er ihr nicht sagen, wer er ist. Keanes Name fiel ihm wahrscheinlich als erster ein, also hat er ihn sich geliehen. Das ist nicht gerade die feine Art, schätze ich. Und ganz sicher nicht professionell. Aber es ist wohl kaum ein Fall für einen forensischen Psychiater.«

»Erinnern Sie sich noch, von welcher Agentur Wrens gekommen ist?«

»Tu ich. Aber lassen Sie mich zuerst Ihnen eine Frage stellen – warum suchen Sie nach ihm?«

Clevenger wollte nicht andeuten, dass Wrens ein Verdächtiger in dem Fall war, denn das war er nicht. Nicht offiziell. Nicht einmal rational. Er war der Fang, den ein blind ausgeworfener Köder aus einem Meer von Millionen Lesern der *New York Times* herbeigelockt hatte. »Wir haben einen anonymen Anruf erhalten, der behauptet, dass ein Arzt, auf den Wrens' Beschreibung passt, möglicherweise im Besitz wichtiger Hinweise über den Highwaykiller ist.«

»Sie meinen, dass sich ihre Wege vielleicht gekreuzt haben, dass er ihn behandelt hat?«

»Möglich.«

»Nun, wenn irgendjemand diesem Irren helfen kann, dann Jonah«, sagte LeShan. Er kicherte. »Damit will ich natürlich nichts gegen Sie sagen.«

»Schon verstanden«, erwiderte Clevenger. »Was macht Wrens so außergewöhnlich?«

»Sie wissen ja, wie es ist. Entweder man hat's oder man hat's nicht. Er hat es im Übermaß. Die Gabe. Das dritte Ohr. Er hat Patienten, die mit niemandem sonst vom Personal geredet haben, dazu bekommen, sich zu öffnen. Und wenn wir es mit einem gewalttätigen Menschen zu tun hatten, dann hat keiner lange gefackelt, sondern gleich Jonah gerufen. Er musste nur auf einen total durchgeknallten Burschen zugehen, und schon hatte der sich beruhigt. Schlagartig. Ende der Diskussion. Es war etwas an seiner Ausstrahlung. Sehr beruhigend. Sehr stark.«

»Sie haben ihn gemocht – als Mensch, meine ich, von seinen professionellen Fähigkeiten einmal abgesehen.«

»Jeder hat ihn gemocht. Es ist nichts an Jonah, was man *nicht* mögen könnte. Sie werden es ja sehen. Wenn er Ihnen weiterhelfen kann, dann tut er es. So ist er nun mal.«

»Und von welcher Agentur kam er?«

»Communicare«, sagte LeShan. »Mit denen arbeiten wir praktisch ausschließlich zusammen. Die sitzen in Denver. Bleiben Sie einen Moment dran, ich besorge Ihnen die Nummer.«

Whitney McCormick hatte ihr Treffen mit dem Roten Kreuz auf den folgenden Tag verlegt, um abermals beim Rock Springs Medical Center vorbeizuschauen. Es war siebzehn Uhr fünfundvierzig, als sie den Summer neben der Eisentür zur geschlossenen Psychiaterie drückte.

»Ja?«, meldete sich eine Frauenstimme über den Lautsprecher.

»Mein Name ist Dr. Whitney McCormick. Ich hatte gehofft, dass ich vielleicht mit Dr. Wrens sprechen könnte.«

»Selbstverständlich. Er erwartet Sie.«

McCormick war etwas unbehaglich zumute, als sie das hörte. Pierce hatte offenkundig angerufen und Wrens Bescheid gesagt, dass sie vorbeikommen würde.

Eine Krankenschwester ließ sie herein und führte sie dann zu Wrens Büro. Sie klopfte an der Tür, erhielt keine Antwort und klopfte noch einmal lauter. Noch immer keine Antwort. Sie wollte gerade die Klinke herunterdrücken, als die Tür aufging.

»Dr. McCormick«, sagte Jonah. »Womit kann ich Ihnen dienen?«

McCormick bemerkte, dass sein Gesicht rot war, als habe er geschrien oder geweint. Nichtsdestotrotz war er genau so, wie Marie Pierce ihn beschrieben hatte. Ein Mann mit einer Stimme und einem Gesicht und einem Auftreten, die vollkommenes Verständnis suggerierten. »Es tut mir Leid, Sie zu stören«, sagte sie. Sie bemerkte sein gewelltes, silbernes Haar, die blauen Augen, die braunen Wildlederschuhe und den dunkelblauen Rollkragenpullover. »Macht es Ihnen etwas aus, wenn ich Ihnen einige Fragen stelle?«

»Ganz und gar nicht.« Jonah drehte sich um und trat wieder in sein Büro.

McCormick folgte ihm und ließ absichtlich die Bürotür offen. »Ich untersuche den Mord im Imbiss von Bitter Creek«, erklärte sie.

»Ein sinnloser Tod«, sagte Jonah. Er stand mit dem Rücken zu ihr und verstaute Bücher und Aktenordner in einem Karton auf seinem Schreibtisch.

»Sie haben Marie sehr geholfen. Es geht ihr schon viel besser.«

Jonah packte weiter ein.

»Ich habe mich gefragt, ob Sie vielleicht irgendetwas herausgefunden haben, was den Ermittlungen weiterhelfen könnte?«, fuhr McCormick fort.

»Es ging ausschließlich um therapeutischen Beistand«, erklärte Jonah. »Ich habe kein Verhör durchgeführt.«

McCormick entging nicht sein scharfer Unterton. Sie entschied, ihm etwas mehr auf den Zahn zu fühlen. »Den Teil kann ich selbst übernehmen«, sagte sie. »Das ist mein Fachgebiet. Sie arbeiteten mit Traumapatienten?«

Wrens antwortete nicht. Er hatte den Karton voll gepackt und schloss den Deckel. Dann drehte er sich schließlich zu ihr um. »Ich fürchte, Sie haben sich einen schlechten Zeitpunkt ausgesucht«, sagte er. »Einer meiner Patienten wurde heute von seiner Mutter umgebracht. Ich bin nicht in der Stimmung für eine nette Unterhaltung über berufliche Werdegänge.«

McCormick war bestürzt. »Ich hatte keine Ahnung, dass Sie einen Patienten verloren haben. Ich ...« Ihr Handy klingelte. Sie nestelte hektisch in ihrer Jackentasche, um es abzuschalten.

»Möchten Sie nicht rangehen?«, fragte Wrens sarkastisch.

McCormick schüttelte den Kopf. »Wie alt?«

»Neun«, sagte Wrens. Er räusperte sich. »Ich habe ihn nach Hause entlassen. Ich dachte, er würde dort sicher sein. Das war ein sehr großer Fehler. Ein unverzeihlicher Fehler.« Er stützte seine Hände flach auf den Schreibtisch und spreizte seine Finger, als suche er Halt.

McCormick bemerkte jetzt erst, dass sein Büro völlig leer geräumt war. Wrens hatte alles in den Karton auf seinem Schreibtisch gestopft. »Verlassen Sie das Krankenhaus heute?«, fragte sie ihn. »Ich dachte, Marie hätte gesagt, Sie würden noch eine Woche hier sein.«

»Ich habe im Moment kein sonderliches Zutrauen in meine Fähigkeiten. Ich wäre niemandem eine große Hilfe.«

McCormick wollte mehr über Wrens erfahren, doch sie war nicht sicher, wie sie ihn in eine Unterhaltung verwickeln sollte. »Ich habe noch ein paar weitere Fragen«, sagte sie.

»Wozu?«

»Zu Ihrem Eindruck von Ms. Pierce«, war alles, was ihr einfiel.

»Verdächtigen Sie sie des Mordes an ihrer Mutter?«

McCormick schüttelte den Kopf. »Natürlich nicht. Ich versuche nur, gründlich zu sein.«

»Sie wollen gründlich sein«, sagte Jonah. Er starrte ihr in die Augen. »Mein Patient ist heute gestorben, Dr. McCormick. Er wurde ermordet. Sie mögen ja immun dagegen sein, so etwas zu hören, aber ich bin es nicht. Mir liegen meine Patienten sehr am Herzen.« Er ging an ihr vorbei und hielt ihr die Tür auf. »Ich möchte, dass Sie jetzt gehen.«

Clevenger erreichte Communicare, als die Agentur gerade schließen wollte. Es brauchte einiges an Überredungskunst, aber die Besitzerin kannte seinen Namen aus der *Times* und suchte Jonah Wrens Akte heraus. Sie las die Liste seiner Einsätze für die vergangenen sechsunddreißig Monate vor.

Er hatte nicht in der Nähe eines einzigen der dreizehn Leichenfundorte gearbeitet.

»Wo arbeitet er jetzt?«, fragte Clevenger.

»Gar nicht – zumindest nicht für uns«, erklärte die Frau.

»Arbeitet er für andere Agenturen?«

»Wie jeder heutzutage. Ich wünschte, wir hätten einen Exklusivvertrag mit ihm. Er ist der meistgefragte Psychiater, der je bei uns war. Jedes Krankenhaus, das ihn beschäftigt, will ihn wiederhaben. Aber er geht nie zurück. Er will neue Orte sehen, unbekannte Gesichter.«

»Ich schätze, das ist nicht ungewöhnlich«, sagte Clevenger enttäuscht. »Warum arbeitet man sonst als Vertretungsarzt?«

»Wollen Sie eine ehrliche Antwort? Diese Leute würden niemals in einem Betrieb überleben.«

»Sie überleben in Ihrem.«

»Mit einer Menge Händchenhalten, glauben Sie mir. Mit einer Menge Krisenbetreuung. Verstehen Sie mich nicht falsch, einige von denen sind wirklich fähig. Sogar begabt. Aber im Herzen sind sie alle Zigeuner. Sie mögen keine Routine. Und sie wollen nicht, dass ihnen Leute zu nah kommen.«

»Entscheiden sie selbst, wo sie arbeiten?«, fragte Clevenger.

»Es ist eine gemeinsame Entscheidung«, sagte die Frau. »Wenn wir eine Anfrage erhalten, rufen wir an, wer immer zuoberst auf der Liste steht. Wenn er ablehnt, kommt der nächste dran. So was nehmen wir nicht krumm. Wir haben jede Menge Ärzte. Aber jede Agentur ist da anders. Einige streichen einen Arzt von ihrer Liste, wenn er zwei oder drei Einsätze hintereinander ablehnt.«

»Verstehe.«

»Warum suchen Sie denn überhaupt nach Dr. Wrens?«, wollte sie wissen.

»Ich gehe nur einem Hinweis nach.« Er erkannte, dass seine Worte nicht so unverdächtig klangen, wie es Wrens verdiente. Clevenger borgte sich eine Idee von Dr. LeShan vom Venango Regional. »Ich dachte, er könnte vielleicht den Mann behandelt haben, den wir suchen. Aber es sieht jetzt doch nicht so aus, als ob sich ihre Wege gekreuzt hätten.«

»Sie meinen, den Highwaykiller?«, sagte die Frau.

»Ja, stimmt.«

»Tun Sie mir einen Gefallen. Wenn Sie die Bestie schnappen, schneiden Sie ihm die Kehle durch, bevor er die Chance hat, noch mehr von dem Quatsch zu verbreiten, den er in der *Times* schreibt. All dieser Mist über Mitgefühl, wo er losgeht und Leute umbringt. Ich bin Großmutter, Herrgott noch mal, aber ich würde ihm liebend gern eigenhändig seinen verdammten Kopf abschneiden. Wollen wir doch mal sehen, wie viel von diesem Psychogeschwafel dann noch aus seinem Mund kommt.«

»Für den Job würden sicher eine Menge Leute Schlange stehen«, sagte Clevenger. Genügend Leute, um die Todesstrafe in einundvierzig Staaten am Leben zu erhalten, dachte er bei sich.

»Geben Sie auf sich Acht, Doc. Und viel Glück. Gott sei mit Ihnen.«

»Ja, also danke noch mal.« Ihm sank der Mut. Er steckte in einer Sackgasse.

Er rief Andersons Handynummer an und erreichte ihn in seinem Auto vor dem Rock Springs Medical Center, wo er darauf wartete, dass McCormick wieder herauskam. »Ich ziehe hier nur Nieten«, sagte er. »Hattest du an deiner Front Erfolg?«

»Ich hab die Liste von Murph bekommen«, sagte Anderson. »Ich hab fünf Agenturen angerufen. Nichts. Zwei haben sich geweigert, mit mir zu reden. Keine der anderen drei hat einen Arzt in die Gegenden vermittelt, wo dieser Kerl gemordet hat.« Er machte eine kurze Pause. »Ich weiß nicht. Vielleicht trennt er strikt zwischen Beruf und Vergnügen.«

Dieses Klischee ließ Clevenger plötzlich ein Licht aufgehen: Nach einer Übereinstimmung zwischen den Arbeitseinsätzen des Mörders und den Fundorten der Leichen zu suchen, war gänzlich falsch. Es widersprach dem Täterprofil, das Clevenger zusammen mit dem FBI erstellt hatte – ein Mann, der anderen sehr nah kommen musste, der tötete, wenn er nicht auf andere Art Intimität erfahren konnte.

»Bist du noch dran?«, fragte Anderson.

»Du hast absolut Recht«, sagte Clevenger.

»Selbstverständlich hab ich das. Womit?«

»Er mordet nicht bei der Arbeit. Das braucht er nicht«, erklärte Clevenger. »Seinen Patienten nahe zu kommen, stillt seinen Durst nach intensiven menschlichen Beziehungen. Die Leute entblößen vor ihm ihre Seelen. Er mordet zwischen seinen Arbeitseinsätzen. Dann fühlt er sich am stärksten isoliert und allein. Dann hat er nichts, um sich von seinem eigenen Schmerz abzulenken. Und jenes Kindheitstrauma, das er zu verdrängen versucht, droht, sich gewaltsam einen Weg in sein Bewusstsein zu bahnen.«

»Aber dein Brief hat ihn möglicherweise aus dem Rhythmus gebracht. Vielleicht haben diesmal, in Wyoming, die Patienten nicht genügt.«

Clevenger war bei der gleichen Überlegung angelangt. Der Ort, wo der Mörder am ehesten »bei der Arbeit« zugeschlagen haben könnte, war Bitter Creek. In wachsender Auflösung befindlich und außerstande, sich durch seine Arbeit zu beruhigen, könnte er die Kontrolle über sich verloren haben. Und wenn diese Vermutungen zutrafen, konnte er nicht fliehen. Er konnte nicht riskieren, Verdacht auf sich zu lenken. Er musste den äußeren Schein wahren, die ein, zwei Monate seines Vertrags ableisten, als ob nichts passiert sei. Whitney McCormick hatte mit ihrem Instinkt in dieser Hinsicht genau richtig gelegen. »Es ist möglich«, pflichtete Clevenger bei. »Es ist noch immer eine gewagte Hypothese, aber er könnte ganz in der Nähe sein.«

»Ich ruf alle Krankenhäuser an und werd mich nicht abwimmeln lassen, bis sie mir sagen, ob sie einen Vertretungspsychiater für sich arbeiten haben.«

»Das könnten sogar die Telefonzentralen wissen. Wenn nicht, lass dich direkt zur geschlossenen Abteilung durchstellen.«

In diesem Moment sah Anderson McCormick aus dem Krankenhaus kommen und mit eiligen Schritten zu ihrem Mietwagen gehen. »Whitney hat ihre Visite beendet«, vermeldete er Clevenger. »Heil und gesund. Sie war jetzt schon zum zweiten Mal hier – am Rock Springs Medical Center –, aber sie ist nicht lange geblieben.«

»Ich bezweifle, dass sie nach einem Vertretungsarzt gesucht hat«, bemerkte Clevenger.

»Ich werd noch mal überall nachfragen, wo sie gewesen ist.«

»Das habe ich auch nicht anders erwartet.«

Clevenger legte auf und wählte die Nummer von Whitney McCormicks Handy. Es klingelte nur einmal, bevor sich ihre Mailbox meldete. Sie hatte ihr Handy abgeschaltet. »Ruf mich umgehend an«, hinterließ Clevenger. »Es ist wichtig.«

4

McCormick beobachtete aus ihrem Wagen heraus den Eingang vom Krankenhaus. Sie war nicht sicher, was sie von Dr. Jonah Wrens halten sollte. Einerseits passte er auf das Täterprofil des Highwaykillers – ein Weißer mittleren Alters mit ansprechendem Aussehen, der Leuten sehr schnell sehr nah kommen konnte. Er reiste im Land umher. Seine Stimme hatte tatsächlich die hypnotische Wirkung, von der Marie Pierce gesprochen hatte. Andererseits trauerte er eindeutig um den Verlust seines jungen Patienten. Es mangelte ihm nicht an Mitgefühl. Er empfand Schuld. Es war nichts Berechnendes an ihm; er hatte nicht versucht, Marie Pierce – oder irgendjemand anderem – den Mord an Sally Pierce in die Schuhe zu schieben.

Außerdem konnte sie einfach nicht glauben, dass sie den Highwaykiller durch schlichte glückliche Fügung finden würde, einen Ermittlungsschritt von der Tochter des Mordopfers entfernt. Nichtsdestotrotz musste das nicht bedeuten, dass sie ihn *nicht* gefunden hatte. Im Fall der Heckenschützen von Washington hatte ein anonymer Tipp das FBI auf die richtige Fährte geführt. Andere Mörder waren gefasst worden, weil sie eine rote Ampel überfahren hatten, weil sie zehn Jahre nach dem Mord irgendwo das Hemd des Opfers getragen hatten oder weil sie zwanzig Jahre später in der Drogenrehabilitation einem Bekannten gegenüber einen Mord gestanden hatten.

Hätte der Highwaykiller nicht die Gelegenheit genossen, mit Marie Pierce zu reden? Würde er sich nicht für die Blutsverwandtschaft seines Opfers erwärmen?

Sie überlegte, sich Rückendeckung von Kane Warner zu holen, doch wie amateurhaft würde sie aussehen, wenn Jonah

Wrens sich als unschuldig entpuppte – ein mitfühlender Doktor, der nur seine Arbeit machte. Ihre Mission galt dem Ziel, ihren Ruf wiederherzustellen; die Mittel des FBI für einen unbescholtenen Mann zu verschwenden, den die Trauer über den Verlust seines neunjährigen Patienten verzehrte, würde ihr keine Lorbeeren einbringen.

Kurz, sie konnte Warner nicht gestehen, dass sie noch an dem Fall arbeitete, bis sie sicher war, ihn aufgeklärt zu haben.

Sie musste mehr über Wrens erfahren. Und sie hatte keine Wahl, wann sie mit den Nachforschungen anfangen wollte. Wenn Wrens der Mörder war, dann wusste er jetzt, dass sie ihm auf der Fährte war. Er könnte jeden Moment die Stadt verlassen und für Monate in die Berge flüchten – sogar für immer.

Sie wartete zwanzig Minuten auf dem Krankenhausparkplatz, bis Wrens aus dem Gebäude trat, in den Händen seine Aktentasche und den Karton, den er gepackt hatte. Er stieg in seinen BMW, ließ den Motor an und fuhr davon.

McCormick startete ihren Wagen und folgte ihm.

Jonah beobachtete im Rückspiegel McCormicks Scheinwerfer. Er versuchte, Gottes Plan für ihn zu ergründen, versuchte zu verstehen, warum er ihm am selben Tag, an dem er einen so unschuldigen Jungen wie Sam zu sich geholt hatte, eine so verderbte Frau schickte.

Letztendlich lautete die einzige Botschaft, die er einer solchen Symmetrie entnehmen konnte, dass das Gute und das Böse sich beständig im Fluss befanden, dass das Armageddon nicht eine einzelne Schlacht, sondern ein fortwährender Feldzug war, dass der Tod eines Engels möglicherweise für alle Ewigkeit durch den Tod eines Teufels ausgeglichen werden konnte.

War es möglich, dass McCormicks Ableben von Anfang an

Jonahs Mission gewesen war? Hatte er sich an Clevenger gewandt, weil es ihn ultimativ zu McCormick führen würde? War seine Wiederauferstehung als Unschuldiger nur durch die Zerstörung der Jägerin möglich? War sie diejenige, die wahrlich Gottes Zorn geweckt hatte?

Die Poesie des Ganzen war deutlich zu erkennen: Ihm würde vergeben werden, sobald er jemanden wie sie, jemanden, der gänzlich außerstande war zu vergeben, vom Angesicht der Erde auslöschte.

Eine Woge der Ruhe umspülte ihn, so als nähere sich seine lange, mühsame Reise ihrem Ende. Die letzte Meile auf seinem Weg zur Erlösung konnte gut und gern die Meile sein, die er gerade fuhr.

McCormick folgte Wrens zum Ambassador Motor Inn und sah ihn vor Zimmer 105 parken. Sie fand eine Parklücke zwanzig Meter weiter. Er stieg aus seinem BMW und verschwand in dem Zimmer.

McCormick griff an ihre Wade und rückte die Pistole in ihrem Halfter zurecht. Dann stieg sie aus dem Auto aus. Dabei beobachtete sie North Anderson, wie er fünf Stellplätze weiter parkte, sie ansah und dann eilig den Blick abwendete. Das bestätigte, was sie bereits auf dem Highway vermutet hatte: Sie wurde beschattet.

Nur Clevenger wusste, dass sie in Wyoming war. Sie hatte seinen Partner nie kennen gelernt, wusste aber, dass es ein Schwarzer war. Sie warf einen verstohlenen Blick auf sein Nummernschild – ein Mietwagen.

Sie ging zu ihm hinüber und klopfte ans Fahrerfenster.

Er ließ es herunter. »Kann ich Ihnen irgendwie helfen?«, fragte er so ungezwungen wie möglich.

»Sie müssen North Anderson sein«, sagte sie.

Anderson sah keinen Sinn darin, es abzustreiten.

»Sagen Sie Frank, dass ich ein großes Mädchen bin. Er muss nicht auf mich aufpassen.«

»Ich schätze, er hat gedacht, dass Sie vielleicht richtig liegen, wenn Sie den Mörder noch immer hier in der Gegend vermuten. Wenn dem so ist, kommt Ihnen die Rückendeckung vielleicht gar nicht so ungelegen.«

Sie überlegte kurz, Anderson von Jonah Wrens zu erzählen, hatte aber keine Lust, sich vor ihm oder Clevenger zum Narren zu machen. Sie wollte, dass man sie ungestört ihren Job tun ließ. »Ich meine, wenn er möchte, kann ich ihn anrufen und ihm in allen Einzelheiten berichten, was in dem Motelzimmer passiert«, sagte sie lächelnd. »Aber ich bin nicht beruflich hier. Also, warum verziehen Sie sich nicht? Irgendwie macht es die Stimmung kaputt, wenn ich immer daran denken muss, dass Sie hier draußen hocken.«

McCormicks Offenheit verschlug Anderson die Sprache, und er nickte nur.

Sie ging zu Zimmer 105 und klopfte an die Tür.

Einen Moment später öffnete Wrens. Er war barfuß, sein Haar war zerzaust, seine Schultern gebeugt. Sein Hemd war aufgeknöpft und entblößte seinen Waschbrettbauch. Seine Ärmel hatte er hochgekrempelt. Er hielt seine Socken und seinen Gürtel in der Hand. Er sah völlig erledigt aus und wirkte nicht im geringsten gefährlich. »Ich muss schlafen«, erklärte er. »Das hier kann doch sicher bis morgen früh warten.«

»Ich verstehe Sie«, sagte McCormick. »Es dauert nur ein paar Minuten. Das verspreche ich.«

Er schien zu zaudern.

»Es ist wichtig.«

Wrens schloss seine Augen und atmete tief durch, als vor seinem geistigen Auge ein Bild Gestalt annahm – sein Messer an McCormicks Hals, ihr Haar in seiner Faust. Er öffnete seine Augen und betrachtete sie. Den Teufel vor seiner Tür. »Ich möchte mich dafür entschuldigen, dass ich im Krankenhaus schroff zu Ihnen gewesen bin. Bitte, kommen Sie herein.«

Jetzt war es McCormick, die zögerte. Denn sie hatte etwas entdeckt, das in ihr ein flaues Gefühl weckte – eine Reihe von fünf oder sechs verblassten horizontalen Narben an Wrens rechtem Unterarm.

Sie wusste, dass es durchaus eine harmlose Erklärung für diese Narben geben könnte. Sie konnten von den Metallspitzen eines Zauns stammen, an denen Jonah als Junge hängen geblieben war. Von den Krallen einer wütenden Katze. Einem heißen Grill. Und selbst wenn Wrens sich als Kind oder Jugendlicher willentlich Schnitte zugefügt hätte, wäre er sicher nicht der erste Psychiater, der selbst ein psychologisches Trauma erlebt hatte.

Nichtsdestotrotz, wenn die Narben von Schnitten stammten, musste Wrens ein schweres emotionales Trauma durchlitten haben. Und der einzige Weg, ein Gefühl von Kontrolle über seinen Schmerz zurückzugewinnen, war, sich selbst zu verletzen. Anschließend hatte er dann ruhig zuschauen können, wie er blutete, völlig losgelöst von seinem eigenen Leiden – und seinem verdrängten Zorn auf andere.

War das nicht genau das Persönlichkeitsprofil des Highwaykillers?

»Dr. McCormick«, sagte Wrens, »Sie scheinen ebenfalls müde zu sein. Warum treffen wir uns nicht morgen? Vielleicht irgendwo zum Frühstück?«

»Nein«, sagte sie. Sie spannte ihre Wade an, um die Pistole zu fühlen, die dort festgeschnallt war. »Mir geht es gut.« Sie trat ein.

Wrens schloss die Tür, als sie an ihm vorbeiging. Und als sie ihm den Rücken zukehrte, vergeudete er keine Sekunde, legte ihr seinen Gürtel wie eine Schlinge um den Hals und warf sie zu Boden.

Sie griff nach ihrer Pistole, doch Wrens trat ihre Hand vom Bein weg, dann zog er den Gürtel fester, schnürte ihr die Kehle zu, ließ ihre Hände instinktiv zum Lederriemen an ihrem Hals schnellen. Wrens setzte sich rittlings auf ihr Kreuz. Sie fühlte seine Hand an ihrem Knöchel, fühlte, wie sie sich in ihrem Hosenbein hinaufbewegte und die Pistole griff. Er drehte McCormick mit einem Ruck auf den Rücken um und rammte ihr den Pistolenlauf in den Mund.

Er beugte sich dicht an ihr Ohr.

»Wie lautet Ihre erste Frage?«, sagte er und zog den Riemen noch fester.

Während North Anderson in seinem Wagen vor dem Ambassador Motor Inn wartete, malte er sich eine gänzlich andere Szene in Zimmer 105 aus. Er hatte McCormick beschattet, während sie einem Mann – einem sehr gut aussehenden Arzt mit einem sehr teuren Auto – zu seinem Motel gefolgt war. Sie hatte an seiner Tür geklopft, war von ihm halb nackt begrüßt worden und war dann in seinem Zimmer verschwunden.

Für Anderson sah es so aus, als habe McCormick zufällig jemanden getroffen, den sie vom College oder vom Medizinstudium her kannte, und beschlossen, die Vergangenheit wieder aufleben zu lassen.

Wie dem auch sei, mit einem hatte sie Recht: Es ging ihn nichts an. Und er hatte nicht vor, es Clevenger gegenüber zu erwähnen.

Und er würde sich auch nicht verziehen. Er würde sich in Zukunft besser vorsehen müssen, wenn er sie beschattete, aber das war machbar.

Er schätzte, dass ihm einige Zeit blieb, bis McCormick wieder aufbrach. Er blickte zum Café des Motels neben der Ausfahrt. Er war am Verhungern, und er fühlte sich etwas unbehaglich dabei, vor jenem Zimmer herumzulungern.

Als Whitney McCormick aufwachte, lag sie ausgestreckt auf Jonahs Matratze, und ihre Arme und Beine waren mit Lederriemen am Bettrahmen festgebunden. Jonah saß neben dem Bett in einem Sessel und starrte sie an. Sie zerrte an ihren Fesseln, doch es war sinnlos. Sie verdrehte ihr Handgelenk, um auf die Uhr zu schauen, und sah, dass sie keine zehn Minuten bewusstlos gewesen war.

»Das FBI weiß, dass ich auf dem Weg hierher war«, sagte sie. »Damit kommen Sie nicht durch – lassen Sie mich gehen.«

Jonah lächelte. »Hätten Sie mich gehen lassen, wenn Sie mich geschnappt hätten?«

Sie antwortete nicht.

»Sie hätten mir gesagt, ich solle mich zum Teufel scheren.« Er sah sie durchdringend an. »Hab ich Recht?«

McCormick musste hilflos zuschauen, wie Jonah sein Klappmesser öffnete und die Klinge über ihr Gesicht hielt.

»Gibt es irgendetwas, dass ich Ihrem Vater in meinem nächsten Brief an die *Times* von Ihnen ausrichten soll, Whitney?«, fragte er sie. »Ich weiß, dass ich ihn fast wie einen Mitverschwörer betrachten sollte. Irgendein Fehler bei Ihrer Erziehung hat eindeutig dazu beigetragen, dass Sie zu einer Frau ohne jegliches Mitgefühl herangewachsen sind. Nichtsdestotrotz würde ich gern alles in meiner Macht Stehende tun, um seinen Schmerz zu lindern. Erst seine Frau zu verlieren und dann seine Tochter ...« Er atmete tief durch. »Wie kann ein Mann das verkraften?«

McCormick erkannte, dass Jonah vorhatte, sie zu töten. Betteln würde ihn nur noch mehr anstacheln, würde bestätigen, dass sie das Opfer und er allmächtig war. Sie musste die Zügel in die Hand nehmen, selbst gefesselt. »Das hier hat doch überhaupt nichts mit mir zu tun«, sagte sie. »Das ist das Tragische an der Sache.«

Jonah hielt die Schneide seines Messers an ihre Kehle. »*Das* klingt aber doch sehr nach Leugnung. Glauben Sie mir, wenn erst Ihr Blut zu strömen anfängt, werden Sie wissen, dass das hier Ihnen passiert und niemandem sonst.«

»Das hier geht um Ihre Mutter, Jonah. Frank hat versucht, Ihnen zu helfen, das zu erkennen. Sie sind einfach nur ein zu großer Feigling, um Ihre Augen aufzumachen. Sie war es, die kein Mitgefühl besaß – mit Ihnen. Sie hat Sie gequält.«

Er drückte das Messer fester gegen ihren Hals, so dass die Klinge sich in die Haut drückte, sie jedoch noch nicht aufritzte. »›Der Herr ist mein Hirte, mir wird nichts mangeln. Er weidet mich …‹«

Angst, Wut und der Wille zu überleben brachten McCormicks Verstand auf Hochtouren, und ihre Gedanken kreisten in ihrem Kopf wie die durchdrehenden Zylinder in einem Kombinationsschloss. Sie hatte förmlich das Gefühl, ihr Gehirn laufe heiß.

»›Er erquicket meine Seele. Und ob ich schon …‹«

Plötzlich fiel McCormick etwas ein. Der Junge, der an jenem Tag ermordet worden war, getötet von seiner Mutter. Das hatte Jonah wirklich erschüttert. »Denken Sie an Ihren Patienten, der heute ermordet wurde«, sagte sie. »Erkennen Sie denn nicht, warum das so grauenhaft für Sie war? Sie haben ihn zum Sterben nach Hause geschickt, Jonah. *Sie* haben ihn ermordet.«

Jonah hielt in seinem Gebet inne und schüttelte den Kopf. »Sam ist gestorben, damit ich erkennen konnte, dass Sie sterben müssen. Er hat Gottes Willen erfüllt. Er ist jetzt im Himmel.«

»Sie wussten, was für ein Mensch seine Mutter war«, ließ McCormick nicht locker. »Tief in Ihrem Herzen wussten Sie genau, was passieren würde. Sie hatte ihn früher schon geschlagen. Sie hat nie aufgehört. Es konnte nur schlimmer werden.«

Jonah presste die Klinge so fest gegen ihren Hals, dass die Haut aufplatzte.

McCormick war schwindelig, doch sie wusste, dass sie jetzt nicht aufgeben durfte. »Sie haben den Jungen im Stich gelassen, denn wenn Sie darüber nachgedacht hätten, was ihm bevorsteht, hätte es Sie zwangsläufig daran erinnert, was Ihnen passiert ist. Die Schläge. Sie haben sich eingeredet, dass er sicher sei. Sie haben wahrscheinlich sogar ihn davon überzeugt, dass er sicher sei. Sie haben ihn in die Hölle geschickt, an Ihrer Stelle.«

»Leben Sie wohl, Whitney.« Er zog die Klinge zwei, drei Zentimeter über ihren Hals. Blut quoll aus der Wunde.

Sie hätte am liebsten laut aufgeschrien, doch sie wusste, wenn sie es täte, würde er sie auf der Stelle umbringen. »Ich werde heute Abend sterben, Jonah. Warum sollte ich lügen?« Sie nahm all ihren Mut zusammen. »Sie haben den Jungen getötet.«

Er blinzelte nervös.

»Ihre Mutter ist die treibende Kraft hinter jedem Mord«, fuhr sie fort. »Sie ist es, die Sie wirklich umbringen wollen. Und deshalb werden Sie niemals erlöst werden. Weil Sie lieber andere umbringen, als der Wahrheit ins Gesicht zu sehen – Ihre Mutter hat Sie zerstört, aber Sie rächen sich an anderen, weil Sie noch immer Angst vor ihr haben. Sie sind ein Feigling.«

Jonah zog die Klinge einen weiteren Zentimeter über McCormicks Haut. Mehr Blut strömte an ihrem Hals hinab.

»Sie haben heute diesen Jungen zerstört.«

»Nein«, sagte Jonah mit zitternder Stimme. Ihm kamen die Tränen bei dem Gedanken an all die falschen Versprechungen, die er Sam gemacht hatte: *Ich kann Gedanken lesen. Du bist ein Superheld. Du hast die Macht.*

McCormick entschied sich, ein letztes Risiko einzugehen, abermals auf ihren Instinkt zu vertrauen in dem Versuch, Jonah mit der Wahrheit zu vernichten, ihn in einen psychotischen Zustand zu zwingen. Ihr fiel sein erster Brief an Clevenger ein. Und sie fing an, die Rolle seiner Mutter zu spielen: »Dein kleiner beschissener Tag im Park!«, keifte sie mit wutverzerrter Stimme. »Hattest du einen netten Geburtstag mit deinen beschissenen Freunden?«

Er schaute noch gequälter drein.

Sie ließ nicht locker. »Was denkst du dir denn, wo wir das Geld dafür herbekommen sollen, du kleiner Bastard?«

Das letzte Wort löste auf Jonahs Gesicht einen Ausdruck von Panik aus.

»Und jetzt, wo der Schaden angerichtet ist, tut es dir plötzlich Leid«, wütete sie. »Nun, ich werde dir eine Lektion erteilen. Dann tut es dir richtig Leid.«

Er schmeckte buchstäblich das Blut, das an dem Tag, da seine Mutter ihn mit einer schallenden Ohrfeige zu Boden geschleudert und seine Matchboxautos zermalmt hatte, in seinen Mund gelaufen war. Er drückte mit seiner Zunge gegen seinen Zahn und fühlte, wie er wackelte.

Er sah McCormick an und sah seine Mutter.

»Du Bastard!«, keifte sie.

Er schloss seine Augen. Und er sah, wie seine Mutter ihre Arme ausbreitete und ihn zu sich rief. Er erinnerte sich an das warme Gefühl, das beim Klang ihrer Stimme, wenn sie friedlich war, seinen ganzen Körper durchströmte, spürte jene wohlige Decke der Geborgenheit, in die nur die Liebe einer Mutter ein Kind einhüllen kann. Er erinnerte sich daran, wie er zu ihr gegangen war, wie er seine Arme um sie geschlungen und wie auch sie ihn umarmt hatte.

Doch dann drängte sich eine andere Erinnerung nach vorne, eine Erinnerung an etwas, das er gefühlt hatte – wie sich der Körper seiner Mutter anspannte, wie sich ihre Sanftheit verlor, ihre Arme sich streckten und ihn wegstießen. Und als er sie anblickte, sah er, dass alle Liebe aus ihrem Gesicht gewichen war und nur blanken Hass zurückgelassen hatte. Er sah, wie ihre Hand ausholte und in Zeitlupe auf seinen Kopf zusauste.

Dann sah er noch etwas anderes, aus dem Augenwinkel – einen Mann, der die Szene beobachtete. Ein Mann, der weder alt noch jung war. Vielleicht fünfzig. Ein Mann, der ungefähr in seinem eigenen Alter war. Ein Mann, mit dem er seine hohe Stirn und seine leuchtend blauen Augen gemein hatte. Ein Mann, der nur zuschaute, sich weder an Jonahs Leid ergötzte, noch ihn beschützte.

Er drehte sich um und starrte auf die herabsausende Hand seiner Mutter, dann sah er wieder in ihr Gesicht, denn er wollte wissen, warum – warum sie ihn erst umarmte und dann schlug, warum sie ihn liebte und dann schrie, sie hasse ihn. »Warum?«, fragte er laut. »Warum hast du mir das angetan?«

McCormick blickte zu Jonah auf. Sie konnte sehen, dass er den Kontakt zur Realität verloren hatte. »Weil ich krank bin, Jonah«, antwortete sie ihm sanft. »Siehst du das denn nicht? Ich kann nichts dagegen tun.«

Eine Träne lief über seine Wange. War es wirklich so einfach?, fragte er sich. Hatte Clevenger die ganze Zeit über Recht gehabt? Eine schizophrene Mutter. Ein schizophrener Sohn. Gut und Böse, Dunkelheit und Licht, Heiler und Mörder in einem Körper?

Waren der unwiderstehliche Drang zu töten und sein außergewöhnlicher Drang zu lieben nichts weiter als Gipfel und Täler der Dopamin- und Norepinephrinspiegel in seinem Gehirn?

»Ich habe mein Bestes getan«, sagte McCormick.

Jonah weinte jetzt, weil er erkannte, dass er Sam tatsächlich zum Sterben nach Hause geschickt hatte. Er hatte sich eingeredet, dass Hank seinen Sohn seiner sadistischen Frau vorziehen würde. Doch das war eine Illusion.

Und das war es auch in Jonahs Fall gewesen. Letztendlich war sein Vater fortgegangen und hatte ihn mit der Bestie allein gelassen. Er erinnerte sich in der gleichen Weise daran, wie er wusste, dass er Hände und Füße, Augen und Ohren hatte. Es war ein unleugbarer Teil von ihm, ein Teil, der lange unterdrückt worden war, doch sich jetzt mit Macht Bahn brach.

Jonah war nicht gerettet worden, ebensowenig wie Sam.

Er hatte den Jungen in dem Versuch getötet, seine eigene Lebensgeschichte nachzuspielen und sie zu einem glücklichen Ende zu bringen.

Er schaute McCormick an und sah seine Mutter unter sich liegen. Und nicht nur ihr Gesicht. Auch ihre breiten Schultern, ihre kräftigen Arme. »Ich kann dir nicht vergeben«, sagte er. »Du hättest dir helfen lassen müssen. Du konntest nicht erwarten, dass ich dich heile. Ich war ein Kind.«

»Ich wollte dir nicht wehtun«, sagte McCormick. »Ich habe dich geliebt.«

»Ich wollte dich auch lieben«, wimmerte er und kniff seine Augen zusammen. »Aber …«

»Bitte, vergib mir.«

Er schüttelte den Kopf. »Nur Gott kann dir vergeben. Du musst zu Gott gehen.« Er schlug seine Augen auf und sah McCormick an. Und die Maske seiner Mutter glitt von ihrem Gesicht. Er erkannte McCormick als die Person, die sie war. Die Jägerin. Er packte sie an den Haaren, riss ihren Kopf in den Nacken und beugte sich drohend über sie. »Vergibst du mir, Whitney?«, fragte er.

Sie schaute auf das Messer in Jonahs Hand, dann blickte sie in seine Augen und sah ihr eigenes Spiegelbild. Sie sagte nichts.

»Sag mir, dass du mir vergibst.«

Sie dachte an ihren Vater, an die vernichtende, unaussprechliche Trauer, die er empfinden würde, wenn er sie verlor, und eine Flutwelle des Zorns wallte in ihr hoch. Ein Zorn, der so mächtig war wie Jonahs Zorn. »Fahr zur Hölle, du mieses Schwein«, fauchte sie.

Er schmunzelte, dann stieß er ein abscheuliches, dämonisches Lachen aus, nur um dann abermals zu weinen. »Du bist noch nicht geheilt«, sagte er. Er schüttelte seinen Kopf und legte das Messer auf die Matratze. »Alles zu seiner Zeit. Gott ist geduldig.« Er stand auf, ging zu seiner Aktentasche, holte zwei Medikamentenfläschchen und eine Spritze heraus und kam damit zurück zum Bett.

McCormick sah die Etiketten auf den Medikamentenfläschchen – flüssiges Thorazin und Versed, beides starke Beruhigungsmittel. In hohen Dosen konnten sie tödlich sein. »Tun Sie es nicht«, sagte sie. »Bitte.«

Jonah zog beide Flüssigkeiten in die Spritze. Er zielte mit der Nadel auf McCormicks Schenkel, rammte sie tief in ihren Muskel und drückte den Inhalt der Spritze ins Gewebe. »Leb wohl, Whitney«, sagte er. »Ich hoffe, du findest einen Weg in den Himmel. Und ich hoffe, ich treffe dich dort.«

Hatte er vor, sich umzubringen?, fragte sie sich. Ein Mord mit Selbstmord?

Ihr Kopf wurde dumpf. Das Atmen wurde schwerer. Sie versuchte zu überlegen, wer wohl ihren Vater anrufen und ihm sagen würde, was passiert war. Und sie hoffte, es würde Clevenger sein.

»Es ist an der Zeit für mich heimzukehren«, hörte sie Jonah sagen. »Es ist an der Zeit, dass ich aufhöre, vor der Wahrheit davonzulaufen. Danke, dass du mir geholfen hast, das zu erkennen.«

Clevenger hatte gerade ein weiteres fruchtloses Gespräch mit einer Personalvermittlung beendet, als sein Telefon klingelte. Er griff zum Hörer. »Clevenger«, meldete er sich.

»Kane Warner.« Er ließ Clevenger keine Zeit zu einer Erwiderung. »Ich habe angefangen, dieser Idee mit dem Vertretungsarzt nachzugehen«, erklärte er.

»Und?«

»Ich bin auf etwas gestoßen. Ich weiß nicht, ob es wirklich ein Volltreffer ist, aber der Instinkt sagt mir, an der Sache ist was dran.«

Urplötzlich gehörte Clevenger wieder zum Team. »Schießen Sie los«, sagte er.

»Ich habe unsere Agenten elf Personalvermittlungen an der Ostküste abklappern lassen. Keine davon hat Psychiater zu allen Orten geschickt, an denen wir Leichen gefunden haben. Nur eine von ihnen hat einen Psychiater zu allen diesen Orten geschickt. Nur diesen einen. Und besagter Psychiater hat sich als eine siebenundfünfzigjährige Frau entpuppt.«

Clevengers Hoffnungen verflogen. Wollte Warner ihm tatsächlich die Idee schmackhaft machen, der Highwaykiller sei eine Frau? »Und das ist das Einzige, was Sie herausgefunden haben?«, fragte er.

»Etwas mehr Verstand können Sie mir schon zutrauen. Denken Sie, ich würde Sie wegen nichts und wieder nichts anrufen?«

»Ich bin müde.«

»Legen Sie noch nicht gleich auf. Okay, wir haben Folgendes herausgefunden. Eine der drei Agenturen, die ich persönlich angerufen habe, hat einen Direktor, der den Laden schon seit über zwanzig Jahren leitet. Staffpro, unten in Orlando, Florida. Wes Cohen. Er hat sich wirklich in die Sache reingekniet, hat Stunden damit zugebracht, die Daten in seinem Computer durchzugehen. Dann rief er zurück und sagte, er habe eine Antwort für mich – aber nicht auf die Frage, die ich ihm gestellt hätte.«

»Soll heißen?«

»Er hat keine Psychiater in irgendeine der Städte in der Nähe eines Tatorts vermittelt. Aber seine Neugier war geweckt, also hat er seine Datenbank durch ein anderes Suchprogramm laufen lassen. Er vermerkt in den Personalakten, wenn seine Ärzte einen Einsatz *ablehnen*. Fünf Ablehnungen, und man ist von der Liste gestrichen. Das ist seine Hausregel. Und er hat einen Psychiater gefunden, der vier der Städte abgelehnt hat, wo Leichen gefunden wurden.«

»Vier von vierzehn. Fast dreißig Prozent.«

»Wie hoch stehen die Chancen für so was, stimmt's? Vielleicht will dieser Bursche nichts mit den Orten zu tun haben, wo er seine Opfer hinterlässt. Vielleicht ist es für ihn verbrannte Erde.«

»Möglich«, pflichtete Clevenger bei. Sein Instinkt sagte ihm, dass sie tatsächlich auf etwas gestoßen waren, doch es war sehr weit hergeholt. Ihn überkam wieder das beklommene Gefühl, ein riskantes Spiel zu spielen. »Wie heißt dieser Psychiater?«

»Wrens. Jonah Wrens.«

Clevengers Herz begann zu rasen.

»Brillanter Bursche, aber merkwürdig, sagt Cohen«, fuhr Warner fort. »Und hören Sie sich das an – er verbringt fast die gesamte Zeit zwischen seinen Arbeitseinsätzen mit Bergsteigen. Lässt sich all seine Post zum Haus seiner Mutter in Montana schicken.«

Clevenger fing an, auf und ab zu tigern. »Arbeitet er im Moment in einem Krankenhaus?«

»Das ist der Punkt, an dem ich wirklich aufgemerkt habe. Er arbeitet derzeit im Rock Springs Medical Center in Wyoming. Einundfünfzig Meilen von Bitter Creek entfernt.«

»Das ist unser Mann«, erklärte Clevenger. »Ich bin mir ganz sicher. Ich hab sogar noch mehr über ihn in Erfahrung gebracht.«

»Ich hab schon Agenten auf den Weg geschickt.«

»Whitney stöbert bereits dort herum«, gestand Clevenger. »Sie ist gestern angekommen. Sie wollte den Fall persönlich zum Abschluss bringen, um etwas zu beweisen – ich vermute, wohl Ihnen oder vielleicht auch mir. Keine Ahnung. Ich hab versucht, es ihr auszureden.«

»Das soll doch wohl ein Scherz sein. Wo ist sie?«

»Sie hat sich ein Zimmer im Marriott in Rock Springs genommen. Mein Partner North Anderson ist hingeflogen, um ein Auge auf sie zu halten.«

»Gut gemacht«, sagte Warner. »Wenn Sie wollen, fahren Sie raus zum Logan Airport, und ich sorge dafür, dass am Cape Air Terminal eine Maschine für Sie bereit steht, um Sie hinzufliegen. Sie sollten dort sein, wenn wir uns den Kerl schnappen. Sie haben es verdient.«

Das war ein Versöhnungsangebot, das Clevenger gern annahm. »Ich bin schon auf dem Weg.« Er griff seine Jacke und lief los.

Auf dem Weg zum Flughafen rief er Anderson an, um ihn auf den neuesten Stand zu bringen.

Anderson meldete sich von seinem Platz am Tresen des Cafés. »Hast du 'ne Beschreibung?«, fragte er, nachdem Clevenger ihm von Wrens berichtet hatte.

»Um die eins achtzig groß. Schulterlanges graues Haar. Blaue Augen.«

»Mein Gott!«, entfuhr es Anderson, und er hetzte auch schon zum Motelzimmer hinüber. Unterwegs bemerkte er, dass Jonahs Wagen verschwunden war. Er trat die Tür ein und sah McCormick auf dem Bett liegen. Sein Blick schweifte durchs Zimmer, um sicherzustellen, dass Jonah wirklich fort war. Er sah im Badezimmer nach. Leer. Dann eilte er zu McCormick. Sie ließ sich nicht wecken. Er fühlte ihr Handgelenk, der Puls war akzeptabel. Dann löste er die

Fesseln, legte vorsichtig ihren Kopf in den Nacken, um die Luftwege freizuhalten, und lauschte auf Atemgeräusche. Sie atmete.

Sein Blick fiel auf die beiden leeren Medikamentenfläschchen auf dem Nachttisch, er holte sein Handy heraus und wählte 911.

»Bitter Creek Police«, meldete sich eine Frau. »Dieser Anruf wird aufgezeichnet.«

»Ich brauche einen Krankenwagen. Ambassador Motor Inn. Ich habe hier eine Frau, die betäubt wurde und bewusstlos ist.«

McCormick hörte den letzten Satz von Andersons Notruf. Sie schlug ihre Augen auf.

»Zimmer 105«, erklärte Anderson der Frau in der Einsatzzentrale.

»Jonah Wrens«, flüsterte McCormick, und es kostete sie große Mühe, die Worte herauszubringen.

Anderson drehte sich zu ihr um und sah, dass sie ihn anschaute. Er seufzte erleichtert. »Wissen wir«, erklärte er. »In null Komma nichts werden einhundert Agenten die gesamte Gegend …«

»Er ist auf dem Weg nach Hause«, sagte sie, als würde sie sich an etwas aus einem Traum erinnern.

»Nach Hause?«

Plötzlich wusste sie mit absoluter Gewissheit, wohin Wrens unterwegs war. »Finden Sie heraus, wo seine Mutter lebt. Er ist auf dem Weg dorthin, um sie zu töten.«

5

Great Falls, Montana
1 Uhr 20

Jonah Wrens saß auf dem grünen Plüschsofa in dem Wohnzimmer, wo er seine Kindheit verbracht hatte, und sah über den schlichten hölzernen Couchtisch hinweg die Frau an, die ihn geboren und aufgezogen hatte. Die Wand hinter ihr war mit Kruzifixen übersät, die sie all die Jahre gesammelt hatte, Geschenke von Familienmitgliedern und Freunden und Eltern der Viertklässler, die sie vierzig Jahre lang in der örtlichen Grundschule unterrichtet hatte.

Er nahm die Teetasse, die sie ihm hingestellt hatte, wandte sich um und schaute aus dem Fenster, während er einen Schluck trank. Er konnte vage die schemenhaften Umrisse eines Streifenwagens ausmachen, der in der pechschwarzen Nacht draußen vor dem im Ranchstil gebauten Haus wartete – zweifelsohne darauf wartete, dass noch mehr Jäger eintrafen. Er saß in der Falle. Oder zumindest dachten sie das.

»Ich bin so froh, dass du mich geweckt hast. Du hast mir gefehlt«, sagte seine Mutter mit einer melodiösen Stimme, der ihre neunundsiebzig Jahre nicht anzuhören waren. »Du bist diesmal so lange weg gewesen. Sechs Monate. Sie müssen dich wirklich gebraucht haben.«

Jonah atmete tief ein, versuchte, genug Luft in seine Lunge zu bekommen. »Du hast mir auch gefehlt«, brachte er mit Mühe heraus.

Er meinte es ehrlich. Dennoch war es eine Lüge. Und er wusste, es lag daran, dass er zu zwei verschiedenen Frauen sprach.

Es war seltsam, wie sie mehr als ein Leben gelebt hatte. Hier war seine Mutter, neunundsiebzig, grauhaarig und kränklich und unendlich gütig, eine fromme Frau, die ihren Frieden mit der Welt gemacht hatte, die sie in einem Jahr oder in einem Jahrzehnt oder vielleicht in zweien verlassen würde. Eine Mutter, nach der man sich sehnte. Eine Mutter, zu der man heimkehrte. Und doch wusste er jetzt, dass irgendwo in ihr die Mutter lauerte, die ihn gequält hatte, die Psychopathin, die beständig zwischen ihrer Liebe zu ihm und ihrem Hass auf ihn, zwischen Liebkosungen und Quälereien hin- und hergeschwankt war, so lange, bis die fehlgesteuerten Schaltkreise ihres Gehirns oder Verstands oder ihrer Seele schlichtweg durchgebrannt waren.

Vielleicht hatte die Zeit sie geheilt. Oder vielleicht war ihre Bekehrung echt. Vielleicht war sie wiedergeboren.

Das Irrationale war der Zorn, den er jetzt für *diese* Frau empfand, die Frau, die ihm seinen Tee gebracht hatte. Die Wut ließ sein Herz hämmern und seinen Schädel pochen, weckte in ihm einen Hunger, der ebenso brannte wie sein Hunger nach Intimität auf den Highways. Und obgleich er jetzt den Ursprung des Hungers kannte, vermochte dieses Wissen nicht, ihn zu vertreiben.

Etwas in seiner Psyche war grundlegend missgebildet. Sein Verlangen nach Intimität war eine gierige, unersättliche Bestie, die verzweifelt und unablässig geliebt und in den Arm genommen werden wollte, auf dass sie nicht in der schrecklichen Angst ertrank, die er empfunden hatte, wenn er sich wieder und wieder fragen musste, welche Mutter ihn an jenem Tag, zu jener Stunde, in jener Minute zu Hause erwarten würde – der Engel oder der Teufel.

»Hattest du viele interessante Fälle?«, erkundigte sich seine Mutter.

»Ein paar«, sagte Jonah. Er lächelte trotz seiner Schmerzen. »Einen Jungen namens Sam Garber. Er war der interessanteste Fall. Ein sehr tapferer Junge mit sehr großen Problemen.«

»Und du hast ihm geholfen.« Sie sah ihn liebevoll an. »Ich bin sicher, dass seine Eltern dir dankbar waren.«

»Nein«, erwiderte Jonah. »Ich konnte ihm nicht helfen.«

»Aber, aber. Du bist immer so unerbittlich mit dir selbst.«

Er schüttelte den Kopf. Ihm waren Tränen in die Augen gesprungen.

»Jonah? Was ist passiert?«

Er hörte weitere Autos die Straße hinaufkommen. Er stand auf und ging zur Tür, sah zwei schwarze Transporter – Transporter des mobilen Einsatzkommandos – neben dem Streifenwagen halten. Und er schaute zu, wie schwarz gekleidete Männer mit Gewehren aus ihnen heraussprangen. Er wandte sich wieder zu seiner Mutter um. »Könnte ich wohl noch eine Tasse Tee haben?«, bat er sie. »Dann erzähle ich dir alles.«

Sie stand mühsam auf und verzog das Gesicht, als die Schmerzen in ihren Gelenken aufflammten, während sie auf ihren diabetesgeschädigten, schwärenden Füßen in die Küche schlurfte, weil ihr Sohn, den sie liebte, eine zweite Tasse Tee haben wollte. Und dies war ihre größte Freude nach einem langen, qualvollen Leben. Dies war es, worauf sie wartete, wenn er unterwegs war. Die Gelegenheit, eine Tasse Wasser aufzubrühen, einen Teebeutel darin ziehen zu lassen, ein wenig Zucker und Honig hineinzugeben, ganz wie er es mochte. Sein Bettzeug zu waschen. Seine Kleidung zu bügeln. Alltägliche Dinge, doch bedeutsame Dinge. Liebevolle Dinge. Kleine, grenzenlose Entschuldigungen für das, was sie gewesen war, für ihr grausames Versagen als Mutter.

Ihr wurde heiß und schwindelig, als sie am Herd stand, und sie wich einen Schritt zurück. Sie wischte sich die Stirn ab. Vielleicht war ihr Zuckerspiegel zu niedrig, überlegte sie. Vielleicht würde ein klein wenig von dem Honig helfen. Sie holte einen Teelöffel aus der Küchenschublade, tauchte ihn in das Glas und schob sich das süße, klebrige Zeug zwischen die Lippen. Es schmeckte gut, und sie fühlte sich gleich besser.

Als sie sich umdrehte, stand Jonah vor ihr, mit einem Messer in der Hand.

»Jonah?«, sagte sie. »Was machst du denn da?« Doch sie wusste es.

Er trat dichter heran und schlang seine Arme um sie.

Ihr wurde jetzt noch schwindeliger. War das der Grund, weshalb sie nicht versuchte wegzulaufen?, fragte sie sich im Stillen. Oder war es, weil sich die Umarmung ihres Sohns so gut anfühlte? Denn sie war wirklich müde, und er hatte ihr wirklich gefehlt, und sie liebte ihn wirklich von Herzen.

Plötzlich schien gleißendes Licht durch die Fenster herein. Und Jonah ertappte sich dabei, dass er schützend seine Hand über die Augen seiner Mutter legte. Er fragte sich, ob dieser Reflex, dieser Beschützerinstinkt tief in seinem Gehirn verankert war. Der instinktive Drang eines Kindes, seine Blutsverwandtschaft vor Schaden zu bewahren. Oder vielleicht war es nur eine der vielen Täuschungen des Teufels, dazu gedacht, ihn abzulenken, ihm den Mut zu nehmen.

Einen Moment später drang Clevengers Stimme an Jonahs Ohr, wie in einem Traum. »Jonah, hier spricht Frank Clevenger. Kommen Sie heraus, und es wird Ihnen nichts passieren.«

Vielleicht war sein ganzes Leben ein Traum gewesen, dachte Jonah bei sich. Vielleicht würde jeden Moment der Morgen anbrechen. Er trug seine Mutter aus der Küche ins Wohnzimmer und setzte sie auf das Sofa. Sie wehrte sich nicht, bettelte nicht.

»Jonah«, brüllte Clevenger. »Es gibt keinen anderen Ausweg.«

Jonah langte an seine Wade und zog McCormicks Pistole. Er zielte auf eins der Fenster nach vorn heraus, zog den Abzug durch, und das Glas zersplitterte. »Ich wusste nicht, dass

Sie Hausbesuche machen, Frank«, rief er. »Ich fühle mich geehrt.«

»Es muss nicht auf diese Weise enden.«

»Natürlich muss es das. Sie wissen das.«

Einen Moment lang herrschte Stille. »Wenn Sie nicht herauskommen«, sagte Clevenger schließlich, »dann lassen Sie mich hereinkommen.«

Jonah atmete tief durch. Es lag etwas Erhabenes und Wunderbares in der Vorstellung, dass Clevenger Zeuge wurde, wie seine »Therapie« endete. Gottes wundersame Poesie ließ ihn unwillkürlich lächeln. »Die Tür ist offen«, rief er nach draußen. »Ich verspreche, es wird Ihnen nichts passieren. Sie haben mein Wort darauf. Gott ist mein Zeuge.«

Clevenger trat vorsichtig durch die Haustür ein und sah Jonah neben seiner Mutter auf dem Sofa sitzen. Er hatte seinen Arm um sie gelegt und hielt ihr ein Messer an die Kehle. Die Pistole lag neben ihm auf dem Polster. »Machen Sie die Tür zu«, wies Jonah ihn an.

Clevenger schloss die Tür hinter sich.

»Endlich stehen wir einander gegenüber.«

»Endlich«, sagte Clevenger und trat ein paar Schritte näher.

»Das ist nah genug«, sagte Jonah. Seine Hand wanderte zu der Pistole.

Clevenger blieb stehen. »Unsere Therapie ist noch nicht abgeschlossen. Lassen Sie uns reden.«

Jonah schüttelte seinen Kopf. »Lassen Sie uns ehrlich sein, Frank. Wir sind erschöpft. Sie und ich, wir beide. Es ist ein langer Weg gewesen.«

»Was wollen Sie?«

»Ich schätze, was ich immer gewollt habe.« Er lächelte und hielt sein Messer hoch.

Clevenger musste entsetzt mit ansehen, wie Jonah die Messerklinge über seine Handfläche zog und einen tiefen Schnitt hinterließ. Er nahm die Hand seiner Mutter und schnitt ihre Handfläche in gleicher Weise auf.

Sie zuckte zusammen, doch irgendwie gelang es ihr, nicht aufzuschreien.

Dann hielt Jonah das Messer wieder an ihre Kehle und ergriff die blutende Hand seiner Mutter mit seiner eigenen. Er schloss einen Moment lang die Augen, dann seufzte er tief und schlug sie wieder auf.

»Geben Sie mir das Messer, Jonah. Lassen Sie uns zusammen aus dem Haus gehen. Sie kennen jetzt die Wahrheit. Lassen Sie es damit genug sein.«

»Und meistens ist es auch genug«, sagte Jonah. »Doch nicht immer.« Er drückte die Messerklinge fester gegen die Kehle seiner Mutter.

»Tun Sie es nicht«, sagte Clevenger. »All die anderen Morde sind geschehen, weil Sie blind gegenüber Ihrer Wut waren. Außer Kontrolle. Dieser nicht. Diesen würde Gott nicht verzeihen.«

Jonah sah Clevenger mitleidig an. »Sie haben gute Arbeit geleistet, Frank. Großartige Arbeit. Aber manche Menschen können nicht von Menschenhand geheilt werden, nicht einmal von einem Mann wie Ihnen. Oder mir. Manche Menschen können nur von Gott geheilt werden.« Er gab seiner Mutter einen zärtlichen Kuss auf die Wange.

»Es ist alles gut, Jonah«, sagte sie, und es lag wahre Liebe in ihrer Stimme. »Tu, was du tun musst.«

Jonah sprangen Tränen in die Augen. »Was hast du gesagt?«

»Ich vergebe dir.«

Er begann zu weinen.

»Es ist meine Schuld, Jonah«, sagte sie.

»Lassen Sie sie gehen«, forderte Clevenger ihn auf.

»Ich bin hergekommen, um sie zu töten«, erklärte Jonah

und lächelte seinen Tränen zum Trotz. »Ehrlich. Doch die Frau, die ich gesucht habe, die böse Frau? Sie lebt nicht einmal mehr hier. Wissen Sie, warum?«

Clevenger antwortete nicht.

»Natürlich wissen Sie es. Weil sie in mir ist.«

Clevenger sah, wie Jonahs Hand abermals zu der Pistole wanderte. Ein friedliches, beinahe unschuldiges Lächeln breitete sich auf Jonahs Gesicht aus.

Clevenger machte einen Schritt auf ihn zu.

Jonah griff nach der Pistole und richtete sie auf Clevenger.

Clevenger blieb stehen.

»Es ist schon gut«, sagte Jonah. »Ich weiß genau, wohin ich gehe. Und Sie sollten nach Hause gehen. Lieben Sie Ihren Sohn so, wie er verdient, geliebt zu werden.«

Clevenger stürzte mit einem Satz auf ihn zu.

»Ich will frei sein.« Jonah schubste seine Mutter Clevenger in den Weg, schob sich den Lauf der Pistole in den Mund und feuerte einen einzelnen Schuss in sein Gehirn.

»Nein!«, brüllte Clevenger.

Jonahs Mutter schrie. Sie kroch in panischer Eile zu ihrem Sohn und schlang ihre Arme um ihn. »O Gott, nein«, schluchzte sie. »O Gott.« Sie versuchte, das Blut aufzuhalten, das aus ihm herausquoll, doch es strömte einfach über ihre Hände. Sie setzte sich hin, legte ihre Arme um seinen Kopf und seine Schultern und wiegte ihn zärtlich hin und her.

Die Schmerzen in Jonahs Kopf waren unbeschreiblich. Er bekam keine Luft. Sein Herz flatterte in seiner Brust wie ein verletzter Vogel. Doch im Nebel zwischen Leben und Tod, oder diesem Leben und dem nächsten, fühlte er plötzlich, wie die Sonne strahlend auf sein Gesicht schien. Er fühlte, wie die Luft sauber und frisch und kühl wurde. Die Schmerzen verflogen. Und er stellte fest, dass er überhaupt nicht mehr atmen musste.

Er blickte auf und sah, dass seine Finger tief in den Felsspalten des schönsten Berges steckten, den er je bestiegen hatte. Er sah mit Erstaunen, dass die Narben an seinen Armen verschwunden waren.

Die Muskeln seiner Arme und Schenkel und Waden trieben ihn höher hinauf. Seine Füße fanden überall sichere Felsvorsprünge.

Er wusste, dass er schon lange kletterte, doch er war nicht müde. Um genau zu sein, fühlte er sich mit jedem Schritt kräftiger. Kräftiger und jünger. Er streckte seinen rechten Arm aus und reckte sich noch höher hinauf, während er sich mit der linken Hand festhielt. Sein Verstand klärte sich. Er suchte in sich nach Gefühlen von Angst oder Wut, doch er konnte keine finden.

Mit jedem Schritt, den er machte, streifte er ein Jahr seines Lebens ab, und als er dem Gipfel näher kam, fühlte er sich ganz kindlich und zauderte schüchtern, die Reise zu beenden. Was würde aus ihm werden, wenn er ganz bis ins Säuglingsalter zurückkletterte? Was würde er dann sein, ohne seine Lebensgeschichte?

Wie sollte er sich selbst erkennen?

Und dann begriff er. Er musste jenes Selbst mit all seinem Zorn und all seiner Angst und all seinem überlegenen Wissen loslassen. Er musste das reine Licht jenseits davon finden.

Plötzlich empfand er völligen Frieden. Er war eins mit sich und dem Universum. Denn er wusste in jenem Moment, dass ihm sein Wunsch gewährt worden war. Er hatte die Chance, wiedergeboren zu werden. Er war am Ziel angekommen.

Endlich war seine Heilung in Sicht.

6

Richter Robert Barton, einer der unerbittlichsten und klügsten Richter von Massachusetts, blickte auf die Stapel von Unterlagen vor ihm, nahm seine Halbbrille ab und starrte in den Gerichtssaal. Er war ein Berg von einem Mann, breitschultrig, vierschrötig, mit einer Stentorstimme und durchdringenden Augen. Er schaute zu Clevenger und Billy am Tisch der Verteidigung herüber, dann sah er wieder auf seine Stapel von Unterlagen.

Barton hatte Richard O'Connor zugehört, der die Position des Jugendamtes dargelegt hatte, dass Clevengers Vormundschaft für Billy Bishop bis auf weiteres einer Bewährungsprobe unterzogen werden solle, zumindest bis Ablauf einer dreimonatigen »Abkühl«-Phase, während derer Billy in einer Pflegefamilie untergebracht und einer eingehenderen psychologischen Beurteilung unterzogen werden würde. Und Barton hatte zugehört, als Sarah Ricciardelli Beweismittel dafür vorgestellt hatte, dass Billy in Wirklichkeit achtzehn war und damit nicht mehr der Obhut des Jugendamtes und des Gerichts unterstand.

Im Gerichtssaal war es mucksmäuschenstill. Die Zeit für Bartons Entscheidung war gekommen.

»Dr. Clevenger«, begann Barton. »Ich möchte offen mit Ihnen sein. Meiner Ansicht nach ist der Adoptionsantrag, den Sie ausgefüllt haben, rein formell gesprochen, korrekt. Aber ich denke, es ist offensichtlich, dass Sie die Fragen den Buchstaben des Gesetzes entsprechend und nicht seinem Sinn nach beantwortet haben.«

Clevenger sank der Mut.

»Sie hatten mit Drogensucht zu kämpfen, stimmt das?«

Clevenger warf einen Blick zu Sarah Ricciardelli.

»Es ist nicht nötig, sie zu fragen, was Sie sagen sollen«, erklärte Barton. »Rücken Sie einfach mit der Sprache raus.«

»Euer Ehren, ich …«, setzte Ricciardelli zu einem Einspruch an.

»Ja, hatte ich«, fiel Clevenger ihr ins Wort.

»Ebenso wie Billy Bishop seit kurzem«, sagte Barton.

»Ja, hat er.«

Barton nickte.

Richard O'Connor strahlte.

»Und wie ist Ihre Einstellung dazu? Dass die Liebe über alles siegt?«

Clevenger überlegte, das Entzugsprogramm zu beschreiben, das Billy gerade abgeschlossen hatte, und noch mal zu betonen, dass er selbst in dem Moment aufgehört hatte, Drogen zu nehmen, als er sich für Billys Adoption entschieden hatte, und dass er nicht ein einziges Mal rückfällig geworden war. Aber all das hatte Ricciardelli bereits in der Beweisaufnahme dem Gericht dargelegt. »Ich denke, Liebe kann eine Menge bewirken«, sagte er. »Ich …«

Ricciardelli fasste ihn am Ellbogen, um ihn zum Schweigen zu bringen.

Er machte einen Schritt von ihr weg und auf Billy zu. »Tatsache ist, ich liebe ihn«, erklärte er Barton. »Vielleicht hat diese Liebe ihre Wurzeln in dem, was ich selbst als Kind durchgemacht habe. Sehr wahrscheinlich sogar. Aber das ändert nichts an der Tatsache, dass ich bis ans Ende der Welt gehen würde, um ihm zu helfen. Ich glaube auch, dass er inzwischen bereit ist, sich selbst zu helfen. Und ich glaube, mit diesen Trümpfen in der Hand können wir fast alles schlagen.«

»Sie sind auch ein Spieler?«, fragte Barton.

O'Connor kicherte.

Ricciardelli beugte sich vor. »Ich erhebe Einspruch gegen diese Art der Befragung, Euer Ehren.«

»Zur Kenntnis genommen«, sagte Barton.

»Ich bin ein Spieler«, gestand Clevenger freimütig. »Früher waren es Hunde und Pferde, aber ich spiele hier und jetzt auf Risiko, indem ich Ihnen sage, was ich wirklich denke. Indem ich Ihnen die Wahrheit sage. Aber ich halte es für ein größeres Risiko, Billy nicht wissen zu lassen, was ich für ihn empfinde. Was ich in Bezug auf uns beide empfinde. Das ist etwas, das ich um keinen Preis aufs Spiel setzen möchte.«

Barton lächelte. »Seien Sie offen, Doktor. Wie schätzen Sie Ihre Chancen ein, dass Sie beide zusammen es schaffen? Zehn zu eins dagegen?«

Clevenger ließ es sich durch den Kopf gehen. »Ich würde nicht gegen uns wetten.«

Barton sah Billy an, dann sah er zu O'Connor.

O'Connor zwinkerte ihm verschwörerisch zu.

»Haben Sie Kinder, Herr Anwalt?«, fragte Barton.

»Zwei Neffen«, antwortete O'Connor.

»Hatte ich auch nicht anders erwartet«, sagte Barton. »Sie sollten ein Kind haben. Es verändert einen von Grund auf.« Er sah wieder Billy an. »Ich glaube nicht einen Moment lang, dass du achtzehn bist, mein Freundchen. Aber ich denke, deine beste Chance, es zu werden, ist der Mann, der neben dir steht.«

Whitney McCormick wartete neben dem Ausgang des Gerichtsgebäudes, als Clevenger mit Billy herauskam. Zwei Dutzend Reporter hatten sich draußen versammelt.

»Gib mir einen Moment«, bat er Billy. Er ging zu ihr hinüber.

»Ich gratuliere«, sagte sie.

»Danke.«

»Denkst du, wir könnten uns nächste Woche zum Abendessen treffen?«, fragte sie. »Ich meine, nachdem ich mich beim

FBI wieder eingelebt habe und du dich wieder mit Billy zusammengerauft hast?«

»Ich weiß nicht, Whitney. Ich weiß nicht, ob das eine gute Idee ist.«

»Okay«, sagte sie und versuchte, ungerührt auszusehen. »Nun, dann also Leb ...«

»Ich meinte, diese und nächste Woche ist keine gute Idee«, sagte Clevenger. »Warten wir mal bis zum Monatsende ab, und dann reden wir miteinander und sehen, wie die Sache steht.«

»Die Idee gefällt mir.«

»Versuch, auf dich Acht zu geben, verstanden?«

»Klar. Du auch.«

Clevenger ging wieder zu Billy zurück. Dann gingen sie zusammen die Eingangstreppe des Gerichtsgebäudes hinunter und zu Clevengers Pick-up und machten sich auf den kurzen Weg nach Hause.

Danksagung

Meine Agentin Beth Vesel von Stanford Greenburger Associates und mein Lektor bei St. Martin's Press, Charles Spicer, tragen weiterhin dafür Sorge, mich zu einem besseren Schriftsteller zu machen, als ich es ohne sie wäre. Vielen, vielen Dank.

Die Unterstützung meiner Verleger, Sally Richardson und Matthew Shear, ist zusätzlicher Wind in meinen Segeln.

Dieses Buch hatte viele Freunde, die erste Fassungen gelesen und ehrliche Kritik geäußert haben: Anwältin Deborah Jean Small, Jeanette Ablow, Allan Ablow, Dr. Karen Ablow, Charles »Red« Donovan, Gary Goldstein, Debbie Sentner, Julian und Jeannie Geiger, Emilie Stewart, Marshall Persinger, Steve Matzkin, Mircea Monroe, Billy Rice, Janice Williams, Amy Lee Williams und Joshua Rivkin.

Für ihre freundlichen Ermutigungen danke ich: Michael Palmer, Robert Parker, Jonathan Kellerman, Dennis Lehane, James Hall, James Ellroy, Tess Gerritsen, Harlan Coben, Janet Evanovich und Nelson DeMille.

Abschließend möchte ich sagen, dass ich seit vielen Jahren die Unterstützung von Dr. Rock Positano genieße, der insgeheim die Welt regiert und ohne jeden Zweifel mein Waffenbruder ist.